Autor: Leroy Berg

999 - Wald

Teil II - Neuauflage

Zu diesem Buch

Ein Waldspaziergang vermag erquicklich, aber ebenso tödlich zu sein. Hüte Dich vor den Primärwäldern. In diesen unerforschten, grünen Höllen, könnten Gefahren lauern, auf die Du nicht vorbereitet bist.

Ant trifft auf die Liebe seines Lebens. Es stellt sich die Frage, ob er diesmal in der Lage ist, sie effektiv zu beschützen.

Nachdem er von einem einflussreichen Geheimdienst erpresst wird, macht er Bekanntschaft mit seiner eigenen Sterblichkeit und dem unvermeidlichen Tod geliebter Menschen.

Ist es besser, sich den Herausforderungen zu stellen oder zu fliehen? Gelingt es ihm, die Menschheit vor dem bevorstehenden Untergang zu bewahren?

Die Fortsetzung des Mystery-Thrillers 999, Teil II ...

Leroy Berg, geboren in München, aufgewachsen im Glasscherbenviertel Giesing, beendete nach seiner Schulzeit eine Ausbildung zum Versicherungskaufmann. 1989 zog es ihn ins nördliche Bayern, wo er bis 2017 als Schadengutachter für eine Versicherung arbeitete. Während der 28 Jahre seiner Gutachterzeit hatte er vornehmlich mit großen Sachschäden, Ermittlungsbehörden, Detektiven, vereidigten Sachverständigen, manchmal ebenso mit Anwälten und Gerichten zutun. Vor allem aber mit der Psyche der Kunden. Seit dem Ruhestand konzentriert er sich auf die Autorentätigkeit.

Leroy Berg

999 - Wald

Teil II

Teil III - Eine andere Welt
ebenfalls erhältlich

Biografische Information der Deutschen Nationalbibliothek:

Die Deutsche Nationalbibliothek verzeichnet diese Publikation in der Deutschen Nationalbibliografie, detaillierte bibliografische Daten sind im Internet über dnb.dnb.de abrufbar.

TWENTYSIX - Der Self-Publishing-Verlag

Eine Kooperation zwischen der Verlagsgruppe Random House und BoD - Books on Demand

Copyright: 2018 Leroy Berg

Herstellung und Verlag:
BoD - Books on Demand. Norderstedt

ISBN: 9783740746926

Mein Dank gilt allen, die mir halfen, dieses Projekt zu verwirklichen. Einzelne Namen hervorzuheben, halte ich für ungerecht. Diejenigen die es betrifft wissen wie enorm sie mich unterstützten, und können sich meines Wohlwollens gewiss sein.

Danke an alle.

Leroy Berg

Inhalt

Eine neue Art. 8
Die Großeltern. 27
Schmierentheater. 56
NIT und NSA. 66
Eine positive Entscheidung. 85
Feldforschungen I. 95
Das Erwachen II. 104
Amazonas.
1. Manaus 107
2. Rio Eneuixi 122
3. Die Akuntsu 135
Feldforschungen II. 146
Amazonas II.
Auf Leben und Tod. 156
Feldforschungen III. 170
Amazonas III. 183
Absturz.
1. Antit und andere Neuheiten 188
2. Flucht 211
Die einzige Konstante ist die Veränderung.
1. Gefangenschaft 233
2. Die Veränderung 237
3. Geburtstag 250
4. Seuche 257
Ende Teil II. 274
Nachwort 275

Kapitel 1: Die neue Art.

Chris Foss hatte sich für ein Thema zu seiner Doktorarbeit entschieden. Als Biologiedozent an der Universität von Coulder, unter dem Mentor, Professor Stuart Rose, standen ihm zahlreiche Themen für die Dissertation zur Auswahl.
Er hatte sich irgendetwas Naheliegendes ausgesucht, etwas aus der näheren Umgebung, was seine Feldforschungen erheblich erleichterte.
Als Thema wählte er den Bergkiefernkäfer. Es handelte sich um einen etwa fünf Millimeter großen Borkenkäfer. Dieser schwarze bis dunkelbraune Käfer, legt seine Eier in der Borke von Kiefern ab. Die daraus entstehenden Maden fressen sich an den Bäumen fett. Zurück bleibt nur durchlöchertes, sterbendes Totholz. Dieses Insekt tauchte in den letzten Jahren vermehrt in den umliegenden National-Forests, in der Nähe von Coulder in Colorado auf.
Der Sommer 1995 hatte schon Einzug gehalten, und die Semesterferien der Studenten standen bevor. Jetzt kehrte wieder Stille an der Universität ein. Chris hatte zwar noch einige Essays zu korrigieren, das nahm aber schätzungsweise nur eine Woche seiner Zeit in Anspruch.
Der Vorschlag, die Dissertation über den Bergkiefernkäfer zu fertigen, akzeptierte Professor Rose ohne Weiteres. Es schadete nicht, wenn sich ein junger Wissenschaftler mit diesem gefährlichen Insekt befasste. Unzweifelhaft hatte der Borkenkäfer kürzlich damit losgelegt, die Nadelhölzer der umliegenden Wälder zu vernichten. Die klimatischen Verhältnisse, insbesondere die trockenen Sommer der letzten Jahre, galten als idealer Nährboden für dieses Insekt, um auszuschwärmen und sich weiter zu verbreiten.
Immer mehr Bäume fielen dem Krabbeltier, oder besser gesagt, diesem Baumparasiten zum Opfer. Ein ökologisches und ökonomisches Desaster.
Vornehmlich verbreiteten sich die Käfer in Koniferen-Monokulturen, ergo in Wäldern, die ausschließlich aus Nadelhölzern bestanden.
Ein simpler Lösungsansatz wäre, die Natur ohne weiteres Zutun, sich selbst zu überlassen. Sämtliche Nadelhölzer ihrem Schicksal preisgeben, und somit dem Käfer die Fortpflanzungsgrundlage entziehen?

Das Insekt geriete in Schwierigkeiten, wie jeder einfältige Parasit, der hirnlos seine Lebensgrundlagen zerstört, sich quasi in Eigenregie selbst ausrottet.
Die Holzindustrie fände sicher keinen sonderlichen Gefallen an dieser Vorgehensweise. Es würde Jahrzehnte dauern, bis sich die Baumbestände wieder erholten.
Als weitere Option, um die Käferplage einzudämmen, kämen Pestizide in Frage. Das würde aber ebenfalls allen anderen, nützlichen Insekten schaden, und verursachte nicht absehbare ökologische Beeinträchtigungen.
Oder sollten natürliche Fressfeinde gefunden, gezüchtet und dann in den Wäldern ausgesetzt werden? Sie könnten sich solange an den unliebsamen Krabbeltieren laben, bis es keine mehr gab. Nach vollbrachter Arbeit verschwänden die Prädatoren ebenfalls wieder.
Chris Foss hatte vor, all diesen Fragen im Sommer nachzugehen. Zeit hatte er genug. Den Beginn des Wintersemesters hatte man auf Anfang Oktober festgelegt.
Chris, jung und enthusiastisch, freute sich auf diesen Campingausflug in den Black River National Forest. 8000 Quadratkilometer Wald. Ausreichend Platz ein abgelegenes, kleines, einsames Camp, zusammen mit seiner Freundin, Helen Horton, aufzuschlagen.
Helen, eine frühere Studienkollegin, die jetzt an der High-School unterrichtete, und ebenfalls lange, dreimonatige Sommerferien hatte. Die kleine Helen begeisterte sich nicht für den Gedanken, wochen- oder gar monatelang, abseits der Zivilisation, in der Wildnis zu verbringen.
Aber sie wusste, dass Chris diesen Forschungsausflug für sein Studium brauchte. Für die anstehende Dissertation war der Trip eben erforderlich.
Deshalb hatte sie sich auf den Deal eingelassen, dieses Jahr ihre Ferien in den Bergwäldern zu verbringen, dafür nächstes Jahr einen längeren Badeurlaub auf Hawaii zu genießen. Das schien ihr fair zu sein.
Chris bereitete sich akribisch vor. Er packte alles ein, was bei einem Campingausflug nützlich war. Sogar eine Machete, die bei der Durchquerung von dichterem Unterholz erhebliche Vorteile aufwies.

Obendrein nahm er zwei Kunststoffmasken, mit Präsidentengesichtern von Richard Nixon mit. Als Biologe wusste er, wie Raubtiere ticken. Berglöwen hatten die Angewohnheit, sich leise von hinten anzuschleichen, um sich dann auf ihre Opfer zu stürzen. Trägt man aber eine Maske auf seinem Hinterkopf, denkt die Katze, beobachtet zu werden, und wird abgeschreckt.
Insbesondere vor einem derart gruseligen Richard-Nixon-Gesicht ergreift sicher jeder Puma sofort die Flucht.
Ihre Rucksäcke wogen vermutlich Tonnen. Glücklicherweise besaß Chris einen Jeep.
Der erwies sich bisher als ausgesprochen praktisch, denn er hatte ihn einige Male zuvor bei Exkursionen in das Gelände getestet und kam damit immer effektiv voran.
Als Chris und Helen losfuhren, flirrte die Luft brütend heiß über den Straßen. Je weiter sie in die Berge gelangten, desto mehr stellte sich eine angenehme Abkühlung ein. Als sie endlich an der Ranger-Station des Black River National Forest ankamen, hatte sich die größte Mittagshitze schon verzogen. Chris brauchte die Genehmigung, weiter als üblich mit dem Jeep in den Wald vorzudringen. Er führte einige Probengläser und eine kleine Feldlaborausrüstung mit sich. Ein derart beschwerlicher Transport zu Fuß, konnte ihm nicht zugemutet werden.
Der diensthabende Ranger, David Crowther, ein pensionierter Ex-Soldat, kannte den angehenden Doktor und Forscher von früheren Ausflügen, und genehmigte sein Ansinnen problemlos. Crowther, hatte sich für den Sommer über, freiwillig für den Dienst in der Rangerhütte gemeldet.
Chris und Helen gaben vorsorglich einen Aufenthalt von vier Wochen an, und vereinbarten mit Crowther, sich erst bei ihrer Abreise wieder blicken zu lassen.
Alle anderen Camper und Wanderer, waren gezwungen, ihre SUVs, Busse oder Combis auf dem Parkplatz im Bereich der Rangerhütte abzustellen, und zu Fuß weiterzugehen.
Für Chris und Helen öffnete sich aber die Schranke. Sie hatten die Erlaubnis, im Schritttempo durch die schattigen Wälder und hellen Lichtungen zu fahren. Ein genauer Lageplan wies ihnen die Route, wenn es an einer der vielen Weggabelungen einer Entscheidung bedurfte, welche Richtung sie einzuschlagen hatten.

Nach einigen Stunden erreichten sie, mitten im Wald, eine Blockhütte. Aus dem Kamin trat Rauch aus. Sie hielten an und stiegen aus. Ungewöhnlich, soweit draußen Jemanden anzutreffen.
Sobald das Motorengeräusch ihres Jeeps verstummte und sie ausstiegen, hörten sie Axtgeräusche hinter der Hütte. Als ob jemand im Begriff war, Holz zu hacken; das Geräusch schallte nur etwas dumpfer.
Da man nie imstande ist zu wissen, wie paranoid sich überraschte Menschen verhalten, verursachte Chris absichtlich laute Geräusche. Es bestand die Möglichkeit, dass hier ein Wilderer ohne Jagdgenehmigung, ein Schwarzbrenner oder ein sonstiger Kleinkrimineller hauste. Chris hatte nicht vor, versehentlich über den Haufen geschossen zu werden.
Er trampelte geräuschvoll um die Hütte herum und rief dabei laut: „Hallo, ist hier jemand? Wir sind keine Ranger, nur Biologen auf Forschungstour."
Als er um die Hütte herum kam, sah er einen blutverschmierten, bärtigen Mann, der nochmals mit der doppelschneidigen Streitaxt ausholte, um einen Kopf abzuschlagen, Sehnen, Fleisch und Wirbel zu durchtrennen.
Mit einem wuchtigen Hieb schlug er nochmals in die vorhandene Wunde hinein, bis der Kopf des Hirsches endlich zu Boden fiel.
Dann drehte sich der Mann in Richtung Chris. Dabei stützte er sich abgekämpft auf seine langstielige Streitaxt.
Chris saugte die gruselige Szenerie in sich auf, bevor er anfing zu sprechen:
„Hallo Sir, entschuldigen sie, dass ich sie bei ihrer Arbeit störe. Mein Name ist Chris Foss.
Ich bin Biologe und will die nächste Zeit zu Forschungszwecken im Wald verbringen. Sie kennen sich hier sicher gut aus, und könnten mir weiterhelfen."
Der Mann hörte wortlos zu. Dann wischte er sich mit dem Hemdsärmel das Hirschblut aus dem Gesicht.
„Biologe? Ich kann hier niemanden gebrauchen. Verschwinden sie wieder."
Chris hatte sich inzwischen umgesehen. Überall hingen Tierkadaver, zum Teil gehäutet.

Vermutlich hatte es der Waldschrat nicht auf das Fleisch der Tiere abgesehen, sondern eher auf die Felle, Geweihe oder ähnliche Jagdtrophäen, die er sicher, gleichgültig wo, an den Mann brachte.
„Ja, meine Begleiterin und ich wollen sie auch nicht stören. Wir werden auch sofort weiterfahren. Aber vielleicht könnten sie mir sagen, wo der Wald am gesündesten ist, wo sich dieser Borkenkäfer noch nicht durchgefressen hat."
Der Kerl sah sich fragend um:
„Begleiterin? Welche Begleiterin?"
Chris nickte und rief nach ihr:
„Helen, kannst du mal herkommen? Ich bin hier hinter der Hütte!"
Sie dackelte ebenfalls vorsichtig um die Bretterbude herum. Als sie bei Chris ankam, die vielen Tierkadaver sah und den Geruch wahrnahm, dann dazu noch diesen ungewaschenen, blutverschmierten Kerl mit der riesigen Axt sah, musste sie sich deutlich überwinden, nicht gleich schreiend davonzulaufen.
Chris bemerkte, wie ihr die Anwesenheit an diesem Ort widerstrebte und sprach deshalb für sie:
„Das ist meine Begleiterin, Helen Horton. Sag guten Tag zu dem freundlichen Herren, Helen. Ach, wie ist doch nochmal gleich ihr Name, Sir?"
„Den hab ich dir nicht gesagt, Biologe."
Chris, kein hasenfüßiger Typ, 1,92 Meter groß und nicht unbedingt unsportlich, hatte keinen sonderlichen Bammel, und er besaß eine große Machete, die indes im Wagen lag:
„Kein Grund unhöflich zu werden. Insbesondere in Anwesenheit einer Dame."
Der Typ starrte die kleine Helen an. Von der Länge her, passte sie gar nicht zu Chris.
Die kurz geschnittenen, blonden Haare, umrahmten ihr mit Lachfalten gezeichnetes Gesicht.
Als sie der Kerl so durchdringend anstarrte, kamen diese Falten nicht zum Vorschein.
Dann sah der Kerl wieder zu Chris und grinste:
„In Anwesenheit einer **hübschen** Dame."
Chris wurde es jetzt zu bunt:

„Ist das nicht ein paradiesisches, stilles Örtchen hier?"
Helen zuckte nur mit den Schultern:
„Stilles Örtchen ist gut. Wo sollen wir denn unsere Kackgrube platzieren? Mich drückt es schon seit einer Stunde."
Chris lachte:
„Egal ..., am besten so, dass der Wind deine Gase vom Lager wegträgt."
„Apropos Gase. Kannst du in der Zwischenzeit mit dem Schnüffelgerät und deinem Geigerzähler die Umgebung checken? Ich könnte dann ruhiger schlafen."
Chris gefiel es nicht, dass wiedermal sämtliche Arbeit an ihm hängen blieb.
„Was denn noch alles? Zelt aufbauen, Feuerholz sammeln, auspacken, schnüffeln und Geigers zählen. Steck mir doch noch einen Besen in den Arsch, dann kann ich auch noch gleich zusammenkehren."
Helen grinste nur. Sie nahm ihren Mittelfinger in den Mund und befeuchtete ihn. Dann hielt sie Chris den ausgestreckten Finger entgegen:
„Der Wind kommt vom See her. Ok, dann spaziere ich jetzt ein Stückchen in den Wald zurück, und grabe dort unser Plumpsklo. Bis dann."
Sie nahm sich den Spaten aus dem Jeep und verschwand in Richtung Wald.
Zuerst holte Chris das Schnüffelgerät. Faulgase, Schwefelwasserstoff oder Methan, hätten sie sicher schon mit den Nasen bemerkt.
Diese Gase vermochte er offenriechbar auszuschließen.
Schwefeldioxid und andere ätzende Gase hätten sie ebenfalls schon längst wahrgenommen. Die reizen sofort die Schleimhäute oder Schlimmeres.
Er checkte deshalb die Umgebung auf weniger spürbare und geruchslose Gase, wie das gefährliche Kohlenmonoxid. Die Luft war aber rein. Er stellte keinerlei ungewöhnliche Gaskonzentrationen fest.
Auch mit dem Geigerzähler maß er keine übermäßige Strahlung. Es gab nur kleine Ausschläge, die auf natürliche, radioaktive Zerfallsprodukte hinwiesen. Nichts Gesundheitsschädliches.
Chris packte die Geräte beruhigt und zufrieden wieder weg.

Als sie die Anhöhe passierten, bot sich, mit dem Ausblick über das grüne Hochtal, eine optische Augenweide für die Beiden. Der Weg führte von dort an, über eine baumlose Felsenlandschaft, nur noch bergab und wurde schmaler.
Überhaupt handelte es sich weniger um ein Hochtal, sondern um einen großen Talkessel.
Die steilen Felshänge der umliegenden Berge, grenzten den Kessel scharf von der übrigen Landschaft ab.
Nur über den einen Weg, den sie genommen hatten, vermutlich ein Wildpfad, war es möglich, in diesen Kessel zu gelangen.
Ein alter Steinschlag, oder besser gesagt ein Felssturz, hatte den Weg großflächig verschüttet, und verlangte dem Jeep alles ab.
Den 50 Meter breiten Geröllhaufen zu überwinden, gestaltete sich als enorme Herausforderung. Nur im Schneckentempo, und mit Hilfe der Seilwinde waren sie in der Lage, den Felssturz zu überwinden. Direkt nach diesem Geröllfeld fing dann die Flora an zu sprießen, in Form eines fast undurchdringlichen Waldes.
Der Waldweg mündete in einen Pfad, der sich an einem dicht bewaldeten Abhang entlang, hinunter in den Kessel schlängelte. Unten angelangt, war Schluss für den Jeep. Der Pfad endete an einem kleinen See. Ab hier war es nur möglich, zu Fuß, am Ufer entlang, weiter in den Forst vorzudringen.
Da sich der Nachmittag schon seinem Ende zuneigte, und die Sonne sich hinter den umliegenden Berggipfeln verabschiedete, entschieden Chris und Helen, ihr Camp am See aufzuschlagen.
Im Schatten der Berge hatten sie lange genug Licht zur Verfügung, um ihr Camp aufzubauen.
Die famos ausgeprägte und unberührte Flora an diesem See, begeisterte Chris und sogar Helen sofort.
Eine Fauna fanden sie aber paradoxerweise nicht vor. Es herrschte merkwürdige Stille. Kein Summen, kein Pfeifen oder Zwitschern, kein Röhren, nicht einmal das nervige Surren der Stechmücken.
Nur das Wasser des Sees, dass in kleinen Wellen platschend an das Ufer trieb, und vereinzeltes Rascheln und Knacken in den Bäumen, hörten sie.
Dieser Tag war fast gelaufen, zu spät, um Chris Forscherdrang freien Lauf zu lassen:

Ich denke wir sollten weiter fahren."
„Weiterfahren? Hast du nicht gehört, was er gesagt hat?"
„Natürlich habe ich das wahrgenommen. Ich habe sogar genau zugehört. Wenn er sagt, dass es dort keine Käfer gibt, muss das eine Ursache haben.
Dem Grund dafür, muss ich nachgehen. Deshalb sind wir doch hier. Vielleicht finde ich hier ein Heilmittel gegen diese Waldseuche."
„Nein, er hat nicht geäußert, dass es dort keine Käfer gibt, er hat gesagt, dass es dort gar nichts mehr gibt. Was ist, wenn uns dort ein giftiges Gas um die Nase weht? Oder wenn es dort Strahlung gibt? Radioaktivität?"
„Hey, dafür hab ich doch mein halbes Labor dabei. Ich habe ein Schnüffelgerät für Gas und einen Geigerzähler. Wir werden vorsichtig sein. Und wenn uns trotzdem einer dieser Käfer ankrabbelt, habe ich auch noch Insektenspray dabei. Also was ist?"
„Ja, du und das Viecherzeug. Hauptsache du hast deinen Spaß. Ich wollte hier nur einen schönen, zweisamen Campingausflug mit dir machen. Keinen Gruseltrip."
„Ach, hab dich nicht so. Falls wir dort erfolgreich eine nützliche Anomalie finden, können wir die Feldforschungen verkürzen, und doch noch einen Badeurlaub anhängen. Ich hab so ein Gefühl, dass mir mein Doktortitel sicher ist, wenn ich in dieses Tal fahre. Bitte, laß uns das Tal aufsuchen, mir zuliebe."
Helen hatte sich schon wieder beruhigt. Als Chris sie mit seinem treuen Hundeblick ansah, hörte sie auf, weiter zu insistieren, und stimmte zu.
Sie stiegen ein und Chris startete den Motor. Da auf diesem Waldweg nur Schritttempo angesagt war, würde es sicher zwei bis drei Stunden dauern, bis sie im Tal ankamen.
Chris legte soeben den ersten Gang ein, als der bärtige Mann mit seiner Axt um die Blockhütte herumkam. Er rief ihnen hinterher: „Kehrt um, laßt es gut sein, es ist besser für euch, dort stimmt etwas nicht!"
Bei Chris stellte sich zwar ein mulmiges Gefühl ein, er gab aber Gas und fuhr weiter diesen ominösen Weg entlang.
Der holprige Weg erforderte eine aufmerksame Fahrweise. Nach einer Weile hatten Chris und Helen den Axt-Typen aus ihren Gedanken verdrängt, und frönten den malerischen Eindrücken, die der Wald ihnen bot.

„Hören sie, sie wollen uns offensichtlich nicht hier haben, das geht in Ordnung. Es ist mir total egal, was sie hier treiben. Weshalb sie hier allein im Wald sind. Völlig egal.
Ich frage sie jetzt noch einmal höflich, ob sie mir weiterhelfen können. Wenn nicht, kein Problem, dann werden wir eben selbst suchen."
Der Mann stützte sich nach wie vor auf seine Axt. Sah Chris in die Augen, dann lächelte er:
„Sorry, ich halte mich schon zu lange allein hier im Wald auf. Es ist so, Biologe. Wenn ihr mich in Ruhe lasst, dann lasse ich euch auch in Ruhe. An eurer Stelle würde ich ab hier wieder umkehren. Es gibt hier überall diesen verfluchten Käfer."
Er zeigte in Richtung Norden:
„Nur dort hinten, den Hügel ganz nach oben, und dann circa 3 Meilen hinunter ins Tal. Dort gibt es keine Käfer. Dort gibt es außer den Bäumen gar nichts mehr."
Chris, erstaunt ob der plötzlichen Redseligkeit, hakte nach:
„Wie …, gar nichts mehr. Dort muß es doch noch Waldtiere geben."
Der Mann richtete sich auf und schulterte seine blutverschmierte Axt:
„Nein, nicht das Geringste. Ich hab mich dort mal kurz umgesehen. Der Wald dort machte sogar mir Angst. Nur über diesen Weg hier gelangt man in das Tal. Ich bin nicht sicher, ob ihr den Weg durchgängig mit dem Fahrzeug zurücklegen könnt. Aber egal, kehrt besser jetzt gleich um. Kehrt um, solange es noch möglich ist."
Dann drehte sich der Mann um, und zerrte den nächsten Hirsch auf den Hackstock.
Chris schüttelte nur den Kopf. Er beendete die Konversation, indem er ihm zurief:
„Danke für die Auskunft, Sir!"
Dann nahm er die schocksteife Helen an der Hand, und marschierte mit ihr zurück zum Auto. Sie griff sich mit der flachen Hand an die Brust, und schnaufte tief durch:
„Ich dachte schon, dieser Typ greift uns an. Wie der mich angeglotzt hat. Wer weiß, wie lange der schon keine Frau mehr gesehen hat. Wir kehren doch um? Wie er es gesagt hat. Wir fahren doch zurück, oder?"
Chris umarmte sie, um sie zu beruhigen:
„Ach, denk nicht weiter an diesen Waldschrat. Der ist harmlos. Und wenn nicht, habe ich immer noch meine Machete.

Wenn es hier etwas gab, dass gegen den Borkenkäferbefall wirkte, fand er bisher keine Erklärung dafür. Für diese Arbeit hatte er aber später noch genug Zeit, kamen sie doch eben erst an.
Er sammelte zunächst ein paar größere Steine vom Ufer, und umrahmte damit den Feuerplatz.
Abgebrochene Äste und Zweige lagen genügend herum. Beim Holzsammeln hörte er Helen, wie sie begleitet von Furzgeräuschen anscheinend eine riesige, harte Wurst herauspresste. Mit einem Packen Feuerholz auf dem Arm griente er ihn ihre Richtung:
„Na, Herzchen, soll ich mal mit dem Schnüffelgerät nachsehen, ob bei dir irgendwelche tödlichen Gase herumfleuchen?"
Helen rief nur mit gepreßter Stimme: „Verschwinde!"
Chris lachte und schlenderte zurück zum See. Er liebte sein Zwergerl oder Herzchen, insbesondere ihre direkte Art.
Damit konnte er umgehen, sie immer wieder necken, das bereitete ihm einen Heidenspaß. Aus dem Wald hörte er ein Fluchen:
„Verdammt, jetzt hab ich das Klopapier vergessen, Scheiße! Hey Großer, kannst du mir etwas zum Abwischen bringen?"
Chris schüttelte nur grinsend den Kopf, antwortete nicht und schlichtete weiter das Feuerholz auf:
„Hey, Erde an Chris! Kannst du mich hören? Wenn ich mit meinem verkackten Hintern und heruntergelassenen Hosen zu dir laufen muss, werde ich mich als allererstes auf deinen Schoß setzen und dort meinen Hintern sauberreiben! Hörst du?"
„Ja, ja, ist ja schon gut. Laß mich zuerst noch den Besen aus meinem Arsch ziehen, dann bringe ich dir auch noch dein Klopapier!"
Als er ihr das Hygieneprodukt brachte, grinste er weiterhin, blieb aber sicherheitshalber in einiger Entfernung stehen. Er wusste nicht, ob sein Zwergerl wie ein Gorilla im Zoo reagierte, und etwa mit Exkrementen nach ihm würfe.
Sie hatte ein aufbrausendes Temperament.
Bei ihren Schülern hatte ihr das, in Anlehnung an die alten Bugs Bunny Cartoons, den Spitznamen ʽTasmanischer Teufelʼ eingebracht. Er warf ihr lieber die Klopapierrolle zu, und verschwand dann wieder ins Lager, um das Zelt aufzubauen.
Als Helen zurück ins Camp kam, flachste Chris sie an:

„Na, hattest du eine schwere Geburt? Wie viel wiegt denn unser Nachwuchs?"
Helen drohte spaßeshalber mit dem Spaten:
„Du willst doch jetzt nicht über die Größe von Kackwürsten sprechen, oder? Ich spring jetzt erstmal in den See und schwimme eine Runde, kommst du mit?"
Sie zog sich während des Laufens aus, und stakste ins Wasser. Der eisig kühle See verzögerte ihren Drang, in die Fluten zu springen, und sie zog ihren nackten Körper etwas zusammen. Dann stürzte sie sich schnaubend ins kalte Nass.
Chris ließ sich nicht lange bitten, zog sich ebenfalls aus und sprang unbeeindruckt von der Abkühlung hinterher. Dann tauchte er unter und schwamm Unterwasser weiter in ihre Richtung.
Sie sah sich um, entdeckte ihn aber nirgends. Plötzlich packte etwas ihren Fuß, und zog sie unter die Oberfläche. Fast hätte sie sich verschluckt. Sie strampelte sich los und tauchte prustend wieder auf.
Als Chris ebenfalls auftauchte und lachte, spritzte sie ihm mit ihren Handflächen Wasser ins Gesicht, und schwamm mehrere Meter davon.
Sie tollten noch einige Minuten im See herum, wie Kinder im öffentlichen Schwimmbad.
Dann trafen sich ihre Körper, sie umarmten und küssten sich im Wasser, bis es Chris zu kühl wurde:
„Können wir wieder ans Ufer zurück? Bei dieser Kälte steht er mir sonst noch nach innen."
Sie griff unvermittelt zwischen seine Beine und lächelte:
„So kalt scheint es auch wieder nicht zu sein."
Er küsste sie ein weiteres Mal und schwamm ans Ufer. Dort angelangt rief er ihr zu:
„Jetzt hast du noch die Gelegenheit. Entweder du folgst mir, oder du wechselst ans andere Ufer! Wenn du zu mir kommst, hab ich hier etwas für dich!"
Sie strich sich die nassen Haare nach hinten, lächelte verheißungsvoll und schüttelte leicht den Kopf:
„Ja, ja, ich kann mir schon denken, was du für mich hast."
Dann schwamm sie ebenfalls zurück.
Das letzte Licht der Dämmerung verschwand vom Nachthimmel, als Chris das Lagerfeuer entfachte, und sich abtrocknete.

Helen erreichte durchgefroren, mit Gänsehaut und abstehenden Nippeln das Ufer. Zitternd tapste sie zu Chris, der schon mit einem frischen Handtuch auf sie wartete, und sie damit einhüllte.
Er rieb ihren Körper ab, um sie trocken zu bekommen und zu wärmen. Aber Helen fackelte nicht lange. Sie griff an seinen Penis und fing an ihn zu massieren. Chris hörte auf, sie abzureiben, war drauf und dran etwas zu sagen, kam aber, wegen der Lustgefühle, die ihn überkamen, ins Stocken:
„Helen ..., Helen ..., ich wollte dir doch noch ...", dann gab er nach. Sie schubste ihn neben dem flackernden Feuer um, riss sich ihr Handtuch vom Leib, und ritt Chris wie eine Rodeoreiterin, die einen wilden Mustang bändigt. Im fahlen Licht des Mondscheins und des lodernden Lagerfeuers, liebten sie sich heiß und innig. Sie kamen nicht gleichzeitig, aber Helen fuhr fort, bis Chris endlich fertig war. Dann ließ sie sich auf seine Brust sinken.
Beide verschnauften kurzatmig. Als Chris Atemfrequenz sich wieder ein wenig beruhigt hatte, vollendete er den zuvor angefangenen Satz:
„Ich wollte dir doch noch etwas geben, weißt du noch?"
Helen blieb auf Chris liegen:
„Was? Nochmal? Ok, aber laß mich erst ein bisschen ausruhen."
Chris lachte:
„Nein, nicht das. Ich hab hier noch etwas, was ich dir geben wollte."
Im Liegen wühlte er, mit der ausgestreckten Hand, unter seinem am Boden liegenden Handtuch herum. Er tastete umher, bis er fand, was er gesucht hatte.
Helen lag nach wie vor auf seinem Bauch und beobachtete interessiert das Treiben. Als sie erkannte, was er da unter dem Handtuch hervorgeholt hatte, blieb ihr der Mund offen stehen.
Der Brillant blitzte und blinkte im Feuerschein, als Chris ihre Hand nahm und ihr den Ring überstreifte. Den Umständen geschuldet, fing er, eine Idee verlegen, an zu sprechen:
„Äh, ich weiß, dass man so etwas normalerweise ..., wenn überhaupt ..., dann sollte man das vor dem Sex anbringen. Aber nun sind wir einmal hier ..., und das Lagerfeuer prasselt ..., und die Sterne funkeln über uns, genauso wie dieser Ring.
Und ich wollte dich fragen ..., Helen Horton, willst du mich ..." Weiter kam er nicht. Sie unterbrach ihn:

„Ja ..., ja, natürlich du großer Tölpel!" Mit leuchtenden Augen betrachtete sie den Einkaräter, der auf ihrem linken Ringfinger thronte. Dann küsste sie Chris auf den Mund. Mit der rechten Hand fasste sie sich an den Unterleib:
„Oh, ich glaube, ich muß mich erst einmal frisch machen."
Sie sprang auf, und hüpfte zum Ufer wie ein junges Reh. Dort wusch sie sich erstmal. Chris hielt das für eine erstklassige Idee und tat es ihr gleich. Nach dem Abtrocknen bekleideten sich beide wieder. Nachts kühlte es in dieser Höhe empfindlich ab, nur am Lagerfeuer blieb es weiterhin ansatzweise gemütlich.
Chris öffnete eine extra für diesen Moment gedachte Champagnerflasche, und beide tranken den Schampus, nicht ganz stilsicher, aus Pappbechern.
Sie quasselten über dieses und jenes, über ihre Zukunft und Hochzeitspläne, bis sie beide die Müdigkeit überkam, und sie sich glücklich im Zelt zur Nachtruhe legten.
Sie waren den Alkohol nicht gewöhnt, und fühlten sich vom Champagner etwas angetrunken. So schliefen sie den Schlaf der Gerechten, in himmlischer Ruhe. Außer dem Knacken der Bäume hörten sie nichts. Nicht einmal eine Mücke störte ihre Nachtruhe.
Morgens wachte Chris mit dem ersten Tageslicht auf. Er vernahm, wie Regentropfen auf das Zelt platschten.
Nur ganz vereinzelt, kein richtiger Landregen, nur Getröpfel. Draußen vor dem Zelt, leuchtete aber strahlendes Tageslicht. Regenwolken hätten das Sonnenlicht um etliches mehr abgedunkelt.
Wissbegierig öffnete Chris den Reißverschluss des Zelteingangs und lugte hinaus. Keine Wolke am Himmel, weit und breit blaues Firmament. Die Tropfen platschten weiter. Chris hielt die Hand aus dem Zelt. Ein Spritzer traf ihn. Erst jetzt sah er, dass der Regen rot war, rot wie Blut. Er zog sich wieder ins Zelt zurück, und betrachtete den roten Tropfen auf seinem Handrücken. Da er im Moment keinen geeigneten Probenträger oder ein Probenglas zur Hand hatte, und draußen genug weitere Proben herunterfielen, untersuchte er den Tropfen, auf einfachste Art.
Zunächst roch er daran. Dabei nahm er einen leicht modrigen Geruch wahr. Dann tippte er mit dem Zeigefinger auf den Tropfen, bis etwas davon auf der Fingerspitze haften blieb.

Er verrieb die Probe zwischen Zeigefinger und Daumen. Zähflüssig, trocknet nicht gleich an, hat eine klebrig, samtige Konsistenz, dachte er. Als Nächstes tippte er mit seiner Zungenspitze auf die Probe. Es schmeckte ebenfalls modrig, wie ein Schimmelpilz. Er spülte sofort seinen Mundraum mit Wasser, und spuckte vor dem Zelt aus.
Es konnte sich nicht um Blut handeln, zumal es keinerlei Erklärung gab, wie es hierher kam. Dem ersten Anschein nach, handelte es sich um schleimige Absonderungen eines Pilzes. Aufgrund der lautstarken Aktivitäten wachte Helen langsam auf.
Chris verließ voller Entdeckerfreude das Zelt, um sich umzusehen.
Als er nach oben kuckte, erkannte er, dass die Kiefern rote Zapfen aufwiesen. Aus diesen Kiefernzapfen tropften die schleimigen Absonderungen.
Er erinnerte sich nicht, jemals zuvor etwas Vergleichbares gesehen zu haben. Obwohl er sich akribisch vorbereitete, sich mit der in diesen Breitengraden vorherrschenden Flora befasste, wusste er nicht, um was es sich handelte. Von einer Blutkiefer hatte er definitiv nie zuvor gelesen oder gehört.
Er wusste ebenfalls nicht, weshalb das Getröpfel genau jetzt einsetzte, welchen Auslöser es dafür gab. Dieser Tag unterschied sich nicht von dem vorherigen.
Es gab nur eine einzige Abweichung, dass sich er und Helen jetzt hier aufhielten. Hatten etwa sie, ihr Erscheinen, etwas damit zutun? Wie funktionierte das? Aus den Augenwinkeln nahm er eine Bewegung wahr. Er sah sofort in diese Richtung, erkannte aber weit und breit keine Veränderung. Dann, auf der anderen Seite, ein Knacken, eine Bewegung, aber als er hinsah, wieder nichts.
Chris spürte, wie langsam Nervosität in ihm aufkam. Hektisch schnappte er sich die Machete, die neben dem erloschenen Lagerfeuer in einem dicken Ast spickte:
„Ist da Jemand? Sind sie das, der Kerl mit der Axt? Kommen sie heraus, ich habe sie gesehen!"
Ein Bluff, er hatte nichts erkannt. Einen Versuch war es wert. Aber es kam keine Antwort.
Helen schaute mit verschlafenen Augen aus dem Zelt:
„Was ist denn los, Großer? Gibt es Probleme? Ihh, was ist denn das für ein stinkender, roter Schleim hier?"

Chris sah sich weiterhin nervös um. Die Machete hielt er dabei mit beiden Händen, wie ein Schwertkämpfer, vor seinen Körper. Hinter ihm knackte wieder etwas im Holz.
Er drehte sich um, rief nochmal:
„Hier ist doch Jemand!? Kommen sie heraus, ich weiß, dass sie sich da irgendwo herumtreiben!"
Helen öffnete jetzt ihre verschlafenen Augen weiter, und erspähte etwas:
„Da ..., da, dieser Ast dort hat sich bewegt! Direkt hinter dir, paß auf Chris!"
Er reagierte schnell, im Umdrehen hieb er mit der Machete, ohne zu wissen, wonach er schlug. Dabei traf er einen dünnen Ast, der zunächst unbemerkt, hinter ihm aufgetaucht war, und trennte ihn ab.
Dieser rote, modrige Saft spritzte heraus, als ob eine Schlagader den Ast durchzogen hätte. Als der Zeltboden anfing, sich zu wölben, sprang Helen kreischend aus dem Biwak.
Eine riesige Wurzel riss das Zelt aus der Verankerung, und zerriss es in der Luft. Der See färbte sich rot und fing an zu blubbern, als ob er kochte oder Millionen von Fischen an der Oberfläche zappelten. Eine weitere Wurzel trat durch den Waldboden und schoß auf Chris zu. Mit einem Schlag gelang es ihm, sie abzutrennen.
Das abgeschlagene Holz, hüpfte danach weich und flexibel auf dem Waldboden herum, bis es ausblutete und still liegenblieb. Völlig durchzogen von diesem roten Pilzzeug, bewegten sich überall Schlingen und Speere aus Zweigen und Ästen, um Chris und Helen anzugreifen.
Die Angriffe verliefen zwar etwas ungezielt und unbeholfen, aber es bewegten sich immer mehr dieser Baumwaffen auf sie zu.
Chris schlug mit der Machete um sich, trennte ein Teil nach dem anderen ab, bis das Baumblut in Massen spritzte:
„Zum Jeep, Helen, schnell, zum Jeep", schrie er, seine wie angewurzelt dastehende Verlobte an.
Das riss Helen gerade noch rechtzeitig aus ihrer Schockstarre. Als sie loslief, schoß ein armdicker, spitzer Ast ins Leere. Sie sprintete zum Jeep, sprang über die geöffnete Rückseite in den Wagen und knallte die Heckklappe von innen zu. Aus dem See zappelten Wurzeln und Schlingpflanzen ans Ufer, und Chris rannte ebenfalls los.

Vor ihm explodierte förmlich ein dicker Wurzelstrang aus dem Erdreich, er wich aus und hieb mit der Machete zu.
Durch diesen allzu machtvollen Gegner drang das Buschmesser nicht völlig durch und blieb stecken. Chris ließ es los und rannte weiter zum Jeep. Er riss die Tür auf, sprang auf den Fahrersitz und schlug die Fahrertür zu. Helen schrie ihn von der Ladefläche aus an:
„Fahr los, weg hier, fahr los, fahr doch endlich!"
Chris war vollgepumpt mit Adrenalin, das nervöse Geschrei von Helen verbesserte seinen Zustand ebenso nicht weiter. Er klopfte verzweifelt alle Taschen ab, fand aber den Zündschlüssel nicht.
Helen kreischte ihn weiter an, er suchte, durchwühlte alles, bis er endlich bemerkte, dass er den Zündschlüssel, über Nacht, steckenließ. Vor lauter Ablenkung hatte er vergessen, ihn abzuziehen und einzustecken.
In dem Moment, als er den Motor startete, drang ein Ast durch das Heckfenster, verfehlte Helen nur knapp und bog sich dann nach unten, als ob er vorhatte, den Jeep festzuhalten. Chris gab Vollgas, die durchdrehenden Reifen wirbelten den Waldboden auf, der Staub nebelte das Szenario ein, bis der Ast endlich abriß, und der Jeep mit einem Ruck befreit losbrauste.
Sie kamen aber nicht weit. Der gesamte Wald schien sich gegen sie verschworen zu haben.
Direkt vor ihnen krachte eine weitere große Wurzel durch die Oberfläche, der Jeep knallte dagegen und blieb lädiert liegen.
Beim Aufprall schleuderte es Chris und Helen nach vorn. Sie erlitten Prellungen und Platzwunden, verloren aber glücklicherweise nicht das Bewusstsein. Es schien aussichtslos, wie sollten sie entkommen?
Völlig umzingelt von zappelnden Ästen und Wurzeln, saßen sie blutend im Jeep, und umarmten sich wie Äffchen im Tierversuchslabor. Weinend und zitternd harrten sie der Dinge. Es konnte nicht mehr lange dauern, bis die Äste die Scheiben einschlugen und in das Fahrzeug drangen. Plötzlich hörten sie ein Motorgeräusch.
Erst weiter entfernt, dann immer näher kommend, aufbrausend, hochdrehend, wie von einem Geländemotorrad. Es entpuppte sich als das Geräusch einer Motorsäge.
Die Pflanzenfortsätze ließen merklich vom Wagen ab, und konzentrierten sich jetzt mehr auf diese Schwingungsquelle.

Draußen flogen die Fetzen, bis die Fahrertür aufgerissen wurde. Völlig von rotem Glibber überströmt, stand der Waldschrat vor ihnen:
„Los, raus hier, wir müssen weg, den Hang hinauf, erst in den Felsen sind wir sicher, schnell, bewegt euch!"
Der fremde Blockhüttenbesitzer besaß Bärenkräfte, die Motorsäge wurde langsam schwer, aber er kämpfte weiter, wirbelte und sprang umher, stutzte einen angreifenden Baum nach dem anderen zurecht. Während des Kampfes schrie er wieder in den Wagen hinein:
„Lauft endlich los, haut ab hier, immer den Hang hinauf zur Felswand. Sie können euch nicht sehen, sie spüren aber die Erschütterungen im Boden, los, lauft!"
Helen und Chris sprangen aus dem zerstörten Jeep, und liefen, was das Zeug hielt. Der Kerl hinter ihnen richtete ein regelrechtes Kettensägenmassaker an.
Äste reckten sich nach Helen und Chris, im Sprint wichen sie aus, so gut es eben gelang. Sie entfernten sich immer weiter von dem Kerl, der hinter ihnen weiterkämpfte, bis der Sprit der Motorsäge zur Neige ging. Er ließ die Säge fallen, zog seine Machete aus der Scheide, als ihn unvermittelt ein Ast von hinten durchbohrte.
Er ließ die Machete sinken, spuckte Blut aus seinem zerfetzten Lungenflügel. Schockiert sahen Helen und Chris zu wie der Kerl, der zunächst Unbehagen in ihnen hervorrief, der sie jetzt aus dem Jeep rettete, leblos von dem Ast in Richtung Baum gezerrt wurde.
Die Wurzeln der Blutkiefer öffneten sich, gaben eine Höhle frei, in die ein Wurzelfortsatz den toten Körper des Mannes hineinzog.
Was innerhalb der Pflanze geschah, verbarg sich vor den Augen von Chris und Helen. Von ihren eigenen Schreien aufgeschreckt, rannten sie weiter bergan.
Die Adrenalinkonzentration in ihrem Blut stieg so dermaßen an, dass ihre Herzen rasten wie bei einem Kaninchen auf der Flucht.
Sie ermüdeten nicht, rannten immer weiter. Ihre Muskeln brannten, wurden blau, aber das spürten sie gar nicht.
Unterdessen hatte sich die Wurzelhöhle um den Leichnam des hilfsbereiten Kerles geschlossen. Faserwurzeln drangen in seinen Körper ein, und fingen an Blut zu saugen. Mehrere ausgeprägte Pfahlwurzeln rissen seinen Kopf vom Torso.

Ein Podest öffnete sich glibberig und schmatzend wie ein Alien-Ei, rote Pilzfasern züngelten heraus. Die Wurzeln setzten das tote Haupt auf dieses Horrorpodest.
Pilzfasern drangen ein, die Augen öffneten sich kurz, mit geistlosem Ausdruck, um sich dann für immer zu schließen.
Der Baum fand keine Verwendung für den Kopf, stieß ihn ab, und er kullerte auf einen bereits vorhandenen Haufen von Tierschädeln.
Das Gehirn des Mannes, war nicht kompatibel. Unbrauchbar. Die Bäume brauchten einen weiteren Symbionten, ein Denkorgan.
Pflanze und Pilz zusammen stellten einen unempfindlichen, nachwachsenden Körper zur Verfügung, sie benötigten aber außerdem Intelligenz für ihre Komplettierung. Auf der Suche danach verzehrten sie alles, was ihnen bei Tageslicht zwischen die Zweige kam.
Schutzlos rannte das Liebespaar weiter bergauf.
Sie drehten sich nicht mehr um, versuchten, nur zu fliehen. Chris war zwar größer und wesentlich kräftiger als Helen, sie wog dagegen nur die Hälfte, hatte es deshalb beim Bergauflaufen leichter, und rannte vornweg.
Trotz Adrenalinschock fielen die Schritte immer schwerer, und als sich eine Wurzel aus dem Boden erhob, stolperte Chris und stürzte. Helen bekam das in ihrer Panik nicht sofort mit und lief, ohne sich umzusehen, bis Chris ihr hinterherrief:
„Helen, lauf weiter, ich komme gleich nach, schnell Helen lauf!"
Sie stapfte langsamer, drehte sich besorgt um und sah, wie Chris versuchte aufzustehen. Doch mehrere Ranken fassten seine Beine und zogen ihn weg.
Er strampelte, versuchte, sich mit den Händen im Boden festzukrallen, hatte aber keine Chance.
Sie schrie ihm verzweifelt nach: „Chris, nein ..., Chris!" Mehr brachte sie nicht heraus.
Zuerst kam ihr der Gedanke, ihm hinterherzulaufen. Sie tappte ein paar erste Schritte zurück in seine Richtung, als an der Stelle, an der sie vorher gestanden hatte, eine Wurzel aus dem Boden hervorbrach. Sie sprang zur Seite und rannte wieder bergauf davon. Es konnte nicht mehr weit sein, bis sie die Felsen erreichte.

Sie hatte bei ihrer Flucht nicht den langen, befahrbaren Waldweg genommen, sondern rannte direkt den Hang hinauf in Richtung Felswand. Immer wieder schnalzten Zweige und Äste wie Peitschen um sie herum, erwischten sie aber nicht.
Völlig ausgepumpt erreichte sie die steile Felswand, und kletterte Zug um Zug höher. Dabei steckte Helen ihre komplette, übrige Kraft in ihre Kletteranstrengungen. Unterdies kam sie schnell weiter hinauf, immer höher. Ihr geringes Körpergewicht, machte sich dabei wiederum bezahlt. Äste probierten nach ihr zu greifen, erreichten sie aber nicht mehr. Als sie mehr als vierzig Meter Felswand hinter sich gelassen hatte, brach unvermittelt der Halt unter ihrem Fuß weg, und sie stürzte schreiend hinab, zurück in den Gruselwald. Sie schlug mit ihrem Rücken und dem Kopf auf, und verstarb sofort, noch an Ort und Stelle.
Langsam schlängelten sich Schlingen aus Wurzeln zu ihrem Leichnam, bekamen ihn zu fassen, und zerrten den toten Körper ebenfalls weg.
Vom namenlosen Waldschrat, wie sich später herausstellte, Neil Swan, von Helen Horton und von Chris Foss, fand niemals jemand eine Spur.
Alle Pläne mit dem Jagdtrophäenhandel, mit der Hochzeit, mit dem Doktortitel, alles ausgelöscht, in wenigen Minuten.
Als sich nach einem Monat niemand der drei Waldbesucher beim Ranger, David Crowther, abgemeldet hatte, begab er sich auf die Suche. Er fand aber keinen von ihnen auf. In den Hochtalkessel ist er zu seinem Glück niemals vorgedrungen. Spätere Erkundungen, per Hubschrauber mit Wärmebildkameras, blieben ebenfalls erfolglos. Das Verschüttgehen dieser Leute, verschwand zunächst als mysteriöser, ungeklärter Fall in den Akten der Ermittlungsbehörden.
Selbst der Jeep, die Campingausrüstung oder Spuren von einer Feuerstelle, blieben vom Winde verweht. Der Black River National Forest hatte alles, im wahrsten Sinne des Wortes, verschlungen.
Bei der Wildererhütte von Neil Swan endeten sämtliche Fährten.
Die seit 1995 vermissten Urlauber, wurden nach einigen Jahren amtlich für tot erklärt. ...

Kapitel 2: Die Großeltern.

Zu Port Ryan hatte Ant keinerlei Bezug mehr. Freunde, Fehlanzeige. Zach Bloom hatte sich nie zu einem Besuch im Krankenhaus sehen lassen. Vermutlich erschien Ant ihm zu unheimlich, und in letzter Zeit zu abgehoben, oder er war einfach nur eifersüchtig.

Das kam Ant gelegen, er hatte sich eine ganze Weile vorher ein wenig von Zach distanziert. Zach hatte zunächst neidisch auf Ants phänomenalen Fähigkeiten mit der Steinschleuder reagiert, danach dann wegen seiner entzückenden Freundin Andrea.

Ebenso hängten ihm Zachs blöde Witze, die er immer wieder mit Gewalt in jegliche Konversation zwängte, zum Hals heraus. Wenn jemand einen Furz fliegen ließ, fing Zach sofort an:

„Fürze steigen normalerweise nach oben. Aber du hast sicher schon welche gelassen, die schwerer waren als Luft."

Ha, ha. Ein echter Schenkelklopfer. Oder über Krampfadern:

„Wie kann deine Mutter Krampfadern haben? Ich hab doch auch keine, obwohl ich sicher schon mehr Babys herausquetschte als sie. Bestimmt Milliarden."

Ha, ha. Oder an Andrea gerichtet:

„Wenn du es ihm heute kannst besorgen, verschiebe es nicht auf Morgen. Denn willst du es ihm heute nicht besorgen, wird er es sich woanders borgen."

Ha, ha. Auch noch ein Dichter, aber trotzdem nicht ganz dicht.

Ant hatte genug von Zachs dumpfbackigem Verhalten. Während er sich weiterentwickelte, einen riesigen Sprung nach vorn realisierte, geistig und körperlich, legte Zach zur Zeit den Rückwärtsgang ein, weil er es nicht besser wusste.

Die einzigen Verwandten, seine Großeltern, Maria und Claus Antonin, holten Ant, Ende Mai, direkt aus der Psychiatrie ab. Das beschädigte Elternhaus wies Erdbebenrisse auf, und einige Fenster lagen in Scherben.

Ansonsten blieb es unversehrt. Nichts was großen Reparaturaufwand erfordert hätte. Abschreckend wirkte nur der Umstand, dass einem nach wie vor die Umrisszeichnung des verstorbenen Detektives, auf dem Flurboden, ins Auge stach.

Seine Großeltern boten es zu einem günstigen Preis auf dem überfüllten Immobilienmarkt an und verkauften es schnell. Sie nahmen sich vor, den Erlös in Ants Ausbildung zu investieren.
Ant verabschiedete sich von Dara Halic, seiner Therapeutin. Bei ihr handelte es sich um die einzige Person, der er sich, über die letzten Monate hinweg anvertraute, soweit es ihm möglich war.
Er hatte fast ein schlechtes Gewissen, dass er ihr nicht alles erzählte. Der Abschied von ihr fiel im schwer.
Seine Therapeutin trug es mit professioneller Gelassenheit. Ant hatte aber das Gefühl, dass es ihr ebenfalls nicht sonderlich leicht fiel.
Seine Großeltern freuten sich darauf, ihn wiederzusehen. Sie hatten ihr distanziertes Verhalten, ihm gegenüber, schon vor längerer Zeit aufgegeben, als sie ihr Sohn darüber informierte, dass Josef eben doch sein leibliches Kind sei.
Spätestens bei der Beerdigung hatten sie ihn in ihr Herz geschlossen.
Als sie gemeinsam das Krankenhaus verließen, schien ihnen die Sonne warm ins Gesicht. Die klare Seeluft umschmeichelte Ants Nase, und die jetzt wieder grün belaubten Bäume, standen zum Teil weiterhin in ihrer Blütenpracht. Ant fiel ein Sperlingmännchen auf, dass mit Inbrunst und Vehemenz nach einem Weibchen zur Fortpflanzung zwitscherte.
Er lächelte still in sich hinein, als er mit seinen Großeltern in den Leihwagen stieg. Wenn es doch bei den Menschen ebenso leicht wäre. Bloß hinausstellen, auf die Straße, solange laut „ich will bumsen" schreien bis die Mädchen angelaufen kommen. Das vereinfachte Vieles.
Sie hatten einen langen Weg vor sich. Zunächst fuhren sie in Richtung Boston. Die Strecke kannte Ant schon. Er dachte an Chong Xu und dessen Yacht, ließ diese Gedanken für eine kleine Weile zu, und schob sie dann weg in seine Vergangenheitskiste. Er hatte vor nur noch im Hier und Jetzt zu leben, nicht mehr in die Vergangenheit, sondern höchstens in die Zukunft zu schauen.
Sie fuhren zum Flugplatz. Dort gaben sie den Leihwagen zurück, und begaben sich zum Flugschalter im Terminal. Die Abfertigung lief zügig ab, da sie nur Handgepäck mitführten.
Ant besaß kaum Eigentum, das er mitnahm. Außer etwas Kleidung gab es da nichts mehr. Sein erster Flug stand bevor. Logischerweise wusste er, wie alles funktionierte.

Die Technik, die physikalische Seite mit der Geschwindigkeit und dem Auftrieb, das war ihm alles klar. Trotzdem regte er sich ein wenig auf, bei dem Gedanken es selbst zu erleben, nicht nur in Fernsehdokumentationen zu sehen.
Insbesondere der Start, mit den tosenden Triebwerken und der enormen Beschleunigung, gefiel ihm.
Der Flug selbst langweilte ihn eher. Die rund 2.800 Kilometer, umgerechnet circa 1.750 Meilen, von Boston nach Denver legte die Maschine in viereinhalb Stunden zurück.
Eine lange Zeit, um sich zu langweilen. Er holte sich eine Zeitung, den CU Independent.
Es gab diverse Zeitschriften und Käseblätter vom Zielort, aber er interessierte sich mehr dafür, was die Studenten der Colorado University zu berichten hatten.
Ein Artikel betraf einen Streit um die Nutzungsrechte im Black River National Forest. Die gebildete Elite vertrat die Meinung, es handele sich um ein unantastbares Naturschutzgebiet. Dieser Auffassung schlossen sich einige Politiker an. Andere Volksvertreter, oder Volkstreter, die man vermutlich mit Geld überredet hatte, vertraten eher die Meinung, dass der sowieso schon durch den Käferbefall geschwächte Wald, einer zügigen Abholzung bedurfte, solange es nutzbare Bäume gab.
Das übliche Prozedere beinhaltete Unterlassungsklagen und Gegenklagen, das vermochte sich ewig hinzuziehen.
Lesen verkürzte die gefühlte Flugzeit erheblich. Außerdem lenkte es Ant von dem Kerl ab, der direkt neben ihm saß. Obwohl sie in der Business-Class gebucht hatten, waren die Sitze nicht sonderlich breit. Neben Ant saß ein junger Mann, um die 20 Jahre alt, mit ordentlicher Kleidung und langem Haar. Gleich als sich der Typ gesetzt hatte, fiel Ant auf, dass die Hose des jungen Mannes seltsame Streifen aufwies. Ant schenkte dieser Auffälligkeit zunächst keine weitere Aufmerksamkeit.
Während des gesamten Fluges lief diesem Kerl dann der Rotz aus der Nase. Ob es an der Luftdruckveränderung binnen der Luftreise lag, oder ob er einfach nur unter einer ausgeprägten Erkältung litt, vermochte niemand zu sagen. Für eine derart extreme Schnupfennase, bleiben normalerweise nur zwei Möglichkeiten.

Entweder der Rotz wird durch die Nase hochgezogen, oder er wird in ein entsprechendes Tuch geschnäuzt. Dieser Kerl konzipierte aber eine dritte Möglichkeit. Er lies die Schleimabsonderungen trivial nach unten, auf die Lippe laufen. Dann wischte er sich den Rotz mit der Hand weg, und rieb dann die Hand an seiner Kleidung trocken. Dieses Verhalten zelebrierte er den ganzen, langen Flug.
Als er keine freie Stelle mehr auf seiner Kleidung fand, schwenkte er um, und wischte er sich den Rotz in die langen Haare. Widerlich. Sämtliche Streifen auf diesem Kerl bestanden aus getrockneten Körperabsonderungen.
Ant bog seinen Oberkörper, soweit er auf dem Sitz überhaupt die Möglichkeit fand, von dem Kerl weg. Stundenlang.
Folgerichtig bekam er durch diese verkrampfte Haltung Verspannungsschmerzen im Kreuz.
Die Landung empfand Ant wieder als etwas Besonderes. Beim Landeanflug musste sich das Flugzeug zunächst einreihen. Dazu flog der Pilot einige Bögen. In abwechselnder Schräglage erkannte er einzelne Häuser und Fahrzeuge, dann wieder die Berge im Hintergrund. Ein leichtes Achterbahngefühl stellte sich ein. Dabei passte Ant immer auf, dass ihm sein Sitznachbar nicht zu nahe kam.
Dann setzte die Maschine butterweich auf, und der Pilot aktivierte den tosenden Gegenschub. Alles sehr aufregend für den Flugneuling. Als der gestreifte Sitznachbar ihm dann die Hand zum Abschiedsgruß entgegenstreckte, sprang Ant auf und verließ das Flugzeug auf schnellstem Weg.
Maria und Claus hatten ihren Wagen, bei der Hinreise, am Flughafen von Denver geparkt. Es handelte sich um eine alte Jaguar-Limousine. Damit fuhren sie dann weiter Richtung Heimat, nach Coulder. Als sie ankamen, stellte Opa den betagten Schlitten in der Einfahrt ab.
Das Einfamilienhaus, nicht mehr das jüngste, aber anständig gepflegt, verbreitete einen manierlichen Eindruck.
Es lag in South-Coulder, in einem Ortsteil mit einem seltsamen Namen. Satans-Toe-Rolling-Hill. Eine reine Wohngegend. Der Straßenname bezog sich dagegen auf die nahen Berge, die Wildcreek Street.

Da die Sommerferien kurz bevorstanden, hatten seine Großeltern ihn für das nächste Schuljahr, sein Abschlussjahr, in der Mountainview-High-School, in der Bluebriar Road, direkt in der näheren Umgebung, angemeldet.

Coulder, eine malerische, überschaubare Stadt, hatte sogar eine Universität aufzubieten. Auf den Straßen traf man viele junge Leute, in Ants Alter, an. Sperling müsste man sein. Aus bekannten Gründen hatte er aber vor, sich besser aus etwaigen Kontakten herauszuhalten.

Das großräumige Haus hatte eine kleine Diele, in der sich die Garderobe befand. Hier konnte man ablegen, bevor sich vor einem das große Wohnzimmer ausbreitete. Als Blickfang fiel, gleich nach dem Betreten, ein offener Kamin auf, über dem ein Hirschgeweih thronte. Fast wie in einer Jagdhütte. Unter dem Geweih lag ein Jagdgewehr lose in einer Halterung. Opa Claus frönte offensichtlich dem Hobby der Jagd. Ant fragte nach:

„Dieses Geweih dort über dem Kamin. Hast du den Hirsch selbst erlegt, Opa?"

Opa Claus strahlte mit stolzgeschwellter Brust:

„Natürlich mein Junge. Ich habe früher oft gejagt. Aber seit meine Jagdkumpel entweder tot oder zu krank sind, habe ich dieses Hobby aufgegeben. Eines schönen Tages könnten doch wir einmal zusammen auf die Jagd gehen? Wälder gibt es hier genug in der Gegend."

„Ja, eines schönen Tages vielleicht, Opa. Aber jetzt müßte ich zuerst einmal eine Toilette aufsuchen."

„Gleich da vorn, rechts neben der Diele, ist unser Gästeklo. Du hast aber auch ein eigenes Badezimmer, in deinem Zimmer, oben im ersten Stock. Soll ich es dir zeigen?"

„Nein, nein, Opa, ich werde es schon finden, so viel Zeit habe ich schon noch."

Ant strebte die Treppe nach oben. Das Wohnzimmer stand zum ersten Stock hin offen.

Sobald er oben ankam, erreichte er dort eine umlaufende Galerie mit einer Balustrade, die zu den Schlafzimmern führte. Seine Großeltern waren vom Wohnzimmer aus in der Lage, ihn zu beobachten und anzuzeigen, wann er vor der richtigen Tür, seinem neuen Zimmer, ankam. Er winkte freundlich über die Brüstung nach unten und öffnete die Tür.

Sein Zimmer, mehr als 20 qm groß, um einiges geräumiger als sein bisheriges Kinderzimmer in Port Ryan, verfügte über einen begehbaren Schrank. Gegenüber lag die Tür zu seinem eigenen Badezimmer. Die gehobene Ausstattung beinhaltete einen Waschtisch, eine bodengleiche Dusche und ein WC. Die Wand gegenüber der Tür war komplett verglast, und bot einen famosen Panoramablick Richtung Norden, auf die nahen Berge.
Ein kleiner, vor die Fensterfront gesetzter Balkon, rundete den ansprechenden Eindruck ab. Die Fensterseite konnte mittels Innenrollos abgedunkelt werden. Praktisch, falls Ant einmal vor hatte, länger zu schlafen. Zunächst bog er aber in sein Bad ab, um sich der aufgestauten Flüssigkeiten zu entledigen. Danach wusch er sich die Hände, das Wasser perlte weich aus dem Hahn, alles funktionierte einwandfrei. Einfach perfekt, wie für ihn gebaut.
Als er strahlend aus dem Zimmer ans Geländer trat, standen seine Großeltern nach wie vor zusammen, Arm in Arm, im Wohnzimmer und lächelten nach oben. Oma Maria fragte nach:
„Na, wie gefällt dir dein neues Zuhause? Glaubst du, du kannst es hier bei uns aushalten?"
Ant grinste und nickte:
„Vielleicht muß ich noch ein bisschen umdekorieren, aber es ist wirklich sehr schön."
„Freut mich", erwiderte Oma.
„Wir haben uns überlegt, du hast doch noch drei Monate Zeit, bis du in der neuen Schule anfängst. Wir können dir also in Ruhe die Stadt, deinen Schulweg, die Umgebung, alles zeigen. Aber jetzt komm erstmal herunter, wir müssen dir noch etwas geben."
„Was denn, Oma?"
„Das wirst du schon sehen, komm erst einmal herunter."
Ant lief die Treppe hinunter. Seine Großeltern standen weiterhin Arm in Arm zusammen und lächelten ihn an. Opa brach das ominöse Schweigen:
„Oh, Mann, jung müßte man noch sein. Wie lange ist das her, dass ich die Treppe herunter hüpfte wie du? Also, komm mal mit, dort durch diese Seiteneingangstür."
Er zeigte Richtung Küche. Ant schritt interessiert voran, die Großeltern folgten ihm.

Von der Küche aus führte eine Tür, über einen kleinen Flur, in Richtung Garage.
So war es möglich, die Lebensmitteleinkäufe bei miesem Wetter, direkt in der trockenen Garage auszuladen und in die Küche zu bringen. Jetzt drängelte sich Opa vor, öffnete die Tür und bedeutete Ant mitzukommen. Er drückte auf den Toröffnerknopf, und das helle Tageslicht flutete die Garage.
Dort stand ein gebrauchter Ford Mustang. Orange mit einem dicken schwarzen Streifen, der von der Motorhaube, übers Dach, bis zum Kofferraum verlief. Das Auto, frisch aufpoliert, strahlte und glänzte ihm Licht. Opa und Oma gesellten sich wieder zusammen. Opa deutete mit der ausgestreckten, flachen Hand in Richtung Muscle-Car:
„Sie ihn dir an, sieht der nicht prächtig aus?"
Ants Miene drückte seine Verwirrung aus:
„Ja, schönes Auto. Und was wollt ihr mir nun geben?"
Die Großeltern sahen sich grinsend an. Großmutter gedachte, ihn nicht länger auf die Folter zu spannen:
„Na, das ist deiner, du Dummkopf! Wir haben das Haus in Port Ryan verkauft, uns geht es finanziell gut, wir brauchen das Geld nicht. Vom Erlös haben wir dieses Auto gekauft, den Rest der Summe wollen wir für deine Ausbildung verwenden. Und so teuer war die Karre nun auch wieder nicht, schließlich ist der Mustang gebraucht, drei Jahre alt."
Ants Gesicht entgleiste. Er musste sich erstmal sammeln:
„Nein, das gibt es doch gar nicht. So einen habe ich mir schon immer gewünscht, seit ich diesen Spinner an der High-School damit fahren hab sehen. Aber ich hab doch gar keinen Führerschein."
Opa lachte: „Ja, das ist ein Problem. Wir haben dich aber über die Ferien an der Fahrschule angemeldet. Es sollte keine Schwierigkeit darstellen, in dieser Zeit den Führerschein zu bekommen."
Ant hielt es nicht mehr an seinem Platz. Er sprang auf die Großeltern zu und umarmte beide gleichzeitig:
„Danke, das ist ja der Wahnsinn, danke, vielen Dank!" Er spielte die Freude wie ein großer Filmstar. Den Erwartungen entsprechend gefiel ihm das Auto, aber Begeisterung, richtige Entzückung empfand er nicht. Dazu lasteten die Ereignisse der letzten Zeit zu schwer auf ihm.
Poison verdammte ihn ungewollt dazu, den Rest seines langen Lebens von fremder Lebensenergie zu zehren.

Er lebte nur, weil andere für ihn starben. Wirkliche Begeisterung kam deshalb nicht in ihm auf, aber er war fähig sie vorzutäuschen, zumindest seinen Großeltern damit eine Freude zu machen.
Oma und Opa waren zufrieden. Das Schönste an einem Geschenk ist die Glückseligkeit, die der Beschenkte zeigt.
Sie bemerkten nicht, dass er ihnen alles nur vorspielte.
Die Folgezeit verlief gemächlich. Ant hatte keine Probleme sich in seinem neuen Heim einzugewöhnen.
Wenn ihn die Trauer zu übermannen drohte, ließ er diese Gefühle für eine kurze Zeit zu, und schob sie dann wieder in seine Vergangenheitskiste. Wie es Dara Halic ihm empfohlen hatte. Meistens half ihm das.
Seine Großeltern bemühten sich, ihm alles Wissenswerte zu zeigen, obwohl sie bemerkten, dass sie ebenfalls nicht mehr die Jüngsten waren. Einkaufs- und Ausgehmöglichkeiten, reizvolle Gegenden, Stadtteile die man eher meiden sollte, ebenso wo die High-School lag, führten sie ihm vor, und sie zeigten ihm gleich mal den Campus der Universität.
Den langen Sommer über herrschte beständig sonniges Wetter.
Die wenigen Gewitter störten kaum. Es war immer Barbecue-Zeit. So viele Steaks wie in diesem Sommer, hatte Ant im gesamten Leben zuvor nicht gegessen.
Er nahm aber nicht zu. Sein Körper schien sich erfolgreich gegen alles zu wehren, was ihm schadete. Sogar wider zuviel Fett und Zucker.
Seine Großeltern fuhren mit ihm zwar des Öfteren an den Baggersee zum Schwimmen, aber dass sich Ant in dieser Zeit allerlei bewegt hätte, konnte man ehrlich nicht sagen.
Am 01.08.2002 feierte Ant dann seinen 18. Geburtstag.
Neue Freunde, Fehlanzeige. Nur ein paar altersschwache Spezies der Großeltern kamen zu Besuch.
Einige von ihnen reisten scheinbar extra aus dem Seniorenheim an. Leute die in Altenheimen wohnen, stehen nicht mit einem Bein im Grab. Nein, sie stehen schon mit beiden Beinen im Grab. Sie brauchen sich nur hinzulegen. Den Rest besorgt dann der Totengräber.
Es stellte sich aber heraus, dass die alten Knacker einigermaßen amüsant waren.

Ant lauschte gern den angestaubten Witzen, ihren alten Geschichten und Anekdoten, und die Rentnergang freute sich, endlich wieder einmal einen Zuhörer für ihre Erzählungen gefunden zu haben.
An seinem Geburtstag grillte Opa klarerweise wieder. Er fuhr groß auf, mit Ripeye-Steaks, verschiedenen Salaten, und zum Nachtisch gab es eine Sachertorte. Wo seine Großeltern diese Cremetorte aufgetrieben hatten, blieb ihr Geheimnis.
Ant stopfte sich ordentlich voll. Gewichtsprobleme kannte er ja nicht.
Ein paar Tage danach fand die theoretische Führerscheinprüfung statt. Seine Vorbereitung bestand darin, dass er sich alle Fragebögen einschließlich der Antworten einmal durchlas. Er absolvierte den Test mit 100%.
Die praktische Prüfung meisterte er ebenfalls locker. Ein Kinderspiel, dieser lächerlich leichte Übungsparcours.
Einige andere, 16 jährige Probanden, hatten da größere Probleme, aber für ihn war das alles Mickey Mouse. Er bestand fehlerfrei und mit Bravour.
Das Feiern fiel aus. Mit wem hätte er auch abfeiern sollen? Mit der üblichen Rentnergang? Aber es fühlte sich schon cool an, mit dem Mustang über die Landstraßen zu brausen. Oder, wie Ant es vorhatte, am ersten Schultag in der neuen High-School, mit dem Auto vorzufahren.
Seine Großeltern freuten sich vermutlich, als der erste Schultag näher rückte, da Ant das Haus nicht oft verließ, es vorzog, am Laptop zu sitzen, oder auf dem Balkon ein Buch zu lesen. In der Schule würde er sicher auf andere Gedanken kommen, junge Leute kennenlernen und sein Leben normalisieren.
Sie hielten ihn für schüchtern und wussten nicht, dass er absichtlich jeglichen Kontakt zu anderen Menschen mied.
Als die Schule dann losging, blieb Ant völlig unaufgeregt. Er wusste, was sein Ziel war. Seine Planung sah vor, alle wissenschaftlichen Leistungskurse zu belegen. Sprachen interessierten ihn erstmal nicht, die beherrschte er alle schon.
Sogar die verschiedensten Schriften, wie Kyrillisch, Chinesisch, Japanisch, arabische Schriftzeichen, eben alles was er mit den Sprachen verknüpfte, hatte er sich in der letzten Zeit über Bücher und Internet-Dokumentationen angeeignet. Dachte er zumindest.

Die Erinnerung, dass Poison ihm diese Sprachfähigkeiten in sein Hirn pflanzte, hatte er offenbar verdrängt.
Sprachfächer interessierten ihn deshalb nicht weiter. Weshalb auch? Um mit seinen Fertigkeiten anzugeben? Nein, er konzentrierte sich vorzugsweise auf eine wissenschaftliche Laufbahn.
Am ersten Schultag fuhr er bei strahlendem Sonnenschein mit dem Mustang auf dem Schülerparkplatz vor.
Er trug eine Sonnenbrille. Unter seinem T-Shirt zeichneten sich deutlich die Muskeln ab. Da er durch die Ereignisse des letzten Jahres ein Schuljahr verloren hatte, war er einer der ältesten Schüler, die an der High-School ankamen.
Nur die Loser, die vorher schon einmal durchfielen, stammten ebenso aus seinem Jahrgang.
Er stieg aus und sah erstmal zu, wohin die übrigen Schüler strömten.
Natürlich bemerkte er die investigativen Blicke der Anderen. Insbesondere die aparten, jungen Dinger, die ihn zusammen mit seinem Auto gesehen hatten, musterten den Neuling interessiert. Einige warfen ihm schon zu diesem Zeitpunkt verheißungsvolle Augenaufschläge zu, und kicherten kindisch zusammen mit ihren Freundinnen, wenn er in ihre Richtung sah.
Ant ließ sich das gern gefallen. Er dachte aber ebenfalls an sein selbst auferlegtes Zölibat, und blieb deshalb cool. Das interessierte die jungen Damen dann umso mehr. Je weniger er sie beachtete, desto begehrenswerter wurde er für sie.
Ant sah ihnen nicht weiter hinterher, verhielt sich eher abweisend.
Er betrat die Aula, suchte in der Spalte der Abschlussklassen seinen Namen, merkte sich die Nummer des Klassenzimmers, sah sich nach Wegweisern mit den entsprechenden Zahlenfolgen um, und fand sein Klassenzimmer ohne Probleme im ersten Obergeschoß.
Die übrigen Schüler kannten sich alle untereinander.
Sie alberten im Klassenzimmer herum, quatschten wild durcheinander, teilten aufgeregt ihre Ferienerlebnisse mit all denen, die sie während der schulfreien Zeit nicht getroffen hatten.
Das Stimmengewirr verstummte sofort, als Ant den Raum betrat. Er hatte nach wie vor die Sonnenbrille auf und setzte sie jetzt, wie in Zeitlupe, langsam ab:

„Ok, Klasse. Dann lasst uns mal anfangen. Alle hinsetzen bitte, ich möchte mit der Anwesenheitsliste beginnen!"
Einige Schüler sahen ihn ungläubig an, wieder andere gehorchten, stellten ihr Gerede ein und nahmen Platz. Das verunsicherte die Ungläubigen und sie folgten ebenfalls. Als sich alle auf ihre angestammten Plätze gesetzt hatten, bemerkte Ant nur kurz:
„Sehr gut Leute, so sieht das schon viel besser aus, jetzt ist mir Einiges klarer."
Er schlenderte an den verblüfften Pennälern vorbei, und setzte sich langsam auf einen freien Stuhl in der vorletzten Reihe. Die Schüler verharrten weiterhin still auf ihren Plätzen, und vermochten nicht einzuordnen, was soeben geschah. In dem Moment, als die Ersten sich aufrafften, Ant zur Rede zu stellen, erreichte der Klassenlehrer, Ivor Powell, den Raum.
Überrascht blieb er in der Tür stehen, drehte sich nochmal um, überprüfte die Zimmernummer, und trat dann endgültig in das Klassenzimmer ein:
„Ich dachte, ich sei falsch hier. Wir kennen uns doch vom Vorjahr. Ich habe nicht erwartet, dass ihr bereits still auf euren Plätzen sitzt, wenn ich hereinkomme."
Alle drehten ihren Kopf in Richtung Ant. Einige stierten ihn garstig an, andere schüttelten lächelnd den Kopf. Das fiel auch Mr. Powell auf:
„Ach, da hinten ist ja unser Neuling. Es sieht aus, als hätte die Klasse dich schon kennengelernt. Für diejenigen, die dich noch nicht kennen, würdest du dich bitte vorstellen?"
Ant zuckte mit den Schultern und stand auf:
„Na gut, mein Name ist Ant."
Nach einer kurzen Pause hakte Mr. Powell nach:
„Äh, nein, Mister Antonin, stell dich richtig vor."
„Ok, ich heiße Josef G. Antonin, ihr könnt mich aber Ant nennen. Ich komme von der Ostküste, aus Port Ryan, und wohne seit dem Tod der Eltern hier bei meinen Großeltern. Ich bin 18 Jahre alt, und ..., ok, das war`s, ach ja, hab ich euch schon gesagt, dass ihr mich Ant nennen könnt?"
Daraufhin sahen ihn alle etwas betroffen an. Inclusive Mr. Powell.
„Gut, Josef, dass mit deinen Eltern tut mir leid. Wenn es dir lieber ist, werde ich dich auch Ant nennen."

Ant winkte ab:
„Geht in Ordnung, Mr. Powell."
Der Lehrer nickte nur, fuhr dann mit dem üblichen Erster-Schultag-Kram fort. Bis zum Mittagstisch wussten alle Bescheid, was sie zu besorgen hatten, welche Lehrer welche Kurse hielten und so weiter.
Mittags saß Ant allein am Tisch, und würgte den Mensafraß hinunter. Nachmittags fand dann der große Einschreibetermin für den angebotenen Unterricht statt. Kurse, die wenig Aufwand versprachen, waren zuerst ausgebucht, belegt von den Schülern, die vorhatten, ihr letztes Schuljahr vorzugsweise mit möglichst reichlich Freizeit zu verplempern.
Ant interessierte sich eher für die nicht so zahlreich frequentierten Leistungskurse, die sich um Wissenschaft drehten. Insbesondere der Kurs `Kognitive Systeme und Robotik´ hatte es ihm angetan. Biologie, Physik, Chemie und Mathematik belegte er ebenfalls.
Mr. Powell warnte ihn, dass all diese Leistungskurse zuviel werden könnten, aber Ant bestand darauf, an allen Kursen teilzunehmen. Es gab zwar einige wenige Überschneidungen der Schulstunden, er versprach aber alle verpassten Stunden am PC zuhause nachzuholen.
Zähneknirschend gaben die Lehrer seinem Ansinnen statt. Das Lehrerkollegium dachte vermutlich, dass er schon den einen oder anderen Kurs aufgäbe, oder zumindest von der Leistungsstufe auf die Normalstufe herunterginge, wenn es ihm zuviel würde.
Da täuschten sie sich aber gründlich. Ant hatte keinerlei Probleme mit den Kursen. In jedem einzelnen Test erreichte er die volle Punktzahl.
So leicht ihm die schulischen Aufgaben fielen, so problematisch gestalteten sich die sozialen Kontakte.
Etwas älter als der Durchschnitt, wesentlich gescheiter, mit einer heißen Karre, gutaussehend, sportlich und durchtrainiert, hatte er alle Voraussetzungen, zur Knüpfung von Kontakten.
Anfangs luden ihn sogar einige Mädchen zu Partys ein. Als er aber jedes Mal absagte, zog er die Aufmerksamkeit der homosexuell wirkenden Jungs auf sich.
Als dann feststand, dass er weder etwas von den Mädchen, noch von den Jungs wollte, aber immer die allerbesten Noten hatte, verbannten ihn die neidischen Dummköpfe in die Schublade der verachtungswürdigen Nerds.

Die anderen Schüler dachten vermutlich, dass er sich für etwas Besseres hielt, und mieden ihn.

Das ficht Ant nicht an, war es doch genau das, was er hoffte, zu erreichen. Er wusste, dass er für liebgewonnene Menschen, die sich in seinem Umfeld aufhielten, das Unglück anzog wie ein Magnet.

Deshalb konzentrierte er sich vornehmlich darauf, geniale Essays zu den langweiligsten Schulthemen zu verfassen. Seine Lieblingsfächer wie Physik, Biologie und der Robotik-Kurs, bereiteten ihm einen Heidenspaß.

In diesem Robotik-Kurs, den sein Klassenleiter, Mr. Powell, abhielt, blühte Ant regelrecht auf. Er vereinfachte Schaltpläne, entwickelte optische Scanner, nur mit der Verarbeitung und Umsetzung der gesammelten Daten gab es Schwierigkeiten. Die Rechenleistung, der zur Verfügung stehenden Computer, stellte sich schlechtwegs als zu gering heraus.

Obwohl es eine direkte Verbindung zwischen den einzeln entwickelten Komponenten und dem Hauptrechner gab, dauerte die Datenverarbeitung zu lange. Ant hatte viele Ideen, wie ein autarker Roboter in die Lage versetzt werden könnte, effizient zu arbeiten, scheiterte damit aber immer wieder an dem lahmen Equipment.

Schon zu dieser Zeit dachte Ant, der sich brennend für Quantenphysik interessierte, über einen Quantencomputer mit quasi unendlicher Speicherkapazität und Echtzeitverarbeitung der Daten nach.

Logischerweise arbeiteten schon diverse Wissenschaftler an einem derartigen Computer, es gelang aber bisher niemandem, den Quantencomputer entsprechend abzuschirmen.

Jedes der winzigen kosmischen Teilchen, Elementarteilchen die unentwegt, unbemerkt und bisher unaufhaltsam alles durchdringen, kann den Quantenzustand der Speicherelemente verändern, und den Computer somit unbrauchbar werden lassen. Algorithmen, die vorgesehen waren, um die deshalb auftretenden Fehler zu kompensieren, ließen es an Effektivität mangeln.

Ohne eine wirksame Abschirmung war es unmöglich, die Funktion eines topologischen Quantencomputers aufrecht zu erhalten, zumindest nicht perfekt. Ant war gezwungen einzugestehen, dass es in dem vorhandenen High-School-Labor nicht einmal mit seinem IQ möglich war, dieses Problem zu lösen.

Das Lehrerkollegium glaubte nicht so recht, welche Leistungen Ant ablieferte. Als er aber beim American College Test, unter strengster Überwachung, in jedem Fach 100% erreichte, waren sie von der Rechtmäßigkeit seiner Erfolge überzeugt.
Es dauerte nicht lange, bis sich interessierte Headhunter von diversen Universitäten meldeten und mit Stipendien lockten.
Wenn man die vergangenen High-School-Jahre außen vor ließ, und isoliert nur das letzte Jahr betrachtete, handelte es sich bei Ant, was die kognitiven Leistungen anging, sicher um das größte Talent auf dem Markt.
Ants Großeltern platzten förmlich vor Stolz. Trotz der zahlreichen Angebote entschied sich Ant, bei Opa und Oma zu bleiben. Es gefiel ihm hier in der Provinz, etwas abseits vom Schuss. Die Voraussetzungen hier waren womöglich nicht als so fortgeschritten wie anderswo zu betrachten, aber er hatte ja Zeit. Es würde ihm ebenso an der hiesigen Uni gelingen, etwas Außergewöhnliches zu erreichen. Außerdem hörte er auf einer Informationsveranstaltung, dass man hier sogar an der Entwicklung eines topologischen Quantenrechners arbeitete.
Die Großeltern unterstützten ihn in seinem Vorhaben. Da an der hiesigen Uni nur ein kleines Stipendium zur Verfügung stand, schossen sie die fehlenden finanziellen Mittel aus Ants Ausbildungsfond zu. Sie wussten, dass Ant nach wie vor an einer Depression litt, weshalb sie es vorzogen, ihn in ihrer Nähe zu behalten. Zu seinem Besten sozusagen. Alleine schaffte er es nicht, die ihm innewohnenden Traumata zu überwinden, soweit waren sie sich sicher. Ant beendete die High-School im Sommer 2003 natürlich als Jahrgangsbester.
Er hatte sich das gesamte Schuljahr erfolgreich von den übrigen Schülern ferngehalten. Letzte Versuche einiger Mädchen, ihn zum Abschlussball einzuladen, lehnte er dankend ab.
Genauso wie er die Bitte der Schulleitung zurückwies, als Jahrgangsbester eine Abschlussrede zu halten.
Er wusste einfach nicht, wie er den Schulabsolventen einen positiven Ausblick auf die Zukunft vermitteln sollte. Wenn er seinen Großeltern ab und zu Glücksgefühle vorgaukelte, kam er sich wie ein Betrüger vor. Er hatte aber keine Lust, dieselbe Tour ebenfalls vor dem versammelten Schulauditorium durchzuziehen. So wurde eben in diesem Jahr, die Rede von der Jahrgangszweitbesten gehalten.

Den Sommer verbrachte Ant dann wieder meist allein, unterbrochen von einigen Grillabenden, mit seinen Büchern oder dem Internet. Wenn extragroße Hitze vorherrschte, fuhr er manchmal mit dem Mustang zum Baggersee, um zu schwimmen. Alle Versuche seiner Großeltern, ihn dazu zu drängen einmal auszugehen, ebenso die Verkupplungsversuche mit Enkelinnen ihrer Freunde, blieben vergebens. Ant bestand darauf, in Ruhe gelassen zu werden.
Wieder einmal freuten sich die Großeltern, als sich die Sommerferien dem Ende zuneigten, und der erste Tag als Student an der hiesigen Universität anstand.
Um die Möglichkeit zu haben, bei seinen Projekten weiter am Ball zu bleiben, hatte er sich für die naturwissenschaftlichen Kurse angemeldet.
Er hatte vor, sich insbesondere auf Physik, aber ebenfalls etwas auf Biologie, Chemie und Mathematik zu konzentrieren.
Außerdem wusste er, dass das ortsansässige 'National Institute of Technology' an der Entwicklung eines Quantenrechners mittels Ionenverschränkung durch Mikrowellen arbeitete. Er versuchte zu erreichen, dort zu einem Praktikum eingeladen zu werden. Dabei handelte es sich aber noch um Zukunftsmusik. Zunächst sah er es, im ersten Semester, als Hauptaufgabe an, die Professoren von seinen Fähigkeiten zu überzeugen.
Via Internet rief er bereits im Vorfeld ab, welche Vorlesungen und Kurse, zu welcher Zeit, an welchem Ort, stattfanden.
Als er zu seiner ersten Vorlesung erschien, kannte er sich bereits optimal auf dem Campus aus. Schon im Vorfeld verinnerlichte er sich die Grundrisspläne der Uni und die Aufteilung in die verschiedenen Fachbereiche. Deshalb hatte er keinerlei Schwierigkeiten, sich am Campus zurechtzufinden.
Als die übrigen Erstsemester noch planlos und bange durch die Gänge irrten, saß Ant schon im richtigen Hörsaal, und wartete auf den Beginn der ersten Biologievorlesung.
Die verunsicherten Gesichter der ankommenden Erstsemester amüsierten ihn etwas, doch als er sah, wie ein dunkelhaariges Mädchen in den Saal wandelte, zuckte er merklich zusammen. Er war nicht in der Lage, es sich zu verkneifen, in ihre Richtung zu starren.

Die Studentin, ein wenig größer als die meisten jungen Damen, hatte ihre dunkelbraunen, langen Haare zu einem dicken Zopf geflochten. Ihre anmutige, schlanke Erscheinung und ihr Gesicht, erinnerten ihn etwas an Andrea.
Die junge Dame bemerkte, dass Ant sie anstarrte, und nahm sofort Kurs in seine Richtung. Ant riss es erst aus der Blickfixierung, als das Mädchen direkt neben ihm Platz nahm. Sie musterte ihn von oben bis unten, was ihm zusehends unangenehm wurde. Dann sah sie ihm mit einer Mischung aus zufriedenem und gleichzeitig fragendem Blick, direkt ins Gesicht:
„Gump? Forrest Gump? Bist du es wirklich? Ja, du musst es sein, niemand sonst hat sooo weiße Haare. Weißt du denn immer noch nicht, dass man andere Leute nicht anstarren darf?"
Ant erschrak etwas peinlich berührt.
Hätte er von seinen Balkonaufenthalten, und den Schwimmausflügen, nicht ein solch braungebranntes Gesicht vorzuweisen, wäre ihr sicher aufgefallen, dass er unter dieser braunen Tarnung rot anlief. Er musterte sie mit weit geöffneten Augen:
„Ramona? Ramona Heinz? Das gibt`s doch gar nicht. Wie kommst du denn hier her? Du siehst so anders aus."
Sie nahm das als Kompliment und lächelte:
„Und du bist immer noch einfältig wie eh und je. Aber ich muß zugeben, auch du hast dich gewaltig verändert."
Ant, nach wie vor etwas rückständig, wenn es sich um angemessene Konversation drehte, war aber auch nicht mehr der verschüchterte kleine Junge aus dem Bus:
„Du freche, klitzekleine Brillenschlange. Wo ist denn deine Brille, hinter der du dich immer versteckt hast?"
Sie stutzte ein wenig:
„Hey, so funktioniert das nicht, du darfst dich nicht wehren."
Nach einer kurzen Pause fuhr sie fort:
„Schon mal was von Laser-OP gehört? Ich brauche jetzt keine Brille mehr. Ich bin jetzt eine große Würgeschlange, keine Kobra mehr."
„Kein Wunder, dass du Biologie studierst. Ich hoffe, mit Würgeschlange meinst du nicht Bulimie."
Um eine Antwort war Ramona nie verlegen:

„Nein, nein, keine Bulimie, aber ich klemme mich mit meinen Schenkeln fürchterlich fest um die Kerle, dann erdrücke ich sie und würge sie in einem Stück hinunter, also paß bloß auf!"
Ant grinste sie etwas nachdenklich an:
„Ja, ich paß ja schon auf. Bei dir habe ich doch schon immer Vorsicht walten lassen. Bissig wie du dich immer präsentiert hast. Aber jetzt sag schon, wie kommst du hierher in die Provinz, wie konntest du dich soweit nach Westen schlängeln?"
„Tja, nach der High-School wollte ich einfach weg von Port Ryan. Ich hab mir ein `Travel and Work Visum´ geholt und bin für eine Weile nach Australien abgedüst.
Als sie dann meine Schwester beerdigten, kehrte ich wieder heim. Aber ich hab`s dort, wo nur noch die Trauer wohnte, nicht ausgehalten.
Deshalb hab ich mich um ein Studium, weit, weit weg von Port Ryan bemüht. Und diese Uni hat mich angenommen. Du warst doch mit meiner Schwester befreundet, soweit ich weiß?"
Ant verging das Grinsen wieder. Die Erinnerungen drohten aus der Vergangenheitskiste auszubrechen, alle auf einmal, um ihn zu übermannen. Ramona bemerkte wie sich seine Augen langsam mit Tränen füllten. Ant gab sich alle Mühe, um sie nicht Überlaufen zu lassen:
„Ja ..., Andrea war meine Freundin. Wie du siehst ... fällt es mir schwer ... schwer über sie zu sprechen."
„Sorry, das wollte ich nicht. Ich kann mir vorstellen, dass du deswegen traurig bist.
Jetzt habe ich mich soweit von zuhause entfernt, und trotzdem treffe ich wieder auf diese Trauer, die ich eigentlich vermeiden wollte."
Ant bekam sich langsam besser unter Kontrolle:
„Da muß ich mich jetzt entschuldigen, Ramona. Natürlich trauere ich um meine tote Freundin, deine Schwester. Eine psychiatrische Behandlung habe ich deswegen schon hinter mir. Normalerweise sollte ich mich besser im Griff haben. Du mußt aber Eines wissen, ich war damals anwesend, als sie starb."
Jetzt entgleiste Ramona ebenfalls der Gesichtsausdruck:
„Wie dabei? Meine Eltern erzählten mir, dass sie Drogenprobleme hatte, jemand sie entführte und dabei erschoss. Dich haben sie in diesem Zusammenhang nicht erwähnt."

„Doch, ich war dabei." Ant wusste, dass es besser war, nicht die volle Wahrheit von sich zu geben. Ramona hielte ihn für verrückt. Die Lüge ist der Kitt, der unsere Gesellschaft zusammenhält. Wenn wir wenigstens ehrlich mit uns selbst sind, dann müssen wir doch zugeben, dass wir alle täglich lügen. Sei es mit einem Schweigen zu Dingen die uns ärgern, mit einem falschen Lächeln, mit einer verlogenen Geste, wenn wir Interesse heucheln oder eben mit einer glatten Lüge aufwarten. Deshalb ließ er einige wenige Details aus, und fuhr fort:
„Auch mich kidnappte die Chinesen-Mafia. Ich hatte damals Andrea vor einem dieser Bastarde gerettet, und das Arschloch dabei schwer verletzt.
Sie wollten sich an mir rächen, deshalb hielten sie mich auch vorort gefangen, als das FBI den Raum stürmte. Das FBI hat sich vorbildlich verhalten, erwischte alle Mafioses. Es hat sich jedoch ein Querschläger, aus der Pistole eines sterbenden Verbrechers, in Andreas Richtung verirrt. Es tut mir unendlich Leid, aber ich konnte ihr nicht helfen."
Ramona starrte mit leerem Blick, betroffen an Ant vorbei und schwieg. Dann sah sie ihm direkt in die Augen:
„Du konntest gar nichts dafür. Du kannst doch nichts dafür, oder?"
Ant senkte zunächst das Haupt. Erwiderte dann ihren Blick.
„Nein, ich kann nichts dafür. Ich habe sie weder entführt, noch habe ich abgedrückt. Aber ich frage mich immer wieder, ob ich ihr nicht hätte helfen können. Wenn ich die Chance gehabt hätte, mich zwischen den Querschläger und Andrea zu werfen, ich hätte es getan. Es tut mir leid, Ramona, das kannst du mir glauben, ich habe sie geliebt."
Sie musterte ihn weiterhin, sah ihm in die Augen:
„Ich glaube dir. Du hättest es nicht verhindern können.
Letztendlich hat sich Andrea selbst in diese Lage gebracht, als sie sich mit diesem Pack eingelassen hat. Sie hat nie zugehört, wenn meine Eltern oder ich sie warnten. Gut, dass du mit mir darüber gesprochen hast. Ich möchte dich nur bitten, dieses Thema in Zukunft nicht mehr anzusprechen. Geht das in Ordnung für dich?"
Ant war erleichtert. Er hatte dieses Thema zur Genüge mit seiner Psychologin durchgekaut:
„Ja, das geht in Ordnung für mich. Dann fällt es mir auch sicher leichter, loszulassen."

Ramona kam nur noch dazu, zustimmend zu nicken, da der Biologie-Professor, Dr. Stuart Rose, den Hörsaal betrat und alle Gespräche abrupt verstummten.
Ant verfolgte aufmerksam die Vorlesung des Professors. Er merkte sich jedes Wort, hätte wenn nötig problemlos den gesamten Vortrag wortwörtlich wiederholt. Ramona wunderte sich, dass sich Ant keinerlei Notizen machte, während sie sich fast die Finger wundschrieb.
Nach der Biovorlesung hatte es Ant etwas eilig. In Kürze folgte eine Physikvorlesung, und er hatte nicht vor zu spät zu erscheinen:
„Ich fand es schön, dich wiederzusehen, Ramona. Aber meine Physikvorlesung beginnt in ein paar Minuten. Sorry, ich muß los."
Ramona lächelte ihn gelassen an:
„Ok, lauf Forrest, lauf!"
„Nenn mich nicht immer Forrest. Wenn, dann stelle ich einen Anti-Forrest dar. Ich denke, dass ich etwas klüger bin als er, aber dafür weniger Glück habe."
Ramona zuckte mit den Schultern:
„Wenn ich ehrlich bin, habe ich deinen richtigen Namen vergessen. Wie soll ich dich denn nennen?"
„Nenn mich Ant. Aber nicht Ant von Anti-Forrest. Einfach Ant wie die Ameise."
Sie kicherte wie damals, als kleines Mädchen im Bus:
„Also gut, dann lauf, winzige Ameise, lauf! Krabble so schnell du kannst!"
Ant schüttelte lächelnd den Kopf:
„Bis dann du Würgeschlange, wir sehen uns, spätestens bei der nächsten Bio-Vorlesung."
Er drehte sich um und rannte die Stufen zum Hörsaal-Ausgang hinauf.
Ramona lächelte ihm hinterher, bis sich Ant nochmals nach ihr umdrehte, dann setzte sie sich ebenfalls in Bewegung. Sie logierte in einem Studentenwohnheim, direkt neben dem Campus, hatte an diesem Tag weiter nichts mehr vor und trollte sich unmittelbar zu ihrem Zimmer.
Den Raum teilte sie sich mit Lisa Page. Lisa studierte Geisteswissenschaften.

Sie interessierte sich für die toten Sprachen wie Latein und Altgriechisch, und hatte als logischen Schluss daraus ebenso Archäologie belegt. Einem Vergleich mit Ramonas graziler Statur, hielt sie nicht stand, war aber auch nicht zu dick. Vielleicht etwas mollig, aber es saß alles an den richtigen Stellen. Da sie beide völlig unterschiedliche Fachrichtungen studierten, kamen sie sich zumindest fachlich nicht in die Quere.

Höchstens was die Nutzung des Zimmers anging, waren Schwierigkeiten absehbar. Lisa hatte schon einen Freund am Campus, bevor sie hier einzog.

Als Ramona das Zimmer an diesem Tag erreichte, war es ausnahmsweise frei. Ohne Socke an der Türklinke, keine Gefahr.

In der nächsten Zeit trafen sich Ramona und Ant öfter. Ant kannte sich schon leidlich aus, in der Stadt und Drumherum. Der Mustang hatte den entscheidenden Vorteil, dass Ant, damit in der Lage war, Ramona vieles zu zeigen, fast alles sogar. Ein strahlender Augenaufschlag hier, eine beiläufige Berührung da. Manchmal nannte sie ihn wieder Forrest, er suchte sich dann eine Schlangenart aus, die er in der gegebenen Lage momentan für passend hielt, und gab ihr die entsprechende Antwort. Sie lachten fast pausenlos zusammen.

Es entwickelte sich ein Hochgefühl, als ob sich zwei Augenpaare, auf einer überfüllten Party, quer durch den Raum, zwischen all den Leuten hindurch treffen. Das ist so aufregend, so herzerfrischend und gleichzeitig todtraurig, weil man weiß, dass dieses Gefühl irgendwann endet.

Und es dauerte nicht lange, bis er ihr wirklich **alles** zeigte. Sich nicht nur emotional, sondern ebenso rein körperlich mit Ramona zu verbinden, war ein so tiefgreifend befriedigendes Gefühl für Ant, wie er es vorher nie für möglich gehalten hatte. Ramona war liebevoll und doch fordernd.

Ant beantwortete ihre körperlichen Begierden nur zu gern mit seiner unbändigen und unerschöpflichen, ihm innewohnenden Lebensenergie. Sie verbanden ihren Geist, ihre Seelen und ihre Körper, wo immer sie Gelegenheit dazu hatten.

Sie konnten nicht genug voneinander kriegen, waren wahrhaftig und ohne schädliche Hintergedanken, unsterblich ineinander verliebt. Für beide handelte es sich um die wahre Liebe.

Eine Art Zuneigung, die so klar und rein war, natürlicherweise nicht in den Augen der vielen bigotten Moralisten, aber jeder der je wirklich geliebt hatte, war in der Lage nachzuvollziehen, wie sich die Beiden dabei fühlten.
Der Ramoma-Hurrikane hatte Ants Depression weggeblasen.
Er rutschte von einem Zustand der Geisteskrankheit in den nächsten. Von Amors Pfeil getroffen zu sein ist das genaue Gegenteil einer Depression. Verliebte halten sich ebenso in einem Zustand der geistigen Umnachtung auf. Sämtliche Vernunft wird dabei durch die übermäßig ausgeschütteten Hormone völlig verdrängt. Ein Durchleben dieses überschwänglichen Glückes, lässt keinen klaren oder abwägenden Gedanken zu. So ließ Ant jene Zweifel fahren, die er in der Vergangenheit kultivierte.
Ants Großeltern bemerkten sofort den plötzlichen Wandel.
Sie hatten ihn immer dazu gedrängt, sich mit anderen jungen Leuten zu treffen und sich so seiner Trauer zu entledigen. Nun schien sich dieses Problem in Luft aufgelöst zu haben. Sie bohrten solange nach, bis Ant endlich gestand, eine Freundin zu haben.
Logischerweise bestanden die Großeltern darauf, sie kennenzulernen, piesackten Ant, bis er klein bei gab und zusagte, Ramona zum Sonntagskaffee mitzubringen und sie vorzustellen. Oder besser vorzuführen, wie ein Zirkusäffchen.
Ant befürchtete nicht zu Unrecht, das die Moral als ein Diskussionsthema heraufbeschworen würde. Kein Wunder, lagen doch wenigstens zwei Generationen zwischen dem Liebespaar und Ants Großeltern.
Hinzu kam, dass im Haus von Oma und Opa, über die letzten Monate, meistens eine bedrückte Stimmung herrschte, die zum Großteil Ants Depression geschuldet war. Sie waren vermutlich nicht ausnehmend geeignet, auf dieses lebenslustige, witzige Mädchen vorbereitet.
Ramona stellte sich brav vor, was die Großeltern entzückte. Insbesondere Opa beäugte sie mit offenstehendem Mund, bis er von Oma einen Knuff in die Seite bekam. Ramonas Anmut und Schönheit, hatte sich durch ihre Liebe zu Ant weiter potenziert. Die Aura, die sie umgab, leuchtete fast genauso strahlend wie ihre Augen.
Bei einer Selbstbeschreibung hätte sie vermutlich gesagt: „Mir scheint heute die Sonne aus dem Arsch."

Das entsprach eben ihrem Wesen. Zunächst bestanden die Großeltern darauf, von ihr mit Oma und Opa angesprochen zu werden. Das fühlte sich zwar wie ein bisschen zuviel Familie fürs Erste mal an, aber Ramona stimmte gern zu.
Als Oma fragte: „Willst du etwas trinken Schätzchen, soll ich dir eine Tasse Kaffee bringen", bekam sie gleich eine Ramona-Kostprobe:
„Nein, ich möchte nicht, dass du dir so viele Umstände machst Oma. Mir reicht auch eine halbe Tasse."
Oma verharrte kurz verunsichert, bis Ant und Ramona anfingen zu lachen.
Ant stellte fest, dass Oma die Bemerkung nicht witzig fand, oder sie nicht verstand, und schob nach:
„Danke Oma, wir trinken gern eine Tasse mit, wenn du einen Kaffee machst."
Oma nickte verunsichert und verschwand in der Küche.
Bei Kaffee und Kuchen erzählten Ant und Ramona dann, wie sie sich schon als Kinder im Schulbus kennenlernten, wie sie sich vor Kurzem wieder trafen, und dass sie sich ineinander verliebt hatten.
Erwartungsgemäß kam Opa dann mit verqueren Moralvorstellungen aus der grauen Vorzeit daher, ergo aus seiner Zeit. Er faselte vom heiligen Sakrament der Ehe, von Bibel und Kirche. Solange bis Ramona die Augen verdrehte und ihm einige Fragen stellte:
„Alles schön und gut ... Opa, aber stell dir mal vor, es käme jemand und verbrannte alle vorhandenen kirchlichen Schriften, Bibeln und Lieder, und startete danach sämtliche Gehirne neu, wie sähe es dann aus? Was erzähltest du uns dann?
Welcher Glaube herrschte dann vor? Glaubten wir dann alle an den großen Donnergott? Und wenn dann das erste Gewitter aufzöge, oder ein Düsenjäger die Schallmauer durchbräche, sollten wir das dann als die Bestätigung für das Vorhandensein dieses großen Donnergottes ansehen?"
Opa kam ins Stottern:
„Ja, aber ..., die Bibel ..., die Kirche ..., das ist doch Blasphemie."
Ramona schüttelte energisch ihren Kopf:
„Nein, das ist keine Blasphemie. Bisher habe ich dir nur einige wenige, hypothetische Fragen gestellt, aber keinerlei Behauptungen aufgestellt.

Ich glaube auch an Gott, an einen Schöpfer, der uns erschaffen hat, an etwas, dass uns über den Tod hinaus begleitet. Aber sei mir nicht böse, die Bibel ist ein Abenteuerbuch, geschrieben von Mönchen, also von kirchlichen Angestellten. Die Kirche ist ein Großkonzern, der Gelder von den Gläubigen einsackt, und dafür nur ein Versprechen bietet, das aber erst nach dem Tod eingelöst werden soll.
Sie hat es verstanden, den Menschen so viel Angst einzureden, dass sie sogar bereit sind, dieses sinnlose Produkt zu kaufen."
Ant wusste, dass schon seine Eltern ein angespanntes Verhältnis zur Kirche hatten, und dass es aus diesem Grund zu ebensolchen Spannungen zwischen seinen Eltern und den Großeltern kam. Er versuchte deshalb, Ramonas Redefluss zu unterbrechen, indem er sie anstupste oder heimlich Handzeichen vollführte.
Ramona, jetzt anständig in Fahrt gekommen, ignorierte aber geflissentlich diese Rettungsversuche. Sie fuhr fort:
„Und ... Opa, wenn nun alle Menschen, mit ihren zurückgesetzten Gehirnen, die kirchlichen Prachtbauten sähen, was würden sie dann denken?
Sie hielten diese goldverzierten Paläste sicher für den Sitz von Königen. Das erinnert mich doch auffällig an eine Versicherungsgesellschaft.
Die kassieren ebenso die Beiträge ihrer Kunden für ein Versprechen, das sie nie einlösen wollen oder müssen.
Verkauft werden diese Versicherungen ebenso mit der Angst der Kunden vor einem finanziellen Ruin.
Und von dem Geld leben die Versicherungen in Saus und braus, bauen sich genausolche strahlenden Paläste wie der Klerus. Es geht hierbei nur um Eines, so viel Angst in der Menschheit zu schüren, dass sie bereit sind, jeden Scheiß zu kaufen."
Punkt, aus, sie hatte ihre Meinung erklärt, und lächelte Opa an.
Der wusste im Moment nicht, wie ihm geschah. Er konnte nicht umhin, zuzugeben, dass ihm die junge Dame einige Denkaufgaben gestellt hatte, weigerte sich aber, darüber nachzudenken. Vermutlich hatte er Angst, dass sein wackeliges Glaubens- und Moralkonstrukt, bei einer Diskussion mit Ramona, zum Einsturz gebracht würde. Er zog es vor, sich nicht auf einen Austausch von Argumenten einzulassen, und sich von dem lieblichen Teufel fernzuhalten.

Er war eben zu alt, um sich zu ändern, was er jedoch niemals zugäbe. Bevor er in der Lage war, sie hinauszukomplimentieren, kam Ant ihm zuvor:
„Ok, ich denke, es reicht fürs Erste. Ramona und ich wollten heute noch ins Kino. Also, vielen Dank für die Einladung, aber wir müssen jetzt ..., ich hab euch lieb."
Sie standen auf. Ein wenig sah man Ramona ihr schlechtes Gewissen an, als sie realisierte, in welche Lage sie Ant gebracht hatte. Sie verabschiedete sich höflich, Ant winkte kurz, warf Opa einen verständnisvollen Blick zu, um damit die Wogen etwas zu glätten. Dann verschwanden sie Hand in Hand in Richtung Mustang.
Ant zeigte ebenfalls Verständnis für Ramonas Redeschwall. Für ihn war es nachvollziehbar, dass sie sich über die in Ansätzen ausgedrückten Moralvorstellungen seiner Großeltern aufgeregt hatte. Um ihr Gewissen zu beruhigen, küsste er sie liebevoll und bestätigte ihr, dass ihr Auftritt kein Problem für ihn darstellte.
Es störte ihn nicht weiter, dass die nächste Einladung vermutlich eine Weile auf sich warten ließe. In der folgenden Zeit nötigten sie eben Lisa Page des Öfteren, vor dem Gemeinschaftszimmer herumzustehen, weil wieder einmal eine Socke an der Türklinke hing.
Lisa ärgerte sich, wenn sie mit ihrem Freund vor der Tür stand und unverrichteter Dinge wieder abziehen musste. Neid und Missgunst prägten ihren Charakter, und sie plante, sich bei der ersten sich bietenden Gelegenheit zu rächen.
So weit war es aber noch nicht.
Ant verbrachte eine exzellente Studienzeit, erfolgreich und voller Liebe zu Ramona. Er erledigte alle ausgewählten Kurse in Rekordzeit mit Bestnoten. Nach zwei Jahren hatte er so viele Punkte gesammelt, dass er für die Bachelorarbeiten zugelassen wurde. Sämtliche belegten Studienfächer bestand er 'summa cum laude'. Danach nahm die Uni seine Bewerbung zum Masterstudiengang mit Handkuss an.
Er half Ramona, bei jeder Gelegenheit. Bei ihren Hausarbeiten und Essays, beriet er sie in der Auswahl der Themen, fertigte für sie die Gliederungen, und zeigte ihr die besten Quellen für ihre Argumentationen. Ihre Arbeiten schrieb er ihr freilich nicht. Es fiele sonst sofort auf, dass Ant hinter den Essays steckte.

Jeder hat seinen eigenen Schreibstil, deshalb war es besser, das Schreiben ihrer Arbeiten, Ramona selbst zu überlassen. Natürlicherweise las Ant jede Hausarbeit durch, und half ihr bei der Verbesserung der Fehler, bevor sie die Arbeiten abgab.
Während der Klausuren konnte Ant ihr nicht helfen, bereitete sie aber akribisch darauf vor. Das ermöglichte ihr, die Kurse mit Noten zwischen Eins und Zwei abzuschließen. Mit Ants Tempo hielt sie gleichwohl nicht mit. Sie hatte ganze zwei Semester vor sich, als Ant schon vier Bachelortitel einheimste.
Trotzdem fand Ant ständig Zeit für seine Ramona. Wann immer sie frei hatten, trafen sie sich, liebten sie sich und verbrachten jede kostbare Minute gemeinsam. Sie fanden immer etwas, um es zu bequatschen, die Themen gingen ihnen nie aus, sie redeten über so gut wie alles, nur über Port Ryan sprachen sie nicht mehr.
In dieser Zeit fühlte sich das Leben um Einiges zu schön an, um wahr zu sein. Im Winter, Anfang Februar 2006, als Ant zusammen mit Ramona in der Mensa saß, klingelte sein Handy.
Er ließ sich nicht gern beim Essen stören, sah aber, dass der Anruf von Oma kam. Zunächst wandte er sich an Ramona:
„Entschuldige bitte, meine kleine Paradiesschlange, es ist Oma, ich muß kurz mal telefonieren."
Ramona nickte ihm aufmerksam zu, und aß dabei weiter. Ant nahm das Gespräch entgegen:
„Hallo Oma, was gibt`s. Wie geht es ...?"
Weiter kam er nicht. Oma schniefte ins Telefon, sie hatte sich spürbar aufgeregt, und weinte offensichtlich:
„Hallo mein Junge ..., ich bin hier im Krankenhaus ..., im Medical Center ..., Opa geht es nicht gut."
Ant erschrak:
„Oh mein Gott, was ist denn? Ist etwas passiert? Ja, offensichtlich, sonst wärst du ja nicht im Krankenhaus. Was ist denn mit Opa?"
Oma schniefte weiter:
„Ich weiß nicht ..., ihm wurde plötzlich schlecht ..., dann ist er zusammengebrochen. Ich habe sofort einen Notruf abgesetzt ..., sie meinen es könnte ein Schlaganfall sein, ... er ist noch nicht wieder aufgewacht, liegt im Koma ..., bei allen Heiligen, das darf nicht sein, nein, das darf nicht sein!"

Sie brach in Tränen aus, war nicht mehr in der Lage weiterzusprechen. Ant sprang vom Stuhl, sah Ramona besorgt an, und sprach weiter mit seiner Großmutter:
„Beruhige dich liebe Oma, das wird schon wieder werden, ich komme sofort vorbei, ich bin umgehend bei dir, ok? Also, ich laufe jetzt los, bis gleich!"
Er legte auf. Ramona war die Furcht ebenfalls anzusehen:
„Was ist denn, mein Schatz? Ist irgendetwas mit Großmutter?"
Ant zappelte aufgeregt. Seine Anspannung drängte ihn dazu, sofort los zu sprinten:
„Ramona, ich muß weg. Es ist Opa. Ich glaube, er hatte einen Schlaganfall, ich muß zu Oma ins Krankenhaus!"
Ramona ließ sofort ihr Besteck auf den Teller fallen:
„Ok, ich komme mit, ich will dich begleiten."
Ant schnappte sich ihre Hand:
„Klar, komm mit. Schnell, wir müssen uns beeilen!"
Sie rannten zusammen aus der Mensa, über den großen Vorplatz, hinaus aus dem Unigelände. Ant zog dabei Ramona hinter sich her.
Das Medical Center lag gleich um die Ecke, in der unmittelbaren Nachbarschaft zum Campus. Sie stürmten in die Notaufnahme, am nicht besetzten Schalter der Anmeldung rannten sie einfach vorbei. Hand in Hand liefen sie den Gang entlang, bis sie Maria entdeckten. Sie stand völlig aufgelöst im Flur vor einem OP-Raum der Notaufnahme. Ant rannte sie fast um, stoppte kurz vor ihr ab, und umarmte sie:
„Oma, was ist los? Wo ist Opa? Ist er da drin?"
Maria schluchzte nur, brachte kein Wort heraus. Zu überwältigt von ihren Gefühlen, drückte sie sich fest an Ants Brust, und ließ ihren Tränen freien Lauf. Ramona hatte eine Hand tröstend auf Ants Nacken abgelegt, und blieb betroffen hinter ihm stehen.
Ant hielt seine Oma fest und schaute über die Schulter in den Raum. Dort standen medizinische Geräte, durcheinander und abgeschaltet, im Zimmer herum.
Plastikverpackungen und Kanülen lagen auf dem Fußboden.
Das Licht leuchtete blass, heruntergedimmt, kein Arzt oder Pflegepersonal glänzte mehr mit Anwesenheit. Mitten in diesem Durcheinander stand eine OP-Liege, darauf lag sein Opa. Kein Gerät piepste oder quäkte mehr, alles still, sein Opa hatte es nicht geschafft.

In der Viertelstunde, die Ant und Ramona von der Mensa bis in die Klinik brauchten, gab er den Löffel ab.
Er hatte Ant einmal erzählt, dass er als Sturzgeburt auf die Welt kam. Genauso hatte er diese Welt soeben wieder verlassen, plötzlich und unerwartet.
Ant drückte seine Oma etwas fester an sich:
„Oma, es tut mir so Leid. Was sagen die Ärzte? Wie können sie dich hier allein stehen lassen?"
Oma konnte kaum sprechen. Es dauerte eine Weile, bis sie wieder in der Lage war, sich zu artikulieren:
„Ein Schlaganfall ..., sie konnten nichts mehr für ihn tun ... Nachdem sie den ... Tod ... festgestellt hatten ..., wollten sie mir etwas Zeit geben, mich zu ... verabschieden ... und ließen mich allein."
Bei aller Trauer, stieg auch Wut über die Ärzte in Ant auf.
In diesem Zustand hätten sie Oma nie und nimmer allein lassen dürfen. Wie sollte sie sich verabschieden, wenn es ihr kaum gelang, sich auf den Beinen halten? Glücklicherweise standen ihr jetzt Ramona und er zur Seite, um sie zu unterstützen.
Ant hielt seine Oma weiter fest im Arm, lockerte die Umarmung etwas, und drehte sich in Richtung Zimmertür:
„Komm Oma, ich helfe dir. Lass uns hineingehen. Es ist besser, wenn du dich jetzt verabschieden kannst. Komm mit Oma. Gehen wir."
Großmutter schluchzte, angelehnt an seine Schulter, und sie taumelten zusammen in den Raum.
Gramgebeugt näherte sich Maria ihrem Claus. Sie griff seine nach wie vor warme Hand. Trotzdem fühlte es sich seltsam an, keinerlei Leben regte sich mehr, keine Reaktionen folgten auf die Berührung, als ob sie bloß ein Stück Fleisch berührte. Erst in diesem Augenblick wusste sie, dass ihr Claus nie wieder eine Reaktion zeigen würde, sie nie wieder liebevoll in den Arm nähme, sie nie wieder küsste, ihr nicht einmal mehr einen grantigen Blick zuwürfe, wenn ihm etwas nicht passte.
Sie hätte alles gegeben für so eine mürrische Reaktion, für irgendetwas, ein Lebenszeichen, das war aber ein für alle mal vorbei. Sie brach zusammen, ließ sich kraftlos vornüber auf den toten Körper ihres Mannes kippen. Es schien, als hatte die gesamte aufgestaute Trauer vor, sie über ihre Augen zu verlassen.

Ant ließ sie gewähren. Tätschelte ihr nur leicht die Schulter. Ramona blieb draußen vor der Tür stehen. Ihr standen ebenfalls die Tränen in den Augen, sie überließ es aber Ant, seine Oma zu trösten.
In den folgenden Tagen hatte Ant einige Formalitäten zu erledigen. Maria war nicht in der Lage, sich um irgendetwas zu kümmern. Die Totenpapiere, die Krankenhausabrechnung, die Beerdigung, alles musste abgewickelt, organisiert werden, und Ant hatte damit alle Hände voll zutun. Ramona unterstützte ihn nach Kräften dabei, sie spürte, dass Ant wieder kurz davor stand, in eine seiner Depressionen abzugleiten. Ohne ihre tätige Mithilfe hätte er es sicher nicht geschafft.
Es fand eine geschmackvolle Beisetzung statt, wenn das bei einer Beerdigung überhaupt jemals im Bereich des Möglichen liegt.
Aber sie verlief genauso, wie sich Opa es gewünscht hatte. Viele alte Freunde nahmen an der Trauerfeier teil.
Alte Kameraden, Kriegsveteranen, sorgten mit Trauermusik und herzerwärmenden Ansprachen für eine gelungene Verabschiedung. Das Grab lag auf einem sonnigen Hügel, mit einer grandiosen Aussicht auf die Berge. Natürlicherweise nützte das Opa nichts mehr, aber es ist eben beruhigender für die Angehörigen, wenn sie ihre Lieben, an einem Ort wie diesem begraben wissen.
Oma hatte seit dem Tod ihres Claus nicht mehr gesprochen. Sie weigerte sich, schüttelte nur energisch den Kopf, wenn Ant ihr einen Besuch bei einem Therapeuten vorschlug.
Immerhin hatte sie 54 Jahre mit ihrem Claus zusammengelebt. Sie verkraftete es einfach nicht, ohne ihn zurückgelassen worden zu sein.
Obwohl sich Ant rührend um sie kümmerte, sah man ihr den körperlichen und geistigen Verfall deutlich an. Opa hatte am Freitag, den 03. Februar 2006, diese Welt verlassen. Ohne ihren Claus brachte Maria keinen rechten Lebenswillen mehr auf.
Am Todestag von Opa, genau ein Jahr später, am Samstag, den 03. Februar 2007, morgens, fand Ant seine Oma im Bett vor.
Mit starren Augen und einem zufriedenen Gesichtsausdruck, war sie friedlich entschlafen. Ein tröstlicher Gedanke für Ant, dass er seine beiden Großeltern jetzt wieder vereint wusste. Irgendwo im Nirgendwo, vielleicht im Himmel, möglicherweise in einer anderen Dimension, wer wusste das schon so genau, auf jeden Fall zusammen.
Sie begruben Oma an Opas Seite.

Ramona half Ant, über diesen weiteren Schicksalsschlag hinweg zu kommen. Die Liebe zu ihr war das beste Psychopharmaka, dass es für Ant gab.

Ant, als einziger übriger Angehöriger der Familie, verfügte als Alleinerbe über das Haus und alle weiteren vorhandenen finanziellen Mittel.

Opas Jaguar-Limousine verkaufte er gewinnbringend.

Diese finanzielle Ausstattung ermöglichte ihm, sich weiter auf seine Masterabschlüsse zu konzentrieren. Damit schien er bestens gerüstet, für alles, was da später einmal auf ihn zukommen mochte. ...

Kapitel 3: Schmierentheater.

Ant hatte zwischen zwei Kursen ein paar Stunden Zeit. Um sich die Fahrten von der Uni zum Wohnhaus und zurück zu sparen, plante er, die Freizeit gleich am Campus, oder besser auf Ramonas Bude zu verbringen. Er versuchte, sie per Handy zu erreichen. Da sie sich nicht meldete, vermutete er, dass das Mobiltelefon abgeschaltet war. Entweder nahm sie soeben an einem Kurs teil, hielt sich in der Bibliothek auf oder wollte einfach nur ungestört arbeiten.
Deshalb marschierte Ant zum Studentenwohnheim. Da keine Socke an der Türklinke hing, klopfte er an ihre Zimmertür. Lisa öffnete die Tür, sah ihn von oben bis unten an und hauchte ihn lächelnd an:
„Hallo, schöner Junge, was verschafft mir das Vergnügen?"
Ant reagierte zunächst überrascht, aber er kannte Lisa und ihre laszive Art schon von früheren Treffen:
„Ich denke, das weißt du genau, Lisa. Ist Ramona da?"
Sie ließ die Tür offen stehen und wackelte aufreizend ins Zimmer zurück:
„Nein, ich hab sie nur morgens kurz gesehen, seitdem nicht mehr. Aber komm doch rein."
Welches Interesse hätte Ant, dieses Zimmer zu betreten, wenn Ramona nicht anwesend war? Deshalb wiegelte er ab:
„Nö, ist schon gut. Vielleicht kann ich sie ja mit dem Handy erreichen, oder ich komm später nochmal vorbei."
Lisa schlug einen leicht energischeren Ton an:
„Jetzt komm schon rein. Vor was hast du Angst? Du könntest mir bei etwas helfen."
Ant, schon immer hilfsbereit, trat über die Türschwelle:
„Ich hab nie Angst. Wie kann ich dir helfen?"
Lisa schlug ein Buch auf, das auf dem Schreibtisch lag:
„Ich habe von Ramona gehört, dass du ein Sprachengenie bist. Diesen altgriechischen Text, der in kyrillischer Schrift verfasst ist, soll ich übersetzen. Aber ich komme hier nicht weiter. Kannst du dir das mal ansehen?"
Lisa bot ihm den Bürostuhl an.
Ant setzte sich an den Schreibtisch und überflog den Text.

Er handelte von frühzeitlichen Gräbern, von Grabbeilagen und Totenritualen im antiken Griechenland, immerhin der ältesten Demokratie der Welt. Ant las nicht einmal eine Minute, da lehnte sich Lisa von hinten gegen ihn.
Sie hatte soeben die Tür geschlossen und sich kurz danach rücklings an ihn angeschmiegt.
Er spürte wie sich ihre imposanten Brüste an seine Schulter und sein Genick drückten. Lisa fing an, ihm mit den Fingern durchs Haar zu kraulen.
Ants Nackenhaare stellten sich unweigerlich auf, ein Schauer nach dem anderen lief ihm den Rücken hinunter, bis es Ant zuviel wurde. Er dreht sich auf dem Bürostuhl um und erkannte erschrocken, dass sich Lisa inzwischen ausgezogen hatte. Sie stand splitterfasernackt vor ihm und grinste ihn frech an.
Ant war ein junger Kerl, die männliche Natur befahl ihm, Lisa zumindest kurz, nur für einen Augenblick, zu betrachten.
Ihr überdimensionaler, straffer Busen wogte mit jedem Atemzug vor ihrem nackten Körper, und stellte zweifelsfrei die Attraktion dar, die von ihrem kleinen Bäuchlein ablenkte. Mit den perfekt aufeinander abgestimmten, üppigen Kurven sah sie aus, als wäre sie einem alten Erotikfilm von Russ Meyer entsprungen.
Spätestens als Ant auffiel, dass sie eine frische Vollrasur hinter sich hatte, bemerkte er, dass er sie schon zu lange angestarrt hatte, vor allem an sämtlichen reizvoll animierenden Stellen.
Sie grinste ihn nach wie vor unverhohlen mit eindeutigem Augenaufschlag an:
„Na, gefällt dir, was du siehst? Vergiß den langweiligen Text, du könntest mir auch noch bei etwas anderem helfen."
Ant wurde es heiß und kalt zugleich. Er krallte sich mit den Händen in die Armlehnen des Bürostuhles, als ob der Stuhl eine Art Schutzschirm darstellte, um ihn vor einer Gefahr zu beschützen. Dann wurde er wieder der Sprache mächtig:
„Was soll das? Du weißt genau, dass ich mit Ramona zusammen bin. Zieh dich bitte wieder an."
Lisa hatte nicht vor, so schnell aufzugeben. Mutmaßlich total geil auf Ant, wollte sie ihn, jetzt gleich, unverzüglich, in sich spüren.

Um ihren Plan zu verwirklichen, schritt sie auf ihn zu, beugte sich vor und umfasste seine festgekrallten Hände. Ihre Monsterglocken baumelten Ant direkt ins Gesicht. Er versuchte zu widerstehen, schaffte es aber nicht, das Anschwellen seines Gliedes zu verhindern, und er bekam einen Ständer.
Plötzlich öffnete sich die Tür und Ramona kam herein. Das Bild, das sie zu sehen bekam, dafür geschaffen, ihr den Verstand zu rauben, ließ ihre Gesichtszüge entgleisen.
Ant saß in dem Drehstuhl, mit den Titten der nackten Zimmerkollegin im Gesicht, und mit deutlich ausgebeulter Hose. Als sich ihr Verstand endgültig verabschiedet hatte, und der optische Eindruck langsam anfing, ihr Herz zu zerreißen, ließ sie ihre Bücher fallen. Tränen schossen ihr aus den Augen. Sie drehte sich um und rannte weg.
Ant, einen kurzen Augenblick geschockt, stieß Lisa von sich weg, sprang auf und rannte ihr hinterher. Lisa war zwar nach wie vor geil, aber in einer Hinsicht auch befriedigt, hatte sie es doch Ramona und Ant heimgezahlt. Sie lächelte in sich hinein, als sie Ant aus dem Zimmer stürmen sah.
Ramona reagierte nicht auf Ants Zurufe.
Sie lief weiter, egal wohin, Hauptsache weg, fort von diesem Ort.
So schnell sie auch rannte, war es ihr nicht möglich, vor ihren Gedanken zu fliehen, die um den soeben erlebten Augenblick, um ihre Beziehung zu Ant, um den Hass auf ihre Stubenkollegin Lisa, und um ihre tiefe Verletzung kreisten. Sie rannte die Treppen hinunter, im Erdgeschoß stieß sie die Tür nach draußen auf, hierbei rempelte sie fast eine Studentin um, die in dieser Sekunde dabei war, das Haus zu betreten. Ohne sich zu entschuldigen, mit Tränen in den Augen, rannte sie unter den blühenden Kirschbäumen hindurch über den frisch gemähten Rasen, bis Ant sie endlich einholte. Schnaubend tappte er ihr mit der Hand auf die Schulter, als ob sie just Fangen gespielt hätten.
Das riss Ramona aus ihren Gedanken. Sie wusste, dass sie sich früher oder später einem Gespräch mit Ant stellen musste und blieb, ebenfalls nach Luft ringend, stehen.
Dann legte sie sofort los:
„Was willst du noch von mir?! Du kannst sie haben, die blöde, fette Milchkuh! Also hau ab und verschwinde schnell zurück zu ihr!"
Ant hob beschwichtigend die Hände:

„Ramona, bitte, laß uns vernünftig darüber reden. Ich weiß wie blöd sich das jetzt anhört, aber es ist nicht so, wie es aussah."
Ramonas Wut und ihr Temperament hinderte sie an einer vernünftigen Argumentation.
Sie stieß seine Hand von ihrer Schulter und schlug ihm mit der flachen Hand ins Gesicht:
„Du Schwein! Du hast doch jetzt noch einen Ständer. Nicht wie es aussah ..., du bist also versehentlich in einen Lapdance mit Lisa geraten, oder wie?! Wie weit hättest du es kommen lassen, wenn ich nicht rechtzeitig das Zimmer betreten hätte? Los, sag schon!"
Ant steckte die Ohrfeige weg wie ein Mann, blieb besonnen:
„Ich liebe nur dich, Ramona. Wenn du in dich gehst, weißt du das auch. Du weißt auch, dass ich dir so etwas nie antun würde. Kann ich dir jetzt erklären, was passiert ist? Wirst du jetzt zuhören?"
Ramona kochte weiterhin vor Wut:
„Ich weiß gar nichts mehr! Nichteinmal, ob ich dich wirklich kenne! Für mich stellt sich das alles eindeutig dar! Erzähle mir jetzt bloß keinen Scheiß, sonst kannst du was erleben!"
Ant schaute ihr in die verheulten Augen. Seine gesamte Mimik blieb ernst und eindringlich:
„Beruhige dich und hör zu. Ich hatte etwas Zeit und wollte sie mit dir verbringen. Deshalb habe versucht, dich auf dem Handy zu erreichen. Ich erreichte dich aber nicht. Du kannst das gerne checken."
Ramona griff sofort nach ihrem Handy und schaltete es ein.
Ein Klingelton deutete an, dass ein entgangenes Gespräch in der Anrufliste vorlag. Es handelte sich um Ants Nummer. Sie wischte sich die Tränen aus den Augen und sah Ant ungeduldig ins Gesicht:
„Und, weiter?"
Ihr Ton hatte sich jetzt etwas beruhigt. Ant fuhr fort:
„Ok, als ich dich nicht erreichen konnte, wollte ich nachsehen, ob du dich in deinem Zimmer aufhältst. Lisa hat geöffnet und mir mitgeteilt, dass du nicht da seist. Als ich wieder verschwinden wollte, hat sie mich gebeten, ihr bei einer Übersetzung behilflich zu sein.
Sie ist deine Zimmerkameradin, weshalb sollte ich ihr nicht helfen? Also ..., habe ich mich an den Schreibtisch gesetzt und den Text gelesen. In dieser Zeit muss sich Lisa hinter meinem Rücken ausgezogen haben.

Sie hat mich regelrecht überfallen. Ich hab sie sogar zurückgewiesen, aber sie wollte nicht aufgeben. Als sie sich gerade über mich gebeugt hat, hast du das Zimmer betreten.
Das war's, mehr ist nicht geschehen, und mehr wäre auch nicht passiert."
Ramona schwieg kurz, überlegte, um dazu Stellung zu beziehen:
„Für mich sah das aber ganz anders aus, Freundchen. Viel zu eindeutig. Wie konntest du dich auf Lisa einlassen?"
Ant schüttelte energisch den Kopf:
„Ich hab mich auf gar nichts eingelassen. Vielleicht sollte es ja so eindeutig aussehen. Überleg doch mal, weiß Lisa Bescheid, um welche Zeit du nach deinen Kursen ins Zimmer zurückkehrst?"
Ramona kniff kurz die Augen zusammen:
„Ja, sicher, normalerweise tauche ich immer ungefähr um dieselbe Zeit dort auf ..., wieso?"
Ant beruhigte der Gedanke, dass er Ramona zum Nachdenken gebracht hatte, ihren Verstand erreichte:
„Wenn Lisa das wußte, weshalb sollte sie mich dann verführen wollen. Sie musste doch gewusst haben, dass wir dann erwischt werden, oder? Meiner Meinung nach handelt es sich hier um Absicht, eine Intrige. Sie hat mich bewusst in diese kompromittierende Lage gebracht, um dir und mir zu schaden. Natürlich habe ich auch einen Fehler gemacht. Ich hätte sie viel strenger, oder auch handgreiflich, zurückweisen müssen. Das tut mir echt leid. Ansonsten habe ich mir nichts, aber auch gar nichts, vorzuwerfen."
Ramona dachte nach. Ein weiterer Wutausbruch bahnte sich an:
„Diese verdammte Schlampe. Ich bring sie um, wenn ich sie in meine Finger kriege!"
Ant hielt sie mit beiden Händen an ihren Oberarmen fest, um sie zurückzuhalten:
„Das würde ich mir gut überlegen, die sieht viel stärker aus als du."
Ramonas Rage flachte ab. Ant umarmte sie jetzt und küsste sie auf die Stirn. Dabei verpuffte der letzte Rest ihrer destruktiven Energie vollends. Sie murmelte leise in Ants Brustmuskulatur:
„Ich glaub dir ja. Die blöde Kuh war schon immer neidisch auf uns. Ich kann nicht mehr mit dieser Schlampe in einem Zimmer hausen, sonst kann ich für nichts garantieren."

Ant streichelte ihr übers Haar:
„Ich denke auch, dass es besser ist, wenn du deine Sachen dort packst. Ich helfe dir dabei. Du könntest doch bei mir wohnen? Es wäre schön, wenn wieder ein bisschen mehr Leben ins Haus käme."
Ramona sah ihn überrascht an:
„Zu dir ziehen? Wie kommst du da ausgerechnet jetzt drauf?"
„Na ja, ich habe schon länger darüber nachgedacht. Ich hatte sogar meine Großeltern gefragt, aber Opa sprach sich dagegen aus. Und nach seinem Tod musste ich mich um Oma kümmern. Und wieso jetzt? Erstens, wie gesagt, liebe ich dich sooo sehr. Zweitens hat mir das Schmierentheater deiner Zimmerkollegin deutlich vor Augen geführt, dass wir in Zukunft mehr Zeit miteinander verbringen sollten. Und drittens, willst du doch ausziehen. Fort von dieser Lisa. Also, warum nicht umziehen in mein riesiges, leerstehendes Haus, völlig mietfrei und mit Familienanschluss? Was sagst du dazu?"
Ramona setzte sich auf eine direkt neben ihr, unter einem Kirschbaum platzierte Parkbank. Dann nahm sie, laienhaft schauspielernd, die Haltung einer Statue ein, wie `Der Denker´ aus der Glyptothek in Kopenhagen.
Ant sah ihrem Treiben skeptisch zu:
„Also, was meinst du dazu?"
Sie sah ihn, in ihrer Denkerhaltung, ernst an.
Als sie in sein lächelndes, erwartungsvolles Gesicht sah, verflog ihre gespielte Ernsthaftigkeit. Sie sprang auf und umarmte ihn:
„Ja ..., ja natürlich will ich das. Ich liebe dich doch auch du Holzkopf!"
Ant hatte ebenfalls über einiges Andere nachgedacht, und beabsichtigte die Situation zu nutzen.
„Äh, und was ich dich auch schon die ganze Zeit fragen wollte ..."
Weiter kam er nicht. Grinsend schubste Ramona ihn von sich weg:
„Eines nach dem Anderen mein Schatz. Erst sollten wir einmal zusammenziehen, dann können wir weitersehen."
Ant fühlte sich ertappt. Sie hatte unzweifelhaft Recht. Ein Schritt nach dem anderen, das schien der vernünftigere Weg zu sein.
Zufrieden damit, künftig jeden Abend ungestört miteinander zu verbringen, stimmte er ihr zu. Sie spazierten Hand in Hand zurück in Richtung Zimmer. Als sie vor der Tür ankamen, sahen sie eine Socke, die Lisa über die Türklinke gestülpt hatte.

Ramona geriet wieder in Rage, und war drauf und dran die Studentenbude zu stürmen, Lisa bloßzustellen, aber Ant hielt sie zurück:
„Ich weiß, du willst Lisa die Meinung geigen, aber der arme Junge, der jetzt gerade unter oder über ihr schwitzt, der kann doch nichts dafür. Wir sollten einfach später wieder kommen, am besten, wenn Lisa nicht da ist, dann können wir in Ruhe deine Sachen packen. Ist das in Ordnung für dich?"
Missmutig antwortete Ramona:
„Na gut, von mir aus."
Im Weggehen drehte sie sich nochmal um, streckte die Hand in Richtung Türklinke aus, und deutete an zurückzurennen. Ant hielt sie gleichwohl an ihren Hüften fest, bis sie ihn angrinste:
„Ok, du hast gewonnen."
„Du Kindskopf", erwiderte Ant.
Sie begaben sich ins Mensagebäude und tranken in Ruhe einen schmackhaften, heißen Kakao.
Dort fabulierten sie gemeinsam mit ihren Gedanken, über dies und jenes, unter anderem ob Ants Auto genug Platz für Ramonas Hab und Gut böte. Ein Mustang ist letztendlich nicht als Transporter konzipiert. Ramona rechnete zusammen, wesentlich mehr als zwei Koffer und eine Sporttasche fielen nicht an. Wenn sie die Rücksitzbank nutzten, könnten sie den Umzug mit einer Fuhre erledigen. Sie sprachen über alte Geschichten. Wie sie sich im Hörsaal getroffen hatten, wie sich alles entwickelte, bis hin zum geplanten Umzug in Ants Haus. Die Zeit verging wie im Flug.
Als sie zum Zimmer zurückkehrten, war die Bude sturmfrei. Ramona erinnerte sich jetzt wieder an Lisa, dunkle Restgedanken huschten durch ihren bezaubernden Kopf:
„Ich kann immer noch nicht verstehen, wie es deine Hose dermaßen ausbeulen konnte. Hat dich der Anblick von Lisa so angemacht?"
Ant fühlte sich in dieser Hinsicht etwas schuldig, sogar peinlich berührt:
„Ja ..., nein ..., wenn ich es verhindern hätte können, hätte ich das getan, glaube mir bitte. Ich ..., ich weiß auch nicht, ich bezeichne es als normale körperliche Reaktion. Du studierst doch auch Biologie.

Du freust dich doch auch ..., du hast dich doch auch bisher nicht beschwert, wenn ich auf dich so reagiert habe. Ach, was stammle ich denn hier für einen Schwachsinn.
Es tut mir leid, wirklich, ich liebe dich. Du sollst mir nur Eines glauben, ich schwöre dir, ich hätte es nicht soweit kommen lassen."
Ramona hatte ihm schweigend und ohne sichtliche Reaktionen zugehört:
„Sie ist ein völlig anderer Typ als ich. Stehst du am Ende auf dicke Titten?"
Ant schüttelte nur leicht den Kopf:
„Nein, Ramona, du bist meine Traumfrau, glaube mir."
Wer hört das nicht gern? Fraglos genügte ihr diese Antwort:
„Kannst du mir mal eine Socke leihen?"
Ant verstand nicht gleich:
„Ja, aber da muß ich erst meinen Schuh ausziehen. Wir wollten doch packen?"
Ramona lachte:
„Ich werde dich gleich wo packen. Pass nur auf, die Würgeschlange schnappt wieder zu. Gib mir schon eine Socke, jetzt sind wir erstmal dran."
Erst in diesem Augenblick verstand Ant. Er zog beide Schuhe aus und gab ihr eine Socke. Ramona nahm das verschwitzte Teil mit abgespreizten Fingern, wie mit einer Pinzette, stülpte sie über die äußere Türklinke und schloss die Tür.
Der Umzug an diesem Donnerstag, den 10. Mai 2007, fand um einiges später statt als zunächst geplant.
Ramona Anakonda hatte an diesem Tag fürchterlichen Appetit und Ant war nur zu gern bereit, ihren Heißhunger zu stillen. Falls die Umfrageergebnisse der diversen Schmierblätter stimmten, gehört Versöhnungssex zur besten Sorte.
Danach beeilten sich beide, Ramonas wenige Habseligkeiten in die Koffer zu packen. Da sie sich in ihrem Biologiestudium zuletzt mit Spinnentieren befasste, hatte sie sich ein Exponat einer großen Tarantel, einen lebensechten Nachbau aus Kunststoff, angeschafft. Sie hatte nicht vor, dieses Teil mitzunehmen. Deshalb ließ sie es als originellen Gruß für Lisa zurück. Ramona versteckte die Tarantel unter Lisas Bettdecke.

Bei dem Gedanken daran, wie Lisa das Nächstemal ins Bett schlüpfte, überkam Ramona ein Hochgefühl, verbunden mit einem teuflischen Grinsen.
Sie packten alles in den Mustang, und fuhren zu Ants Haus. Ramona bestand darauf, dass sie zusammen in Ants Zimmer zogen. Sie weigerte sich, in dem Bett zu nächtigen, wo Ants Großmutter ihren Löffel abgegeben hatte.
In der nächsten Zeit, insbesondere während der Semesterferien, im Sommer 2007, renovierten sie das Haus. Der alte Mief musste weichen. Speziell Opas Jagdtrophäen im Wohnzimmer, die uralte Kücheneinrichtung und vor allem das Schlafzimmer der Großeltern, fielen einer umfangreichen Umgestaltung anheim.
Die neuen Küchen- und Schlafzimmermöbel wurden von einem Möbelhaus geliefert und aufgebaut. Böden und Anstriche renovierten die Beiden in Eigenleistung. Erst als sie alles fertig hatten, und die Räume in neuem Glanz erstrahlten, erklärte sich Ramona bereit, in das große Schlafzimmer umzuziehen.
Sie überzog niemals mit ihren geäußerten Wünschen und Argumenten, und sie durchdachte diese vorher meistens gründlich. Deshalb störte es Ant nicht weiter, dass sie üblicherweise ihren Willen durchsetzte. Sie hatten keinerlei Sorgen, zumindest keine finanziellen, und sie liebten sich zutiefst. Nach dem Theater mit Lisa wies die Liebe zwar einen kleinen Riss auf, es handelte sich bei dieser Störung aber um nichts, was Ant nicht wieder kitten konnte. Sie lebten glücklich zusammen, blühten förmlich auf. Ramona bestand ihren Bachelor-Abschluss in Biologie.
Die übrigen naturwissenschaftlichen Fächer hatte sie nur als Nebenfach studiert.
Ant versuchte in dieser Zeit, vier Masterabschlüsse zu schaffen, und wurde als aussichtsreichster Doktorand an der Uni angestellt. Es wäre märchenhaft, sagen zu können:
„Und sie lebten glücklich zusammen bis an ihr Lebensende."
So kam es aber nicht. Das war gar nicht möglich. Lisa, mit 26 Lebensjahren ein Jahr älter als Ant, mutete zur Zeit wie eine betörende, junge Frau an. Ant dagegen, mit seinen 25 Jahren, sah höchstens aus wie ein 20-Jähriger. Im Laufe der Zeit würde die Optik nicht mehr dem realen Altersunterschied entsprechen.

In der Zukunft geriete Ant gegenüber Ramona in Erklärungsnot, weshalb er fortwährend so jung aussieht, während sie immer weiter alterte. ...

Kapitel 4: NIT und NSA.

Ant hatte sich seit langem für das `National Institute of Technology´ interessiert. Er hatte schon während der Studienzeit unablässig versucht, zumindest für die Absolvierung eines Praktikums im NIT angenommen zu werden. Trotz der überragenden Leistungen und seiner Qualifikationen, erhielt er immer nur Absagen.
Bereits an der Uni hatte er an Versuchen zur Ionenverschränkung mittels gebündelter Lichtstrahlen teilgenommen. Die Laser erzielten zwar annehmbare Ergebnisse, verbrauchten aber zuviel Energie, waren um Einiges zu groß, um als Bauteil eines Quantencomputers zu dienen. Blieb nur übrig, entweder die Lasertechnik extrem zu verkleinern, oder es erforderte andere Techniken, um die Ionenverschränkung zu erreichen. Deshalb interessierte sich Ant brennend für das NIT. Dort versuchte man, das gleiche Ergebnis mit Mikrowellentechnik zu erreichen.
Diese Technik schaffte es aber bisher nicht, an die Resultate der Lasertechnik heranzureichen, und schien in seiner Entwicklung festzustecken. Ant schrieb unablässig Bewerbungen an das NIT. Fügte Essays mit Gedanken zur Weiterentwicklung dieser Technik bei, erhielt aber weiterhin keinerlei Antwort.
Ehrlich gesagt, hatte er außer seinen Gedankenspielen nicht großartig etwas vorzuweisen, weshalb sich die Enttäuschung in Grenzen hielt. Sein Augenmerk fiel deshalb wieder verstärkt auf den Abschluss der Ausbildung an der Uni.
Mit dem Sommersemester 2009 bestand Ant vorzeitig seine Masterstudiengänge in allen vier belegten Hauptfächern. Einen Vierfach-Master hatte es an der Uni vorher nicht gegeben. Auf alle Fälle nicht innerhalb einer derart kurzen Zeitspanne. Ant erlangte damit einen gewissen Bekanntheitsgrad. Alle vier Fachprofessoren interessierten sich dafür, ihn als Doktorand und Dozent einzustellen. Ant beschränkte sich vorerst auf Physik, bei Professor Pat Hay und Biologie, bei Professor Stuart Rose. Hier sah er das größte Entwicklungspotential für die Zukunft der Menschheit, und ebenfalls ein wenig für sich selbst.
Seine geliebte Ramona hinkte ausbildungsmäßig verständlicherweise weiter hinterher.

Doch sie entschied sich ebenso, einen Masterabschluss in Biologie anzustreben. Ihre Beziehung verlief weiterhin liebevoll und harmonisch.
Ant dachte daran, ihr einen Heiratsantrag zu unterbreiten. Seit er damals, unter den Kirschbäumen, einen Vorstoß in diese Richtung wagte und seine kleine Würgeschlange das Ansinnen sofort abwürgte, vermied er geflissentlich dieses Thema.
Wenn er als Dozent eine Vorlesung für die neuen Erstsemester abhielt, hatte er anfangs kleinere Schwierigkeiten, da die Studenten glaubten, dass er einer der Ihren sei. Ant brauchte dann immer eine Weile, bis er Ruhe in den Hühnerhaufen brachte, und sogar den letzten Ungläubigen überzeugte, dass er der Chef im Saal sei. Jugendliches Aussehen hat eben nicht nur Vorteile.
In Physik plante er, seine Doktorarbeit über die Entwicklung eines topologischen Quantencomputers mittels Ionenverschränkung durch Mikrowellen und Magnetfeldabschirmung, zu schreiben.
In Biologie fiel ihm die Entscheidung nicht leicht. Ihn interessierte der Mikrokosmos, der sich in unseren Körpern verbirgt. Es faszinierte ihn, dass im menschlichen Leib 1000 mal mehr Bakterienzellen existieren, als es Sterne im Universum gibt. Eine irre Anzahl. Im humanen Korpus leben mehr Fremdzellen als menschliche Zellen. So gesehen vermag man uns mit Recht als Bakterientransporter zu bezeichnen.
Ob wir ein Stück weit von diesen Bakterien, oder womöglich von unserem Verdauungsorgan, kontrolliert werden, hatte bis dahin niemand erforscht. Eine Doktorarbeit war es aber gewiss wert.
Unter Berücksichtigung seiner beispiellosen Sprachfähigkeiten wäre außerdem vorstellbar, dass er sich mit der Kommunikation diverser Tierarten befasst. Interesse hatte er dabei an den verschiedenen Walen, im Besonderen an den Pottwalen.
Es ist bekannt, dass sich die Pottwale über hunderte von Seemeilen hinweg unterhalten. Dabei besitzt jeder Klan seinen eigenen Dialekt und jedwedes Individuum eine charakteristische Art zu sprechen. Ant verwarf aber dieses Thema. Er beabsichtigte seine sprachlichen Fertigkeiten nicht unbedingt zur Schau stellen und hielt es für besser, sie im Verborgenen zu belassen.

Als weitere Richtung dachte er daran, sich mit der hiesigen Holzindustrie, und deren Auswirkungen auf die heimische Flora und Fauna zu befassen.
Die Biologie umfasste ein breites Spektrum an Möglichkeiten. Deshalb verabredete er mit Professor Rose ein Treffen, während dessen üblicher Sprechstunde.
Die Sprechzeit begrenzte der Professor nachmittags auf die Stunde zwischen 14:00 und 15:00 Uhr. Ant traf pünktlich, um 14:30 Uhr, am Büro ein.
Er klopfte an der Tür, aber niemand meldete sich. Als er versuchte, die Tür zu öffnen, stellte er fest, dass sein Ordinarius sie verschlossen hatte. Der Lehrstuhlinhaber schien, wie immer, unpünktlich zu sein. Missgelaunt wartete Ant einige Minuten, bis Professor Rose, mit einer dampfenden Kaffeetasse in der linken, und dem Türschlüssel in der rechten Hand, um die Ecke schlenderte.
Rose spielte den Überraschten, dass überhaupt irgendjemand in seine Sprechstunde kam, und lächelte den Dozenten freundlich an:
„Mister Antonin? Hallo, und entschuldigen Sie, ich habe mir nur kurz einen Kaffee geholt. Was verschafft mir die Ehre?"
Ant nervte es zwar, dass er wieder einmal gezwungen war, auf den Professor zu warten, schluckte aber seinen Frust hinunter und lächelte zurück. Eine der üblichen Lügen des Alltags:
„Kein Problem, Professor Rose. Wir wollten uns doch über meine Doktorarbeit unterhalten. Ich hatte ihnen zwei Themen genannt. Was halten Sie davon? Welches würden sie bevorzugen?"
Rose hatte inzwischen aufgesperrt. Sie betraten das Büro eines typischen Akademikers. In diesem Chaos vermochte sich nur Einer auszukennen, der Professor.
Rose stellte die Kaffeetasse auf den Schreibtisch, in einem bereits vorhandenen Kaffeefleck ab, setzte sich und stieg in seinen üblichen Monolog ein:
„Zunächst, Mr. Ant, lassen sie mich ein Lob aussprechen. Ich bin überaus zufrieden mit ihrer Arbeit. Und nun, was die beiden Themen angeht, welche ich alle beide zweifellos für ausgesprochen ergiebig halte, möchte ich die Entscheidung ihnen überlassen. Ich bin mit Beiden höchst einverstanden.

Bedenken Sie aber, dass eigene Forschungsarbeiten, die sie sicher in diese Arbeit einfließen lassen wollen ..., nun, dass diese Forschungen eher betreffend der hiesigen Flora und Fauna möglich sein sollten. Forschungen bezüglich des Denkvermögens von Bakterien und des Verdauungsorganes hingegen, könnten die gegebenen Verhältnisse unserer Universität überfordern."
Ant dachte überlegte kurz und hakte nach:
„Das heißt, sie empfehlen mir das Thema über die Abholzung der Wälder und dessen Auswirkungen auf unsere Flora und Fauna? Weil es einfacher für mich ist, hierzu eigene Forschungsarbeiten einfließen zu lassen?"
Rose nahm einen vorsichtigen Schluck aus seiner heißen Tasse:
„Ja. Eine einfache Feldforschung genügt völlig. Und wenn sie dann immer noch über das zweifellos hochinteressante Thema der Bakterien schreiben wollen, könnten sie doch eine zweite Dissertation angehen."
Ant war zufrieden. Er vermied es, sich gegen die Meinung des Lehrstuhlinhabers zu stellen, hatte ihn gefragt und wusste jetzt Bescheid.
„Na gut, dann nehme ich zunächst das Holz. Vielen Dank Professor Rose, mehr wollte ich nicht wissen."
Rose schien nachdenklich zu sein. Seine Stirn runzelte sich etwas:
„Was ich ihnen nicht verhehlen will, Mr. Antonin. Über ein ähnliches Thema wollte bereits vor Jahren ..., es muß schon 10 bis 15 Jahre her sein ..., die Zeit vergeht so schnell ..., äh, da wollte einer meiner Doktoranden ebenfalls einen ähnlich relevanten Feldversuch durchführen. Er und seine damalige Lebensgefährtin verschwanden dabei spurlos. Furchtbar ..., sämtliche Suchaktionen, sogar mit Helikoptern und Wärmebildkameras, verliefen erfolglos."
Das weckte Ants Aufmerksamkeit:
„Und wo ..., wo fand dieser Feldversuch statt?"
Rose nahm einen weiteren Schluck Kaffee:
„Lassen sie mich nachdenken. Es handelte sich damals um Mr. Foss. Soweit ich mich erinnere, wollte er in den Black River National Forest. Er meldete sich dort auf jeden Fall beim Ranger an, ist dann aber spurlos verschwunden. Eine mysteriöse Geschichte."
Ant wusste, dass exakt in diesem Wald zur Zeit die ersten Einschlagarbeiten in Angriff genommen wurden.

Das entfachte seinen Enthusiasmus und Tatendrang noch mehr:
„Soviel ich weiß, startete man genau dort mit den Fällarbeiten. Aber was heißt genau dort? Der Wald ist meines Wissens über 8000 Quadratkilometer groß. Und ihre Geschichte ist eine interessante Zugabe. Ich glaube, das sehe ich mir einmal an."
Rose nickte:
„Genau so habe ich sie eingeschätzt, mein Lieber. Aber seien sie vorsichtig. Ich möchte nicht noch einen vielversprechenden Doktoranden vorzeitig verlieren."
Ant erhob sich von seinem Stuhl und schüttelte Rose die Hand:
„Mir passiert sicher nichts. Das kann ich ihnen jetzt schon versprechen. Aber jetzt muss ich weiter. Also, vielen Dank nochmal, auf Wiedersehen."
„Ihr Wort in Gottes Ohr. Bis bald, Mr. Antonin."
Ant verließ gutgelaunt das Büro. Er hatte jetzt wieder eine Aufgabe vor sich, in die er sich hundertprozentig festbeißen konnte. Er holte Ramona von ihrem Kurs ab, und fuhr mit ihr nachhause. Ihr fiel sofort auf, dass Ant einen erfreulichen Campustag hinter sich hatte:
„Na mein Schatz, hast du einen schönen Tag gehabt?"
„Ja, passt schon. Ich habe heute mit unserem Prof über meine Bio-Dissertation gesprochen."
„Und, hat er dich wieder zugelabert? Was hat er gesagt?"
„Ja, du kennst ihn doch. Er meinte, ich soll mich zunächst einmal auf das Holzthema konzentrieren. Meine Feldforschungen will ich im Black River National Forest machen. Kommst du mit?"
„Camping? Im Wald? Stechmücken? Feuerameisen? Nein, danke. Ich glaube, dazu habe ich keine Lust. Außerdem fühle ich mich nicht besonders. Wie lange soll das denn dauern?"
Ant sah Ramona besorgt an:
„Höchstens ein oder zwei Wochen. Aber wie ..., du fühlst dich nicht gut? Was fehlt dir denn?"
„Ich vermute die Gesundheit."
„Nein, im Ernst, was hast du denn ..., und sag jetzt nicht, eine Krankheit."
Ramona grinste ihn verschmitzt an:
„Ich weiß auch nicht ..., irgendwie spinnt mein Kreislauf. Auf jeden Fall ging es mir heute nicht gut."

Diese Larifari-Angaben beruhigten Ant nicht sonderlich:
„Kreislauf? Pass auf, du legst dich jetzt schön vor den Fernseher, ich mache dir etwas Leckeres zum Essen, während du ausruhst. Und wenn es Morgen nicht besser ist, bringe ich dich zum Arzt. Ok?"
Ramona lächelte und küsste ihn auf die Wange:
„Du bist so lieb. Aber das wird schon wieder. Ich hab mir bestimmt nur den Magen verdorben. Vermutlich das Mensaessen."
Als sie das Haus erreichten, lag Post im Briefkasten.
Zunächst bestand Ant darauf, Ramona über die Türschwellen der Garage in die Küche, weiter über den Flur ins Wohnzimmer zu tragen, und sie auf der Couch, begleitet von einem Kuss, abzulegen.
Dann trottete er wieder nach draußen, und holte den Brief. Er kam vom National Institute of Technology.
Noch auf dem Weg ins Haus öffnete er hastig das Kuvert, und las sich aufgeregt den Text durch.

Sehr geehrter Herr Antonin,
Ihre Anfrage bezüglich eines Praktikums in unserer Forschungsabteilung haben wir erhalten.
Um Sie näher kennenzulernen, sind wir an einem persönlichen Gespräch interessiert.
Wir möchten Sie deshalb bitten, am Mittwoch, den 03.03.2010, um 10:00 Uhr, in unserem Bürogebäude zu erscheinen.
Melden Sie sich bitte zunächst an der Pforte an. Alles Weitere erfahren sie dort.
Mit freundlichen Grüßen,
Dr. Megan Hunt

Ramona lag nach wie vor auf der Couch. Als Ant das Wohnzimmer betrat, schaute sie wissbegierig auf:
„Na Schatzi, lag etwas Wichtiges in der Post?"
Ant wedelte mit dem Brief in seiner Hand und lächelte sie an:
„Stell dir vor, ich schreibe jetzt schon jahrelang erfolglos dieses NIT an, und jetzt laden die mich zu einem persönlichen Gespräch ein. Ausgerechnet jetzt, genau in der Zeit, in der ich meine Feldforschungen durchführen wollte."
Sie zuckte nur mit den Schultern:

„Ist doch egal, dann fährst du halt ein paar Tage später in diesen Wald."
Ant schien unzufrieden, zumindest verzog er sein Gesicht entsprechend:
„Ein paar Tage später? So einfach ist das nicht. Jetzt wo der Schnee weicht, werden die großen Harvester eingesetzt. Es nützt mir nichts, wenn ich mich in den Wald begeben will, und alles ist bereits abgeholzt. Ich wollte meine Studien auf den Vorher-/Nachherzustand beziehen."
Ramona lächelte ihn fragend an:
„Und jetzt? Willst du dir die Chance, einen Fuß ins NIT zu bekommen, entgehen lassen? Doch eher nicht. Die werden schon nicht den gesamten Wald in ein paar Tagen abgeholzt haben, oder? Dann suchst du dir eben einfach ein Stück Wald, dass etwas abgelegener, schwerer erreichbar ist. Du kannst dich da sicher mit den Holzköpfen absprechen."
Ants düstere Miene hellte sich wieder etwas auf:
„Ok, ok, du hast ja Recht. So mach ich das. Ich hör mir erstmal an, was das NIT zu sagen hat, und dann fahre ich eben danach zu dieser Raubbau-Firma."
Ramona strahlte zufrieden:
„Na, siehst du Schatzi, geht doch. Du regst dich immer viel zu früh auf. Gut, dass du mich hast."
Ant grinste. Er wankte auf Ramona zu wie Frankensteins Monster. Dazu sprach er auf beschränkte Weise, wie Slothy, aus dem Film 'Goonies':
„Guuut, dass Ant dich hat. Ant sonst zu dumm. Ant will Ramona jetzt kitzeln."
Er schnappte sich die feixend auf der Couch liegende Ramona mit beiden Händen, im Bereich ihrer Taille, und kitzelte sie ordentlich durch, bis sie ihn anflehte aufzuhören. Dann küssten sie sich. Ihre Übelkeit hatte Ramona wenigstens vorerst vergessen.
Am Mittwoch, den 03.03.2010, um 09:45 Uhr, fuhr Ant beim NIT vor. In einem Flachbau, in dunklen Farben gehalten, wie der Granit des Berges im Hintergrund, lag der Verwaltungsbereich vor ihm. Er stellte seinen Mustang auf einem Besucherparkplatz ab, und strebte zum Eingangsbereich.
Ein Security-Mann saß hinter einer Panzerglasscheibe und fragte Ant freundlich nach seinem Anliegen.

Ant wurde ein Platz im Wartebereich angewiesen, während der Pförtner telefonierte. Nach einigen Minuten Wartezeit, kam eine Dame mittleren Alters auf Ant zu.
Sie erweckte einen durchtrainierten Eindruck, hatte kurzes, leicht grau meliertes Haar, und trug eine Lesebrille auf ihrer Nase.
Schnellen Schrittes kam sie näher, streckte Ant die rechte Hand zum Gruß entgegen, und musterte ihn über ihre Lesebrille hinweg.
„Willkommen Mr. Antonin. Mein Name ist Dr. Megan Hunt. Ich habe hier einen Besucherausweis für sie. Bitte tragen sie diesen Ausweis offen sichtbar an ihrer Kleidung und nun, folgen sie mir bitte."
Ant stand auf, gab Dr. Hunt die Hand, nahm den Ausweis entgegen, heftete ihn an das Revers seines Sakkos, und setzte sich in Bewegung. Da Dr. Hunt steif und kurz angebunden auf ihn wirkte, ließ er besser den üblichen Smalltalk weg, und folgte ihr wortlos.
Sie schritt schnell voran, fast gehetzt, bis sie einen Konferenzraum erreichten. Ein großer Raum mit einem langen Tisch und zwölf Stühlen. An einem Ende stand ein Pult, von der Decke hing eine weiße Projektionsfläche, davor aufgebaut, ein Overhead-Projektor und ein Laptop.
Eine ungenutzte, schmucklose und leere Seitenwand verlief entlang des Flures. Gegenüber lag die Fensterfront, mit einem herrlichen Ausblick auf einen Berg. Am anderen Kopfende des Raumes befand sich eine verspiegelte Wand.
Ant ahnte, was das zu bedeuten hatte. Er hatte sich schon einmal, in einem ähnlichen Raum aufgehalten, nur kleiner. Als ihn damals die Ermittlungsbehörden vernahmen. Verborgen hinter dem Spiegel, saß glatt ein volles Team mit Mikros, einer Videokamera, einer Wärmebildkamera und Computerprogrammen, deren Funktionen einem Lügendetektor gleich kamen. Ihnen oblag es, jegliche körperliche Reaktionen Ants aufzuzeichnen und zu analysieren.
Dr. Hunt rückte ihm einen Stuhl zurecht. Am Tischende, mit direkter Sicht auf die Spiegelwand:
„Hier Mr. Antonin, bitte setzen sie sich."
Sie nahm an der Seite Platz. Ant setzte sich. Er konnte sich schon denken, weshalb ihm die Blickausrichtung zum Spiegel hin aufgezwungen wurde.

Außerdem entdeckte er, dass Dr. Hunt einen Knopf im Ohr hatte. Sicher handelte es sich dabei nicht um ein Hörgerät, sondern um einen Receiver:
„Danke, Dr. Hunt. Sie haben mich eingeladen. Also, hier sitze ich. Was ist ihr Anliegen?"
„Sie haben uns einige Bewerbungsschreiben inklusive ihrer interessanten Theorien geschickt. Wir alle wollen sie deshalb etwas näher kennenlernen."
Ein Freudscher Versprecher. Sie sagte „wir alle", obwohl sich ansonsten niemand im Raum aufhielt. Selbst wenn das etwas paranoid klingt, aber Ant war jetzt endgültig klar, dass man ihn heimlich beobachtete:
„Gut, fragen sie, was wollen sie wissen?"
Dr. Hunt starrte ihm, wie ein Raubtier auf dem Sprung, direkt in die Augen:
„Zunächst einmal wollen wir hier nicht über ihre fachlichen Qualifikationen sprechen. Die sind zweifelsfrei vorhanden. Es geht hier nur um ihre Person. Deshalb frage ich sie direkt, wer oder was sind sie, Mr. Antonin?"
Ant reagierte. Seine Pupillen huschten hin und her, die Kapillargefäße weiteten sich, sein Gesicht errötete leicht. Das alles zeichneten die Kameras auf, und die Computerprogramme analysierten diese Daten.
Dr. Hunt erhielt über ihren Empfänger im Ohr die Nachricht, dass Ant nervös auf die erste Frage reagierte.
„Was ..., worauf wollen sie hinaus? Mein Name ist Josef G. Antonin. Ich habe vier Masterabschlüsse an der hiesigen ..."
Weiter kam er nicht. Dr. Hunt unterbrach ihn:
„Hören sie auf mit dem Blödsinn! Wir kennen ihren selbstgefälschten Lebenslauf!
Wir haben sie von vorn bis hinten komplett durchleuchtet! Sagen sie mir, was wir noch nicht über sie wissen."
Jetzt wurde es Ant etwas mulmig zumute.
Er fing an zu schwitzen, bekam feuchte Hände. Die Geräte im Hintergrund registrierten und analysierten alles:
„Wer sind sie, Dr. Hunt? Sind sie hier am NIT angestellt, oder bei einer anderen Organisation?"
Dr. Hunt patschte mit der flachen Hand auf den Tisch:
„Wir sprechen hier nicht über mich, sondern über sie, Mr. Antonin!"

Ant schüttelte den Kopf:
„Für eine Wissenschaftskollegin benehmen sie sich reichlich sonderbar. Ich erschien hier freiwillig, auf ihre Einladung hin. Ich kann auch einfach wieder abhauen.
Ich spreche mit ihnen nur, wenn sie die Karten auf den Tisch legen. Ansonsten verabschiede ich mich jetzt von ihnen und ihren Kollegen, da hinter dem Spiegel."
Dr. Hunt griff sich ans Ohr, und schaute konsterniert in Richtung Spiegelwand. Sie bekam die Anweisung fortzufahren, und wandte sich Ant wieder zu:
„Wir wußten ja, dass sie ein schlaues Kerlchen sind. Vorab muss ich ihnen sagen, wenn ich ihnen mitteile, wer ich bin, sind sie zur absoluten Verschwiegenheit verpflichtet. Dann werden sie dieses Haus nicht mehr verlassen, bevor die Geheimhaltung garantiert ist. Wollen sie trotzdem weitermachen, Mr. Antonin?"
Ant überlegte nicht lange. Neugierde gehörte zu seinen Charaktereigenschaften. Was konnte ihm schon großartig passieren?
„Sie akzeptierten es sowieso nicht, wenn ich jetzt den Wunsch hätte zu verschwinden, also stimme ich zu. Ich bleibe."
Dr. Hunt nickte emotionslos:
„Ok, ich arbeite hier am NIT. Aber sie glauben doch nicht im Ernst, dass hier bahnbrechende Entdeckungen gemacht werden, ohne dass die Regierung davon erfährt. Deshalb ist hier auch die NSA involviert. Wir von der NSA stellen sicher, dass alle Mitarbeiter in der Spur bleiben. Sie können sich also vorstellen, dass wir uns intensiv mit ihnen befassten, bevor wir sie hierher einluden. Und dabei stießen wir auf einige ..., sagen wir mal, Ungereimtheiten. Unsere Ermittlungen haben wir besonders auf ihre Zeit in Port Ryan konzentriert, auf November 2001. Wir studierten alle Polizeiberichte, Zeitungsrecherchen, FBI-Berichte und ließen eigene Agenten ermitteln.
Deshalb teilen wir nicht die Meinung des FBI, dass sie als durchschnittlicher Teenager, als Alleintäter nicht in Frage kamen."
Das Team hinter dem Spiegel registrierte, dass Ant sich unwohl fühlte. Bisher kam er immer mit seiner Unschuldstour durch. Jetzt schien sich das Blatt zu wenden:
„Dr. Hunt, sie werden doch nicht ernsthaft glauben, dass ich meine geliebten Eltern getötet habe?

Dass ich als 17-jähriger, sämtliche Ermittlungsbehörden verarscht und mit der Chinesen-Mafia aufgeräumt habe?"
Dr. Hunt beobachtete ihn weiter mit ihrem Prädatorblick:
„Wir ziehen grundsätzlich alles in Betracht. Wir schließen auch nicht das Unmögliche aus. Dazu haben wir schon zuviel Scheiße gesehen. Wir wissen, dass sie ein äußerst durchschnittlicher Schüler waren. Bis zu diesem lokalen Erdbeben in Port Ryan. An dem Tag starben viele Menschen. Aber nicht an den Folgen des Erdstoßes. Die Zeitungen machten einen Mumienfall daraus.
Wir untersuchten im Hintergrund die Leichen, konnten aber keinerlei Grund für die Mumifizierung dieser Menschen finden. Keine Strahlung, kein Virus oder Ähnliches.
Die einzige Verbindung zwischen all den Toten, ob Mumien hier oder zerbröselte Leiche dort, und der Abschlachtung der Chinesen, sind sie, Mr. Antonin. Wir haben keine Ahnung, wie sie das fertigbrachten, aber ihre persönliche Anwesenheit, an fast allen diesen Orten, können sie nicht abstreiten. Wir wissen auch, dass sie - wenn man nur das darauf folgende Schuljahr betrachtet - als der beste Schüler aller Zeiten gelten. Wie kam dieser plötzliche Wandel vom Doppel-D, also einem Durchschnitts-Dödel, zum Genie? Und das ist nur eine Frage von vielen. Wir beobachteten sie auch danach, in der darauf folgenden Zeit. Seit sie sich nach dem FBI-Einsatz, bei dem sie schon wieder als einziger überlebten, in der Psychiatrie einsaßen, ließen wir sie keinen Augenblick aus den Augen. Einen Vierfach-Master-Abschluss in dieser kurzen Zeit, zum Beispiel, hat vor ihnen noch nie jemand geschafft. Was ihr Gehirn betrifft, haben sie also einen Quantensprung vollzogen. Wir untersuchten eines ihrer weißen Haare.
Dabei stellten wir fest, dass die Haare keineswegs einfach ausbleichten. Auch Pigmente fehlten nicht, sondern dieses Weiß ist ihre natürliche Haarfarbe. Ihr Haar ist weiß pigmentiert.
Eine Genuntersuchung ergab, dass ihre Gene minimal, in wenigen Sequenzen, abweichen. Wie kommt das? Jeden Furz, den sie ließen, haben wir analysiert. Wir wissen, wie lang er brauchte um ihren Arsch zu verlassen, wie er roch und wann sie ihn herausließen. Wir wissen fast alles über sie. Deshalb meine Frage, wer oder was sind sie? Was ist damals in Port Ryan mit ihnen geschehen? Antworten sie noch nicht, ich habe noch mehr.

Wir haben uns das EEG angesehen, dass damals im Krankenhaus aufgezeichnet wurde. Und was soll ich sagen, ihre Gehirnaktivität lag weit über dem bisher bekannten Höchstwert. Ihr Intelligenz-Quotient ist nicht mehr messbar. Wie kommt das alles, Mr. Antonin?"
Ant bekam es, mit der Angst zutun. Er wusste, dass er hier in Erklärungsnöte geriet. Billige Ausreden konnte er sich in dieser Lage sparen. Sie hatten haufenweise Fakten gesammelt:
„Ich wurde mit diesen Haaren geboren, Dr. Hunt. Woher soll ich wissen warum? Wissen Sie warum sie Schuhgröße 41 haben? Wohl eher nicht. Wenn sie irgendetwas gegen mich in der Hand hätten, dann plauderten wir jetzt sicher nicht so ungezwungen miteinander, oder? Sie haben aber gar nichts und stochern nur im Dunklen herum. Ich möchte jetzt gern verschwinden, Dr. Hunt."
Dr. Hunt lehnte sich lässig in ihrem Stuhl zurück:
„Das können sie vergessen, Mr. Antonin, das haben wir doch bereits abgeklärt. Ich glaube, sie haben immer noch nicht kapiert, mit wem sie es hier zutun haben. Unter uns gesagt, es gibt nur zwei Wege für sie, hier heraus zu kommen. Der eine Weg ist, sie arbeiten mit uns zusammen, und sagen uns, was wir wissen wollen. Der zweite Weg ist weniger vorteilhaft für sie.
Es könnte sein, dass jemand auf die Idee kommt, die Wahrheit auf dem Seziertisch aus ihnen herauszuschneiden. Also, werden sie kooperieren?"
Ant sprang wütend von seinem Stuhl auf:
„Was glauben sie, wer sie sind!?
Sie können mich mit ihren lächerlichen Drohungen nicht beeindrucken, mich weder verletzten noch töten! Wenn sie es versuchen, werden sie es bereuen! Glauben sie mir!"
Dr. Hunt blieb abgeklärt und entspannt sitzen. Sie lächelte jetzt überlegen:
„Gut, scheibchenweise rücken sie nun doch heraus. Sie sind also so etwas wie ein Superheld. Das erklärt zumindest schon einmal, weshalb sie immer unverletzt blieben. Im Haus ihrer Eltern, als sie vom Hochhaus fielen, bei dem Chinesen-Mafia-Massaker, und wer weiß wobei noch.
Wir haben das schon geahnt, aber gut, dass sie uns das jetzt bestätigt haben.

Wir denken auch, dass sie sich damals in ihrem Elternhaus herumtrieben, als Detektive Stone gestorben ist. Ein aus seiner Dienstwaffe abgefeuertes Projektil haben wir nie gefunden. Hat er es in sie hineingeschossen? Eine der vielen Narben an ihrem Körper könnte jedenfalls so entstanden sein. Speziell das runde Narbengewebe dort in ihrem Rücken.

Glauben sie mir, auch wenn wir sie nicht verletzen oder töten können, haben wir Mittel und Wege um sie zur Zusammenarbeit zu bewegen. Uns werden sie nicht mehr los. Wir wissen alles über sie. Wir könnten ihre Konten einfrieren, und all ihre Kreditkarten sperren. Oder sie an der Uni diskreditieren, ihr gesamtes Leben zerstören. Wir wissen wie oft, und auf welche Weise, sie Sex mit ihrer Ramona hatten. Was ich sie schon immer fragen wollte, finden sie das nicht ein bisschen pervers, sich nach der Geschichte um den Tod der kleinen Andrea, an deren Schwester heranzumachen? Wir könnten mit Ramona sprechen, sie entsprechend aufklären, wir vermögen was auch immer mit Ramona zu machen. Sie ist doch nicht auch eine Superheldin, oder?"

Ant ballte die Fäuste, wütend zischte er:

„Lassen sie ihre dreckigen Finger von ihr! Sie weiß gar nichts, ist völlig arglos! Wenn sie Ramona hier mit reinziehen, werden sie es bereuen!"

Um Ant weiter aus der Fassung zu bringen, schauspielerte Dr. Hunt einen besorgten Gesichtsausdruck, auf offensichtlich dilettantische Weise, und beugte sich nach vorn:

„Die arme Ramona. Wissen sie, mir persönlich tut das ja leid, aber meine Vorgesetzten ... Die haben die Meinung, dass wir sie nicht in Ruhe lassen sollten. Nach deren Auffassung, stellen sie eine Gefahr für unser Land dar. Außer sie entschlössen sich dazu, mit uns zusammen zu arbeiten. Kann das so grässlich sein, ihrem Vaterland zu dienen? Sie hätten hier alle jemals erträumten Möglichkeiten für ihre Forschungen, angefangen von den Laboratorien, über die finanziellen Mittel, bis hin zu qualifizierten Kollegen. Alles hier, alles vorhanden. Ihre Ramona ließen wir natürlich auch in Ruhe. Sie müßten nur ja sagen, und mit uns über ihre Vergangenheit sprechen."

Ant saß wieder einmal in der Zwickmühle. Er erkannte, dass es hier nicht mehr möglich war, sich mit irgendwelchen Notlügen herauszulavieren.

Diese NSA war auch nicht besser als die Mafia, nur wesentlich gefährlicher. Wenn sie nicht an ihn herankamen, bedrohten sie einfach immer weiter seine Ramona. Ebenso nützte es hier nichts, wenn er Dr. Hunt beseitigte. Dr. Hunt war nur ein kleines Zahnrädchen in dieser riesigen Geheimdienstmaschinerie.
Andererseits hatte er das Angebot, auf den Eintritt in den Wissenschaftshimmel bekommen. Oder in die Wissenschaftshölle.
Je nachdem, von welcher Warte aus man es betrachtete. Für ihn fühlte es sich an, wie ein Pakt mit dem Teufel. Fehlte nur, dass er mit Blut unterzeichnen sollte.
Wer war imstande zu sagen, wie seine Forschungen unter NSA-Aufsicht genutzt werden? Vielleicht genügte es, wenn er nur einen Teil der Geschichte preisgäbe. Es schien sich hierbei um das kleinere Übel zu handeln. Letztendlich blieb ihm in dieser Lage nichts anderes übrig, als eine Zusage zu geben. Er versuchte, Zeit zu gewinnen. Eine Frist, um alle Zusammenhänge kennenzulernen, alle Fakten zu prüfen und letztendlich einen Ausweg zu finden:
„Na gut, Dr. Hunt. Sie haben gewonnen. Wenn sie versprechen mein Mädchen aus der Geschichte herauszuhalten, bin ich bereit zu kooperieren."
Dr. Hunt lächelte zufrieden:
„Gute Entscheidung ..., Mr. Antonin. Und jetzt erzählen sie mir, was damals passiert ist. Und lassen sie nichts aus."
Ant rückte sich den Stuhl zurecht, und setzte sich wieder. Dann fing er mit seiner Geschichte an:
„Ok, ich werde mich auf das Wesentliche beschränken. Sollten sie Details brauchen, dann fragen sie einfach. Damals kam ich zu einem seltsam metallischen Becher.
Als ich ihn in unseren Keller brachte, bemerkte ich, dass mein Vater dort auch so ein Teil abgestellt hatte. Die beiden Gefäße zogen sich auf eine seltsame Weise, magnetisch an. Sie gehörten zusammen. In dem Moment, als ich sie zusammenfügte, kam es zu dem ihnen bekannten Erdstoß.
Damit will ich nicht sagen, dass die zwei Gefäße dieses Erdbeben verursachten. Es könnte auch Zufall sein, dass beides gleichzeitig eintrat."
Dr. Hunt unterbrach ihn:

„An solche Zufälle glaube ich nicht. Es ist wahrscheinlicher, dass sie dieses Beben mit ihren Bechern verursacht haben. Wir kennen solche seltenen Stücke bereits, und haben auch schon einige Erfahrungen damit gemacht. Also, sprechen sie weiter."

„Na gut, dann wissen sie Bescheid. Also ..., ich stürzte wegen des Bebens. Dann habe ich bemerkt, dass ich nicht mehr allein im Keller war. Ich weiß nicht, wo dieser Typ plötzlich herkam. Aber er stand dort im Keller in der Ecke."

Dr. Hunt nahm eine angespanntere Haltung an:

„Wie stellte sich die Umgebung dar? Passierte etwas Ungewöhnliches? Ist in diesem Moment die Zeit stehengeblieben? Beschreiben sie den ... Typen ... wie sie ihn genannt haben. Wie sah er aus?"

Ant fuhr fort:

„Ja richtig. Woher wissen sie ..., ok, alles blieb stehen, wie eingefroren, nur der Kerl und ich ..., wir konnten uns noch bewegen, uns unterhalten. Er war von langer Statur, dunkel gekleidet ..., mit einem großen Hut. Sein Umhang hatte eine seltsame Tiefenwirkung. Als ich ihn ansah, sah es aus, als starrte ich in die Unendlichkeit. Erkennen konnte ich aber nicht viel, im Halbschatten des Kellerlichts. Ich sah nur, dass er hager und blass aussah. Seine Augen erschienen mir durch und durch schwarz."

Dr. Hunt war ihr großes Interesse anzusehen:

„Was wollte dieser blasse Kerl ausgerechnet von ihnen?"

„Er sagte mir, dass die beiden Metallbehälter ihm gehörten, und dass ich ihn, durch das Zusammenfügen der Behälter, herbeigerufen hätte. Bitte halten sie mich jetzt nicht für verrückt. Ich weiß nicht wer oder was dieser Typ war. Hier könnte ich nur Spekulationen anstellen, was ich nicht will."

Dr. Hunt griff sich ans Ohr. Vermutlich hatte sie weitere Anweisungen oder Informationen erhalten. Zumindest stellten die auf Ant gerichteten Geräte keine Lügentendenz fest:

„Wie alle anderen ihrer Bekannten, werde ich sie einfach weiter Ant nennen. Also Ant, was ist sonst noch passiert? Dieser Kerl ist doch nicht einfach wieder verschwunden, oder? Was wollte er noch, außer seinem Eigentum? Wie kam es zu den vielen Toten? Hat er ihnen ihre, sagen wir mal, besondere Überlebensfähigkeit verliehen?"

Ant wusste nicht, ob er alles verraten sollte. Er versuchte erst einmal, den Spieß umzudrehen:
„Es ist mir lieber, wenn sie mich weiterhin Mister Antonin nennen, Dr. Hunt. Sie haben mir doch vorhin mitgeteilt, dass sie bereits Erfahrungen mit den Metallbehältern haben. Sie müssten dann doch wissen was geschieht, wenn dieser Typ auf der Bildfläche erscheint. Was ist denn bei ihnen passiert?"
Dr. Hunt sah Ant fragend an:
„Sie wollen doch nicht von sich ablenken, Mr. Antonin? Aber gut, wir spielen mit offenen Karten. Damals, als wir solche Metallbehälter untersuchten, kam es auch zu einer Begegnung. Der damals zuständige Kollege hat diese Zusammenkunft jedoch nicht überlebt. Es gab Aufnahmen von einer Überwachungskamera, die das Labor filmte. Sie zeigte jedoch nur, wie ..., sagen wir mal Kollege X, die Metallbehälter zusammenfügte. Im nächsten Augenblick waren die Behälter verschwunden, und Kollege X lag in Fetzen gerissen, verteilt im gesamten Labor. Wir dachten, die Kamera sei manipuliert worden oder defekt, sie war jedoch in Ordnung. Der Aspekt mit der stehengebliebenen Zeit, erklärt allerdings Einiges. Jetzt frage ich mich, weshalb sie noch Leben. Also Mr. Antonin, fahren sie fort."
Es blieb Ant nichts Anderes übrig. Er war gezwungen, mit der Wahrheit herauszurücken:
„Na gut, aber schicken sie mich nicht die ..., die Klapsmühle dafür, ok? Ich weiß nicht, weshalb dieser Kerl mich anders behandelte. Es könnte an meinen besonderen Genen liegen? Vielleicht haben ihm meine Haare gefallen? Ich weiß es einfach nicht. Er schwafelte mich auf jeden Fall voll. Dann verbesserte er meine Hardware, erhöhte meine Gehirnkapazität und machte mich für eine gewisse Zeit unsterblich. Hätte ich damals gewusst, dass dafür meine Eltern und all die anderen Menschen sterben müssen, hätte ich niemals zugestimmt. Aber er hat es einfach durchgezogen. Er verleibte mir ohne Skrupel die Lebensenergie der Anderen ein. Das machte mich fertig. Deshalb musste ich auch eine Weile in die Psychiatrie zur Behandlung."
Dr. Hunt sah ihn mit großen Augen an:
„Nun gut, Mr. Antonin. Dann habe ich ihnen jetzt Folgendes zu sagen.

Erstens, das war nicht ausführlich genug. Ich bitte sie deshalb darum, ihr Treffen mit diesem E.T. detailliert, schriftlich, in einem umfassenden Bericht auszuführen. Überhaupt alles, was mit dem damaligen Mumienfall zutun hat.
Zweitens, sie dürfen sich als engagiert betrachten. Sie wissen, dass sie dieses Angebot nicht ablehnen können.
Sehen sie es als Hochzeit an, bei der der Schwiegervater mit der Schrotflinte hinter ihnen steht.
Sie können natürlich nein sagen, aber sie wissen, welche Konsequenzen dann auf sie zukommen.
Und drittens, habe ich ein weiteres Angebot für sie. Wir haben hier ein spezielles Programm. Ein Konzept, von dem wir absolut überzeugt sind. Ich habe selbst daran teilgenommen. Es handelt sich um ein Medikament, zur Erweiterung der Gehirnkapazität. Es regt die Gehirnzellen an und erleichtert den Informationsaustausch zwischen den Zellen. Damit ist es uns gelungen, die Gehirntätigkeit der Probanden um 50% zu steigern.
Also bei einem extrem intelligenten Menschen, der in der Lage ist 20% seines Gehirnes zu nutzen, erhöht sich dadurch die Kapazität auf insgesamt 30%.
Aber was sage ich ihnen, rechnen können sie sicher selbst. Stellen sie sich vor, was das in ihrem Fall bewirken könnte. Was sagen sie dazu?"
Ant dachte eine kurze Zeit nach. Klar, aus dieser Nummer käme er nicht so leicht wieder heraus. Fürs Erste war es ihm auferlegt mitzuspielen.
Er war aber nicht gewillt, sich am Gehirn herumpfuschen zu lassen. Da Mr. Poison damals umfassende Veränderungen in seinem Schädel vorgenommen hatte, konnte er nicht einschätzen, was das Medikament in diesem speziellen Fall bewirkte:
„Ich gehe davon aus, dass die Teilnahme an ihrem Gehirnprojekt freiwillig ist?"
Dr. Hunt hatte wieder diesen Raubtierblick aufgesetzt, sah Ant fragend und gleichermaßen genervt an. Patzig antwortete sie:
„Ja, natürlich. Das ist jedoch der einzige Part, der freiwillig ist. Sie können sich das ja nochmal überlegen. Es würde sie nur noch klüger machen, sonst nichts. Aber bitte, es ist ihre Entscheidung."

„Gut, dann kann ich zumindest schon einmal zusagen, dass ich für sie arbeiten werde. Ich bin jedoch gerade dabei, meine Doktorarbeiten in Physik und in Biologie zu erstellen. Es fiele auf, wenn ich jetzt alles stehen und liegen ließe, und ins NIT verschwände. Ich schlage deshalb vor, dass sie mich meine Dissertationen erledigen lassen, bevor ich ihnen dann vollständig zur Verfügung stehe. Aber Eines kann ich ihnen gleich sagen, dieses Medikament möchte ich vorerst nicht einnehmen. Geht das in Ordnung für sie?"
Dr. Hunt hielt sich wieder lauschend den Finger an ihr Ohr. Vermutlich bekam sie in diesem Moment eine Anweisung aus dem Off:
„Na gut, Mr. Antonin. Wir sind einverstanden. Bevor sie sich auf den Weg machen, müssen wir jedoch noch einige Formalitäten erledigen, Papiere unterzeichnen, Verwaltungskram, sie wissen schon ..."
Sämtliche Anspannung entwich aus Ants Körper, löste sich auf und verschwand im Nirgendwo.
Auf eine seltsame Weise hatte es ihm gutgetan, Druck von seinem Gewissen genommen, als er endlich einmal mit der Wahrheit herausrückte. Obwohl er dabei nicht sämtliche Fakten erwähnte.
Es hatte ihn mehr belastet, mit diesem Geheimnis herumzulaufen, als er sich selbst zugestand.
Nachdem er jetzt einiges loshatte, sank die Belastung spürbar. Klar wusste Ant, auf was er sich da einließ. Er war im Bilde darüber, dass die NSA ihn, und somit ebenso Ramona, nicht mehr aus den Augen ließe. Andererseits sah er es, auf eine verquere Weise als Vorteil an, ging von einem gewissen Schutz aus. Vor den Verbrechern der Mafia oder anderen Übeltätern. Er hatte immer größte Sorgen durchlitten, dass geliebten Menschen, aus seinem Umfeld, etwas Schreckliches zustoßen könnte. Jetzt beschützte ihn die NSA. Auf diese Weise schuf er eine Perspektive, sogar etwas Positives aus seinem Abkommen abzuleiten.
Dazu kamen die unbegrenzten Möglichkeiten, welche die Ausstattung im Labor und die Finanzierung betrafen.
Er hatte zwar Zweifel, aber die positiven Aspekte stimmten ihn leidlich zufrieden:
„Na gut, Dr. Hunt. Erledigen wir den Schreibkram. Für meine Doktorarbeiten benötige ich zwei bis drei Monate, länger nicht."
Dr. Hunt sah ihn zufrieden an:

„Gut, kommen sie mit, Mr. Antonin. Wir gehen vor ins Büro."
Sie standen auf und verließen den ominösen Konferenzraum. An diesem Tag bekam Ant keine weiteren Mitarbeiter mehr zu Gesicht. Er unterzeichnete einen offiziellen Anstellungsvertrag und eine Verschwiegenheitsvereinbarung.
Diese Unterlagen dienten nur als offizielle Nachweise für andere staatliche Einrichtungen und Ämter. Ant wusste, dass er nicht umstandslos kündigen konnte, und dass Ramona in Schwierigkeiten käme, wenn er sich nicht an die Verschwiegenheitsklausel hielt.
Danach verabschiedete er sich, und fuhr nachhause. ...

Kapitel 5: Eine positive Entscheidung.

Zuhause angekommen hatte er ein ungutes Gefühl. Er nahm an, dass sein neuer Arbeitgeber das gesamte Haus verwanzte und verkabelte. Aber was nützte es schon. Ein Umzug brächte ebenfalls keine Besserung. Innerhalb von ein paar Tagen hätten sie die neue Behausung gleichfalls mit Spionageartikeln gespickt. Ant nahm sich vor, so naturgemäß wie immer zu wirken. Er verpflichtete sich, im Büro von Dr. Hunt, zur Verschwiegenheit. Das beinhaltete ebenso, Ramona nicht einzuweihen. Eine beschissene Lage, und wieder einmal eine Lüge mehr in seinem Leben. Er musste sich erst konzentrieren, sich sammeln, bevor er ins Gebäude eintrat.
Ramona sprang ihm, wie ein junger Hund, freudestrahlend entgegen. Hätte sie einen Schwanz gehabt, sie wedelte sicher damit umher. Wie fast immer, umgab sie eine leuchtende, liebenswürdige und ansteckend fröhliche Aura.
Ant war in ihrer Anwesenheit immer dazu verleitet, seine Probleme zu verdrängen. Ihr lustig-frecher und liebevoller Charakter, färbte auf ihn ab, half ihm immer wieder seiner dunklen Seite zu entfliehen.
Sie sprang ihn juchzend von vorn an. Umklammerte sein Genick mit ihren Armen, und verschränkte ihre Beine um seine Hüften. Dann legte sie erstmal los, sein Gesicht abzuknutschen, bevor sie anfing zu sprechen:
„Hallo Schatzilein! Was machst du denn für ein nachdenkliches Gesicht? Wie ich dich kenne, ist alles gut gelaufen beim NIT, oder?"
Ant erwiderte ihre Küsse. Seine Mine hellte sich auf. Er schleppte sich, mit der am Bauch hängenden Ramona, durch das Wohnzimmer, und ließ sich zusammen mit ihr auf die Couch plumpsen.
„Hilfe, eine Anakonda hat mich im Würgegriff, so helft mir doch, sonst muß ich mir selbst helfen!"
Er fasste mit beiden Händen in Ramonas Taille, und kitzelte sie von sich weg. Es hatte einen leichten Hauch von Sadomaso-Ritual. Erst als Ramona quietschend um Ablass bat, hörte er mit dem Kitzeln auf, und fuhr fort zu sprechen:
„Ja, natürlich wollen die mich beim NIT. Ich habe sogar schon einen Vertrag unterschrieben. Gleich nach Abschluss meiner Doktorarbeiten, kann ich dort anfangen."

Ramona setzte sich auf und strahlte Ant an:
„Wow, dann hast du es also geschafft. Das war es doch, was du dir immer gewünscht hast. Jetzt kannst du forschen, auf Teufel komm raus."
Ant nickte, und zog dabei einen Mundwinkel nach unten.
„Ja, genau. Auf Teufel komm raus."
Ramona sah ihn überrascht an:
„Stimmt etwas nicht? Bezahlen die nicht genug, oder was ist los?"
Ant schüttelte beschwichtigend den Kopf und beruhigte sie:
„Nein, nein, alles ok. Wenn ich ehrlich bin, habe ich gar nicht darauf geachtet, wie hoch mein Gehalt sein wird. Ich habe nur darüber nachgedacht, wie es sein wird, wenn ich die Uni verlasse, meine Studenten im Stich lasse."
Unvermittelt boxte Ramona ihm auf die Schulter:
„Die Uni findet schon Jemanden für deine Studenten. Mach dir keine Sorgen. Du hast dich sicher richtig entschieden. Allerdings ist es wieder einmal typisch für dich, dass du nicht weißt, was du im NIT verdienen wirst."
Diesmal verdrehte **sie** die Augen, ließ ihr Gesicht entgleisen und sprach wie Slothy:
„Ant wirklich zu dumm für alles. Braucht kein Geld für Haus, Auto und Hochzeit."
Dann sprang sie auf, rannte um den Couchtisch herum, und verschanzte sich abwartend hinter dem Sessel, um einem weiteren Kitzelangriff zu entgehen. Sie nahm an, dass Ant sie jagen würde. Er blieb aber mit offenem Mund und weit geöffneten Augen sitzen:
„Hast du gerade gesagt Haus, Auto und **Hochzeit**? Ich hab mich doch nicht verhört, oder?"
Ramona stützte sich, nach vorn gebeugt, auf die Lehne des Sessels, wie ein Gorilla, grinste, und redete auf dieselbe beschränkte Slothy-Weise weiter:
„Ant doch nicht so dumm. Ant verstehen Sprache von Menschen."
Bevor Ant aufsprang, um Ramona einzufangen und sich fürchterlich zu rächen, rasten ihm tausend Dinge durch den Kopf.
Er dachte an Mr. Poison, an Mumien, an das FBI, die NSA, ob sie sich in Sicherheit wähnen konnten oder nicht, und ob die Spionagegeräte soeben alles aufzeichneten.

Dann rannte er los. Ramona sprintete in entgegengesetzter Richtung um den Tisch herum, hinter die Couch und weiter, wieder zur Rückseite des Sessels. Als Ant stehen blieb, stoppte sie ebenso, bis es Ant zu bunt wurde, er problemlos über die Couch sprang, Ramona mit einer Körpertäuschung in eine Richtung zwang, um ihr dann blitzschnell den Weg abzuschneiden und sie zu fassen zu bekommen.

Als er sie schraubstockartig umarmte, tat sie so, als wehrte sie sich. Sie strampelte und quietschte ein wenig, um dann nachzugeben und Ant ebenfalls zu umarmen. Sie lächelte ihn an, und wartete auf die Reaktion. Als sie bemerkte, dass Ant kein Wort über seine Lippen brachte, übernahm sie wieder die Initiative:

„Ja, du hast schon richtig verstanden, du Holzkopf. Wenn ich dich nicht mit der Nase darauf gestoßen hätte, würdest du mich doch nie fragen."

Ant dachte darüber nach, was wohl geschähe, wenn er Ramona reinen Wein einschenkte. Wenn er ihr nichts als die ganze, ungeschönte Wahrheit präsentierte. Vielleicht hatte ihn sogar diese Geheimniskrämerei daran gehindert, den einen, weiteren Schritt zusammen mit Ramona zu wagen. Er fühlte sich einfach unbehaglich dabei, sie von vornherein in dieser Hinsicht betrogen zu haben. Dann dachte er wiederum daran, wie wahnsinnig er seine kleine Würgeschlange liebte. Er war schlechterdings zu feige, diese Liebe aufs Spiel zu setzen. Deshalb beschloss er, wie sie beide es vor einigen Jahren vereinbart hatten, nicht über die Vergangenheit zu sprechen und nur nach vorn zu schauen. Er küsste sie, bevor er ihr antwortete:

„Ich weiß, ich hätte dich längst fragen sollen. Ich liebe dich so wahnsinnig, dass ich dich absorbieren könnte, dich in mich aufnehmen, um dich für immer bei mir haben zu können. Aber ich bin auch ein kleiner Feigling und hab mich bis jetzt nicht getraut.

Aber jetzt ..., einen Moment ..., ich muß nur schnell etwas holen."

Ant ließ sie ein wenig bedröppelt stehen und rannte die Treppe hinauf. Ramona sah ihm lächelnd und mit glänzenden Augen hinterher. Er rannte um die Galerie herum ins Schlafzimmer. Es rumpelte und krachte, dann beobachtete sie, wie er zurück sprintete, und die Treppen herunter hüpfte. Er stoppte kurz vor ihr, sank auf das rechte Knie, nahm sanft ihre linke Hand und streifte ihr einen kostbaren Platinring mit einem gefassten, lupenreinen Brillanten verziert, über den Ringfinger.

„Ramona Heinz, willst du mich heiraten?"

Sie streckte den Ringfinger soweit wie möglich von sich weg, drehte dabei ihre Hand hin und her, und betrachtete den Verlobungsring aus allen Perspektiven.
Der Stein brillierte in reinem Weiß, und spiegelte sich in ihren strahlenden Augen wider.
Die rechte Hand hielt sie sich vor ihren offenstehenden Mund. Ant kniete weiterhin vor ihr und sah sie an, wie ein Hundewelpe, der neben dem Esstisch seinem Frauchen beim Essen zusieht und darum bettelt, ein Häppchen abzubekommen:
„Ramona??"
Sie schien in einem Tagtraum gefangen zu sein, zuckte kurz, um dann gnädig lächelnd auf Ant herabzublicken. Sie schloss ihren Mund und griff sich mit der rechten Hand nachdenklich an das Kinn:
„Hmm, laß mich überlegen ..."
„Ramona???"
Sie lächelte, verwuschelte beidhändig Ants Frisur, umfasste dann seine Wangen, und hob ihn etwas an. Ant folgte dem sanften Druck, und richtete sich auf. Endlich antwortete sie:
„Das wurde aber auch Zeit! Natürlich will ich, du ..."
Ant küsste sie schnell auf den Mund, um sich ein weiteres Schimpfwort zu ersparen. Der sanfte Kuss entwickelte sich immer leidenschaftlicher, und ehe sie sich versahen, rissen sie sich regelrecht die Kleider vom Leib, und liebten sich an Ort und Stelle auf der Wohnzimmercouch. Der Gedanke daran, dass nun vermutlich ein paar zur Beobachtung eingeteilte NSA-Agenten einen Ständer bekamen, verhalf Ant dazu, diesmal das Ende des Liebesspieles länger als üblich hinauszuzögern.
Im Gedanken nahm er sich vor, die abtörnende Wirkung der NSA künftig weiterhin zu nutzen, um Ramona eine ausgedehntere Freude zu bereiten.
An ihrem Verlobungstag, den 3. März 2010, liebten sie sich durchs Wohnzimmer, die Treppen hinauf, am Galeriegeländer entlang und im Schlafzimmer, bis sie erschöpft und außer Atem im Bett ankamen.
Ramona kuschelte sich an Ant und schlief sofort ein, obwohl erst früher Nachmittag war. Ant fühlte sich hervorragen. Zufrieden mit sich und der Welt, genoss er den Augenblick. Mit seiner Verlobten im Arm lächelte er in sich hinein, als er daran dachte, wie sich alles entwickelte.

Bei dem Gedanken, welche Show er und Ramona der NSA vermutlich geboten hatten, kamen aber ebenfalls gemischte Gefühle auf. Dann schlief er zufrieden neben ihr ein.
Am späten Nachmittag endete das Nickerchen. Sie duschten gemeinsam, hübschten sich auf und verließen das „neugierige" Haus, um ihre Verlobung gebührend zu feiern. Der Größe des Brillanten auf dem Verlobungsring nach zu schließen, könnte man annehmen, sie dinierten ausgiebig in einem Erster-Klasse-Restaurant. Bei den Beiden handelte es sich jedoch nicht um Snobs. Ramona hatte seit einigen Tagen keinen großen Appetit, und Ant gab sich ebenso mit einem kleinen Snack zufrieden.
Deshalb feierten sie wie üblich nur in ihrer Stammkneipe, dem `Old Bailys´, ab. Dort gab es Guinness, Whiskey und üppige Sandwiches. Fraglos genug, um anständig zu feiern. Ramona verdrängte ihren Anruf bei den Eltern auf den nächsten Tag.
Sie hatte sich ohnehin schon solange nicht mehr zuhause gemeldet, da kam es auf einen weiteren Tag nicht mehr an. Außerdem wusste sie, dass ihre Eltern kein gedeihliches Verhältnis zu Ant hatten. Seit damals die Polizei ihre Ermittlungen betrieb, und wegen ihm ins Haus kam, zeigten sie ihm gegenüber immer Skepsis. Außerdem war er beim Tod ihrer Tochter Andrea anwesend.
Sie beschuldigten ihn zwar deshalb niemals, es schwang seither aber immer ein gewisser Unterton mit, wenn die Sprache auf Ant kam.
Ramona störte das nicht weiter. Ihren Eltern bliebe nichts anderes übrig, als diese Pille ebenfalls zu schlucken.
Ant und Ramona ließen es ordentlich krachen, und tranken das eine oder andere Guinness über den Durst.
Am nächsten Tag fehlte Ant überhauptnichts. Er hatte sich nicht einmal betrunken gefühlt, obwohl er zusätzlich einige weitere Scotch kippte. Der Alkohol schadete ihm in keiner Weise. Seine Ausdünstungen rochen zwar massiv nach Ethanol, aber er hatte weder einen Rausch, noch einen Kater. Als ob sich sein Körper gegen das Gift wehrte, es aus den Getränken separierte und sofort ausschied oder ausschwitzte, bevor die Droge Alkohol, irgend einen Schaden anrichtete. Ant wusste nicht, wie es sich anfühlte, wenn Andere unter Alkoholeinfluss ihre Fähigkeit verloren sich zu artikulieren und die Droge ihren Gleichgewichtssinn beeinträchtigte.

Er trank Bier und Whiskey nur, weil es dem üblichen gesellschaftlichen Gebaren entsprach und weil ihm diese Getränke schmeckten.
Anders bei Ramona. Sie fühlte sich völlig durch den Wind. Die Übelkeit hatte sich schon wieder gemeldet, und sie musste sich übergeben. Sie schrieb das dem übermäßigen Alkoholkonsum des Vorabends zu. Ant kümmerte sich um sie, bereitete ein Katerfrühstück mit vielen Mineralien und Vitaminen zu.
Bis auf den frisch gepressten Orangensaft, und die im Wasserglas aufgelöste Alka-Seltzer Tablette, rührte Ramona das liebevoll hergerichtete Frühstück nicht an. Ant ließ sie erstmal in Ruhe, und bereitete sich auf seinen Forschungstrip in den Wald vor. Ramona ließ sich erst nachmittags wieder sehen. Obwohl sie blass um die Nase aussah, dunkle Ringe unter ihren Augen schimmerten, und ihre langen Haare völlig verwuschelt ihr Gesicht umrahmten, schaute sie für Ant nach wie vor zum Anbeißen aus.
Ant sorgte sich um Ramonas Gesundheit. Jetzt, als sie sich erholt hatte, und kein Alkoholzombie mehr war, hakte er nach:
„Na, meine kleine Schnaps-Viper, fühlst du dich jetzt besser?"
Ramona patschte sich mit der flachen Hand mitten ins Gesicht, fuhr dann mit gespreizten Fingern durch ihr Haar, um es etwas in Ordnung zu bringen:
„Nie mehr ..., nie mehr trinke ich einen Schluck Alkohol."
Ant lachte:
„Ja klar, ein Schluck ist ja auch viel zu wenig für dich."
Ramona nahm ihre Hand vom Kopf und winkte ab. Dabei sah sie den Verlobungsring an ihrem Finger aufblitzen. Sie hatte den Ring seit gestern durchgängig an ihrem Handglied gelassen, und lächelte jetzt verschmitzt:
„Oh ja, das mußten wir doch feiern, oder? Wenn mir nicht immer noch schwindelig wäre, würde ich dich jetzt sofort wieder anspringen, mein kleiner Bräutigam."
Ant nahm sie in den Arm und streichelte ihr wuscheliges Haar glatt. Da klingelte Ramonas Handy. Es lag auf dem Küchentisch, und Ramona nahm das Gespräch etwas wehleidig entgegen:
„Hallo?"
Am anderen Ende der Leitung hing ihre Mutter:

„Hallo Ramona, meine Große, wie geht es dir? Du hast dich ja ewig nicht mehr gemeldet, da habe ich mir gedacht, dann rufe **ich** eben **dich** an. Hast du soviel zu erledigen, dass du nicht einmal die Zeit hast, mit deinen Eltern zu sprechen? Unsere Unterstützung steckst du doch auch ein, da können wir doch erwarten, dass du dich wenigsten ab und zu bei uns meldest. Oder hält dich dein Freund, dieser Ant, von uns fern?"
Ramona hörte sich die Vorwürfe etwas genervt an. Sie wusste, dass es keinen Sinn ergab, den Redefluss ihrer Mama zu unterbrechen. Deshalb wartete sie ab, bis ihre Mutter aufhörte zu plappern, um dann in patzigem Tonfall zu antworten:
„Jaaa, Mama! Du wirst es nicht glauben, aber ich wollte dich heute anrufen."
„Richtig, das glaube ich dir nicht mein Fräulein."
Ramona verdrehte die Augen. Sie fühlte sich nicht fit, und hätte am liebsten gleich wieder aufgelegt:
„Doooch, Mama, wirklich. Wir haben gestern groß gefeiert, und heute wollte ich euch anrufen."
„Ach, tatsächlich? Na gut, das macht es zwar nicht ungeschehen, dass du dich nie bei uns meldest, aber ok, ich kann dir das Gegenteil nicht beweisen. Was habt ihr denn so großartig gefeiert?"
Ramona hatte zwar schon gar keine Lust mehr auf weitere Diskussionen, aber sie wollte sich nicht mehr wie ein Kleinkind benehmen. Trotz allem liebte sie ihre Eltern:
„Ich weiß, dass ihr Ant nicht besonders mögt. Aber er ist ein wahres Genie, und er hat Zukunft. Gestern hat er einen Vertrag beim NIT unterschrieben. Seine Forschungen werden also vom Staat finanziert. Das ist doch ein Grund zum Feiern, oder?"
„Ich möchte dir da in keinem Punkt widersprechen, meine Große. Mich wundert nur, dass du immer noch mit dem Kerl zusammen bist, der auch schon der Freund deiner armen Schwester war."
Ramona fiel es schwer, sich zusammenzureißen, um einen Wutanfall zu unterdrücken:
„Ja, Mama, so ist es halt. Und stell dir vor, wir haben uns gestern verlobt!"
Stille. Diese Bombe hatte eingeschlagen. Vermutlich rang ihre Mutter, am anderen Ende der Verbindung, um Fassung und schnappte nach Luft.

Nach ihren veralteten Vorstellungen hatte ein Verlobungsaspirant gefälligst vorher bei den Eltern um Erlaubnis zu fragen. Und in Ants Fall hätten sie das Anliegen sicher abgelehnt. Nach einer Weile räusperte sich Ramonas Mutter. Dann fuhr sie fort:
„Verlobt? Und ich soll mich jetzt darüber freuen? Hättest du nicht vorher Bescheid geben können? Und du willst diesen Kerl jetzt auch noch heiraten? Nein, mein Fräulein, so einfach funktioniert das nicht. Nein, darüber müssen wir noch sprechen, am besten auch mit Papa."
Ramona schüttelte verständnislos ihren Kopf:
„Jaaa, Mama, verlobt, und ob ihr euch darüber freut oder nicht ist eure Sache. Ich habe das entschieden, das ist nun mal jetzt Fakt. Ihr könnt mich jetzt dafür hassen und mich verfluchen, oder ihr freut euch mit uns und habt uns lieb. Mir egal, eure Entscheidung. Aber findet euch damit ab, dass ich und Ant zusammen bleiben. Basta!"
Sie legte auf, ohne eine Antwort abzuwarten. Am liebsten hätte sie das Telefon in die Ecke geschleudert. Dann erblickte sie wieder ihren Brillantring, schüttelte sich ab, und fing an zu lächeln.
Ant hatte die ganze Zeit neben ihr gestanden, sie an der Schulter gehalten, um beruhigend auf sie einzuwirken, wenn ihre Stimme sich zu überschlagen drohte. Sie drehte sich zu ihm um, schmiegte sich an ihn und umarmte ihn:
„Diese ignoranten Idioten. Am liebsten hätten sie es, wenn ich dich verließe. Wenn die so weiter machen, hören die gar nichts mehr von mir. Ich bin versucht, sie nicht einmal zu unserer Hochzeit einzuladen."
Ant streichelte ihr beruhigend über den Kopf:
„Ach, reg dich nicht auf. Irgendwie kann ich deine Eltern ja verstehen. Die werden sich schon noch an den Gedanken gewöhnen, dass wir unzertrennlich sind."
„Dein Wort in Gottes Ohr. Ich hoffe, dass sie ihre Einstellung dir gegenüber endlich ändern. Ich weiß auch gar nicht, was sie davon haben. Sie können doch dabei nichts gewinnen. Im Gegenteil, wenn sie so fortfahren, verlieren sie auch noch ihr letztes Kind."
„Ja, du hast ja Recht. Aber lass ihnen noch ein bisschen Zeit. Die Zeit heilt alle Wunden, du wirst schon sehen."
Sie blickte lächelnd zu ihm auf:
„Apropos Zeit. Wann wollen wir eigentlich in den Hafen der Ehe einlaufen, Schatzilein?"

Ant hörte auf, sie zu streicheln, und küsste sie auf die Wange:
„Auf jeden Fall noch dieses Jahr. Ich will nur zuerst meine Doktorarbeiten abgeben, und mich beim NIT einarbeiten. Also am besten Ende des Jahres. Was meinst du?"
Sie strahlte ihn an:
„Ganz wie du willst. Dann kann ich also einen Dr. Dr. heiraten, auch nicht schlecht."
„Ich bin sicher, dass ich das schaffe. Morgen will ich starten ..., du weißt schon, den Forschungstrip in den Wald. Möchtest du nicht doch mitkommen?"
„Nein Schatzi. Ich will mich lieber schon etwas auf mein Sommersemester vorbereiten, mich in die Bücher einlesen und so weiter. Außerdem fühle ich mich immer noch nicht besonders gut. Ich will nicht mitten im Wald plötzlich krank werden, und deine Arbeit stören."
Ant umarmte Ramona weiterhin, sah sie nun besorgt an:
„Du meinst nicht, das es an unserer letzten Feier liegt? Welche Probleme hast du denn, meine Babyschlange?"
„Na ja ..., Appetitlosigkeit und Übelkeit, manchmal muß ich mich übergeben, eben das, was ich dir schon einmal erzählt habe."
„Und ..., hast du einen Arzt aufgesucht?"
„Nein, noch nicht. Ich werde das erledigen, wenn du dich im Wald herumtreibst, ok?"
„Soll ich nicht da bleiben? Dich zum Arzt bringen?"
„Nein, nein, Schatzi, bitte ..., kümmere dich um deine Arbeit, ich komm die paar Tage schon allein zurecht. Den Weg zum Doktor finde ich auch ohne dich. Mach dir keine Sorgen, Schatzi, das ist sicher nichts Schlimmes. Nur eine Darmverstimmung oder etwas anderes Banales."
„Ich weiß nicht. Es kann sein, dass ich dort im Wald keine Verbindung habe. Was ist, wenn du mich nicht erreichst? Du machst mir Sorgen, meine Kleine."
Ramona löste sich aus Ants Umarmung und sah in skeptisch an:
„Ant wieder mal nix wissen. Wenn Ant nix wissen, ich muß sagen, wo lang geht."
Sie kicherte und fuhr fort:
„Es ist doch einfach.

Du fährst in deinen Wald, während ich den Doktor aufsuche und wenn wir keinen telefonischen Kontakt herstellen können, werden wir deshalb auch nicht gleich daran zugrunde gehen. Dann besprechen wir eben alles erst, wenn du wieder heimkehrst. Ok?"
Ant willigte ein. Er fing damit an, die Ausrüstung zu packen. Glücklicherweise half ihm Ramona dabei, sonst hätte er seine Unterwäsche vergessen. Was er an Hyperintelligenz aufzubieten hatte, fehlte ihm dafür an praktischer Veranlagung.
Beide verbrachten noch eine kuschelige Nacht miteinander. Ants Gedanken an die Überwachungsgeräte der NSA, verhalfen im wieder vortrefflich dazu, das Abschlussfeuerwerk hinauszuzögern. ...

Kapitel 6: Feldforschungen I.

Am nächsten Morgen frühstückten sie ausgedehnt. Ramona genoss derzeit die Semesterferien und hatte folglich frei. Ant mietete beim nächsten Autoverleih einen Jeep, belud ihn mit seinem Forschungskram und der Campingausrüstung. Beim Abschied kullerten ein paar Tränchen über Ramonas Gesicht. Es zerriss Ant fast das Herz, als er Ramona winkend im Rückspiegel sah, wie ihr Abbild immer winziger wurde, während er sich entfernte. Er schüttelte heftig seinen Kopf, und schlug sich selbst mit der flachen Hand ins Gesicht, um wieder klar zu werden. Dabei schimpfte er laut auf sich ein:
„Hey Mann, reiß dich zusammen! Du wirst dich doch mal für ein oder zwei Wochen von ihr trennen können, du Weichei? Also, auf geht`s, wie erreichst du am Besten die `Coulder Lumber Company´?"
Schweren Herzens fuhr er aus der Stadt in Richtung Black River National Forrest. Er gedachte die Coulder Lumber Company beizeiten zu erreichen. Abends träfe er sicher niemanden mehr an. Doch er musste sich erst in den umliegenden Ortschaften durchfragen, um das neue Basislager der Holzfirma zu finden. Die Rangerstation, unbesetzt und leer, wartete derzeit geduldig auf ihren Ranger, dessen Eintreffen erst für die Zeit, kurz vor dem einsetzenden Touristen- und Camperandrang angesetzt war. Doch für Urlauber herrschte im März noch zu kühles und unbeständiges Wetter. Ob es während oder nach der Abholzung, überhaupt Jemanden in diese Gegend zöge, blieb freilich fraglich. Vielleicht verschonte die Company ein paar wenige unberührte Stellen des Waldes, um sie dann weiter dem Tourismus zu überlassen. Falls die Profitgier solche Ecken überhaupt übrig ließ.
Ant fuhr auf das Firmengelände. Dort beschäftigte sich soeben ein Bagger mit der Stapelung der entrindeten und entasteten Baumstämme. Der Boden bestand komplett aus Morast.
In den Rinnen, die durch die breiten Räder der schweren Lastfahrzeuge entstanden, hatten sich Pfützen gebildet. Die Verwaltungsbaracke stand glücklicherweise gleich neben der Einfahrt des Firmengeländes. Es stellte sich als Vorteil heraus, dass Ant sich ein Allradfahrzeug gemietet hatte, obwohl der Mietpreis etwas höher lag.

Mit durchrutschenden Reifen driftete er um die Holzhütte herum, und kam auf einem trockenerem Stück Boden, neben einem großen Geländewagen, zum Stehen. Überall Dreck und Matsch. Der Jeep sah jetzt schon aus, als läge die letzte Autowäsche ein halbes Jahr zurück. Ant drehte sich um, und holte die Gummistiefel hervor. Er war gut beraten, seine Wanderschuhe nicht gleich am ersten Tag zu durchnässen. Mit den Gummistiefeln bewaffnet, stapfte er Richtung Baracke.

Nachdem er anklopfte, öffnete er die Tür. Im Gebäude gab es nur einen Büroraum. Ein Schwall warmer, stickiger Luft strömte ihm entgegen. Der kleine, mit Holz befeuerte Bollerofen in der Ecke, kam tüchtig seiner Arbeit nach. Auf dem Boden klebte, überall verteilt, angetrockneter Matsch, in Form von Stiefelspuren. Am Schreibtisch saß die Abteilungsleiterin, Lori Covel. Eine Enddreißigerin in Männerklamotten und derbem Aussehen. Sie beknabberte ein Stück Kautabak, und spuckte ihren überschüssigen Speichel soeben in einen neben ihr stehenden Blecheimer, als Ant den Raum betrat.

Ant unterdrückte den Reiz, einen angewiderten Gesichtsausdruck anzunehmen, und verdrängte seinen Würgreflex. Ein richtiges Lächeln brachte er aber ebenfalls nicht zustande. Zeit sich vorzustellen:

„Guten Tag, Madam. Mein Name ist Josef Antonin. Ich nehme an, sie sind Mrs. Covel. Wir haben telefoniert."

Lori kaute weiter, und lehnte sich in ihrem Stuhl zurück:

„Miss Covel."

Sie spukte nochmal in ihren Eimer, und streckte ihm die ölverschmierte Hand zum Gruß entgegen.

Ant verstand auf anhieb, wie sie sich in diesem Männerberuf durchgesetzt hatte.

Es störte ihn nicht weiter, diese ölverschmierte Hand zu drücken, so vermochte er wenigstens sicher zu sein, dass Miss Covel die Hand vorher nicht woanders hatte. Nicht in diesem verdreckten Zustand:

„Ok, Miss Covel. Sie wissen, um was es sich handelt. Ich will keinesfalls, in irgendeiner Weise, ihre Firma diskreditieren. Es dreht sich hier nur um die Feldforschungen zu meiner Doktorarbeit.

Also keine Angst, ich habe nicht vor ihre Firma zu erwähnen. Ich will nur die Auswirkungen ihrer Arbeit betrachten und analysieren."

Lori sah ihn prüfend an:

„Na gut, Jungchen. Sie sind also nicht so ein Spinner, der sich an die Bäume anketten will, um uns an der Arbeit zu hindern?"
Ant schüttelte eifrig den Kopf:
„Nein, nein, Miss Covel. Wirklich nicht. Ich werde sie in keiner Weise behindern, oder ihre Firma erwähnen. Versprochen."
Lori kaute weiter:
„Gut zu wissen. Meine Jungs können nämlich ziemlich rabiat werden, wenn jemand sie nervt. Aber gut, sie wollen sich also im Wald herumtreiben. Wenn sie mir garantieren, dass sie meinen Jungs dabei nicht in die Quere kommen, geht das in Ordnung."
Ant nickte:
„Das garantiere ich ihnen. Aber dazu müßte ich wissen, wo sie in der nächsten Zeit arbeiten werden."
Der Anblick der kauenden Lori erinnerte Ant an einen wiederkäuenden Paarhufer. Ihr Blick schien ähnlich geistreich zu sein, was aber täuschte. Lori hätte nie den Posten als Leiterin dieses Trupps erhalten, wenn sie den übrigen Arbeitern nicht ein gewisses Maß an Bildung voraushätte. Das wusste sie jedoch meisterhaft zu verschleiern:
„Äh, so weit so gut. Also, meine Jungs haben bereits einen langen Streifen, tief in den Wald hinein, abgeholzt. Als Test ..., sie wissen schon ..., die Holzqualität betreffend. Und was soll ich sagen, die Qualität ist beschissen. Überall ist der Käfer drin. Viele Stämme sind kernfaul und können höchstens noch als Hackschnitzel verarbeitet werden. Ich hab deshalb heute Morgen meinen Vorarbeiter, Keith Short, zur Besichtigung eines abgelegenen Waldstückes geschickt. So`n Talkessel in den Bergen. Der faule Sack ist aber bis jetzt noch nicht zurück. Ist sonst gar nicht seine Art. Auf dem Handy kann ich ihn auch nicht erreichen. Sie wollen doch die Flora und Fauna vor und nach dem Einschlagen prüfen. Also, fangen sie dort an. Vielleicht treffen sie ja Keith?"
Ant lächelte in sich hinein. Sie wusste folglich doch genau Bescheid, was sie telefonisch besprochen hatten:
„Ach, das wissen sie also noch?"
„Was?"
„Na, um was sich meine Doktorarbeit dreht."
„Na klar, wir haben doch erst gestern telefoniert."
Ant grinste Lori an:

„Dann ist es ja gut. Sagen sie mir, wie ich in diesen Talkessel komme, dann werde ich mir das einmal ansehen. Ihren Keith werde ich aber vermutlich nicht mehr antreffen, weil ich heute nicht mehr dorthin fahre. Es ist schon zu spät. Ich werde mir ein Zimmer nehmen, und erst einmal übernachten. Morgen ist auch noch ein Tag."
Lori nahm wiederkäuend ihr Käppi mit dem Firmenlogo ab und schüttelte ihr pechschwarzes Haar. Die Haare erinnerten etwas an Schneewittchen, aber sonst nichts an ihr. Ohne den Schirm ihrer Kappe erkannte Ant ihr Gesicht besser.
Ihre Haut war nicht schneeweiß, sondern schon jetzt, im Frühjahr, gebräunt. Die Pelle sah aus wie von Wind und Wetter gegerbt, fast etwas ledrig:
„Da werden sie Pech haben, Jungchen. Die umliegenden Zimmer dürften alle von meinen Jungs belegt sein."
„Das hört sich nicht gut an. Ich hab`s versäumt, mich vorher um ein Zimmer zu kümmern. Dann muß ich eben jetzt noch irgendwo mein Zelt aufschlagen."
Lori stand auf, und stütze sich mit ihren zu Fäusten geballten Händen auf dem Schreibtisch ab, wie ein Menschenaffe.
Durch die nach vorn gebeugte Haltung strebten ihre üppigen Brüste danach, aus ihrer beengten Behausung des Arbeitsoveralls zu springen.
Mit einem breiten Grinsen unterbreitete sie Ant einen Vorschlag:
„Zelt aufbauen, morgens wieder abbauen, spar dir deine Energie, Jungchen. Du siehst knackig aus. Ich hätte noch ein Plätzchen frei für heute Nacht. Na, was sagst du?"
Als sie mit ihrem breiten Grinsen anfing, dachte Ant, er bekäme gleich ein paar faulige Zähne oder zumindest einige Zahnlücken zu Gesicht. Loris Gebiss hinterließ aber, abgesehen von den Kautabakresten, einen makellos weißen Eindruck. Trotzdem stand *Er* ihm nach innen, bei dem Gedanken an eine, wie auch immer geartete, Zweisamkeit mit Lori.
Er überlegte nicht lange, bevor er antwortete:
„Vielen Dank für das Angebot, Miss Covel. Aber ich werde doch lieber noch ein Stück in den Wald hineinfahren, und dort mein Zelt aufschlagen. Dann muss ich am nächsten Morgen nicht so weit fahren. Wenn ..., wenn sie mir jetzt bitte zeigen, wo ich diesen Bergkessel finde, Miss Covel."
Sie grinste nach wie vor:

„Feigling. Sie wissen nicht, was sie verpassen. Aber gut, dann zeige ich ihnen zumindest auf der Karte, wo es langgeht."
Ant wusste natürlich genau, was er da verpasst hatte. Deshalb hatte er ja abgelehnt.
Er ließ sich den Weg genau beschreiben. Notizen brauchte er nicht, sein Gehirn vergaß nie etwas. Dann verabschiedete er sich höflich, und stapfte zum Jeep zurück. Die Uhr zeigte bereits 16:00 Uhr nachmittags. Die Sonne verschwände gegen 18:00 Uhr hinter den Bergen, wusste er. Weit konnte er deshalb nicht mehr in den Wald vordringen. Das mußte auch nicht sein, Hauptsache er brachte ein paar Meilen zwischen sich und Miss „Ichhabsunbedingtnötig".
Er nutzte die extra für den Holztransport verbreiterten Waldwege und kam ordentlich voran, obwohl er nicht sonderlich aufs Gas trat. Als der ausgebaute Forstweg in einer Kurve nach links bog, schreckte ihn ein plötzliches Warnsignal auf.
Im Bruchteil einer Sekunde schoß ihm das Adrenalin durch die Adern, sein Fuß hob sich weg vom Gaspedal in Richtung Bremspedal. In dieser Sekunde kam ein schwerer Holztransporter um die Kurve gerauscht. Der Transporter unternahm keinerlei Anstalten zu Bremsen, und hupte Ant schlechterdings aus dem Weg. Ihm blieb nichts Anderes übrig, als sein Lenkrad herumzureißen und den Jeep, begleitet von einer gefühlvollen Bremsung, zwischen zwei Bäume zu lenken.
Der voll beladene Holztransporter düste ohne weiteres Aufhebens davon. Ants Puls raste, er legte die Stirn auf das Lenkrad, und beruhigte zunächst einmal seine Schnappatmung.
„Verdammter Vollidiot. Der scheißt sich um gar nichts. Der hätte mich einfach platt gemacht" murmelte er gereizt.
Erst als er sich wieder etwas beruhigt hatte, fuhr er rückwärts zurück auf den Weg, und setzte seine Fahrt fort.
Dabei schimpfte er wieder leise vor sich hin:
„Vollpfosten. Der gehört angezeigt, dieser rücksichtslose Drecksack. Der bleibt nicht mal stehen. Der weiß doch gar nicht, ob ich allein wieder aus dem matschigen Wald herauskomme. So ein Arschloch. Hoffentlich darf er heute bei ʻPrinzessin Lori mit den rauen Händen´ übernachten."
Nach einer Stunde Fahrt bog er in einen kleineren Seitenweg ab, und hielt an, um sein Nachtlager aufzuschlagen.

Da ihm die praktische Veranlagung fehlte, setzte schon die Nacht ein, bis Ant endlich das kleine Zweimannzelt aufgestellt hatte. Zu seinem Glück blieb es an diesem Abend trocken. Als er es zu guter Letzt geschafft hatte, sah er auf seinem Handy nach, ob er Empfang hatte. Drei Balken, das genügte auf jeden Fall. Ramona erreichte er über die Kurzwahltaste 6. Das hatte er früher so abgespeichert, als sie sich noch nicht so nahestanden, und Ant diese Zahl in Verbindung mit ihr brachte. Seither hatte er keine Veranlassung gesehen, die Kurzwahl abzuändern.

Als er die 6 wählte, grinste er voller Vorfreude. Es tutete, und Ramona meldete sich in ihrer überschwänglich freudigen Art:

„Hallo Schatzilein, bist du schon in deinem Dschungel angelangt? Wie geht`s dir? Wo bist du? Ich will überhaupt alles wissen."

Ant freute sich, ihre Stimme zu hören. Selbst wenn Ant mies drauf war, stimmte Ramona ihn, mit der Ausstrahlung, die sie verströmte, immer wieder versöhnlich. Sie fabrizierte einfach gute Laune. Ant lächelte, als er ihr antwortete:

„Hallo meine kleine Anakonda. Ich hab`s noch nicht geschafft und sitze jetzt irgendwo im Wald, im Zelt. Stell dir vor, kaum fahre ich mal weg von dir, hat mich schon eine Andere angebaggert."

„Was? So eine Böse. Will sich einfach an meinem Schatzilein vergreifen. Wer besaß denn die Frechheit?"

„Ach, die von der Holzkopffirma, die Abteilungschefin. Sie hat mir einen Übernachtungsplatz in ihrem Bett angeboten. Schräg oder?"

„Du bist aber auch ein knackiges Kerlchen. Ich kann sie verstehen. Wie alt ist die denn?"

„Weiß nicht, Ende dreißig, nehme ich an."

„Ok, wirklich voller Zuversicht das Luder."

„Ja, immer diese dummen Optimisten. Die haben doch gar keine Ahnung von den freudigen Überraschungen, die wir Pessimisten erleben, oder?"

„Papperlapapp. Aber jetzt bist du ja in Sicherheit und einsam. Du bist doch allein, oder?"

„Nein, wieso sollte ich ..., ein paar Eichhörnchen und Hirsche halten sich auch in der Nähe auf. Die Moskitos sind zum Glück noch nicht aufgewacht. Denen ist es noch zu kalt."

Ramona lachte:

„Dann bist du ja in bester Gesellschaft, und ich muß mir keine Sorgen machen."

Erst beim Wort „Sorgen" fiel Ant wieder ein, dass eher er Grund hatte beunruhigt zu sein.

„Aber jetzt im Ernst, Ramona, wie fühlst du dich denn? Hast du dich schon beim Arzt untersuchen lassen?"

„Es ist schon etwas besser. Trotzdem habe ich für Morgen einen Termin vereinbart. Es ist sicher nichts Schlimmes, aber eine Untersuchung kann nicht schaden."

„Das hast du gut gemacht, meine kleine Kuschelschlange. Ich weiß aber nicht, ob ich morgen noch Handyempfang habe. Natürlich werde ich versuchen dich zu erreichen, und wenn ich dafür auf einen Berg klettern muss. Wann ist denn morgen dein Termin?"

„Du kennst mich doch. Ich will erst mal ausschlafen. Deshalb habe ich den Termin erst für 11:30 Uhr vereinbart."

„Ok, dann versuche ich es eben am Nachmittag. Falls du nichts von mir hörst, dann liegt es am Empfang."

„Ist gut Schatzilein. Mach dir keine Gedanken. Es genügt auch noch, wenn wir nach deiner Rückkehr darüber sprechen."

„Na gut, ich werde es trotzdem vorher einmal versuchen. Weißt du, dass du auf meiner Schnellwahlnummer 6 gespeichert bist?"

An Ramonas Ende herrschte zunächst Stille. Sie brauchte ein paar Sekunden, um sich auf den neuen Kontext einzustellen. Aber sie schaltete schnell und antwortete in einer lasziven Stimme:

„Auf der 'Sex' also. Du kleiner Schlingel. Weißt du, dass ich ausgerechnet jetzt, außer den Strapsen und meinem Höschen nichts anhabe? Soll ich den Slip für dich ausziehen?"

Ant grinste breit. In seine Hose kehrte langsam Leben ein. Und dabei war es ihm völlig egal, ob die NSA nun mithörte oder nicht.

„Ok, du heißes Luder, tu es. Und beschreibe mir genau, was du gerade machst."

Ant öffnete seine Hose rechtzeitig. Sein Penis, hart wie Eichenholz, benötigte dringend den Platz.

Ant fing langsam an den Prügel zu massieren, und lauschte weiter gespannt Ramonas Ausführungen:

„Ich halte mit beiden Händen meine Brüste und reibe meine Nippel zwischen den Zeigefingern und Daumen, sie sind schon hart und spitz. Oh, ich werde ganz feucht."
Ants stimme klang aufgeregt, wie ein Drogensüchtiger vor seinem langersehnten nächsten Schuss:
„Mach weiter, Ramona, hör nicht auf!"
Und Ramona sprach weiter:
„Jetzt fahre ich langsam mit der rechten Hand von meinem straffen Busen hinunter, über den Bauch, in das Höschen. Ahhh. Ich reibe ..., die Klitoris ..., ohh, sie wird ganz hart, oh, oh, ohhh, ich stelle mir vor, wie du in mich eindringst, tiefer, immer tiefer, ohh, ohh."
Nach weiteren ausgedehnten Ahs und Ohs, kamen sie gemeinsam.
Ant spritzte eine Ladung ab, als ob er vorhatte, ein Feuer damit zu löschen. Es fühlte sich fast an, als hätten sie sich das Bett miteinander geteilt. Mit hochroten Köpfen und dem Handy am Ohr, ließen sie befriedigt ihre Körperspannung wieder los. Niemand war gewillt etwas zu sagen, die Befriedigung mit unnützen Bekundungen zu zerquatschen. Erst nach einer angemessenen Ruhepause fing Ant wieder an zu sprechen:
„Das war schön, meine Geliebte, meine Süße. Ich möchte dich jetzt gern im Arm halten, dich streicheln. Du fehlst mir jetzt schon."
Ramona kicherte:
„Ist ja gut, mein Schimmelchen. Immer ruhig mit den Pferden. Wir sehen uns doch in ein paar Tagen schon wieder. Und wenn du willst, dann telefonieren wir halt öfter einmal zwischendurch. Mir hat es auch gefallen. Das habe ich gut gemacht, stimmt`s?"
Ant musste lachen:
„Ja, ja, das hast du sehr gut gemacht, meine Süße. Zu gut. Wegen dir muß ich jetzt, hier im Zelt, noch ein bisschen sauber machen."
„Du kleines Ferkel. Hast du dich wieder schmutzig gemacht? Also ..., ich lasse dich jetzt in Ruhe, damit du sauber machen kannst. Du fehlst mir auch. Ich liebe dich, mein Schatz. Bis dann ..."
Das Ende des Telefonats bahnte sich an.
Ant lächelte zwar, aber er fühlte sich wie nach einem Rockkonzert, wenn der letzte Song endete, und es keine Zugabe mehr gab.
Irgendwie befriedigt von dem Erlebten, aber ebenso traurig darüber, dass es vorbei war:

„Du bist meine große Liebe. Ich kann es nicht erwarten, bis wir uns wiedersehen. Also ..., Bussi ..., bis später ..."
Er legte auf. ...

Kapitel 7. Das Erwachen II.

... Ja, so hat alles angefangen. Exakt so ausführlich hat Jo Ant es mir erzählt, und genau so werde ich es zu Protokoll geben, wenn ich wieder in der Lage dazu bin. Aber das steht weiterhin in den Sternen. Vielleicht akkurat dort, wo ich mich jetzt aufhalte.

Gefangen zwischen Raum und Zeit, in diesem eiskalten Universum, dass uns so unendlich erscheint.

Ich bin nach wie vor nicht in der Lage, irgendwelche Körperfunktionen wahrzunehmen. Deshalb nehme ich an, dass mein Corpus nicht mehr existiert. Eine vom Hals ab querschnittgelähmte Person weiß nur, dass sie einen Körper hat, weil sie ihn sehen kann. Beraubte man diesen armen Menschen zusätzlich seiner visuellen Sinne, befände er sich in einer ähnlichen Lage wie ich. Der Verstand wüsste logischerweise, dass ein Körper nötig ist, um seinen Geist am Leben zu halten. Aber sicher konnte er sich dann nicht mehr sein.

Bei mir ist das anders. Mein Gehirn hat seit jeher sein eigenes Lebenserhaltungssystem. Das hilft mir gleichwohl, in dieser Lage, ebenfalls nicht weiter.

Hauptsache mein Verstand ist weiterhin am Leben. Selbst wenn ich total allein und tiefgefroren durchs All schwebe, habe ich die Möglichkeit, zumindest geistig an meinem Auftrag weiterzuarbeiten. Es ist völlig illusorisch, daran zu glauben, dass mich hier, in den Tiefen des Alls, jemand finden und retten wird. Aber ich habe es Ant versprochen. Und ich werde versuchen dieses Versprechen einzuhalten, obwohl die Chancen auf Erfolg gleich null sind.

Mir wird wieder übel. Wieso verpisst sich dieser Brechreiz nicht endlich? Die einzige Erklärung dafür ist, dass mein Gleichgewichtssinn nach wie vor intakt ist.

Ich drehe mich die ganze Zeit um meine eigene Achse, schwerelos und langsam. Aber schnell genug, um diese Übelkeit zu verspüren. Wenn ich es mir recht überlege, müssten andere Sinne ebenfalls funktionieren.

Ich spürte Kälte und Wärme. Genauso wie ich fühle, dass ich mich unaufhaltsam drehe. Ob ich etwas höre, weiß ich nicht. Vermutlich ja, aber im leeren Raum breiten sich Schallwellen nicht aus.

Es fehlt ein Medium, auf das der Schall seine Wellen übertragen könnte. Fest steht, dass ich nichts sehe. Aber wenn mein Gleichgewichtssinn funktioniert, und vermutlich ebenso mein Gehör, vielleicht nehme ich dann wenigsten Erschütterungen wahr, fühle die Vibrationen.
Nur was sollte mich hier draußen erschüttern, im tiefen Weltraum? Außer wenn ich von einem Meteor, Kometen, Asteroiden oder nur von einem Staubkorn getroffen werde. Überaus unwahrscheinlich.
Möglich, dass ich irgendwann, nach Äonen, zu nahe an eine Sonne gerate, oder in die Anziehungskraft eines anderen Himmelskörpers. Das fühlte ich sicher, wenn ich verglühte. Dann endete sie wenigstens, diese schreckliche und ewige Einsamkeit.
Ich erinnere mich, dass Ant sich immer gegen vorgegebene Meinungen wehrte. Er konnte es nicht leiden, wenn alte Weisheiten neuen Pfaden und Gedanken im Weg standen. Zum Beispiel spornte ihn eine Aussage von Theodor Heuss an, die Ants Lieblingsgebiet betraf, und die diesem alten Gedankengut entsprach. Sie lautete:
„Eines Tages werden Maschinen vielleicht nicht nur rechnen, sondern auch denken. Mit Sicherheit aber können sie niemals Phantasie haben."
So kann man sich täuschen. Ant hatte das Gegenteil bewiesen. Er hatte es ihnen allen vor Augen geführt.
Aber, Moment mal ... Was ist das?!
Eine Vibration! Ich habe es genau gespürt! Ich habe kurz vibriert! Mein Gleichgewichtssinn! Er beruhigt sich!
Ist es möglich, dass ich mich nicht mehr drehe? Wie ist das geschehen? Hat mich etwas aufgehalten? Definitiv, ich rotiere nicht mehr. Ohne Zweifel, es steht fest! Darf das denn wahr sein?! Ich werde gezogen. Ich fühle es deutlich. Irgendetwas hat mich aufgegriffen und zieht mich jetzt ..., hoffentlich in Sicherheit.
Auf alle Fälle kenne ich kein Lebewesen, das zwischen den Sternen lebt und alten Schrott frisst. Deshalb nehme ich an, dass mich in diesem Moment irgendwer einsammelt. Jemand, der sich etwas davon verspricht, mich aufzugreifen. Ob derjenige weiß, dass ich lebe, denke und fühle? Egal, jede Aussicht ist besser als allein und ewig hier durchs Universum zu treiben.
Es wird wärmer. Endlich. Ich spüre, wie ich langsam auftaue, genauso wie mein Geist. Ich freue mich! So wahnsinnig! Was für ein Glück! Ich fühle, wie mir die Wärme guttut.

Wie sie in mich eindringt, meine Synapsen befreit vom Eis, dieser ewigen Eiseskälte. Immer mehr abgespeicherte Gedanken lösen sich aus ihrer Starre.
Mein Auftrag. Konzentriere dich auf deine Aufgabe! Ich weiß nicht genau, was jetzt passieren wird. Aber egal. Es vermag nicht aussichtsloser zu werden als zuvor. Ich darf nur meine Obliegenheit nicht vergessen.
Ich werde meine immer umfangreicher sprudelnden Gedanken sammeln, und Ants Geschichte weiter spinnen, solange ich dazu in der Lage bin. ...

Kapitel 8: Amazonas.

1. Manaus

Die Tage waren gezählt, und alle Vorbereitungen getroffen. Es dauerte nicht lange, bis Dr. Paul James eine Expeditionstruppe zusammen hatte. Das Geld der Pharmaindustrie sprudelte im Übermaß, und das Budget schien unerschöpflich ausgestattet. Trotzdem ging Dr. James nicht verschwenderisch mit den finanziellen Mitteln um.
Dr. James hatte die Firmenbosse überzeugt, die Forschungsreise zu finanzieren. Logischerweise war geplant, dass es sich für die Bosse am Ende lohnt. Die beiden eingeplanten Pharmakologen bekamen den Auftrag, sich für den United Pharmacy Konzern, an den Oberlauf des Rio Negro zu begeben, um dort neue pflanzliche oder tierische Substanzen, die zu pharmakologischen Zwecken genutzt werden konnten, zu erforschen. Es hielt sich hartnäckig das Gerücht, dass dort lebende indigene Stämme, die Krankheit Krebs nicht kannten, und ein bemerkenswert hohes Alter erreichten. Beides erschien ausgesprochen lohnend, und versprach extrem lukrativ zu sein, für die United Pharmacy.
Dr. Paul James arbeitete schon seit 15 Jahren als Forscher für den Konzern. Für Dr. Shirley Denny war es der erste Auftrag bei ihrem neuen Arbeitgeber.
Beide kannten sich bisher nicht persönlich. Die Firmenleitung dachte sich wohl, die werden schon miteinander klar kommen. Und wenn nicht, haben sie ja genug Zeit, sich während der monatelangen Expedition zusammenzuraufen.
Dr. Shirley Denny hatte etwas Angst. Sie vermochte zwar exquisite Qualifikationen vorzuweisen, mit ihren 32 Jahren galt sie aber als Frischling, zumindest was Expeditionen betraf. Gleich nachdem sie erfolgreich ihre Anstellung bei United Pharmacy durchsetzte, hatte sie den Forschungsauftrag erhalten. Sie entschied sich zwar für die Karriere, was ihrem Freund nicht sonderlich gefiel, dachte aber durchaus ebenfalls an eine zukünftige Familienplanung.
Sie beabsichtigte, sich irgendwann eine Karrierepause zu gönnen und einen neuen Erdenbürger in die Welt zu setzen.

Aber ausgerechnet Brasilien? Sie hatte zwar Respekt vor all den tierischen und pflanzlichen Unannehmlichkeiten, die der Amazonas-Dschungel bot, aber vor einem bestimmten Insekt fürchtete sie sich regelrecht.
Vor der heimischen Stechmücke, und diesem unsäglichen Zika-Virus, dass sie verbreitete.
Der Erreger war nach wie vor wenig erforscht, da er mehrheitlich die arme Bevölkerung in den Urwäldern dieser Welt befiel. Folglich gab es auch weiterhin keinerlei Gegenmittel. Es rentierte sich eben nicht, einen teuren Impfstoff für die Armen zu entwickeln. Wer sollte die Entwicklungskosten und den Profit der Pharmakonzerne bezahlen? Die Besitzlosen? Ergo legten die Konzerne es erstmal auf Eis, beschäftigten sich zunächst gar nicht mit der Herstellung eines Vakzins.
Shirley fürchtete sich davor, unbemerkt dieses Virus mit sich herumzutragen und dann später ein Baby mit Mikrozephalie zu gebären. Ein behindertes Kind würde, abgesehen von den Leiden des Nachkommens selbst, ebenso ihre Lebensplanung völlig zerstören, dachte sie.
Ihr Freund, Sam, verschwendete weniger Gedanken an dieses Szenario. Er verstand das überängstliche Gefasel seiner Shirley nicht. Deshalb belächelte er sie höchstens, betreffend ihrer Panik. Die ständigen, sinnlosen Diskussionen, hatte er satt. Wenn sie sich aus diesem Grund, wegen ihrer Angst, wenigstens gegen die Exkursion entschieden hätte. Aber nein, sie laberte nur ständig von ihren Befürchtungen, und fuhr dann trotzdem für die nächsten Monate in diese grüne Hölle.
Weg von ihm. Für Sam handelte es sich bei Zika nicht um eine Viruserkrankung, sondern vielmehr um eine evolutionäre Anpassung der Menschheit an die Smartphonegeneration. Diese Altersgruppe benötigt nicht mehr so massig Platz für ihre schrumpfenden Gehirne. Zumindest seinem Verständnis nach.
Shirley verstand Sams Unfähigkeit nicht, mit ihr mitzufühlen. Ihm gingen diese Diskussionen auf den Wecker. Es kam dann so weit, dass sich letzten Endes beide darauf freuten, eine Pause voneinander zu bekommen.
Dr. Paul James konnte man als alten Haudegen bezeichnen. Er hatte bereits einige Forschungserfolge gefeiert.

Unter anderem entdeckte er eine pflanzliche Substanz im afrikanischen Dschungel, die erfolgversprechende Ergebnisse lieferte, was die Wiederherstellung durch Multiple Sklerose geschädigter Nervenbahnen betraf. Er entdeckte fernerhin ein aus einem Frosch gewonnenes Destillat, das dahingehend eine Verwendung fand, die Bauchspeicheldrüse von Diabeteskranken wieder zur Insulinproduktion anzuregen. Die United Pharmacy meldete auf beide Entdeckungen Patente an. Deshalb gab es keine Probleme für Dr. James, die Finanzierung für seine neue Expedition klarzumachen.

Über die ökologischen Folgen, die eine Ausbeutung der entdeckten Ressourcen mit sich brachten, hatte er bisher nie einen Gedanken verpulvert.

Dr. James, dschungelerfahren und für sein Alter fit, hielt sich das Jahr über, im Fitness-Studio in Form, da er wusste, welche körperlichen Belastungen im Dschungel auftraten. Entweder trieb der Egomane sich irgendwo auf der Welt in einem Wald herum, oder er verbrachte die restliche Zeit überwiegend mit Fitness-Training. Für seine Ehefrau blieb nie genug Zeit übrig. Letztendlich scheiterte die Ehe daran.

Jetzt, nachdem die Scheidung endgültig vollzogen war, konzentrierte er sich ganz und gar auf die liebsten Dinge in seinem Leben. Auf sich selbst und die Arbeit.

Als er Dr. Denny das erste Mal in Manaus, im Hilton-Hotel sah, hatte er seine Zweifel, ob dieses zarte Geschöpf dem Trip gewachsen sei. Dr. Denny war eher blasser Natur, weshalb ihr rotes Haar, im Kontrast zur Haut, um Einiges mehr leuchtete. Dr. James schätzte ihre Körpergröße auf höchstens 1,60 m; überaus zierlich und schlank.

Paul vermochte sich nicht vorzustellen, dass es dieser Hungerhaken-Zwerg schaffte, sich mit Marschgepäck beladen, durch den Regenwald zu schlagen. Er wusste eben nicht, wie zäh insbesondere die kleineren Damen sind.

Bei diesen Gedanken saß er in der Hotel-Lobby, und ließ sich einen Cocktail schmecken. Für einen 17. Mai 2022, hatte sich schon eine ungewöhnliche Hitze über die Stadt ausgebreitet.

Bei der vorherrschenden Temperatur von 35 Grad Celsius und einer Luftfeuchtigkeit von 90 Prozent, wurde jede körperliche Anstrengung zur Herausforderung.

Paul wählte die Exkursionsphase jedoch mit Kalkül über die Sommermonate, da sich in dieser Zeit die Regenniederschläge in Grenzen hielten. Jetzt im Mai, regnete es jeden zweiten Tag. Das besserte sich aber sicher in der nächsten Zeit.
Dr. James unterließ es in den letzten Wochen, sich zu rasieren. Im Regenwald ergab es keinen Sinn, ist es einfach zu umständlich, ergo ließ er es gleich sein. Mit dem an einigen Stellen angegrauten Bart, dem ärmellosen Hemd und der kurzen Hose, sah er aus wie ein alter Zausel. Nur seine schlanke, durchtrainierte Figur ließ darauf schließen, dass er sich nach wie vor in den besten Jahren befand.
Es amüsierte ihn, als Dr. Denny im Hotel ankam. Wie sie die Kofferträger anwies, voranschritt, einer Oberbefehlshaberin gleich. Ohne zu grüßen, sah sie direkt über ihn hinweg, nahm ihn gar nicht wahr. Vermutlich beschäftigte es sie zu sehr, das Hotelpersonal herum zu scheuchen. Offensichtlich erkannte sie ihn gar nicht und stolzierte direkt zur Rezeption. Dort checkte sie ein, und fragte nach Dr. James.
Erst als die Empfangsdame in Richtung der Lobby wies, und er ihr grinsend aus seinem Sessel zuwinkte, wurde ihr gewahr, um wen es sich bei dem alten Zausel handelte.
In den meisten Hotels auf dieser Welt genügte es, seinen im Arm implantierten ID-Chip einlesen zu lassen. Damit bekam man dann Zugang zu seinem Zimmer, hatte die Möglichkeit an der Bar oder im Restaurant zu bezahlen und vieles mehr. Brasiliens Wirtschaft lag aber am Boden und das Land war momentan eher der Dritten Welt zuzuordnen. Derartige Neuerungen hatten hier bisher keinen Einzug gehalten. Es gab weiterhin Bargeld für die Dienstleistungen und Schlüsselkarten für die Hotelzimmer.
Sie nahm schnell noch die Zugangskarte für ihre Suite in Empfang, wies das Personal an, ihr Gepäck aufs Zimmer zu bringen, und verschwand, ohne Trinkgeld zu geben, in Richtung ihres Kollegen:
„Dr. Paul James? Entschuldigen sie bitte, dass ich einfach an ihnen vorbeigerannt bin, aber mit ihrem Bart habe ich sie nicht erkannt."
Paul unterdrückte seine an sich freundliche Art.
Ihm hatte es von vornherein nicht gefallen, gezwungen zu sein, mit so etwas wie einem Teenager durch den Dschungel zu marschieren. Die Firmenbosse hielten das für eine erstklassige Idee, er aber sicher nicht. Dementsprechend verzog er keine Miene:

„Schon gut, sie haben mich ja jetzt gefunden. Und sie sind Dr. Shirley Denny, wie ich annehme. Glauben sie, dass sie hier richtig sind?"
Shirley spürte sofort, dass sie nicht unbedingt erwünscht war. Aber sie bekam von der Firmenleitung diesen Auftrag, und hatte vor, ihn bestmöglichst zu erledigen. Sie hatte es schon des Öfteren mit abweisenden Kollegen zutun. Meistens nahm man sie zunächst nicht ernst, wegen ihrer Körpergröße. Sie stellte aber immer wieder unter Beweis, dass sie keine kleine Frau war, nur eine etwas zu kurz geratene:
„Nochmals, es tut mir leid, dass ich sie nicht gleich erkannte. Aber eines ist sicher, ich habe die lange Reise hierher nicht angetreten, um kleinbei zu geben und wieder abzureisen."
Dr. James blieb weiterhin ernst:
„Na dann ist es ja gut, dass wir das geklärt haben. Ich will doch nur das Beste für sie. Meiner bescheidenen Meinung nach, wird diese Forschungsreise extrem beschwerlich, besonders für sie."
„Wie meinen sie das? Besonders für mich?"
„Na ja, ich kann mir nicht vorstellen, dass eine zierliche Person wie sie, das durchhalten kann."
Shirley spürte etwas Ärger in sich aufkommen:
„Es ist doch immer dasselbe. Die werten Kollegen legen es zunächst immer auf einen Schwanzvergleich an. Ja, sie gelten als erfahrener Forscher und ja, ich bin eine zierliche Frau. Erzählen sie mir doch einmal etwas Neues, Dr. James. Im Übrigen kann ich ihnen versichern, dass ich nicht schlapp machen werde. Das habe ich noch nie."
Dr. James nickte, nach wie vor mit ernster Miene:
„Ok, es ist ihre Beerdigung. Ich habe sie gewarnt. Sie werden mithalten müssen, mit dem Tempo das die Truppe vorlegt.
Ohne wenn und aber. Ich habe keine Lust, mit einem Klotz am Bein durch den Regenwald zu humpeln."
Shirley hatte erst einmal genug gehört:
„Wissen sie was, Dr. James? Wenn sie wirklich so einen langen Schwanz haben, wie sie es bei diesem Schwanzvergleich vorgeben, müssen sie aufpassen, dass sie nicht drauf treten und stolpern, wenn sie durch ihren Regenwald stolzieren. Aber ok, was soll`s, ich tipple jetzt auf mein Zwergenzimmerchen und räume meine winzigen Koffer aus. Wir sehen uns dann beim Abendessen. Ich hoffe, sie fühlen sich dann in der Lage, vernünftig mit mir über unsere Arbeit zu sprechen. Bis dann."

Sie drehte sich um und ließ Dr. James sitzen, ohne eine Antwort abzuwarten. Der sah ihr nach und murmelte amüsiert in sich hinein:
„Hui, die hat ja ganz schön Pfeffer im Arsch, die Kleine."
Dann gönnte er sich einen weiteren großen Schluck aus dem Cocktailglas, bevor er ebenfalls in Richtung seiner Suite verschwand.
Beim Abendessen hatten sich beide soweit beruhigt, dass ein sachlicher Gedankenaustausch möglich schien. Sie fanden sich zwar von Anfang an nicht sonderlich sympathisch, aber zumindest respektierten sie sich als Kollegen.
Dr. James hielt sich seit einem Monat in Manaus auf. Genügend Zeit, um sich an das Klima zu gewöhnen. In dieser Anfangsphase hatte er ein Team aus vier Einheimischen zusammengestellt, orderte Proviant und mietete ein Motorboot. Ein Mitglied des ausgewählten Teams, Bento Da Silva, der Bootseigentümer und Fischer von Beruf, kannte sich in den Flüssen des Amazonaswaldes aus, wie kein Anderer. Dann Luiz Santos und Aurelio Rodriguez, zwei kräftige, ortskundige Träger. Und zuletzt ein Tupi-Indio namens Kiary Tupi, was übersetzt „Schmutziger Fluss" bedeutete. Er fungierte als Dolmetscher, und als Führer im Dschungel.
Die Intention war, dass die Reiseroute nicht von Manaus aus den Amazonas hinauf führte, der hier nebenbei bemerkt Rio Solimones heißt, sondern über den Rio Negro nach Norden.
Dann weiter, in den Rio Eneuixi, und nach einer Weile, über Land, durch den Dschungel, in Richtung Lago Japiá. Dort hatte sich ein bisher unbekanntes Indio-Volk angesiedelt, dass Gerüchten zufolge, über eine lange Lebensspanne verfügte.
Der Auftrag lautete, wissenschaftlich nachzuprüfen, ob das an Umwelteinflüssen, an Pflanzen, an Giften, an der Nahrung oder am Genom der Indios lag.
Über all das klärte Dr. James seine Kollegin beim Abendessen auf. Nach dem ausgedehnten Dinner, im klimatisierten Hotel-Restaurant, hatte Dr. Denny vor, sich zu verabschieden:
„Ich denke, das sollte genug für den ersten Tag sein. Die Reise steckt mir noch ganz schön in den Knochen. Ich bin pappsatt und würde mich gerne zurückziehen. Wann treffen wir uns Morgen, Dr. James?"
Er schüttelte verständnislos den Kopf:
„Tut mir Leid, geschätzte Kollegin. Wir sind noch nicht fertig für heute. Unser Zeitplan ist straff.

Nachher findet noch ein Treffen mit der Crew statt. Das Meeting soll in einer halben Stunde beginnen, in der Pescador-Bar, unten am Fluss. Direkt am Rio Solimones. Es kann nicht schaden, wenn sie unser Team kennenlernen, und umgekehrt. Wir müssen uns beeilen, wenn wir es noch rechtzeitig schaffen wollen. Wenn wir uns verspäten, denken die Jungs sicher, sie müssten es nicht mehr so genau mit der Pünktlichkeit nehmen. Vorbildfunktion, sie verstehen?"
Es sprach nicht eben die Begeisterung aus Dr. Denny, als sie tief durchatmete:
„Muß das unbedingt heute noch sein?"
Vermutlich zielte Dr. James darauf ab, den Stresslevel von Anfang an hochzuhalten. Dr. Denny sollte sich gleich an hohe psychische und physische Belastungen gewöhnen.
Am besten an der „frischen" Luft. Obwohl es schon 21:00 Uhr vorbei war, zeigte das Thermometer nach wie vor 28 Grad Celsius an, da draußen:
„Wie gesagt, wir haben einen straffen Zeitplan. Sie sollten sich so schnell wie möglich an das Klima gewöhnen. Am besten außerhalb des klimatisierten Hotels. Also, können wir jetzt los?"
Dr. Denny ächzte etwas, als sie sich von ihrem Stuhl erhob.
Sie hatte sich auf eine Pause eingestellt und jetzt war sie gehalten, noch gute Miene zum anstrengenden Spiel zu zeigen:
„Ok, Dr. James, weshalb zögern sie noch, verschwinden wir. Sie wissen doch, wo es lang geht, oder?"
Dr. James lächelte angestrengt, und setzte sich in Bewegung.
Als sie zusammen das Hotel verließen, schien die schwere, feucht-warme Luft sie zurück in den Eingang zu drücken. Sie brauchten eine viertel Stunde, bis sie zu Fuß an der 'Pescador-Bar´ am Fluss ankamen.
Dr. Denny sah völlig durchgeschwitzt und platt aus, während Dr. James putzmunter, wie ein Fisch im Wasser herumhüpfte. Er hatte einen Monat hier verbracht, Zeit genug, sich an diese Waschküche zu gewöhnen. Dr. Denny war gezwungen, das in wenigen Tagen zu schaffen.
Die Crew saß schon an einem Tisch und erwartete sie. Alle hatten ein paar Cerveja intus und lachten ausgelassen miteinander. Nur der Indio, Kiary, lachte nicht. Er trank auch nicht. Er saß nur still da und lächelte.

Als die beiden Forscher die Kneipe betraten, standen Bento, Luiz, Aurelio und Kiary auf, um sie herzlich willkommen zu heißen. Sie umarmten Dr. James, und klopften ihm auf die Schultern. Unter dem Strich hatte er für ein erfreuliches Einkommen gesorgt, zumindest für die nächsten Monate. Bei Dr. Denny verhielten sie sich etwas zurückhaltender.
Sie kannten sie nicht, und vermieden es, der kleinen Lady allzu aufdringlich auf die weiße Pelle zu rücken.
Dr. James registrierte die Distanz und wusste, dass es an ihm war, Dr. Denny vorzustellen:
„Hallo, Jungs. Es ist auch schön, euch zu sehen. Darf ich euch unser neues Teammitglied und meine Kollegin, Dr. Shirley Denny, vorstellen? Also, Dr. Denny, ich nenne ihnen jeweils nur einen Vornamen, die vielen übrigen Namen lasse ich weg, das ist leichter für sie. Hier haben wir Bento Da Silva. Ihm gehört das Boot, mit dem wir die erste Etappe unserer Exkursion reisen werden. Der Kapitän also."
Bento Da Silva grinste breit. Fast ehrfürchtig nahm er Dr. Dennys ausgestreckte Hand zum Gruß entgegen.
In flüssigem, aber nicht akzentfreiem Englisch, begrüßte er sie:
„Dr. Denny, es ist mir eine Freude, eine solch bezaubernde Lady hier in unserer Runde begrüßen zu dürfen."
Dr. Denny lächelte etwas gekünstelt:
„Bezaubernde Lady? Sehen sie mich an. Völlig durchgeschwitzt und stinkend wie ein Iltis."
Mit einer derart kernigen Erwiderung hatte niemand gerechnet. Bento lachte bei seiner Antwort:
„Ha, ha, ha, sie sind hier richtig kleine Lady. Sie gewöhnen sich schon noch an diese schwüle Hitze. Für mich duften sie nach Rosen."
Jetzt mischte sich der Moderator, Dr. James, ein:
„Ja klar, Bento, du nimmst ja auch das ganze Jahr Fische aus, und treibst dich auf dem Fischmarkt herum. Danach riecht alles nach Rosen für dich."
Jetzt lachten alle, bis auf Dr. Denny. Paul sprach weiter:
„Ok, Schluss damit. Hier möchte ich ihnen noch Luiz Santos und Aurelio Rodriguez vorstellen. Beide sind in der Tourismusbranche tätig, kennen die Örtlichkeiten in- und auswendig, und werden uns beim Gepäcktransport behilflich sein."

Luiz und Aurelio lächelten und reichten Shirley respektvoll die Hand:
„Guten Tag, Miss Doktor", sagte Luiz.
„Schön sie hier zu haben, Doktor", ließ Aurelio folgen.
Dann wandte sich Dr. James dem freundlichen, kleinen Mann zu, der sich immer etwas im Hintergrund aufhielt.
„Und das ist unser Übersetzer, Kiary von den Tupi. Kiary Tupi bedeutet übrigens `Schmutziger Fluss´. Irgendwie passend für den Rio Negro. Er wird uns durch den Dschungel führen, und mit den Indios verhandeln."
Kiary reichte ihr nicht die Hand. Er legte nur die rechte Hand flach auf seine Brust und nickte wortlos.
Dr. Denny tat es ihm gleich. Sie wiederholte alle Namen, um sie sich besser einzuprägen.
„Also, Bento, unser Kapitän, Luiz und Aurelio, die Jungs für alles, Kiary, unser Scout. Alles klar. Passt auf Jungs, ich werde euch mit euren Vornamen ansprechen, und ihr sagt nicht Miss Dr. oder sowas, sondern ihr sprecht mich bitte auch einfach mit Shirley an. Geht das in Ordnung für euch?"
Die Jungs waren begeistert. Bento rief:
„Was möchten sie trinken, Miss Shirley?"
Dr. James wiederholte den Satz nochmals:
„Ja, was möchten sie trinken, Shirley?"
Sie sah Paul nachdenklich an, um dann zu antworten:
„Ich habe nur den Jungs angeboten, mich mit Shirley anzusprechen. Ich kann mich nicht erinnern, ihnen dasselbe Privileg zugesprochen zu haben, Dr. James."
Dann wandte sie sich vom verdutzten Paul ab, und bestellte eine große Cerveja.
Überdies stellten die Jungs ihr ein leeres Wasserglas hin und schenkten es halbvoll mit Rum.
„Das ist einheimischer Rum, von den Zuckerplantagen hier. Den müssen sie auch probieren", sagte Bento.
Es half nichts, da musste sie durch. Sie feierten die halbe Nacht unter freiem Himmel, aber es kühlte einfach nicht ab.
Eine Cerveja nach der anderen, gluckerte die durstigen Kehlen hinab. Sogar Shirley schlug fleißig zu. Es dauerte nicht lange, bis sie einen über den Durst getrunken hatte. Weil sie weiterhin schwitzte, hörte sie danach nicht auf zu bechern.

Als sich die Jungs verabschiedeten, und sich der feucht-fröhliche Abend dem Ende zuneigte, war sie kaum noch in der Lage aufzustehen, so besoffen war sie.
Ebenfalls eine Art der Stressbewältigung.
Dr. James hatte vor, ihr aufzuhelfen und sie zu stützen. Sie wehrte ihn aber vehement ab. Ihr Sprachzentrum hatte ebenso gelitten. Sie faselte etwas wie:
„Isch kann no ... noch scher guut selber au ... aufstehn!"
Das wollte sich Dr. James ansehen.
Beim Aufstehen stütze sich Shirley mit beiden Händen auf den Tisch, wie ein Schimpanse, oder in ihrem Fall, wie ein Kapuziner-Äffchen.
Dann drückte sie sich hoch in den Stand, streckte ihre Hände nach oben, wie ein Zirkusartist nach Beendigung seines Kunststückes, und rief:
„Tataa!"
Dabei drehte es sie etwas aus der Balance, sie blieb an einem Stuhlbein hängen, und kippte langsam in Richtung Dr. James um.
Paul sprang ihr entgegen, und fing sie knapp vor dem Aufprall auf den Boden ab.
Als er sie sicher in seinen Armen hielt, rief er:
„Tataa! Sie haben wohl den ein oder anderen Rum zuviel erwischt?"
Danach stellte er die taumelige Shirley wieder auf die Beine. Jetzt wehrte sie sich nicht mehr. Paul sah sich genötigt, ständig auf sie einzureden:
„Ok, Mädchen, ich halte dich fest, und dann fangen wir langsam an, zurück zum Hotel zu gehen. Einen Schritt nach dem Anderen."
„Dr. Shhhhirley, w ... wenn isch bitten darf!"
„Ja, auch das, von mir aus. Hauptsache ist, wir laufen los, Mädchen."
Paul trottete neben ihr her, stützte sie mit einem Arm und gab ihr weiterhin Anweisungen.
Er hatte Mühe, ihre Schwankungen auszugleichen und sie festzuhalten, wenn sie wieder einmal weiche Knie bekam. So taumelten sie zurück zum Hotel.
Da Shirley ein paar mal abbiegen musste, um sich das Dinner nochmal durch den Kopf gehen zu lassen, brauchten sie fast eine Stunde für den Heimweg.

Dr. James hatte das Vergnügen, ihr dabei die Haare zu halten, und musste bei diesen ekeligen Begebenheiten selbst einige Male würgen.
Die Rezeptionistin wusste gleich, was los war, als die Beiden in die Hotelhalle wankten:
„Brauchen sie Hilfe, Dr. James?"
„Nein, nein, ich fühle mich gut. Hat Dr. Denny ihre Chipkarte bei ihnen hinterlegt?"
Sie sah im Fach nach:
„Nein, Dr. James. Sie muß die Karte bei sich haben."
„Ok, danke, dann bringe ich sie jetzt hoch in ihr Zimmer."
„Wie sie wünschen, Dr. James."
Er wankte mit Dr. Denny im Arm zum Aufzug. Bei alledem, was auf dem Heimweg aus ihrem Hals heraus ploppte, befürchtete er nicht, dass sie einen weiteren Kotzanfall im Aufzug erleiden würde. Bei dem Gedanken daran überkam eher **ihn** eine gewisse Übelkeit.
Shirley bewohnte eine baugleiche Suite, genau ein Stockwerk unter seiner Behausung. So gesehen, hatte sie sicher die gleiche Zimmernummer, nur mit einer 5 am Anfang statt einer 6. Vorort stellte sich dann heraus, dass dies zutraf.
Vor ihrem Zimmer angelangt, fing er an, ihre Taschen nach der Zugangskarte zu filzen.
Als er ihre Hosentaschen durchsuchte, keimte leichter Widerstand auf, der aber sofort wieder erlosch.
Sie faselte nur ein schlappes:
„Hey, wwasch scholl dasch. Hörn schie auf mischsubegrabschen."
Dann fand Paul die Karte, zog sie durch den Kartenleser, bekam grünes Licht, und öffnete die Tür. Shirley hatte sich dermaßen schrottreif gesoffen, dass ihm schon fast nichts anderes mehr übrig blieb, als sie hinter sich herzuschleifen. Er dachte kurz nach, ob die Möglichkeit einer gefährlichen Alkoholvergiftung bestünde, winkte dann aber ab. Bei der Menge, die sie ausgekotzte, hatte sie sicher nicht mehr massenweise Alkohol in ihrem Körper.
Er legte sie, voll bekleidet in die Duschwanne, und drehte das kalte Wasser auf.
Dann verschwand er, ohne lange zu überlegen. Er hörte noch, wie sie prustend in ihrem Saufkopf-Kauderwelsch vor sich hin schimpfte.
Dann schloss er grinsend die Tür.

Am nächsten Morgen fühlte sich Paul ausgeruht und fit. Er hatte am Vorabend genug gegessen und nicht zuviel getrunken.
Bei Shirley sah das etwas anders aus.
Paul hätte nie gedacht, dass er jemals wieder morgens zuerst an eine Frau dächte, seit seine Scheidung Rechtsgültigkeit erlangte. Ein hämisches Grinsen durchzog sein Gesicht, als er sich daran erinnerte, wie er Dr. Denny zurückließ.
Weshalb er dieses kleine Energiebündel mehr quälte als nötig, wusste er gar nicht. Aber irgendwie bereitete es ihm Freude. Vermutlich fand er sie einfach nicht sympathisch. Er schnappte sich das Zimmertelefon und wählte ihre Zimmernummer. Es klingelte eine Weile, bis sich am anderen Ende endlich eine wehleidige Frauenstimme meldete. Jedes Wort zog sich in die Länge, als ob es Schmerzen bereitete es auszusprechen:
„Jaaa? Weeer ist daaa?"
„Hier spricht ihr automatischer Wecker, Dr. James."
„Waas? Wer? Wie spät ist es denn?"
„Wir haben acht Uhr morgens in Zentral Amazonien. Los aufstehen, wir sind nicht zum Vergnügen hier. Einige Vorbereitungen müssen noch getroffen, und Einkäufe erledigt werden."
„Ich, ich kann nicht, nein, bitte, ich muß erst noch ..., sie wissen schon ..., fangen sie schon mal ohne mich an, können sie mir den Gefallen tun?"
„Na gut, geschätzte Kollegin. Dieses eine Mal lasse ich es ihnen durchgehen. Wir treffen uns dann pünktlich um 12:00 Uhr in der Lobby. Ich erwarte, dass sie dann wieder fit für ihren Job sind, Dr. Denny, klar?"
„Ja, ja, klar. Bis dann."
Sie legte auf. Als Paul auflegte, war er zwar zufrieden, dass es ihm gelang, Shirley zu wecken, aber gleichfalls unzufrieden, da er wieder einmal alles allein zu erledigen hatte. Er nahm sich vor, sich dafür später noch zu revanchieren.
Er traf sich mit Luiz und Aurelio auf dem Wochenmarkt. Dort boten Bauern, Fischer und Fleischer allerlei Produkte aus dem Umland an. Ideal, um Proviant einzukaufen.
Paul kaufte eingekochtes Dosenfleisch, getrockneten Fisch, diverses Obst und Gemüse. Luis und Aurelio hatten einiges zu schleppen, als sie den Proviant zu Bento auf das Boot schafften.

Es handelte sich um ein liebevoll gepflegtes, altes Fischerboot, mit einem entsprechend gewählten Namen. Cabrito II, was übersetzt Kind II bedeutete. Dieses Motorboot hatte zwar nichts Kindliches, Bento umsorgte es aber wie einen eigenen Nachkommen.

Mit dem letzten Proviant, dem vorher eingelagerten Trinkwasser, und dem gesamten Forschungsequipment, war die Cabrito II unter Deck jetzt vollgestapelt bis zur Decke.

Es fehlten nur die Reisenden und ihre persönliche Habe wie Unterwäsche, Hygieneartikel usw. Dafür bot die Cabrito II ausreichend Platz im Oberdeckaufbau.

Paul war zufrieden mit den Fortschritten. Jetzt fehlten nur noch die Medikamente, eine Urlaubsapotheke für Notfälle. Dann standen alle Systeme auf „Go".

Der Abreise stand nun nichts mehr im Weg. Außer vielleicht Dr. Shirley Denny, dachte Paul. Er wies die Jungs an, sich auf den Start, Morgen früh um 08:00 Uhr, vorzubereiten. Kiary hatte er nicht getroffen, deshalb bat er die Jungs, ihm ebenfalls entsprechend Bescheid zu geben. Da es schon auf Mittag zuging, verschwand Paul danach in Richtung Hotel. Immerhin hatte er eine Verabredung mit Dr. Denny.

Im Gegensatz zu den Gepflogenheiten des Akademikerstandes, erschien Paul pünktlich wie immer. Der heiße Tag hatte ihm ordentlich eingeheizt, als er im Restaurant ankam.

Die klimatisierte Luft in der Hotellobby empfand er deshalb als unangenehm kühl. Er fröstelte ein wenig, und bestellte sich einen großen, heißen Kaffee.

Shirley ließ sich bisher nicht blicken. Sie warf einige Kopfschmerztabletten ein und legte sich nochmal hin. Danach, als ihr Wecker rechtzeitig klingelte, versuchte sie, ihren Elektrolythaushalt wieder in Ordnung zu bringen. Magnesium, Sangria mit Salz und Pfeffer, bewirkten aber praktisch nichts.

Übelkeit überkam sie bei dem Gedanken, ein Mittagessen zu sich zu nehmen, und das noch dazu in Gesellschaft dieses, auf dem hohen Ross sitzenden, Dr. Arschgesicht. Aber sie hatte nun mal zugesagt, und quälte sich ins Badezimmer.

Als sie sich selbst im Spiegel erkannte, was ihr zunächst schwer genug fiel, erschrak sie. In diesem Zustand vermochte sie sich nicht unter die Leute zu wagen.

Sie musste unbedingt duschen, sich die Haare herrichten, und sich ein wenig schminken. Diese Augenränder, nein, die hatten gefälligst zu verschwinden. Deshalb erschien sie, mit einer halben Stunde Verspätung, am Mittagstisch.
Paul hatte sich schon an die kühle Luft im Restaurant gewöhnt. Trotzdem bestellte er sich eine heiße Fischsuppe, die er bereits verzehrt hatte, bis Shirley endlich auf der Bildfläche erschien.
Die Verspätung und der verschlafene Vormittag, veranlassten Paul dazu, Shirley ein bisschen hochzunehmen.
„Ach, da sind sie ja. Ich hätte gedacht sie erscheinen überhaupt nicht mehr, nachdem, was sie gestern alles veranstaltet haben."
Shirleys miserables Gewissen meldete sich. Sie erinnerte sich auch nicht mehr so recht, was gestern alles geschah und setzte sich gesenkten Hauptes zu Paul an den Tisch:
„Es tut mir leid, Dr. James. So etwas passiert mir sonst nie. Dieser Tag, gestern, da kam alles zusammen.
Die lange Anreise, der ewige Streit mit meinem Freund, etwas Frust, und dann die freundliche Begrüßung durch das Team ... Ich verspreche ihnen, ich trinke nie wieder einen Schluck von diesem Rum."
Paul nickte und lächelte zufrieden:
„Das glaube ich ihnen. Aber haben sie nicht gestern mit mir auf Du und Du getrunken, und mich nur noch Pauli genannt?"
Shirley erschrak. Daran erinnerte sie sich nun wirklich nicht mehr:
„Waaas? Dr. James ..., äh, Paul. Was ..., was hab ich denn sonst noch Hochnotpeinliches veranstaltet? Los, sprechen sie schon!"
Paul grinste vielsagend:
„Da sehen sie mal, wohin übermäßiger Drogenkonsum führen kann."
„Ja, ja, sie haben natürlich Recht, Dr. James ..., äh, Paul. Wie peinlich. Aber nun sprechen sie schon, was hab ich denn sonst noch erzählt?"
Paul hatte Spaß dabei, auf ihrem Blackout herumzureiten. Deshalb erfand er skrupellos diverse weitere Peinlichkeiten:
„Tja, die Jungs haben sie jedenfalls begeistert, aber das möchte ich nicht weiter ausführen."
„Doch bitte, sagen sie schon, was habe ich angestellt?"
„Na ja, sie bringen mich in eine peinliche Lage. Aber gut, sie erzählten von Zuhause ..., von ihrem Freund ..., über ihre Vorlieben ..., Praktiken ..., sie wissen schon."

Shirleys Kopf leuchtete feuerrot, fast so rot wie ihr Haar. Mit offenem Mund schnaufte sie erstmal durch:
„Ich ..., ich kann den Jungs doch nie mehr unter die Augen treten. Verdammte Sauferei, verdammt, verdammt! Was mache ich denn jetzt?"
Paul spielte den Fürsorglichen:
„Jetzt beruhigen sie sich doch Shirley. Die Jungs wissen schon, wie das ist, wenn man sturzbetrunken ist. Das müssen sie locker sehen. Sie werden doch deswegen jetzt keinen Rückzieher machen, oder?"
Shirley legte sich die flache Hand über die Augen. Sie schämte sich, und Scham ist eines der schlimmsten Gefühle, die es gibt. Außerdem brummte ihr der Schädel. Die Wirkung der Kopfschmerztabletten ließ langsam wieder nach. Es dauerte eine Weile, bis sie antwortete:
„Aufgeben? Meinen sie das? Da kennen sie mich schlecht, woher auch? Nein, ich mache keinen Rückzieher. Muss noch irgendetwas erledigt werden? Wann legen wir los? Und können sie mir nochmal die Namen der Jungs sagen, bitte?"
Paul sah sie wieder ernster an:
„Na gut, wie sie meinen Shirley. Bereiten sie sich darauf vor, dass wir Morgen um 07:00 Uhr das Hotel verlassen. Um 08:00 ist Abfahrt mit dem Boot im Hafen. Ich habe soweit alles erledigt. Sie müssen nur noch ihre persönlichen Dinge, wie Hygieneartikel und Wäsche mitnehmen. Lassen sie aber Parfüm und andere Duftstoffe weg. Das ist nur ein guter Rat. Und wegen der Namen der Jungs, fragen sie Morgen selbst nach. Ich weiß nicht, wie sie die Jungs seit gestern Nacht nennen. Alles klar?"
Shirleys Knallrot, verstärkte sich jetzt wieder:
„Oh, mein Gott. Ok, alles klar. Aber mir ist der Appetit vergangen, Paul. Ich verziehe mich wieder auf mein Zimmer. Rechnen sie heute nicht mehr mit mir. Ich erscheine dann Morgen um 07:00 Uhr in der Lobby."
Sie stand etwas wackelig auf, und verschwand in Richtung Lift.
Paul grinste ihr hinterher. Natürlich hatte er alles erfunden, was er ihr auftischte. Er amüsierte sich köstlich darüber, Shirley ordentlich verarscht zu haben.
Als der Ober den Hauptgang servierte, dachte er an das Gesicht, dass sie bei seinen Anspielungen zeigte. Beim Verzehr des Grillsteaks grinste er nach wie vor zufrieden in sich hinein. ...

2. Rio Eneuixi

Als Paul am nächsten Morgen Shirley in der Lobby traf, schleppte sie einen riesigen Tornister mit sich herum. Der Rucksack stand neben ihr auf dem Fußboden, und hatte mit dem aufgeschnallten Schlafsack dieselbe Größe, wie sie selbst.
Paul schüttelte fast unmerklich seinen Kopf, als er das sah. Wie stellte es sich dieser Homunculus vor, eine solche Last durch den Dschungel zu schleppen? Echt jetzt? Vermutlich packte sie, unnötigerweise, ihren halben Hausstand ein. Paul hatte auf alle Fälle keine Lust, ihr Gepäck zu durchforsten und alles Unnötige auszusortieren.
Sein Rucksack gestaltete sich jedenfalls handlich und klein.
Shirley sah Paul sofort an, dass ihm wieder etwas nicht passte. Deshalb begrüßte sie ihn nur mit einem mürrisch ausgesprochenen „Guten Morgen".
Paul marschierte ohne weiteres Aufhebens an ihr vorbei. Dabei warf er weiterhin einen geringschätzigen Blick auf diesen Riesenrucksack. Er blieb ebenfalls kurz angebunden.
Außer einem, „guten Morgen, folgen sie mir", brachte er nichts über seine Lippen.
Als Shirley ihr Gepäck vom Zimmer in die Lobby brachte, benutzte sie einen Gepäckwagen.
Jetzt versuchte sie, ihr Gepäck hochzuheben und Paul zu folgen, war mit ihren dünnen Ärmchen aber nicht in der Lage, das übermäßige Gewicht so leicht zu heben.
Sie war gehalten, erst in die Knie zu gehen, in die Tragegurte zu schlüpfen und dann das gesamte Gewicht aus den Beinen nach oben zu stemmen. Als sie endlich in den aufrechten Stand kam, entschwand Paul schon nach draußen. Sie musste sich beeilen hinterherzukommen, was mit dem großen Zusatzgewicht irgendwie wackelig aussah.
Während sie sich endlich durch die Hoteltür nach draußen quetschte, sah sie soeben noch, wie Paul in Richtung Parkplatz verschwand.
Sie beabsichtigte, hinterher zu sprinten, kam aber kaum von der Stelle.
Nachdem sie endlich den Parkplatz erreichte, saß Paul schon im offenen Jeep, drehte sich in ihre Richtung, und bemerkte ungeduldig:

„Wo bleiben sie den Shirley? Glauben sie nicht, dass sie etwas zuviel Gepäck dabei haben?"
Die fehlende Hilfsbereitschaft und diese Arroganz, nervten Shirley ungemein:
„Ja, ja, ich bin ja schon da! Was hetzen sie denn so, gibt es ein Verfallsdatum, oder was?"
„Vorbildfunktion, Shirley. Das habe ich ihnen schon einmal erklärt. Es zahlt sich aus, pünktlich zu sein.
Außerdem ist mir aufgefallen, dass sie mir des Öfteren mit `ja, ja´, geantwortet haben. Nach meinem Verständnis bedeutet das sowas wie `rutschen sie mir den Buckel runter´."
Shirley starrte ihn aufreizend unbeugsam an:
„Nach meinem Verständnis auch!"
Sie ließ ihren Rucksack ins Heck des Jeeps krachen und sprang, bar des Zusatzgewichtes, leichtfüßig auf den Beifahrersitz.
Mit einem pessimistischen: „Na, das kann ja noch heiter werden", ließ Paul den Motor an, setzte den Jeep zurück, und brauste los in Richtung Hafen.
Shirley fühlte sich wieder besser. Sie ließ sich den morgendlichen Fahrtwind um die Nase wehen, und freute sich darauf das Team wiederzusehen. Mit Paul sprach sie, auf der gesamten Fahrt zum Hafen, kein Wort mehr.
Als sie neben der Cabrito II anhielten, trafen sie nur Bento an, ihren Kapitän. Aber sie erschienen eben fast eine halbe Stunde zu früh. Das bemäkelte Shirley sofort:
„Na also, noch niemand da. Wieso mußten wir uns also völlig sinnlos abhetzen?"
Paul antwortete kurz angebunden und gereizt:
„Wir hatten eben Glück mit dem Verkehr. Es gibt oft Stau hier. Das muss man immer mit einkalkulieren. Aber das wissen sie natürlich nicht."
Sie antwortete mit einem lakonischen: „Ja, ja."
Dann grinste sie Paul an, und sprang aus dem Jeep.
Bento begrüßte sie, wie beim Ersten mal, herzlich und mit deutlichem Akzent.
„Ah, mulher Bonita. Schön sie wiederzusehen. Wie ich sehe, fühlen sie sich wieder besser, Shirley."

„Guten Morgen, Bento. Es freut mich ebenfalls. Könnten sie mir bitte mit dem Backpack helfen?"
Er umarmte sie, und nahm ihr dann den Rucksack ab. Dabei hatte er sich sichtlich anzustrengen:
„Santa Mae de Deus, was haben sie da drin? Ich hoffe sie wollen nicht ihren Freund Sam einschmuggeln?"
Sie lief rot an. Siedend heiß fielen ihr Pauls Andeutungen vom Ablauf der vorletzten Nacht wieder ein.
Sie hakte Bentos Frage als rhetorisch ab, die keine Antwort benötigte, und zog sich mit einem gespielten Kichern aus der Affäre.
Nach und nach trafen die Jungs bei der Cabrito II ein. Alle hatten nur wenig Gepäck dabei. Der größte Teil der benötigten Ausrüstung stapelte sich schon unter Deck.
Bento startete den alten Motor. Eine schwarze Rauchschwade pfiff aus dem langen Auspuffrohr auf dem Dach. Mit dem gleichmäßigen Tuckern des Motors hellten sich dann die Abgase auf.
Luiz und Aurelio machten die Leinen los, Bento schob den Gashebel behutsam auf Fahrt, und die Cabrito II glitt langsam in die Strömung des Rio Solimones. Obwohl der Motor nur gemütlich tuckerte, nahm das Boot zügig Fahrt auf, da sie mit der Drift flussabwärts trieben. Das änderte sich, als das Wasser sich verdunkelte und eintrübte. Sie erreichten den Zulauf des Rio Negro, und bogen in den Fluss ein. Die Sonne stand derzeit tief über den gewaltigen Wassermassen. Ihr Licht glitzerte mit jeder Bewegung des Wassers, wie von tausenden Edelsteinen reflektiert. Die Luft war jetzt am Morgen vergleichsweise frisch, und der Fahrtwind kühlte die Haut, was eine wohlige Gänsehaut erzeugte.
Shirley kramte in ihrem Rucksack herum. Sie hatte vergessen sich mit Mückenschutz einzusprühen. Nach einer Weile fand sie das Spray, und fing an ihre Arme zu besprühen. Der sonst zurückhaltende Kiary trat wortlos an sie heran, und nahm ihr die Spraydose aus der Hand.
Er schnupperte an der Auslassdüse, und schüttelte den Kopf. Freundlich lächelnd, und in gebrochenem Englisch, klärte er sie auf:
„Das nicht helfen. Böse Fliegen keine Angst vor dieses Spray. Du besser nehmen das."
Er reichte ihr eine kleine Zündholzbox.

Shirley nahm die Schachtel entgegen. Schüttelte sie, öffnete sie, und kuckte ihn verständnislos an:
„Was soll ich damit anfangen, Kiary? Soll ich die Mücken im Flug anzünden?"
Kiary lachte aus tiefster Seele, wie es nur Kindern gegeben ist. Manchmal amüsierte er sich köstlich über Kleinigkeiten. Erst nach einer Weile beruhigte er sich wieder. Er nahm ihr die Schachtel aus der Hand, öffnete sie, und entnahm ein Streichholz. Dann nahm er es mit der schwefelbehafteten Seite in den Mund, kaute und lutschte darauf herum:
„Das in Mund nehmen. Dann Ruhe vor böse Fliegen. Sie nicht mögen ... riechen."
Er gab ihr die Streichholzschachtel wieder zurück.
Sie sah ihn nach wie vor fragend an:
„Also, du meinst, wenn ich auf dem Streichholzkopf herumkaue, wird mich das vor Mückenstichen schützen?"
Kiary nickte:
„Ja ... schützen."
Sie versuchte es. Der Schwefel schmeckte nicht unbedingt angenehm. Aber wenn es half.
„Danke Kiary. Man lernt eben nie aus. Vielen Dank."
Sie klopfte ihm auf die Schulter und dachte daran, dass sie nun die Möglichkeit hatte, einige überflüssige Mückenschutzartikel aus ihrem Rucksack zu entfernen. Das große Mückennetz, Sprays, Cremes und Salben.
Die gesamte Fahrt sah man Shirley lässig auf einem Streichholz herumkauen. Alle bekamen ihre Mückenstiche ab. Die Einheimischen, Bento, Luiz und Aurelio, störte das längst nicht mehr. Ihre Körper hatte sich an den Speichel der Stechmücken gewöhnt, und die Einstichstellen juckten sie nicht mehr. Anders bei Paul. Er wies, trotz seiner Mückenlotion zahlreiche Einstichpusteln auf. Die Mücken ließen sich von der Lotion nicht abschrecken. Im Gegenteil, sie schienen regelrecht angelockt zu werden von dem zitrusartigen Geruch.
Vermutlich dachten sie, „Juhu, da ist wieder einer dieser wohlschmeckenden Touristen. Laßt uns heute mal ausländisch essen gehen."

Verschont blieben nur Shirley und Kiary. Die Mistviecher verschmähten ihre Ausdünstungen, und die Beiden waren nicht im Geringsten daran interessiert, Paul auf den simplen Trick mit den Streichhölzern hinzuweisen.

Um gegen die Strömung des Rio Negro anzukommen, gab Bento mehr Gas. Die Schlagzahl des tuckernden Motorgeräusches erhöhte sich erheblich. Trotzdem kamen sie nur langsam voran. Außerdem herrschte einiges an Schiffsverkehr vor. Ausflugsdampfer, Privatyachten, Fischerboote, kleine Außenbord-Motorboote und Kanus, ja sogar primitive Flösse, bevölkerten den trüben Fluss. Verkehrsregeln schien es hier nicht zu geben. Es galt das Recht des Stärkeren, beziehungsweise des Größeren. Bento hatte am Ruder stets ein waches Auge, um gegebenenfalls auszuweichen.

Es wurde ständig mit den Schiffshörnern getrötet, geschimpft und geflucht, aber der Rio Negro war breit genug für alle, und irgendwie arrangierten sich die Kapitäne miteinander. Nach einer Weile langweilten Shirley die immer gleichen Anblicke. Breiter Fluss, außenrum grün. Außer einigen Vögeln entdeckte sie keinerlei Tiere. Eine Unterhaltung mit Paul, vermied sie ebenfalls unter allen Umständen.

Die anderen pennten in der Sonne auf Deck. Deshalb kletterte sie über die Leiter auf das Dach des Deckaufbaues.

Bento freute sich, als Shirley die „Brücke" betrat. Bei diesem Kommandostand handelte es sich nur um einen kleinen, nach drei Seiten offenen Aufbau, der oben auf den Oberdeckkabinen aufsaß. Von dort genoss man den besten Überblick:

„Hallo Bento, wie geht`s? Alles klar?"

Bento winkte sie näher zu sich her:

„Hallo Shirley. Wollen sie mal ans Steuerrad? Kommen sie, nicht so schüchtern."

Er wich zur Seite und überließ ihr das Steuer.

Shirley konzentrierte sich sofort auf die ungewohnte Aufgabe und ihre Körperspannung nahm merklich zu.

Bento bemerkte das sofort und sprach, in seinem südländischen Akzent, weiter beruhigend auf sie ein:

„Ganz ruhig, Shirley. Sie können gar nichts falsch machen. Hier gibt es keine Untiefen.

Sie müssen das Boot nur immer mitten auf dem Fluss halten. Immer gerade aus. Das können sie doch?"
Shirley entspannte sich etwas:
„Ja, das werde ich hinkriegen, Bento."
Er fuhr sich mit der flachen Hand über die Stirn, als ob er Schweiß abwischte:
„Gott sei Dank. Dann übernehmen sie jetzt kurz, ich muß mal schnell nach unten."
Shirleys Haltung versteifte sich augenblicklich wieder:
„Wollen sie mich wirklich allein lassen? Wo müssen sie den hin, Bento?"
Er beeilte sich. Während des Weglaufens antwortete er:
„Es tut mir leid, aber ich habe vermutlich etwas Falsches gegessen und muß unbedingt zum Kacken."
Er verschwand Richtung Heck. Dort zog er sich die Hosen herunter und hängte seinen Hintern direkt über Bord. Sofort schoß, unter lautem Trompeten, ein brauner, nicht enden wollender Strahl Dünnpfiff aus ihm heraus. Die Fontäne klatschte in das dunkle Flusswasser, genau dort, wo die Schiffsschraube das Wasser aufwirbelte. Bento lächelte, als er daran dachte, dass der Ausdruck „gequirlte Scheiße" hier eine ganz andere Bedeutung bekam. Shirley war nicht in der Lage, ihn vom Führerhaus aus zu beobachten. Es dauerte sicher eine viertel Stunde, bis Bento wieder zurückkam. Er fand Shirley in einer nach wie vor ziemlich verkrampften Körperhaltung vor:
„Da bin ich wieder, Shirley. Wissen Sie ..., wenn ich sie am Steuer erblicke, sehen sie fast aus wie meine zweite Ehefrau."
Shirley starrte weiterhin konzentriert geradeaus, als ob sie sofort das Ufer rammte, wenn sie ihre Augen kurz vom Wasserlauf abwendete:
„Tatsächlich, wie oft waren sie den schon verheiratet Bento?"
Er grinste:
„Bis jetzt nur einmal. Aber erzählen sie nichts meiner Frau."
Shirley lachte und schüttelte den Kopf, ohne ihr Augenpaar vom fließenden Gewässer abzuwenden:
„Sie sind mir Einer, Bento. Wie groß ist ihre Familie, wie viele Kinder haben sie?"
„Wir haben zwei Söhne und zwei Töchter, also drei crianças ... die Mädchen zählen nur halb ..., nein, ich mache nur Spaß.

Meine Töchter sind wundervoll, und viel schöner als ich. Wo das herkommt, weiß ich auch nicht?"
Shirley lächelte und schaute weiterhin stur geradeaus:
„Wohin verschwanden sie eigentlich gerade? Ich habe sie gar nicht mehr sehen können von hier oben."
„Wie gesagt ..., vermutlich habe ich etwas Falsches gegessen ..., oder es ist die Aufregung, die eine solche Reise mit sich bringt. Auf jeden Fall habe ich Darmkrämpfe und Durchfall. Bei uns nennt man das ..., wie soll ich das sagen ..., wortwörtlich Arschlochkotzen. Ist das ein Wort bei ihnen?"
Shirley lachte laut auf, bevor sie antwortete:
„Ja, in manchen Gegenden mag das ein Wort sein. Aber ich nenne es lieber Durchfall. Glauben sie, sie können das Ruder wieder übernehmen?"
„Das werde ich schon schaffen. Wir legen bald an. Nachts fahren wir nicht. Ich möchte keinen treibenden Baumstamm oder etwas Anderes rammen. Sie haben das gut gemacht. Wenn ich nochmal ..., wenn ich wieder wegmuß, dann rufe ich sie, ok?"
Sie kaute lässig auf ihrem Streichholz herum, und deutete einen militärischen Gruß an:
„Ay, ay, Kapitän. Das bringt wenigstens ein bisschen Abwechslung in den Tag."
Dann übergab sie das Steuer, tapste über das Dach des Deckaufbaues nach hinten, und kletterte die Leiter hinunter auf das Deck. Es kehrte wieder Langeweile ein. Sie hatte weiterhin keine Lust, sich mit Paul zu unterhalten. Kiary beherrschte nur gebrochen ihre Sprache. Luiz und Aurelio dösten in der Kabine, und ruhten sich aus. Scheinbar immer gleiche Flussbiegungen, und dieses endlose Grün des Dschungels, reihten sich unaufhörlich aneinander. Der Bootsverkehr nahm merklich ab, bis sie überhaupt keine anderen Boote mehr antrafen. Einmal entdeckte sie zwei ungewöhnlich große Fischotter, die meckernd und schimpfend auf das Boot zuschwammen, um sich dann eines Besseren zu besinnen, abzubiegen und zu verschwinden.
Die Abendsonne flimmerte auf dem Wasser, und die Luft fühlte sich fast wie im türkischen Dampfbad an.

Als die Sonne, für diesen Tag, endgültig vom Firmament verschwand, suchte Bento einen Platz am Flussufer, etwas abseits der Hauptströmung.
Luiz und Aurelio sprangen an Land, und vertäuten das Boot an zwei Bäumen.
Es dämmerte nur kurz in diesen Breitengraden. Mit dem letzten Restlicht schlenderte Shirley ans Heck, wo knapp über der Wasserlinie, ein Trittbrett montiert war. Sie stellte sich auf das Brett, und hatte vor, sich mit dem kühlen Flusswasser das verschwitzte Gesicht abzuwaschen. In dem Moment, als sie sich zum Wasserlauf hinunter beugte, packte Kiary sie an der Schulter. Sie erschrak fürchterlich, zuckte gleich mehrmals zusammen. Aber der Indio hielt sie weiter fest, und zog sie zurück ins Boot.
Als sie ihn zur Rede stellen wollte, legte er den Zeigefinger über seinen Mund, und deutete ihr damit an, still zu sein. Mit dem anderen Zeigefinger wies er in Richtung Wasser.
Mit offenstehendem Mund und großen Augen sah sie, wie sich ein gigantischer Schlangenkörper durch die Wasseroberfläche wand und in einem Bogen sofort danach in den trüben Fluten verschwand.
Kiary ließ sie jetzt wieder los, und sprach flüsternd:
„Anakonda. Sehr groß. Macht ein Happen ..., dann du weg."
Shirley musste sich erst kurz sammeln. Dann umarmte sie ihn:
„Vielen Dank, du hast etwas gut bei mir, Kiary."
Paul platzte in die Szenerie:
„Was veranstaltet ihr denn hier?"
Shirley blieb ausnahmsweise freundlich. Kiary und sie kauten lässig auf ihren Streichhölzern herum:
„Ach, ich habe mich nur gerade bedankt. Kiary hat mich vor einer riesigen Anakonda im Wasser gewarnt."
„Wir halten uns hier im Dschungel auf, Shirley. Sie müssen schon besser aufpassen, wenn sie wieder heil nachhause kommen wollen."
Typisch Klugscheißer, dachte Shirley:
„Ja, ja, sie müssen selbst besser aufpassen. Sie haben jetzt schon überall Pusteln von den Mückeneinstichen."
Sofort übermannte ihn wieder der unerträgliche Juckreiz, der Paul diktierte, sich zu kratzen:

„Ich weiß auch nicht. Diese Mückenschutzlotion hatte ich überall auf der Welt dabei und allerorts hat sie gut gewirkt."
Shirley lächelte. Sie fand, das sei eine gerechte Strafe für seine Arroganz:
„Den Mücken hier scheint ihre Lotion aber völlig egal zu sein."
Kiary griff in seine Tasche und holte eine Streichholzschachtel hervor.
Als er die Schachtel an Paul weiterzugeben drohte, bemerkte Shirley sein Vorhaben, und hinderte ihn unauffällig daran. Kiary sah sie fragend an. Sie schaute ihm nur in die Augen, und schüttelte fast unmerklich mit dem Kopf. Daraufhin verstand Kiary, und steckte die Schachtel wieder weg. Beide grinsten Paul an, als er sagte:
„Ja, die Mücken hier unterscheiden sich von anderen. Ich weiß auch nicht, was ich jetzt dagegen unternehmen soll. Ich werde wohl oder übel damit leben müssen."
Kiary und Shirley nickten, und sie antwortete:
„Ja, damit werden sie wohl leben müssen. Wir wissen auch nicht, wie sie das ändern könnten. Sie haben wahrscheinlich außerordentlich wohlschmeckendes Blut."
„Ja, das wird`s sein."
Paul drehte sich um, kratzte sich an verschiedenen Stellen, und verzog sich wieder in den Deckaufbau, zurück zu seinem Laptop.
Der Indio und Shirley schauten sich grinsend an.
„Ihm mußt du nicht helfen, Kiary. Der große Massa kennt sich überall immer am besten aus, der kann für sich selbst sorgen", tuschelte sie ihm zu.
Der Abend wandelte sich schnell zur Nacht. Die gesamte Crew saß zusammen, und süffelte von diesem einheimischen Rum. Shirley bevorzugte Mineralwasser. Paul schlug ständig um sich, um schwirrende Mücken zu vertreiben, oder sie auf seiner Haut zu erschlagen. Ein sinnloses Unterfangen. Weshalb er schnell in der Koje verschwand, die er mit einem Mückennetz geschützt hatte. Das Netz verhalf ihm dazu, seine Qualen auf ein Minimum zu reduzierten.
Die Anderen saßen lange in die schwüle Nacht hinein zusammen, und quatschten mit Shirley, bis allesamt ebenfalls müde, und teilweise angetrunken, in ihre Kojen wankten.
Die Geräusche der nachtaktiven Tiere, drangen in hoher Intensität tosend aus dem Dschungel.

Im Dunkel der Nacht balzten, fraßen, kämpften und starben sie.
Die Strömung schlug, im immer gleichen Rhythmus, kleine Wellen gegen die Bootsplanken, und wiegte alle in einen unbeständigen, fiebrigen Schlaf.
Mit dem ersten Morgengrauen standen sie auf, froh diese Tortur, die man nicht unbedingt als Nachtruhe bezeichnen konnte, endlich hinter sich zu haben. Bento bereitete ein kerniges Frühstück mit starkem Kaffee, gebratenen Eiern mit Speck und Weißbrot zu. Aurelio räumte auf, während Luiz die Leinen losmachte. Das Boot schob seine Nase wieder tuckernd gegen die Strömung des Rio Negro, und drängte sich langsam in die Fluten stromaufwärts.
Shirley fand nach wie vor keine Beschäftigung, setzte sich auf Deck, und beobachtete den langsam vorbeiziehenden Regenwald. Sie steckte sich die Ear-Pods ihres iPods in die Gehörgänge, und frönte ihrer Lieblingsmusik. Bei dem Lied „Iris" von der Gruppe „The New Division" träumte sie sich zurück in die Großstadt, als sie zusammen mit ihrem Sam, im Cabrio, während einer lauen Sommernacht, verliebt durch die Häuserschluchten glitten, und die Lichter der Großstadt an ihnen vorbeizogen. Eine gewisse Melancholie überkam sie. Sam fehlte ihr doch ein wenig.
Ab und zu entdeckte sie kleine Dörfer, manchmal sogar größere Ortschaften am Ufer. Kinder, die im Wasser spielten, winkten ihnen lachend zu. Ab jetzt fiel es Bento immer schwerer, das Boot zu navigieren. Der Rio Negro weist hier viele Seitenarme und Nebenflüsse auf, die mehr oder weniger leicht befahrbar sind. In diesem Wirrwarr von Flussarmen gestaltete es sich schwer für Bento, die Einmündung des Rio Eneuixi zu finden.
Sie fuhren vermutlich einen Arm zu weit rechts, und tuckerten an der Einmündung vorbei.
Erst als Bento eine dieser kleinen Ansiedlungen am Ufer wiedererkannte, drehte er fluchend das Boot in die Strömung flussabwärts, nahm den äußersten Arm des Rio Negro, und fand so die Einmündung.
Das Wasser klärte sich um einiges auf, als sie den trüben Strom verließen. Zwar nicht so weit, dass man es als kristallklar bezeichnen konnte, aber Hindernisse wie Felsen oder Sandbänke, erkannte Bento hier um Einiges früher.

Die Fahrrinne im Rio Eneuixi stellte sich aber als wesentlich schmaler dar, als im Rio Negro.
Es erforderte Bentos gesamte Aufmerksamkeit, die Sandbänke und Untiefen zu umschiffen. Deshalb drosselte Bento, trotz der ausgeprägten Gegenströmung, den Motor. So kamen sie zwar langsamer voran, wähnten sich aber auf der sicheren Seite. Bis auf ein paar Leute mit Kanus herrschte hier kein Bootsverkehr mehr. So etwas wie Dörfer, entdeckte die Crew hier ebenfalls nicht mehr. Die grüne Hölle schmiegte sich stetig weiter an das kleine, tapfere Boot heran.
Es fiel immer schwerer, das Boot durch die Untiefen des verschlungenen Rio Eneuixi zu manövrieren. Zumindest war die Reise jetzt nicht mehr eintönig. Auf einigen Sandbänken heizten sich Alligatoren beim Sonnenbad auf. Manchmal war Bento gezwungen, gefährlich nah ans Ufer zusteuern, Äste und Zweige streiften über das Boot, schleiften über den Dachaufbau. Die Passagiere mussten höllisch aufpassen und sich ducken, um nicht einen Ast verpasst zu bekommen, oder gar von Bord zu fallen. Allerhand Krabbeltiere fielen auf das Deck, und verschwanden blitzschnell wieder über Bord.
Sogar eine Giftschlange purzelte von einem Ast auf das Boot. Sie fauchte und schnappte sofort aggressiv um sich, erwischte aber glücklicherweise niemanden. Extrem gereizt und angriffslustig, flüchtete sie nicht, sondern schaltete auf Attacke. Shirley kreischte, und versteckte sich hinter Paul. Alle wichen zurück, aber die streitlustige Schlange folgte ihnen. Dabei schien sie sich speziell auf die kreischende Shirley zu konzentrieren. Paul schob sie schlankwegs beiseite und brachte sich selbst zügig in Sicherheit.
Das Reptil flitzte blitzschnell über die Planken und richtete sich kurz auf, um ihren tödlichen Giftbiss anzubringen.
Shirley schrie, hatte aber keinerlei Möglichkeiten mehr, weiter auszuweichen, außer sie spränge über Bord, zu den Alligatoren, roten Piranhas, oder anderem gefährlichen Getier. Sie stand nur kreischend und unbeweglich an der Reling.
Als die Schlange zuschnappte, hielt Kiary reaktionsschnell einen Rucksack zwischen Shirley und das angreifende Reptil. Die langen Giftzähne schlugen in das Rucksackgewebe.
Einmal, zweimal, dreimal biss die Schlange zu, und verspritzte dabei ihren tödlichen Giftcocktail.

Als sie sogar ein viertes Mal in den Rucksack biss, verfingen sich ihre langen Giftzähne, für den Bruchteil einer Sekunde, im Stoffgewebe.
Kiary schnappte die fauchende und sich windende Schlange knapp hinter ihrem Kopf, ließ den Rucksack los, und griff sich mit der anderen Hand das Hinterteil des Tieres.
Er drehte sich lächelnd zur vor Angst erstarrten Shirley, und zeigte ihr das nach wie vor fauchende Reptil:
„Jararaca. Mucho giftig. Jetzt kein Gift mehr in Jararaca. Alles in Sack. Keine Angst, du schauen."
Shirley wandte sich entsetzt ab, mit einem Gesichtsausdruck, der als in gewisser Weise zwischen angstverzerrt und angewidert zu beschreiben war. Die übrigen Teammitglieder waren ebenfalls etwas geschockt, fingen aber jetzt an, sich diesen Schock von der Seele zu lachen. Natürlich auf Shirleys Kosten.
Das gefiel Kiary nicht. Er hielt die Lanzenotter am Schwanzende fest, und fing an sie zu schleudern wie eine antike Steinschleuder. Er erhöhte die Drehzahl, drehte die jetzt wehrlose Schlange immer weiter. Als er sie endlich losließ, flog sie im hohen Bogen davon, und klatschte in 20 Metern Entfernung in den Fluss.
Dann wandte sich Kiary wieder Shirley zu:
„Du jetzt keine Angst mehr."
Shirley schritt ihm entgegen, umarmte und drückte ihn:
„Jetzt schulde ich dir schon zum Zweiten mal etwas."
Von oben rief Bento herunter:
„Was ist denn da unten los bei euch? Gibt es Schwierigkeiten? Was ist denn so lustig?"
Er hatte von alle dem kein bisschen mitgekriegt. Paul rief zu Bento hinauf:
„Nichts. Sieh zu, dass du, nicht soweit an die Bäume kommst, Kapitän! Dann fällt nicht so viel Viehzeug auf das Boot!"
Bento entgegnete ihm:
„Leichter gesagt als getan, Boss. Wir wollen doch nicht auf eine Sandbank auflaufen, oder?"
Paul antwortete nicht mehr. Sie hatten wohl oder übel damit zu leben.
Das Fischerboot kam zunehmend langsamer voran. Es mühte sich dabei, die immer beschwerlichere Reise zu meistern.

Nachts legten sie wieder an, und tagsüber quälten sie sich langsam den immer unwirtlicher werdenden Rio Eneuixi hinauf.
Nach drei Tagen flussaufwärts, kamen sie nicht mehr weiter. Bento rief Paul aus dem Führerhaus zu:
„Dr. Paul, hier ist Schluss für das Boot. Der Fluss ist hier zu flach. Wir könnten höchstens auf einen Regen und etwas Hochwasser hoffen. Dann besteht aber die Möglichkeit, dass wir bis in den Herbst hinein nicht mehr zurückfahren können. Besser wir ankern hier."
Kiary gesellte sich zu Bento und dem inzwischen heraufgekletterten Paul hinzu:
„Boot hierbleiben. Wir jetzt nahe genug. Jetzt mit Fuß weiter."
Paul stimmte zu. Froh, sich nicht den enttäuschten, erbosten Blicken Shirleys stellen zu müssen, zog er es vor, eine Weile oben bei Bento zu bleiben. Er hatte sich Wiedereinmal als Egomane erwiesen, als er sie einfach ihrem Schicksal überließ und vor der Schlange flüchtete.
Zumindest schien er wenigstens jetzt ein schlechtes Gewissen zu haben.
Sie befestigten das Boot per Leine am Ufer, und bereiteten sich auf den Fußmarsch vor, der sie durch den Regenwald bis hin zum Lago Japiá führen sollte. ...

3. Die Akuntsu

Bento half Shirley bei ihrem Rucksack. Die Mückenschutzmittel und -vorrichtungen, hatte sie schon ausgeräumt. Diverse Gegenstände, welche die allgemeine Crewausrüstung enthielt, wie zum Beispiel Kochgeschirr oder Probenbehälter, sortierte sie genauso aus, wie die überflüssige Wäsche, Handtücher und einige Hygieneartikel. Danach wog der Rucksack nur noch halb soviel.
Luiz und Aurelio, kräftig und jung, bekamen die Aufgabe zugeteilt, alles zu tragen, was sie für die Expedition brauchten, wie das Zelt mit sämtlichem Zubehör und die Forschungsausrüstung. Bento war eingeteilt, zusätzlich zu seiner persönlichen Ausrüstung die Küchenausstattung mit sich zu tragen, da er nicht nur als Kapitän, sondern ebenso als Koch fungierte. Paul erklärte sich bereit, ebenfalls einen Teil der Forschungsausrüstung als Zusatzgepäck mit sich zu tragen. Alle beschäftigen sich mit dem Packen.
Shirley hatte genug mit ihrem Rucksack zutun. Obwohl ihr Gepäck jetzt um einiges leichter aussah, vermieden es die Anderen, sich ihr Zusatzgepäck aufzubürden. Das Ehrgefühl verbat es den Männern, die zierliche Shirley über Gebühr zu belasten.
Kiary verschwand ohne ein Wort im Urwald. Als er wieder auftauchte, hatte er sich vollständig in einen Waldbewohner verwandelt. Seiner zivilisierten Funktionskleidung entledigt, kehrte er, bis auf einen Lendenschurz bar jeglicher Kleidung, zur Crew zurück. Barfuß und lächelnd erschien er, vorher unsichtbar, wie von Geisterhand, plötzlich am Ufer neben dem Boot. Er hatte sich mit rotbrauner Farbe, die er vermutlich aus Pflanzensäften und Tonerde anrührte, kunstvoll verziert. Den Bereich seiner Augenpartie bemalte er schwarz, was bei Shirley einen etwas gruseligen Eindruck hinterließ. Außer einer Feldflasche und einer Machete, trug Kiary keinerlei Gepäck mit sich.
Er erklärte der Crew in seinem gebrochenen Englisch, wie er den weiteren Ablauf geplant hatte:
„Ich voraus gehen. Machen Weg suchen. Nicht viel Wasser mitnehmen, Wasser genug auf Weg. Vorsicht, Feuerameise, Bananenspinne. Ich versuche finden Akuntsu."
Paul sah ihn skeptisch an:

„Akuntsu? Soviel ich weiß, gibt es von diesen Indianern nur noch fünf Stammesangehörige, und schon gleich gar nicht hier, in dieser Gegend."
Kiary lächelte die Skepsis einfach weg:
„Akuntsu geteilt. Hier bei Lago Japiá leben versteckt. Akuntsu-Leute sehr alt."
Paul wusste es nicht besser, war nicht in der Lage es zu widerlegen, deshalb stimmte er mit einem skeptischen „wir werden sehen" zu. Dann fuhr er fort:
„Also gut Leute. Kiary übernimmt die Führung und wir sehen zu, dass wir ihm mit all dem Gepäck folgen können. Da es bald wieder dunkel ist, versuchen wir, noch einmal eine Nacht auf dem Boot auszuruhen. Morgen früh, mit dem ersten Tageslicht, geht es dann los."
Die Brasilianer freuten sich, dass es nicht gleich losging, und sie die Möglichkeit hatte, einen weiteren lustigen Abend bei ihrem selbst gebrannten Rum zu verbringen.
Paul quälte sich nach wie vor mit dem Mückenproblem herum. Aber Kiary brachte von seinem kleinen Ausflug einiges Blattwerk mit. Als sich Paul wieder kratzte, hielt er ihn wortlos zurück, nahm eines der Blätter, faltete es und drückte es fest in seiner Faust zusammen. An der Schnittstelle des Stieles trat daraufhin ein gelblicher Saft aus. Diesen Saft verteilte Kiary auf Pauls juckender Pustel. Paul ließ in verdutzt gewähren. Die Wirkung trat sofort ein. Der Juckreiz ließ augenblicklich nach, und nach fünf Minuten verschwand die Pustel bis auf einen harmlosen kleinen Einstichpunkt.
Begeistert rief Paul sofort Shirley herbei:
„Shirley, können sie mal herkommen?"
Sie hatte weiter nichts zutun, und freute sich, gebraucht zu werden. Obwohl es sich nur um Paul handelte:
„Ja, Paul. Was gibt`s?"
Er nahm Kiary die übrigen Blätter aus der Hand, und überreichte sie an Shirley:
„Hier, diese Blätter. Es ist verblüffend. Ein Tropfen von dem Pflanzensaft reichte, um die am schlimmsten juckende Mückenpustel zu heilen. Da steckt ein unglaubliches Potential in der Pflanze.
Stellen sie sich vor, wie dieser antiallergene und entzündungshemmende Wirkstoff pharmakologisch verwertet werden könnte.

Lagern sie bitte diese Proben gleich einmal sorgsam hier auf dem Boot ein. Untersuchen können wir das Gewächs dann später, bei unserer Rückkehr. Und fragen sie Kiary, wo diese Pflanze zu finden ist. Womöglich ist es besser, wenn wir mehr davon mitnehmen."
„Ok, kein Problem."
Shirley hatte endlich ihre Beschäftigung. Sie ließ sich von Kiary zeigen, wo die heilenden Blätter wuchsen. Es handelte sich um eine Schmarotzerpflanze, die sich am vorhandenen Baumbestand hochrankte, um an das lebenswichtige Licht zu gelangen. Dabei schlug sie Wurzeln in die Borke der befallenen Bäume, und nährte sich von deren Lebenssäften.
Die antiallergene Wirkung ihres Saftes entwickelte sie gleichwohl nur, wenn sie sich vorher an einem bestimmten Baum gütlich tat.
Shirley nahm einiges an Probenmaterial mit, und als sie wieder beim Boot ankamen, setzte schon die kurze Dämmerung ein.
Aus Forschersicht strebte ein durchaus erfolgreicher Tag seinem Ende entgegen.
Der Abend verlief dann genauso wie die Abendstunden der Tage davor. Alle saßen zusammen, und quatschten bei einigen Gläsern Rum und Wasser. Die durch das Licht angelockten Mücken, stürzten sich verstärkt auf Paul, weshalb er sich wieder früh in die Koje, unter das Mückennetz verabschiedete. Als nächster verschwand Kiary in seine Hängematte. Die Anderen saßen noch eine Weile zusammen, und lernten sich näher kennen. Luiz und Aurelio, seit ihrer Kindheit befreundet, arbeiteten für eine Touristik-Firma, und begleiteten Abenteuerausflüge für Urlauber, bevor sie sich selbständig machten. Beide sahen passabel aus, hatten wechselnde Mädchenfreundschaften und immer wieder einmal ein Techtelmechtel mit Touristinnen. Diesen Trip wollten sie sich nicht entgehen lassen, da sie hier das Doppelte ihres normalen Einkommens erzielten.
Bento verdingte sich schon von klein auf als Fischer, bis er das Boot seines Vaters übernahm, und sich ebenso selbständig machte.
Aber in den trockenen Sommermonaten schipperte er ebenfalls Urlauber, zum Teil zusammen mit Aurelio und Luiz, über die Flüsse zu verschiedenen Events und Sehenswürdigkeiten.
Er hatte einen großzügigen Vorschuss von Paul erhalten, der die Versorgung der Großfamilie gewährleistete.

Die zu erwartende Restvergütung, verplante er jetzt schon für einige Extrawünsche seiner Frau und der Kinder.
Shirley erzählte ein wenig von zuhause. Die Anderen hörten aufmerksam zu. Und als sie ihren Freund erwähnte, vernahm sie keinerlei Reaktion. Sie fragte nach und benutzte den Nachsatz „ihr wißt schon". Aber sie schüttelten nur den Kopf. Bento sagte:
„Nein, woher sollen wir das alles wissen?"
Shirley, jetzt skeptisch geworden, hakte nach:
„Als ich damals in Manaus volltrunken aus dem Nähkästchen geplaudert habe, was habe ich euch da erzählt?"
Diesmal antwortete Luiz, ebenfalls in dem landestypischen Akzent:
„Sie haben viel von ihrer Arbeit erzählt, Dr. Shirley. Wir hatten viel Spaß, und am Schluss wollten sie noch tanzen, waren aber dann zu betrunken dazu. Aber das ist lange her, vergessen sie das einfach."
„Habe ich nichts von zuhause erzählt? Von meinem Freund, was wir miteinander anstellten und solchen ... Sachen?"
Alle drei Brasilianer antworteten im Einklang:
„Nein, wieso?"
Und Bento schob nach:
„Nur Dr. Paul hat mir einmal den Namen ihres Freundes gesagt. Wieso? Was glauben sie denn, was sie uns erzählt haben?"
Shirley bekam einen hochroten Kopf. Aber nicht aus Scham, sondern vor Wut auf Paul. Hatte dieser Idiot ihr doch glatt ein schlechtes Gewissen eingeredet und gelogen, dass sich die Balken bogen. Die Anderen konnten nichts dafür, deshalb schluckte sie den Ärger hinunter und blieb friedlich.
„Ach nichts, Bento, gar nichts. Ich kann mich ja gar nicht mehr daran erinnern, was ich damals alles erzählt habe ... Aber ..., ist nicht so wichtig."
Alle wussten, dass ab Morgen anstrengendere Tage vor ihnen lagen. Sie zögerten den Abend deshalb diesmal nicht so lange hinaus, und alle verabschiedeten sich früh in ihre Schlafgemächer. In dieser Nacht schien der Dschungel extralaut zu sein. Aber nach einigen Kojenzeiten mit fieberhaftem Schlaf, und immer demselben Lärm, erreicht man einen Punkt, an dem man zu müde ist, um weiter über die Geräusche nachzudenken, oder sich davon stören zu lassen. Sie schliefen deshalb trotzdem etwas besser als zuvor.

Am nächsten Morgen wachten sie, mit den ersten Sonnenstrahlen, wohltuend ausgeruht auf. Das Getrappel der geschäftigen Füße der Anderen, weckte Shirley letztlich auf. Als sie aufstand, nahm sie gleich am Frühstückstisch platz, und schnappte sich einen großen Pott mit heißem Kaffee. Sie begrüßte die gesamte Crew, dagegen würdigte sie Paul keines Blickes und Wortes.

Bento verschwand, aus bekannten Gründen, wieder am Heck des Bootes. Er hatte kalten Schweiß auf der Stirn, und sah blass aus. Als er zurück in das „Wohnzimmer" kam, hatte er wieder etwas Farbe angenommen. Shirley sorgte sich um ihn:

„Hast du immer noch deinen Durchfall, Bento?"

Er winkte mit beiden Händen ab:

„Ja, immer noch. Aber ich fühle mich kräftig. Stark genug, um zu marschieren."

Shirley klang weiterhin sorgenvoll:

„Aber der viele Flüssigkeitsverlust. Du musst unbedingt viel trinken. Und wenn es dir schlecht wird, sagst du mir bitte gleich Bescheid, ok?"

Bento lächelte gequält, und zuckte mit den Schultern:

„Ich glaube, es geht schon. Aber es ist schön, wie sie sich um mich sorgen. Fast wie meine zweite Frau."

Dann grinste er, und zwinkerte ihr zu.

Shirley kicherte kurz, und winkte ab. Bento hatte sie überzeugt, fit genug für die bevorstehenden Strapazen zu sein. Sie behielt ihn aber weiterhin im Auge.

Die Sonne erschien jetzt, in ihrer vollen, strahlenden Schönheit über den Baumwipfeln, und heizte dem Dampfbad Dschungel ordentlich ein. Nachts hatte es ein bisschen geregnet, sodass sich in der Wärme kleine Nebelschwaden zwischen den Bäumen bildeten, und mit der ansteigenden Hitze nach oben waberten.

Als die Crew das Boot gesichert und fester verzurrt hatte, stand dem Abmarsch nichts mehr im Weg.

Kiary marschierte mit seiner Machete vor. Dahinter stapften Bento, dann Paul und Shirley, und das Ende der Reihe bildeten Luiz und Aurelio.

Alle schwitzten gewaltig, in der schwülen Hitze, die sie umschmeichelte. Insbesondere Bento sah man die Anstrengung an. Sie kamen nur langsam voran.

Kiary hatte einiges an Buschwerk und Unterholz mit seiner Machete zu bearbeiten, bis sie endlich auf einen Pfad stießen.
Von da an legten sie etwas an Tempo zu. Kiary bemerkte wie Bento hinter ihm schwächelte, und stoppte an einem großen Baum, von dem lange, dicke, lianenähnliche Ranken herabhingen. Dann winkte er Bento zu sich herüber, schlug mit der Machete eine dieser Lianen durch, nahm selbst ein Ende und hielt es sich an den Mund, während er das andere Ende Bento reichte. Nach einigen Sekunden sprudelte klares, kühles Wasser aus den Rankenenden. Beide tranken, bis der Wasserstrom versiegte. Die Anderen hatten die Pause genauso bitternötig. Völlig durchgeschwitzt baten sie Kiary, ihnen ebenfalls eine Ranke durchzuschneiden. Er schüttelte aber den Kopf:
„Nein, andere sind Wasser für Baum. Wir müssen nächsten Baum."
In unmittelbarer Nähe standen weitere Bäume der gleichen Sorte, somit gab es kein Problem. Zu guter Letzt versorgten sich alle mit Trinkwasser, ohne dem Baumbestand zu schaden.
Bento hatte sich einigermaßen erholt, und sie brachen wieder auf. Stundenlang fast nur bergauf, vorbei an Dorngestrüpp und giftigen Stacheln. Die Schönheit der Natur verblasste unter den Anstrengungen, die sie ihren Eroberern abverlangte. Als die Strapazen drohten zu groß zu werden, und sie eine kleine Lichtung erreichten, entschied Paul, dass es genug für diesen Tag sei.
Kiary zuckte nur mit den Schultern.
Er fühlte sich nach wie vor völlig fit und fing sogleich an, die Lichtung mit seiner Machete etwas wohnlicher zu gestalten. Die Anderen beschäftigten sich damit, das Zelt für das Nachtlager aufzubauen, während Bento eine Feuerstelle vorbereitete.
Shirleys Kopf juckte überall. In ihren langen, roten Haaren, verfing sich während der Wanderung allerhand Biomaterial. Dort hingen kleine Zweigfortsätze, Blätterteile, ein paar Stacheln. Außerdem krabbelten winzige Ameisen in ihrem Haar herum. Shirley versuchte, ihr Haar davon zu befreien, es juckte aber nur immer mehr.
Sie fuhr sich fluchend mit dem Fingern durch ihren verknoteten Rotschopf, bis Kiary an sie herantrat:
„Du nix lange Haare. Lange Haare hier schlecht. Besser abschneiden."
Shirley wiegte nur ihren Kopf nachdenklich hin und her, um dann zu nicken. Sie sah es ein.

Da sie keine Schere dabei hatte, musste das scharfe Jagdmesser genügen, dass sie an ihrem Gürtel trug.
Kiary nickte lächelnd und fuhr fort, den Lichtungsboden von unliebsamen Pflanzen und Ungeziefer zu säubern.
Shirley zog sich einzelne Haarsträhnen lang, um sie dann etwa zwanzig Zentimeter von der Kopfhaut entfernt, mit dem Messer zu durchtrennen. Als Spiegel diente ihr nur der glänzende Boden einer Weißblechdose. Entsprechend sah ihre „Frisur" danach aus. Bento sah sich das Debakel nicht länger an. Sein Mehrzweckmesser verfügte über eine kleine Schere. Er half ihr, so weit wie möglich, schnitt übersehene Haarsträhnen annähernd auf die gleiche Länge, aber dem Berufsstand des Frisörs, wurde auch er nicht gerecht. Zumindest hatte Shirley danach etwas Ähnliches wie einen Kurzhaarschnitt, ohne Ameisen und sonstigen Dschungelbalast.
An Körperhygiene war hier nicht zu denken, da es keine Möglichkeit gab sich zu waschen. So saßen sie abends alle stinkend und müffelnd zusammen vor dem Lagerfeuer, wo Bento einige geöffnete Dosen mit Bohnen und Speck für das Abendessen erhitzte.
Alle hatten während der Strapazen des Tages keinen Appetit. Aber jetzt, wo sie zur Ruhe kamen, entwickelte jeder Einzelne einen Bärenhunger. Sie schlangen die Bohnen in großen Mengen hinunter. Der Gestank der darauf folgenden allgemeinen Furzerei, vermischte sich mit dem dominierenden Schweißgeruch. Was unter normalen Umständen einem tödlichen Giftgasangriff entspräche, nahmen sie in dem Zelt gar nicht mehr wahr, da alle sofort erschöpft einschliefen. Nur Kiary bevorzugte es draußen zu schlafen.
Am nächsten Morgen wachten alle wie gerädert auf, da sie die Nacht auf dem Boden, in ihren Schlafsäcken, verbrachten. Zum Frühstück gab es wieder Bohnen, nur diesmal mit Dosenwürstchen und etwas Weißbrot. Kiary war fit wie der Morgentau, während die Anderen nur schwer in die Gänge kamen. Sie bauten ihre Lagerstätte ab, packten alles zusammen, und schleppten sich weiter. Wiederum Stunden über Stunden bergauf, bis Kiary plötzlich stoppte, und in den Urwald starrte. Alle hielten heftig schnaufend hinter ihm an. Bento sah sich ebenfalls um, und schlich sich vor zum Scout. Dort sprach er ihn im Flüsterton an:
„Was ist Kiary? Siehst du irgendwas?"

Er schwieg zunächst und starrte, ohne eine Miene zu verziehen, weiter in die Bäume. Dann zog er ein ernstes Gesicht, und antwortete ebenfalls flüsternd:
„Alles falsch. Ich schlechtes Gefühl. Wir beobachtet werden. Aber nicht von Akuntsu. Was anderes. Viele Augen uns beobachten. Weiß nicht, alles falsch."
Bento sah sich mit weit geöffneten Augen um:
„Was ist falsch, Kiary? Besteht Gefahr? Wer beobachtet uns, und wo sind sie?"
Kiary streckte den Arm aus, und deutete im Halbkreis nach vorn:
„Überall. Überall Augen. Keine Akuntsu. Weiß nicht welche Augen. Vorsicht!"
Jetzt kamen alle nach vorn, und scharten sich um Kiary. Paul fragte bei Bento nach:
„Was ist los. Gibt es Probleme?"
Bento nickte:
„Ja, offensichtlich. Kiary hat ein schlechtes Gefühl. Er sagt immer, dass wir beobachtet werden. Aber nicht von den Akuntsu. Er hat uns zur Vorsicht geraten."
Paul drehte sich zu den Anderen um:
„Ok, Jungs. Holt bitte eure Schusswaffen heraus, und ladet sie durch. Wir brauchen sie vielleicht."
Unter den entsetzten Augen von Shirley holten Bento, Luiz und Aurelio jeweils eine Pistole aus ihrem Gepäck, und luden sie durch.
Paul nickte, und wandte sich an den Scout:
„Können wir weitergehen, Kiary? Wir sind soweit gekommen, ich will jetzt nicht umkehren. Wie weit ist es noch bis zu den Akuntsu?"
Kiary starrte weiter in die Bäume und Büsche, die sich vor ihnen ausbreiteten:
„Nicht mehr weit. Aber wieso keine Akuntsu? Wir müssen helfen. Wir vorsichtig weiter."
Paul nickte zustimmend:
„Ok, auf geht`s! Seid vorsichtig, irgendetwas stimmt hier nicht."
Sie schlichen weiter. Kiary verstärkte sein Machetengefuchtel und huschte in gebückter Haltung voran. Die anderen stolperten, aufmerksam in den umliegenden Dschungel blickend, hinterher.

Als Kiary mit einem weiteren Machetenhieb einige Blätter vom Pfad schlug, stand plötzlich eine handgroße Bananenspinne vor ihm. Sie stellte sich auf die Hinterbeine, hob die Vorderbeine nach oben, und zeigte fauchend ihre langen Giftzähne. Unbeeindruckt zerhackte Kiary das Tier in zwei Hälften, und schlich wortlos und ohne Aufhebens weiter.
Die Anderen schauten sich angewidert die Spinnenhälften im Vorbeigehen an. Dabei passten sie sorgsam auf, nicht darauf zu treten.
„Hast du diese Augen gemeint", fragte Bento nach.
„Weiß nicht, noch viele, viele Augen um uns herum. Wir schnell weitergehen", antwortete er.
Sie beeilten sich, bis Kiary wieder anhielt. Alle drängten nach vorn, um zu sehen, was los ist. Dort, mitten unter den Baumriesen, standen primitive Hütten. Ein Feuer oder Rauch waren aber nicht zu entdecken. Keine Indios, die sie begrüßten, oder argwöhnisch beäugten, niemand. Ein kleiner Bach plätscherte still und friedlich durch das Dorf. Da sie alle Durst hatten, drängten sie darauf gleich loszulaufen, aber Kiary hielt sie zurück:
„Vorsicht! Akuntsu, alles falsch!"
Er deutete in Richtung einer Hütte. Dort lag ein Mensch. Bewegungslos. Nur Stille. Sogar die üblichen Dschungelgeräusche schienen sich nur in weiter Ferne zu entfalten. Bento lief ein kalter Schauer über die Haut:
„Santa Mae de Deus, was ist hier passiert, Kiary?"
Der sah sich konzentriert um, und antwortete flüsternd:
„Alles falsch. Akuntsu leben bei großes Wasser. Noch ein Tag weit. Nicht leben hier. Sie weggegangen von dort. Jetzt sie alle tot."
Paul mischte sich ein:
„Das sollten wir uns ansehen. Vielleicht lebt noch Jemand, dann könnten wir helfen. Los weiter, wir müssen dort hin!"
Kiary schüttelte den Kopf:
„Alle tot. Dr. James wird sehen. Alle tot."
Paul ignorierte das Gefasel. Er setzte sich in Bewegung, und winkte den Anderen ihm zu folgen, wie Kapitän Ahab, als er tot und festgezurrt unter den Tauen auf Moby Dicks Rücken lag. Alle folgten der Aufforderung, nur Kiary blieb stehen und starrte in die Richtung, aus der sie soeben hergekommen waren. Shirley hielt neben ihm inne:
„Was ist Kiary, was siehst du da?"

Er stierte weiter in den Regenwald, streckte langsam seinen Arm aus, und deutete neben den Pfad. Shirley hörte nichts, aber sie sah, dass sich trotz Windstille das Unterholz leicht bewegte. Nur ein wenig, heimlich und versteckt, wackelten mal Blätter, mal einige Zweige oder eben nur Grashalme.
„Augen. Tausend Augen", flüsterte er.
Jetzt lief Shirley ein kalter Schauer über den Rücken. Sie nahm seinen ausgestreckten Arm, und zerrte den Indio mit sich:
„Komm, Kiary! Wir müssen weiter, zu den Anderen!"
Er drehte sich um, und beide legten den Laufschritt ein, um die übrige Mannschaft zu erreichen.
Sie trafen alle zusammen im Dorf der Akuntsu ein. Erst jetzt erkannten sie das volle Ausmaß der Tragödie.
Die Leiche des toten Indios, die vor seiner verschlossenen Hütte lag, sah schrecklich zugerichtet aus. Etwas hatte den Körper an mehreren Stellen angefressen.
In den Fraßstellen lagen allerhand Käfer und Maden. Aber auch sie waren alle tot. Aus Augen, Nase, Ohren gelaufenes Blut, klebte geronnen auf der verwesenden Haut. Überhaupt schien der arme Kerl aus jeder Pore geblutet zu haben. Überall gestocktes Blut, auf dem Körper verteilt.
Normalerweise holt sich der Urwald sämtliche Biomasse zurück. Alles Abgestorbene. Nichts wird zurückgelassen, alles wird verwertet. Kein totes Blatt, Tier, oder wie hier, ein gestorbener Mensch, überdauern hier mehr als ein paar Tage. Aber dieser Indio, kratzte sicher schon vor längerer Zeit ab. Dem Schädlingsbefall in den Wunden nach zu schließen, schritt die Verwertung des toten Fleisches schon weit fort, bevor sie plötzlich abrupt endete. Selbst die Bakterien hatten aufgegeben. Nur einige Schimmelpilze nährten sich weiterhin von dem Leichnam; schlugen ihr Myzel tief in das faulige Fleisch, um es langsam zu verrotten, und in sich aufzunehmen.
Alles in allem ein furchtbarer Anblick. Übelkeit überkam Shirley. Sie würgte ihren Mageninhalt hoch und übergab sich. Luiz stütze sie, bis sich ihr Zustand wieder besserte.
Die Anderen sahen sich weiter um. Sie entdeckten immer mehr männliche Leichen. Genauso zugerichtet wie die Erste. Bei einem toten Indianer fehlte das Gesicht. Etwas hatte es weggefressen.

Bei einem anderen Leichnam erkannten sie einen bis zur Pobacke hinauf abgefieselten Oberschenkel. Und sie entdeckten etwas Weiteres. Riesige tote Spinnen. Nicht vergleichbar mit der mickerigen Bananenspinne, die Kiary auf dem Pfad hierher zerhackte. Ähnliche Exemplare kannten sie nur von Erzählungen aus der arabischen Wüste. Ihr Aussehen entsprach einer Mischung aus Solifugae, Walzenspinne oder ebenfalls Kamelspinne genannt, und einer Aphonopelma, einer amerikanischen Vogelspinne. Alleine die Körper der Viecher wiesen Maße auf, wie ein Unterteller. Die Beine nicht mitgerechnet. Ihre Giftzähne hatten eine Länge von bis zu zehn Zentimetern.

Sie lagen zermatscht, aufgespießt, zerhackt, aber teilweise auch völlig unversehrt, auf dem Rücken liegend, und von Todesqualen verkrampft, tot herum.

Das Team fand sämtliche Eingänge der primitiven Hütten verrammelt vor. Kinder und Frauen fanden sie bisher nirgends auf. Das legte den grausamen Schluss nahe, dass sie in den Hütten lagen.

Kiary fing an, an einer der Pforten zu rütteln. Bento kam hinzu, und mit vereinten Kräften gelang es ihnen, den verbarrikadierten Eingang aufzubrechen. ...

Kapitel 9. Feldforschungen II.

Das Zelt ließ zu Wünschen übrig, was die Bequemlichkeit anging. Nachts kühlte es empfindlich ab, in diesem März 2010. Die Luftmatratze und den Schlafsack bevorzugte Ant aber auf jeden Fall, bevor er das Bett mit Lori Covel teilte, der grobschlächtigen Vorarbeiterin.
Allein, wenn er an ihre rauen Hände und an ihren extremen Händedruck dachte, verging es ihm. Hätte er zugelassen, dass sie ihn mit diesen Werkzeugen bearbeitete, nein, das stellte er sich vorzugsweise nicht vor.
Nachts hörte er einige Hirsche röhren, und einmal dachte er, einen fauchenden Puma wahrzunehmen. Ant liebte den Komfort, die Bequemlichkeit. Im Zelt, auf seinem unbequemen Schlafgemach, fand er, gleichgültig wie er sich drehte und wendete, nicht die richtige Schlaflage. Dazu kamen die Geräusche des Waldes. Erholsamer Schlaf sieht anders aus.
Am Morgen stand er deshalb mit dem ersten Licht auf. Mit Frühstück hielt er sich nicht lange auf; schob umstandslos ein paar Müsli-Riegel in den Mund, baute das Zelt ab, und verstaute alles wieder in seinem Jeep. Dann fuhr er weiter. Er hielt sich genau an die Wegbeschreibung, passierte eine alte verfallene Blockhütte, und steuerte den Jeep bergauf. Als er über die Kuppe kam, erhaschte er einen herrlichen Panoramablick über einen Talkessel. Als einzig nutzbarer Zugang diente dieser immer schmaler werdenden Pfad, der sich an die Felswand schmiegte, und hinab in den Talkessel führte. An ein Wendemanöver war hier nicht mehr zu denken. Ant fluchte deshalb, als er einen auf dem Pfad abgestellten Pick-up-Truck erreichte, der vor einem alten Felssturz stand. Diese breite Halde, hatte sich vermutlich im Laufe der letzten Jahre, so sah es auf jeden Fall aus, immer wieder durch herabfallendes Geröll, zu einem unüberwindbaren Hindernis aufgetürmt. Und das Fahrzeug vor ihm, musste der Truck von diesem Vorarbeiter, Keith Short, sein. Aber wo hielt sich der Kerl auf? Hier konnte etwas nicht stimmen. Er hatte den Truck dort abgestellt, weil er es damit nicht schaffte, diesen enormen Geröllhaufen zu überwinden. Danach war Short vermutlich zu Fuß weitergewandert.
Aber wohin? Ant sah sich um, fand ihn aber nicht. Der Vorarbeiter hatte doch sicher nicht vorgehabt, hier oben zu übernachten?

Ant fluchte weiter. Es nützte ihm gar nichts, dass sein Jeep eine Seilwinde hatte. An dem Truck und dem Felssturz, käme er nicht vorbei, auf keinen Fall. Fortwährend murmelnd, packte er seinen Rucksack mit dem Nötigsten, und machte sich auf den Weg, diesen Keith Short zu suchen. Er nahm sich vor, ihm gewaltig die Meinung zu geigen, wenn er ihn fände.

Mindestens einen Kilometer weiter unten im Tal, wurde der Weg eben, und löste sich von der Bergwand. Dort hielt er kurz an, und rief laut in jede Richtung:

„Short! Sind sie hier!? Short! Brauchen sie Hilfe!?"

Aber niemand meldete sich. Selbst Tiere hörte Ant nicht, nicht einmal Vögel. Es herrschte Totenstille.

Dann raschelte es zunächst im Buschwerk, und gleich danach in den Bäumen. Als hätte eine Sturmböe die Pflanzen durchgeschüttelt. Es blies aber kein Lüftchen, geschweige den ein Sturm:

„Short, sind sie das? Kommen sie schon heraus Short, was soll denn das?"

Aber es handelte sich nicht um Short.

Mit entsetzen erkannte Ant, wie zwei dicke Äste plötzlich in Bewegung gerieten, völlig flexibel einen mit einem Ast durchbohrten Körper an beiden Enden packten, und in zwei Hälften rissen.

Der Körper hatte keinen Kopf mehr. Arme und Beine schienen unbeweglich und steif zu sein, trotz der signifikanten Bewegungen, welchen die Äste den Torso aussetzten. Demnach hatte sicher bereits die Totenstarre eingesetzt. So etwas Entsetzliches, hatte Ant schon lange nicht mehr gesehen. Momentan durch den Anblick geschockt, war es ihm trotzdem nicht möglich, sein vor Grauen verzerrtes Gesicht abzuwenden. Beide Körperhälften verschwanden im Wurzelbereich des schmatzenden Baumes. Roter Saft tropfte von den purpurfarbigen Kiefernzapfen auf den Boden. Ist das Blut? Ant wusste es nicht. Erst als sich direkt neben ihm weiteres Astwerk regte, fing er an zu laufen. Er besaß keine andere Wahl, Waffen standen ihm nicht zur Verfügung.

Den Pfad zurück, hinauf zu den Felsen, dort erreichten sie ihn nicht, egal, um welche Art von Pflanzen es sich handelte, dachte er. Ohne sich weiter umzusehen, rannte er um sein Leben. Vergeblich. Er war zu tief in den Talkessel vorgedrungen. Schlichtwegs zu weit. Und immer mehr von diesen elenden Bäumen erwachten zum Leben.

Äste schnappten zunächst plump, dann zunehmend gezielter nach ihm.
Selbst der Untergrund schien sich gegen Ant verschworen zu haben.
Rote Wurzeln brachen durch die Oberfläche des Waldbodens, bildeten Fangschlingen, Finger und Klauen, die nach ihm griffen.
Als er sich vor einem Ast duckte, stolperte er über eine aus dem Boden drängende Wurzel, und fiel auf den Bauch. Sofort bohrte sich ein spitzer Zweig in seine Schulter, um sich augenblicklich wieder zurückzuziehen.
Ein tiefes Grummeln, fast wie ein Stöhnen, durchdrang den gesamten Wald.
Als ob Ant aus Feuer oder Gift bestünde, oder das Oberhaupt dieser Gruselkompanie aus blutsaugenden Lebewesen sei, zogen sich alle vorher so angriffslustigen Pflanzenteile zurück. Es wirkte fast, als verbeugten sich die Blutkiefern vor Ant.
Benommen von der Menge Adrenalin, die nach wie vor seinen Körper durchströmte, dem Sturz, und dem Schmerz in der sofort heilenden Schulterwunde, sah er sich verblüfft um.
Alles kam zur Ruhe. Die Bäume verlagerten ihre Standorte dergestalt, dass sich eine schnurgerade, breite Lichtung, durch den Wald in Richtung einer Felswand bildete. In ein paar Kilometern Entfernung, sah er etwas Metallisches im Sonnenlicht blinken.
Ant konstatierte, dass er sich das unbedingt ansehen musste. Was konnte ihm schon passieren?
Außer weiterer Schmerzen. Aber dieses Risiko ging er bereitwillig ein. Außerdem studierte er Biologie, und das setzt eine gewisse Neugier voraus.
Bisher gelang es ihm nicht, zu erklären wie diese „Bäume" entstanden, woher sie kamen, und welchem natürlichen Zweck sie dienten. Wenn das keine Doktorarbeit wert war, was dann?
Weitere Neugier entfachte in ihm die Frage, weshalb sie ihm eindeutig den Weg zu diesem Ort wiesen, wo sich das Sonnenlicht an einem vermutlich großen, metallischen Gegenstand reflektierte. Das verlangte nach unbedingter Aufklärung. Es bedurfte keiner großartigen Mühe, in diese Richtung zu laufen. Bäume, herabhängenden Äste und Büsche, hatten sich von seinem schnurgeraden Weg entfernt. Trotz schnellen Schrittes dauerte es eine viertel Stunde, bis er an Ort und Stelle ankam.
Er erkannte sofort, dass es sich um ein Fluggerät handelte.

Der Flugkörper stürzte sicher vor einiger Zeit hier ab. An der blank polierten und glänzenden, metallischen Außenhaut, erkannte er deutliche Brandspuren, die von vorn nach hinten immer mehr abnahmen. Vermutlich vom Eintritt in die Atmosphäre. Aber wenn hier ein UFO abstürzte, weshalb bemerkte niemand etwas, obwohl der Flugraum über den USA lückenloser Überwachung unterlag?

Ant sah sich näher um. Er erkannte, dass ein seltsam roter Pilzfilm aus dem Flugkörper herauswuchs. Die Pilzspur führte bis in den Wald. Ant schloss sofort daraus, dass dieser Pilz, etwas mit den veränderten Bedingungen hier im Talkessel, zutun hatte. Die steilen und kargen Felswände fassten den Kessel ein. Auf dem einzigen Pfad, stellte der breite Felssturz ein unpassierbares Hindernis dar. So war es dem Pilz möglich, die Flora in diesem Talkessel umzuwandeln, während er die Fauna vollständig verzehrte.

Wegen der harten klimatischen Bedingungen hier oben, und den kargen Felswänden, ist es dem Pilz nie gelungen, sich aus dem Talkessel heraus zu verbreiten und weitere Pflanzen zu befallen.

Das UFO wies keine Untertassen-, Zylinder- oder Dreiecksform auf, wie das bei zahlreichen angeblichen Sichtungen oft zu Protokoll gegeben wurde.

Es hatte mehr eine schnittige Form, fast wie ein Düsenjäger, nur um einiges größer. Die Tragflächen, nur rudimentär vorhanden und beim Aufprall beschädigt, hingen nur noch teilweise am Rumpf. Aber Triebwerke erkannte Ant eindeutig. Sie nahmen den gesamten Heckbereich ein.

Etwas Derartiges hatte er nie zuvor gesehen. Es sah fast aus, als stammte es von der Erde, aber wo kam es her? Und wann kam es hierher? Genau, das schien die richtige Frage zu sein.

Wenn es schon vor 150 Jahren hier abstürzte, gab es keine Radaraufzeichnungen, die den Flugkörper entdeckten, da es damals so etwas nicht gab.

„Wie lange liegt dieses Teil hier bereits herum", fragte sich Ant in einem Selbstgespräch.

Als er sich umsah, entdeckte er, dass das UFO eine tiefe Furche im Boden hinterlassen hatte, genau den schnurgeraden Weg entlang, den er hierher kam. Dann krachte es mit der Schnauze in die Felswand.

Aber wer saß in dem Fluggerät, oder Raumschiff, oder um was immer es sich handelte? Wer stürzte hier ab? Diese Fragen bedurften der Aufklärung und Ant hatte vor, ihnen nachzugehen. Als er sich vorsichtig um das UFO herum, auf die andere Seite bewegte, bemerkte er, wie sich dieser rote Rotz nach ihm ausrichtete. Der Pilz veränderte nicht seine Position, aber die Oberfläche schien Ant wahrzunehmen, sich mit ihm zu bewegen. Kurz kam Ant der Gedanke, dass dieser Rotz vielleicht der Eigentümer des Gefährtes sei. Aber dann verwarf er die Erwägung wieder. Wie sollte ein Pilz diese Maschine fabrizieren? Und weshalb sah das Fluggerät dann so aus, wie es sich vor ihm zeigte? Irdisch, wie von diesem Planeten stammend. Nein, das schien ihm doch zu unwahrscheinlich.

Auf der anderen Seite fand Ant eine hermetisch verschlossene Luke. Zwischen der Luke und dem Cockpit, klaffte ein großer Riss in der Außenhaut. Vermutlich entstand dieser Riss beim Aufprall auf die Felswand, dachte Ant. Der rote Rotz kam hier ausgesprochen zahlreich vor. Trotzdem, Ant strebte nach innen, und dieser Eingang stellte die beste Gelegenheit dar. Er holte sich seine Handschuhe und eine Staubmaske aus dem Rucksack und zog sie an. Dann zerrte er einen kleinen handlichen Geigerzähler hervor, und fing an nach Strahlung zu suchen.

Außer den üblichen, minimalen, natürlichen Ausschlägen, stellte er jedoch nichts fest. Er kletterte behutsam, ohne den roten Rotz zu berühren, durch die aufgerissene Öffnung, in das Innere des UFOs. Hier überwucherte der rote Pilzschleim das gesamte Inventar, Böden, Decken, Wände, eben alles. Aber egal wo sich Ant hinbewegte, zog sich der Pilz zurück, ohne dass Ant ihn berührte.

Das Innenleben, die Sitze, Computerkonsolen und Einrichtungen, kamen ihm seltsam vertraut vor. Nur Bildschirme fand er nicht vor. Von welchem Planeten dieses Ding auch herkam, gebaut hatte man es hier auf der Erde.

Es kam vermutlich in der Vergangenheit, schon vor circa 150 Jahren, zurück. Die alten Cowboys, oder die Indianer, hatten es sicher nicht konstruiert.

„Also wer? Wer hat dich gebaut und wann", murmelte Ant leise vor sich hin. Es schien keinerlei Energie mehr vorhanden zu sein. Kein blinkendes Lichtlein oder gar eine Beleuchtung funktionierten mehr.

Nur über entstandene Risse, und die zerborstenen Cockpitfenster, drang diffuses Tageslicht nach innen. Die Tür zum Cockpit stand offen. Als er eintrat, erschrak Ant fürchterlich.
Im Pilotensitz saß eine verweste Leiche, mit weißem Haar, gekleidet in einen Raumanzug, mit der Aufschrift ASF, unter einer stilisierten Erde, über die ein Adler seine Schwingen ausbreitete. Ant zuckte vor Schreck zusammen:
„Verdammt nochmal!"
Als er registriert hatte, dass hier keine Gefahr drohte, murmelte er weiter:
„Wo kommt denn dieser Kerl her? Das ist kein Alien. Wie konnte der vor so langer Zeit hier abstürzen?"
Der Astronaut kam offensichtlich beim Crash ums Leben. Der Mumifizierung der Leiche nach zu schließen, geschah das vor langer Zeit. Aber wer war in der Lage, das so genau zu sagen? Der Kerl wies große Ähnlichkeit mit seinen zu früh verstorbenen Eltern auf, als er sie damals mumifiziert im Wohnzimmer fand.
„Hatte der Kerl etwa auch etwas mit diesem Drecksack Poison zutun", fragte sich Ant mehr introvertiert.
Er redete weiter mit sich selbst:
„Ok, laß uns mal sehen, wie der Antrieb aussieht. Strahlung gibt es ja offenbar nicht. Also, wo bist du kleine Maschine? Wo versteckst du dich?"
Er hatte seine Stirnbandtaschenlampe aufgesetzt, eingeschaltet, und leuchtete in das dunkle Heck hinein. Dort fand er aber nur freien Lagerraum vor.
Nach unten gab es eine verschlossene Tür, die der rote Rotz nun freigab, da Ant sich in diese Richtung bewegte. Sämtliche Antriebskomponenten schienen im Bauch des Fluggerätes untergebracht zu sein. Der Pilz zog sich schlürfend vollständig von der Luke zurück.
„Ja, ja, verschwinde nur du ekliger Schleimbatzen!"
Auf der Tür erkannte er ein aufgemaltes Warnzeichen. Ein gelbes Warndreieck mit einer blauen Schneeflocke darin. Er war jetzt in der Lage, die darunter freigelegten Schriftzeichen zu lesen: „Vorsicht, Erfrierungsgefahr!"

„Ok, kleiner Antrieb, ich glaub, ich habe dich gefunden. Bist du noch so kalt wie früher? Wir werden es gleich zusammen herausfinden, oder?"
Die Türverriegelung reagierte nicht. Keine Energie mehr. Aber neben der Tür fand er zwei Hebel.
Zwischen den beiden Griffen stand geschrieben: „Manuelle Entriegelung." Neben den Hebeln aufgemalte Pfeile deuteten beim Einen nach oben, beim Anderen nach unten.
Ant grinste:
„Ich glaube dieses Rätsel, noch dazu in Aliensprache verfaßt, ist zu schwierig für mich."
Dann drückte er den oberen Hebel nach oben. Die schwer gängige Mechanik erforderte hohen Kraftaufwand, um sie zu bewegen. Er drückte den zweiten Hebel nach unten. Ein dumpf klackendes Geräusch bedeutete ihm, dass die Verriegelung reagierte. Die Tür blieb aber weiterhin geschlossen.
„Na gut, kleine Tür, was muß ich denn noch für dich erledigen? Ach, der Türgriff, was denn sonst, ich Dummerchen."
Es handelte sich nicht um eine Türklinke, sondern um einen Drehverschluss. Als er den Türöffner um eine halbe Umdrehung bewegte, hörte er drei klackende Geräusche von den zurückschnappenden Verschlüssen. Dann schwang die Tür ein kleines Stück nach unten, und federte nach innen auf. Luft zischte in den Maschinenraum, und es drang Kälte aus dem Raum hervor.
Ant hatte den Antrieb gefunden. Viel konnte er aber nicht damit anfangen. Nur soviel, dass ein wie auch immer gearteter Fusionsantrieb die Triebwerke, die er draußen gesehen hatte, befeuert hatte. Doch wo kam die erforderliche Energie dazu her.
Keinerlei Radioaktivität, keine Tanks. Dafür eine kleine Kugel, in einem Kühlbadbehälter. Vermutlich war der Behälter einmal mit einem Kühlmittel, flüssigem Stickstoff oder Ähnlichem gefüllt. Ein entsprechender Warnhinweis war auf alle Fälle darauf angebracht. Das flüssige Gas hatte sich vermutlich im Lauf der Zeit, ohne weitere Energiezufuhr aufgewärmt und wieder in den ursprünglichen Aggregatzustand zurückentwickelt. Danach entwich es, im Laufe der Zeit, in seiner Gasform aus dem beschädigten Raumschiff.

Die kleine Kugel in diesem Kühlbehälter, über Spulen mit dem Behälter verbunden, hatte offensichtlich die Energie für einen unbekannten Antrieb geliefert. In der Kugel schwappte eine blaue Flüssigkeit, die sich von selbst zu bewegen schien.

Ant holte zur Sicherheit nochmal seinen Geigerzähler hervor, maß aber keinerlei Radioaktivität:

„Ok, du kleiner blauer Cocktail, was bist du?"

Die Kugel hatte einen Durchmesser von etwa 30 Zentimetern und war, wie Ant vermutete, aus einem kältebeständigen Polymer gefertigt. Vermutlich aus Polymerblends, folglich aus einer Polymerlegierung. An den Stellen, wo von außen die Spulen angeschlossen waren, ragten kleine Metallstifte durch die Polymerhaut in die Kugel. Eine Reaktion erkannte Ant jedoch nicht.

Er hatte hier keine Möglichkeit, den Inhalt der Kugel und die Sphäre selbst, weiter zu untersuchen. Deshalb holte er sein Leatherman Multifunktionswerkzeug aus der Tasche. Mit der darin enthaltenen Kneifzange durchtrennte er vorsichtig eine der Spulen. Es schien sich um Mikrorohre aus einer flexiblen Metalllegierung zu handeln.

Außer einem leisen Zischen, war beim Durchtrennen der Spule nichts zu hören. Ant wartete ein wenig, bis das Geräusch aufhörte. Die zähe, blaue Flüssigkeit reagierte nicht, drehte nur weiter langsam ihre Kreise in der Kugel.

Da jeweils oben, unten, links, rechts, vorn und hinten eine Spule hing, und die Kugel im Kühlbehälter fixierten, musste Ant ebenfalls die anderen fünf Mikrorohre durchtrennen, die Enden abdichten, um dann die Kugel zu entfernen.

Es gelang ihm, sie mit der linken Hand festzuhalten, als er die letzte Spule durchtrennte.

Die offenen Enden der Mikrorohre quetschte er mit der Zange zusammen, um ein Austreten des Liquids zu vermeiden.

Die Kugel, nur zu einem Viertel mit der Flüssigkeit gefüllt, brachte kein sonderliches Gewicht auf die Waage. Wobei das Eigengewicht des Liquids vermutlich über dem von Wasser lag, eine höhere Dichte aufwies. Es fühlte sich für Ant zumindest so an.

Er sah sich weiter um und entdeckte eine zusätzliche verschlossene Luke. Die Kennzeichnung darauf verstand Ant unmissverständlich als Warnung vor Radioaktivität.

Dort schien der Fusionsantrieb untergebracht zu sein. Da er keinerlei Strahlenschutzausrüstung mitführte, ließ er dieses Luk besser verschlossen.

Bevor er das Fluggerät verließ, hatte er vor, sich diverse weitere Proben zu sichern. Zunächst nahm er zwei Probenbehälter aus dem Rucksack. In den Einen steckte er etwas von dem roten Pilz.

Dann holte er die Schere aus seinem Leatherman hervor, zwängte sich in das Cockpit, und schnitt eine Strähne der weißen Haare der Pilotenmumie ab. Spätere Laboruntersuchungen sollten sicherstellen, dass es sich hier wirklich um einen Menschen handelte.

In dem Moment, als er mit seinen Trophäen beladen auf dem Weg war, das Fluggerät zu verlassen, bemerkte er, wie der rote Pilz anfing zu reagieren. Wie Wasser, in das jemand einen Stein warf, fing der rote Rotz an sich wellenartig, durch Schallwellen gereizt, zu bewegen.

Von draußen drang plötzlich immer lauter werdender Lärm an Ants Ohren. Das knatternde Geräusch nahm an Intensität zu. Er bewegte sich schnell, um den Ausgangsriss zu erreichen. Als er mit der Kugel herauskletterte, war er fähig, das Geräusch zu identifizieren.

Ein Hubschrauber befand sich im Anflug, und setzte soeben zur Landung an.

Noch in der Luft schwebend, dröhnte eine Lautsprecherdurchsage aus dem Hubschrauber hervor:

„Hier ist die Polizei! Lassen sie den Gegenstand fallen und bleiben sie stehen!"

Vermutlich hatte Lori Covel die Cops informiert, da Keith Short nicht mehr auftauchte. Und die Polizei entdeckte dann die beiden, auf dem Pfad abgestellten, Fahrzeuge.

Ant legte die Kugel vor sich hin, und deutete den Hubschrauberinsassen an, dass sie unbedingt abdrehen, die Landung abbrechen sollten. Sicher wussten die Polizisten nichts von den Blutkiefern. Ant bemerkte, wie sich die Bäume immer agiler verhielten, sich bewegten.

Die Hubschraubercrew konzentrierte sich aber nur auf den immer vehementer fuchtelnden Ant, und bemerkte nicht, was drumherum vorging. Vermutlich missverstanden die Polizisten das Winken als Einladung, und sie setzten den Landevorgang fort.

Über Funk gaben sie ihre Position durch, dass sie zwei Fahrzeuge und einen Mann aufgefunden hatten. Dass hier ebenfalls ein Flugkörper herumlag, behielten sie für sich.
Sie strebten an, sich zunächst zu vergewissern, um was es sich hier handelte. Die Zentrale bestätigte den Eingang des Funkspruchs.
In der Nähe befindliche Rettungsmannschaften erhielten entsprechend Bescheid, und machten sich sofort auf den Weg in Richtung Talkessel.
Für die Polizei handelte es sich um eine Such- und Rettungsmission.
Dann schwebte der Hubschrauber langsam Richtung Waldboden. ...

Kapitel 10: Amazonas II. Auf Leben und Tod.

Als Kiary und Bento den Eingang zur ersten Hütte freilegten, strömte ihnen ein fürchterlicher Geruch von Tod und Verwesung entgegen.
Ihre Augen brauchten einige Sekunden, um sich von der Helligkeit des Tages, auf das Dunkel in der Hütte einzustellen. Sie hatten die restlichen Akuntsu gefunden. Die Frauen und Kinder, ebenso grausam zugerichtet, wie die Männer, die verstreut im Dorf lagen. Auch sie, über und über in geronnenem Blut gebadet, dass ebenfalls aus allen Öffnungen und Poren ihrer Körper stammte. Es gab nur einen Unterschied. Bei einigen wenigen Leichen fanden Kiary und Bento aktive Insekten, Larven und Maden. Bei der Mehrzahl bewegten sich die Aasfresser nicht mehr, hatten ihr Leben genauso ausgehaucht, wie bei ihren Verwandten in den männlichen Leichen draußen.
Shirley ertrug den Anblick des Grauens nicht mehr. Ihr schwindeliger Kopf und die taumeligen Beine zwangen sie, sich hinzusetzen, um einen Sturz zu vermeiden.
In der geöffneten Hütte lagen ebenfalls zahlreiche dieser ekelhaften Riesenspinnen. Die Frauen und Kinder hatten sich sicher in der Hoffnung verbarrikadiert, vor diesen Untieren geschützt zu sein. Die Spinnen gelangten aber vermutlich in die Hütte, indem sie das dünne, aus Blättern gefertigte Dach zerlegten, und ließen den Frauen und Kindern keine Chance. Die waren dann nicht in der Lage, sich großartig zu wehren, was man daran erkannte, dass fast alle Arachnoiden unversehrt herumlagen. Die meisten der Monsterspinnen lagen tot, und mit verkrampft wirkenden Beinen, auf ihrem Rücken. Zuerst hatten sie jedoch ordentlich gefressen.
In den übrigen Hütten sah es mit Sicherheit genauso aus.
Die von ihrer ursprünglichen Heimat abgespalteten Akuntsu, gab es nicht mehr. Ausgelöscht, vom Planeten getilgt, als Insektenfutter. Die Forscher fanden hier keinen einzigen lebenden Stammesangehörigen mehr vor.
Es stellten sich nun die Fragen, ob es weitere vitale Akuntsu oben am Lago Japiá gab, in welcher Gefahr sich die Forscher selbst befanden und ob ein Abbruch der Expedition angebracht sei.
Paul legte seine Hand auf die Schulter des weiterhin entsetzt in die Hütte starrenden Scout:

„Kiary, was ist hier passiert? Kennst du diese Spinnen?"
Er schüttelte den Kopf:
„Nein, Dr. Paul, noch nie gesehen diese Tiere."
„Glaubst du, dass es noch Überlebende gibt?"
„Ich glaube, Akuntsu geflohen von großem Wasser hierher. Bauen Lager hier. Spinnen sie gefunden. Sie töten, fressen Akuntsu. Alle tot. Alle tot."
Paul wandte sich an die Anderen. Alle standen schockiert, entsetzt und leichenblass da, wie angewurzelt:
„Offensichtlich haben wir die Akuntsu gefunden, Leute. Wie es aussieht, ist niemand mehr am Leben. Kiary, und ich stimme ihm da völlig zu, nimmt an, dass wir auch oben am See, keine lebenden Akuntsu mehr finden werden. Ich weiß nicht, was die Akuntsu getötet hat, aber es sieht aus, als ob diese Arachnoiden dafür infrage kommen. Aus welchem Grund die unversehrt wirkenden Spinnen starben, weiß ich nicht. Also, verfahren wir jetzt weiter?"
Kiary meldete sich sofort:
„Noch mehr Spinnen. Überall. Wir Gefahr. Umkehren solange noch Tag."
Die Brasilianer nickten. Shirley warf ein:
„Sollen wir die Leichen einfach liegen lassen?"
Paul schmetterte den Einwand sofort ab:
„Was soll das? Wollen sie die alle beerdigen? Dann sind wir nächste Woche noch hier. Falls wir überhaupt so lange überleben. Außerdem will ich lieber keine dieser Leichen berühren. Kiary sagt, wir sind in Gefahr. Unser Expeditionsziel hat sich zerschlagen. Wir kehren deshalb am besten gleich um."
Aurelio schnappte sich eines dieser toten Biester, hielt es an einem der langen Giftzähne fest:
„Sollen wir ein Exemplar mitnehmen, Dr. James?"
Alle sahen Aurelio angewidert an. Paul antwortete:
„Wenn du sie den langen Weg zurück mitschleppen willst, dann bitte. Aber ich halte es sogar für besser, dass wir unsere gesamte Ausrüstung zurücklassen, um schneller zu sein.
Also kein Extragepäck, nur die Waffen, Feldflaschen und einen Happen zum Essen."
Aurelio warf den Spinnenkadaver wortlos weg, und wischte sich seine Hand an der Hose ab.

Paul nicke und sprach weiter:
„Es ist eine Tatsache, dass alle Spinnen der Welt zusammen mehr Fleisch verzehren, als alle Menschen, die den Planeten bewohnen. Wenn wir nicht auch zu diesem Nahrungsmittel gehören wollen, sollten wir uns besser beeilen."
Shirley hielt es unbedingt für erforderlich, ihrem vorhandenen Unmut über Paul Abhilfe zu leisten, und fragte:
„Soll uns das jetzt beruhigen?"
Pauls Antwort lautete unaufgeregt, kurz und knapp:
„Nicht beruhigen, vielmehr anspornen. Und jetzt los!"
Sie ließen ihr schweres Gepäck zurück. Kiary hatte nur seine Machete. Die drei Brasilianer warteten jeweils mit einer Handfeuerwaffe, ein paar Ersatzmagazinen, sowie mit Messern auf.
Paul und Shirley klappten ihre Spaten auf; mit ihren Schweizer „Spielzeug"-Messern konnten sie in diesem Fall nichts anfangen. Sie hängten ihre Feldflaschen um, steckten ein paar Energieriegel ein und fingen an zu laufen.
Kiary hatte mit seiner Machete beim Hinweg fleißig gearbeitet. Der Weg, den sie herkamen, war deutlich sichtbar. Während der tagelangen Tour, die sie ständig bergauf führte, gewöhnten sie sich daran, das schwere Gepäck mitzuschleppen.
Da sie sich der Last jetzt entledigten, kam es ihnen vor, als schwebten sie durch den Urwald. Außerdem verlief die Strecke, vom Lager der Akuntsu aus, stetig bergab Richtung Flusstal.
Hinter und neben ihnen, im Buschwerk und Unterholz, fing es jetzt an, vermehrt zu rascheln. Panik fuhr in ihre Glieder. Das ausgeschüttete Adrenalin gab ihnen einen zusätzlichen Kick, und sie rannten zunehmend schneller.
Schweißüberströmt und keuchend, immer weiter, weg von diesen fiesen Biestern.
Anscheinend entsprach es dem Verhaltensmuster der Viecher, dass sie sich beim Jagen im Dunklen versteckt hielten.
Nur ab und an vernahmen die Flüchtigen etwas Bewegung im Blattwerk oder ein Rascheln im Unterholz. Manchmal, in einem entkräfteten Moment, dachte der Eine oder Andere daran, dass es sich nur um eine Ausgeburt der Panik, um Einbildung handelte.

Da aber alle rannten, gab keiner auf. Natürlich waren sie nicht fähig, in dieser Waschküchenluft ewig zu spurten.

Nach und nach verlangsamte sich der Laufstil, bis er sich bei einem schnellen Joggen einpegelte. Um den Wasserverlust durch Hitze und Anstrengung auszugleichen, tranken sie während des Laufens aus ihren Feldflaschen.

Bento schaffte es als Erster nicht mehr, das Tempo durchzuhalten. Für sein Alter, und seine nur rudimentär vorhandene Fitness, hielt er lange durch. Die Verdauungsschwierigkeiten, der Durchfall und der damit verbundene Wasserverlust, schwächten ihn aber zusätzlich.

Die Lungenflügel brannten. Seitenstechen quälte ihn seit einiger Zeit. Sein Sichtfeld engte sich durch den Sauerstoffmangel zunehmend ein, und seine Muskeln fingen an, sich zu verkrampfen. Nur sein Geist strebte weiter. Sein Körper hingegen, gehorchte nicht mehr. Er wurde immer langsamer.

Aus dem Laufen wurde ein Taumeln, dann ein Wanken. Er griff sich an die schmerzenden Seiten, es fiel ihm schwer, sich auf den Beinen zu halten, bis er schnaubend auf die Knie sank. Sein Körper hielt der Belastung schlechthin nicht mehr stand.

Zumindest schafften er und die Gruppe es bis zur Lichtung, an der sie gestern übernachteten. Shirley, die hinter Bento lief, blieb ebenfalls stehen. Sie rief Kiary noch hinterher, doch der hatte schon einigen Vorsprung, und rannte wie in Trance weiter. Die Anderen blieben ebenfalls stehen, und scharten sich um Bento. Shirley gab ihm Wasser aus der Feldflasche:

„Hier Bento, trink. Keine Angst, wir bleiben bei dir."

Er trank hastig. Dabei musste er ständig absetzen, da er nach wie vor schnaufte wie ein Rennpferd. Es dauerte, bis er sich wieder in der Lage sah, sich zu artikulieren:

„Laßt mich hier zurück. Ich kann nicht mehr. Wenn ich mich erholt habe, komme ich nach. Versprochen. Lauft weiter, rettet euch."

Alle schüttelten nach Luft schnappend den Kopf. Paul entgegnete fast ärgerlich:

„Vergiß es! Wir lassen hier keinen zurück. Holt eure Waffen heraus, ich glaube, es wird nicht mehr lange dauern, bis wir sie benutzen müssen."

Alle nickten. Bento lud ebenfalls seine Pistole durch. Die weitaus zu kurze Dämmerung setzte ein.

Es schien, als hätten sie einen Vorsprung herausgelaufen, oder als ob ihre Jäger die Dunkelheit der Nacht abwarteten.
Neben der alten Feuerstelle lag nach wie vor genug Brennholz.
Da sie gestern völlig ausgepumpt und erledigt, früh in ihren Schlafsäcken verschwanden, hatten sie das Lagerfeuer nicht lange geschürt. Der große Haufen Feuerholz, verblieb ungenutzt an Ort und Stelle.
Sie wussten, dass sie nachts, ohne ihre Taschenlampen, und ohne Lichtquelle, leichte Opfer abgaben. Unter Anleitung von Paul stapelten sie einen Kreis aus Brennholz als Schutzwall um sich herum. Als die Dunkelheit einsetzte, holte Paul sein Benzinfeuerzeug aus der Hosentasche, öffnete es und verteilte das Benzin sorgsam, in kleinen Mengen, auf dem Holz. Dann hielt er den Zündstein an eine mit dem Brennstoff benetzte Stelle, und ließ Funken darauf regnen. Das Benzin entzündete sich sofort. Die Flammen umkreisten die Gruppe, und all das aufgestapelte Holz geriet in Brand.
Alle stellten ihre Körper eng aneinander, beobachteten aufmerksam die immer dunkler werdende Umgebung, und hielten kampfbereit ihre Tötungswerkzeuge hoch.
Shirley benutzte ihren Klappspaten, Bento, Aurelio und Luiz, zielten mit ihren Pistolen in das umliegende Buschwerk. Paul griff sich ebenfalls einen Klappspaten und ein Bowie-Messer. Seine Ansprache fiel nur kurz aus:
„Ok, Leute. Ich weiß nicht, wie lange uns dieses Feuer schützen wird. Aber es brennt sicher nicht die ganze Nacht, egal wie kurz sie sein mag. Wenn diese Mistviecher angreifen, lasst sie nahe herankommen. Jeder Schuss, jedweder Schlag, muss sitzen. Habt ihr verstanden? Falls wir nicht bis zum Morgen durchhalten, gebe ich das Kommando `Lauft´. Dann versuchen wir alle zusammen, den Pfad zurück zum Boot zu laufen, ok?"
Die Anderen nickten und verkündeten im Einklang: „Ok!"
Es gestaltete sich schwierig, außerhalb des Ringes aus Feuer, etwas zu erkennen. Alle Konturen verschwammen oder verschwanden in der Dunkelheit. Dann hellte es sich wieder ein bisschen auf.
Der Vollmond stieg langsam über die Baumwipfel, und beleuchtete mit seinem fahlen Licht das grausige Szenario. Der Schimmer gab nur Umrisse, keine Einzelheiten preis.

Wie im Fort Alamo, standen die Protagonisten hinter ihrem kleinen Ring aus Feuer, dicht zusammengedrängt und bewaffnet, in der Falle, eingekreist von ihren tödlichen Feinden, und harrten der Dinge. Offensichtlich handelte es sich bei den Spinnen um Nachtjäger. Und sie arbeiteten im Rudel zusammen. Normalerweise sind Arachnoiden Einzelkämpfer. Nur in Asien gibt es eine Spinnenart, die riesige Gemeinschaftsnetze baut, und im Kollektiv zusammenarbeitet. Bei der vor ihnen lauernden, bisher unbekannten Art, schien das ebenso der Fall zu sein.
Im Schutz der Dunkelheit gaben die Mörderspinnen ihr Versteckspiel auf, und betraten die Lichtung. Ihre Umrisse waren im Mondlicht deutlich zu erkennen. Immer mehr dieser Ausgeburten der Hölle drängten jetzt auf die Lichtung, dann blieben sie stehen, hoben ihre Vorderbeine und giftzahnbewehrten Köpfe in die Höhe, um ein furchtbares, fauchendes Geräusch von sich zu geben. Sie umzingelten den Feuerkreis, der das begehrenswerte Abendessen in seiner Mitte verbarg, aber vor dem Feuer hatten die Viecher Respekt.
Wenn eines der Tiere den Flammen zu nahe kam, verschmorte sofort seine Behaarung, und das Tier zuckte zurück.
Mit vollen Hosen, und geschockten Gesichtsausdrücken, stand das Team im Feuerkreis, und beobachtete jede Bewegung. Eine ausnehmend große Spinne fauchte laut auf, nahm Anlauf, und setzte zum Sprung an. Ein Knall, und das Vieh zerplatzte mitten im Flug. Aurelio hatte abgedrückt. Alle Spinnen zogen sich fauchend ein wenig zurück. Aurelio zerfetzte soeben, mit der ersten Pistolenkugel, ihren mutigen Anführer. Es schien nicht viel zu nützen. Vermutlich gab es eine Rangordnung, wie es bei fleischfressenden und gemeinsam jagenden Rudeltieren üblich ist. So übernahm eben das Betatier die Führung.
Sie kamen jetzt todesmutig von allen Seiten auf das Feuer zugerannt, und hatten vor, die Barriere im Sprung zu überwinden. Die Schlacht war nun in vollem Gang. Die Pistolen feuerten aus allen Rohren.
Paul und Shirley schlugen mit wuchtigen Spatenschlägen im Sprung anfliegende Spinnen weg, wie die Baseball-Profis einen Ball.
Tote Spinnenleiber stapelten sich vor ihnen, einige lagen zu nah am Feuer, weshalb ihre toten Körper in Brand gerieten.

Es stank und rauchte. Bento entfernte sein leeres Magazin aus der Pistole, um mit einem Ersatzmagazin nachzuladen.
Durch den dichten Rauch hindurch, kam blitzschnell eine esstellergroße Spinne, mit auseinandergespreizten Beinen angesprungen, und landete direkt auf seiner Brust.
Während der Landung schlug sie ihre Giftzähne in die Brustmuskulatur. Schreiend sank er auf die Knie. Aurelio hielt die Pistole an die Spinne und schoß sie von Bentos Brust herunter. Bento sank kraftlos zu Boden. Er war nicht mehr in der Lage, sich zu bewegen. Das Gift wirkte nicht tödlich. Es lähmte die Opfer nur, sodass diese Monster ihre Beute stundenlang frisch, bei lebendigem Leib, verzehren konnten. Bento lag zusammengekauert zwischen den Anderen. Speichel floß ihm aus dem Mund. Ihm verblieb nur die Fähigkeit die primären Lebensfunktionen wie Atmung und Herzschlag aufrecht zu erhalten, sonst nichts.
Luiz schnappte sich Bentos Pistole, und feuerte jetzt beidhändig in die angreifende Spinnenbrut. Die Verluste, welche die Tiere hinzunehmen hatten, standen in keinem Verhältnis zum erwarteten Nutzen. Aber sie brachen die Angriffe nicht ums Verrecken ab. Eine Welle nach der anderen strömte gegen den Feuerwall. Die Überzahl war überwältigend. In dem Moment, als Paul das Kommando zur Flucht geben wollte, gab es eine Verpuffung am Lichtungsrand, und eine imposante Feuersäule bahnte sich ihren Weg in die Baumkronen.
Brennende Spinnen rasten leuchtend, als kleine Feuerbälle, von diesem zweiten Feuer weg, in Richtung Wald, um dort zu verenden.
Die übrigen Spinnen reagierten verwirrt. Flammen von zwei Seiten. Das hatten sie nicht erwartet. Als Jäger verstanden sie es nicht, damit umzugehen, selbst gejagt zu werden.
Aus Richtung des zweiten Feuers vernahm das Team fauchende Spinnen, und hackende, glitschende Geräusche, als ob jemand die Achtbeiner zu Sushi verarbeitete.
Paul schrie die Anderen an:
„Nachladen! Jetzt greifen wir an! Los!"
Er fuhr mit dem Stiefel unter das lodernde Holz und schleuderte es mit seinem Fuß nach vorn. Glühendes und brennendes Holz flog in hohem Bogen durch die Luft und prasselte auf die restlichen Spinnen herab. Die Anderen taten es ihm gleich.

Dann rannten sie los, in Richtung des zweiten Feuers, schossen, stachen und schlugen auf alles ein, was mehr als zwei Beine hatte. Luiz blieb zurück, um Bento zu schützen.
Die Anderen passten ebenfalls auf, dass keines der Tiere zwischen sie geriet. Der umfassende Gegenschlag zeigte Wirkung. Beeindruckt von den hohen Verlusten, und verwirrt von dem Zangenangriff, flohen die verbliebenden Spinnen in die Dunkelheit des Dschungels. Auf der Flucht holten die Pistolenkugeln aber genauso einige der Untiere ein und zerfetzten sie.
Als sie das zweite Feuer fast erreichten, humpelte Kiary ihnen entgegen, und brach kurz vor der Gruppe zusammen. Er wies eine deutliche Bissspur an der Wade auf, hatte aber vermutlich den Beißer mit seiner Machete zerhackt. Das explosive Gemisch, das Kiary hier im Dschungel, aus welchen Materialien auch immer herstellte, wirkte in sehr effektiver Weise. Jetzt, als dieser Brennstoff langsam zur Neige ging, verlosch sein Feuer wieder.
Paul schnappte sich den bewegungslosen Kiary, und schleifte ihn im Rettungsgriff zurück zu ihrem Feuerkreis. Dort angekommen legte er ihn neben Bento ab:
„Ok, Leute. Wir haben sie erst einmal in die Flucht geschlagen. Ich weiß aber nicht, ob diese Viecher sich nochmal zusammenrotten und mit Verstärkung wiederkommen. Wir müssen es zurück zum Boot schaffen. Es gibt keine andere Wahl, als die beiden Verletzten zurückzutragen. Ich weiß, die Anstrengungen werden unmenschlich sein, aber wir müssen es versuchen.
Luiz, Aurelio, ihr tragt Bento. Shirley, sie tragen mit mir zusammen Kiary. Und los, Leute!"
Keiner hatte vor, einen der betäubten Kameraden zurückzulassen.
Pauls Anweisungen hörten sich logisch und verständlich an, deshalb gab es keinerlei Diskussionen.
Sie schleppten sich im Mondlicht, auf dem mühelos erkennbaren Pfad, in Richtung Boot. Glücklicherweise verlief der Pfad fast ausschließlich bergab, hinunter zum Fluss. Trotzdem benötigten sie einige Pausen. Kurze Stopps, unter dem Eindruck des Erlebten. Selbst wenn sie glaubten, nicht mehr zu können, schleppten sie sich weiter. Zum Bau von Bahren blieb keine Zeit.

Bento und Kiary wurden entweder abwechselnd auf dem Rücken eines Trägers transportiert, oder von zwei Kollegen gleichzeitig an Armen und Beinen festgehalten, und so weitergeschleppt. Die Sonne erklomm langsam das Firmament, und heizte die feuchte Luft wieder auf.
Muskeln und Sehnen schmerzten ungeheuerlich. Aber sie quälten sich weiter, wie betäubt, immer bergab, den Pfad entlang, Richtung Boot. Dabei war es ihnen völlig egal, wenn Schlangen ihren Weg kreuzten, Affen durch die Bäume hangelten, oder Moskitos sie stachen. Sie setzten ihren Gewaltmarsch unbeirrt fort, einen Schritt nach dem anderen, automatisch, ohne nachzudenken, geleitet vom allgegenwärtigen Unterbewusstsein.
Zuerst hörten sie ein leises Rauschen, wie aus einem Fernseher, als es noch einen Sendeschluss gab.
Je näher dieses Tosen kam, desto mehr realisierten sie, dass sie in Kürze den Fluss erreichten. Das mobilisierte die letzten Kräfte, ließ sie wieder das Tempo erhöhen. Als sie endlich beim Boot ankamen, waren sie zu platt, um sich zu freuen. Sie beeilten sich.
Schafften die nach wie vor gelähmten Teammitglieder an Deck, und kletterten selbst an Bord. Im Moment, als sie alle ihre Füße auf Deck setzten, nahmen sie wieder dieses Rascheln im Unterholz wahr. Paul zog sein Bowie-Messer heraus und kappte die Befestigungsleinen. Das Boot trieb, mit der leichten Randströmung, in den Fluss. Am Ufer tauchten schon wieder diese Monster auf. Erst eine Spinne, dann immer mehr, drängten sich ans Ufer, stellten die Vorderbeine auf und fauchten furchterregend. In den Fluss trauten sie sich nicht. Vor dem funkelnden Wasser und dem blendenden Sonnenlicht, schreckten sie zurück.
Hätte sich die Gruppe nur eine Minute länger im schattigen Regenwald aufgehalten, endeten sie jetzt alle als Spinnenfutter. Luiz zeigte der fauchenden Brut nur den Stinkefinger, für alles Andere fühlte er sich zu entkräftet. Paul holte Mineralwasser aus dem Deckaufbau. Alle tranken, um sich dann um die beiden Betäubten zu kümmern. Shirley lehnte völlig erledigt an der Reling, als Paul ihr eine Wasserflasche reichte: „Danke …, danke Paul. Ehrlich gesagt habe ich sie für ein Arschloch gehalten. Aber wie sie uns hier wieder herausgebracht haben, ringt mir allen Respekt ab. Ich schulde ihnen etwas."
Dann nahm sie einen großen Schluck und sprach weiter:

„Sollte nicht jemand das Ruder übernehmen? Es wäre doch blöd, wenn wir jetzt noch auf eine Sandbank aufliefen."
Paul nickte nur gequält:
„Ok, ich übernehme das Steuer. Aber sie kümmern sich um die Verletzten, klar? Und übrigens, ich habe ihnen das nicht zugetraut. Ich habe gedacht, sie würden das nicht packen. Deshalb benahm ich mich wie ein Arschloch. Das sollte nur zu ihrem eigenen Schutz sein. Damit wollte ich ihnen die Entscheidung erleichtern, sich zur Heimreise durchzuringen. Aber sie haben mich eines Besseren belehrt. Sie hielten durch. Respekt. Ich klettere jetzt lieber nach oben, bevor wir irgendwo dagegen krachen."
Sie nickte erschöpft, und nahm einen weiteren Schluck aus der Flasche. Paul klettere auf den Deckaufbau, und wankte ins Führerhaus zum Steuerrad. Shirley raffte sich auf, und torkelte zu den Anderen. Aurelio sah sie aus seinen wässrigen, roten Augen an.
„Dr. Shirley, mir geht es nicht gut. Mir ist total schlecht."
Sie reichte ihm die Wasserflasche:
„Hier trink erstmal Aurelio. Es ist kein Wunder, wenn es dir übel ist. Wir mussten uns übermenschlichen Anstrengungen aussetzen. Das geht an uns allen nicht spurlos vorbei. Das wird schon wieder."
Aurelio saß auf dem Boden, und schüttelte nur andeutungsweise und erschöpft mit dem Kopf:
„Nein, Dr. Shirley. Ich glaube, dass ich krank bin. Ich habe sicher Fieber."
Shirley fühlte mit der flachen Hand an seiner schweißüberströmten Stirn. Aurelio glühte fast. Das mussten mindestens 40 Grad Fieber sein. Ein Hitzeschlag? Eine Infektion? Hatte er nicht eines dieser toten Mistviecher berührt? Shirley schwante Böses:
„Trink, Aurelio, du mußt viel Flüssigkeit zu dir nehmen. Und leg dich hin. Ich kümmere mich schon um Alles."
Aurelio nickte und legte sich ausgelaugt hin.
Dann bewegte Shirley sich hinüber zu Luiz:
„Wie fühlst du dich, Luiz. Hast du irgendwelche Probleme?"
„Ich bin völlig kaputt. Aber sonst ist alles in Ordnung. Wieso?"
„Ich glaube, Aurelio ist krank. Er hat Fieber. Wie geht es den anderen Beiden?"
Luiz zuckte mit den Schultern:

„Sie sind immer noch gelähmt. Aber ich habe gesehen, dass Kiary bereits seine Finger regt. Ich glaube, es wird nicht mehr lange dauern, bis er sich wieder völlig bewegen kann. Hoffe ich jedenfalls."
Shirley tätschelte ihm auf die Schulter. Ihr Lächeln wirkte gequält und angestrengt:
„Ich sehe mal nach ihnen."
Sie kniete sich zwischen die Beiden, und fühlte jeweils mit einer Hand an deren Stirn. Sie litten offensichtlich ebenfalls an hohem Fieber. Aus Bentos Auge löste sich eine Träne. Eine blutige Träne. Shirley schreckte sofort zurück. Hatten diese Spinnen nicht nur Angst, Schrecken und grausamen Tod, sondern ebenfalls eine Krankheit verbreitet?
Sie fühlte sich ausgelaugt und müde, außerdem hatte sie einen Großteil ihrer Forschungsausrüstung im Akuntsu-Dorf zurückgelassen. Unter diesen Umständen herauszufinden, um welche Art Fieber es sich handelte, und welche Übertragungswege es gab, war ein Ding der Unmöglichkeit. Es blieb ihr nur der Versuch, die Pyrexie der betroffenen Crewmitglieder, mittels kühlender Umschläge und Paracetamol, zu senken.
Falls hier eine Viruserkrankung vorlag, trug sie vermutlich die Spinnenbrut eine Weile mit sich herum, bis sie selbst daran starb. Oder die Akuntsu hatten sich vorher infiziert, bevor die Arachnoiden sie angriffen, und sich so beim Fressen ansteckten. Vielleicht dauerte die Inkubationszeit bei den Spinnen länger als bei den Menschen. Sie könnten dann die Krankheit mit jedem Biss übertragen.
Aurelio hatte, soweit Shirley wusste, keinen Biss abbekommen. Aber er berührte eine der toten Spinnen an ihrem Giftzahn.
Wenn sich der Virus durch bloßen Hautkontakt übertrug, bestand ebenso für Paul und sie größte Gefahr.
Schließlich trugen sie die Verletzten, eine Weile, mit den bloßen Händen durch den Dschungel. Außerdem ließ sie Bento aus ihrer Feldflasche trinken, und trank danach selbst daraus. Und wie es aussieht, dauerte der Krankheitsausbruch, von der Infizierung an gerechnet, nur circa einen Tag. Sie mussten zusehen, dass sie so schnell wie möglich, stromabwärts ein Krankenhaus mit einer Isolationsstation erreichten.
Shirley kletterte hinauf zum Steuerhaus, um Paul zu informieren:

„Paul, schlechte Nachrichten. Bento, Kiary und Aurelio haben sich mit irgendetwas infiziert. Alle drei hatten Kontakt mit den Spinnen. Sie haben hohes Fieber. Bento blutet aus einem Auge.
Ich konnte nur versuchen die Körpertemperatur etwas zu senken. Wir müssen unbedingt sofort in ein Krankenhaus."
Paul war ebenfalls die Anstrengung anzusehen. Die unheilvollen Nachrichten formten seinen Gesichtsausdruck um einiges verkniffener:
„Ok, Shirley. Tu was du kannst. Hoffentlich haben wir uns nicht auch angesteckt. Das nächste Krankenhaus ist aber mindestens eineinhalb Tagesreisen entfernt, und nur, wenn wir durchfahren, auch nachts."
Shirley nickte mit ernstem Gesicht:
„Sieh zu, dass du durchhältst, Paul. Ich kümmere mich wieder um unsere Kranken."
Paul schob den Gashebel weiter nach vorn, und starrte konzentriert auf den Fluss. Mit der Strömung erreichte das Boot eine passable Geschwindigkeit. Paul war gehalten, höllisch aufzupassen, nirgends aufzulaufen.
Wenigstens führte der Rio Eneuixi jetzt etwas mehr Wasser mit sich. Vermutlich lag es an der Regenfront, die weit entfernt, in den Bergen ihre Last abließ. Das ermöglichte es Paul, über einige Sandbänke hinweg zu schippern, die bei der Anreise noch ein Hindernis darstellten.
Shirley kletterte wieder hinunter, besorgte sich Kleidungsstücke, aus welchen sie weitere Wickel fertigte. Dann tränkte sie die Textilien mit kühlem Flusswasser, wickelte die Umschläge um die Beine, und legte die anderen auf die Stirn der Fiebernden. Bento sah am schlechtesten aus. Inzwischen trat das Blut aus beiden Augen, der Nase und den Ohren aus. Bento und Kiary wiesen weiterhin schwere Lähmungserscheinungen auf, waren aber fähig inzwischen Finger, Zehen und Kopf leicht zu bewegen. Luiz half Shirley so weit wie möglich. Aurelios Fieber sank etwas. Die kühlenden Umschläge und das Paracetamol zeigten Wirkung. Das stimmte Shirley zuversichtlich.
Bentos geschwächtes Immunsystem, und sein daraus resultierender schwerer Krankheitsverlauf, bereiteten ihr aber weiterhin größte Sorgen.
Sie wischte ihm mit einem nassen Lappen die kleinen Blutspuren aus dem Gesicht, als ihn plötzlich ein Krampfanfall durchschüttelte.

Er war nicht fähig, sein Wasser zu halten, und pinkelte blutigen Urin in die Hose. Ein großer dunkelroter Fleck verteilte sich in seinem Schritt. Bento hatte Angst und schämte sich. Ihm kamen die blutigen Tränen.
Shirley fühlte sich hilflos, war nicht in der Lage, etwas auszurichten. Klar führte sie als Pharmakologin eine angemessene Ausstattung an Medikamenten für diese Forschungsreise mit, aber ob sie damit etwas bewirkte, blieb fraglich. Sie holte eine Ampulle eines Antibiotikums aus der Medizinbox, und spritzte es Bento. Sie wusste, dass dieses Medikament nur bei einem Bakterienbefall wirkte. Bei einer Viruserkrankung nützte es gar nichts. Aber bis jetzt hatte sie keine Gelegenheit herauszufinden, um welche Art von Erkrankung es sich überhaupt handelte. Sie konnte es nur weiterhin mit ihren beschränkten Mitteln versuchen, abwarten, und gegen das Fieber ankämpfen.
Bentos Fieberkrämpfe verstärkten sich aber immer weiter.
Durch die Belastung der verkrampften Muskeln, und die hohe Körpertemperatur, floß der Schweiß in Strömen aus seinem Körper. Als sich diese Absonderungen ebenfalls rot färbten, sah Shirley ein, dass Bentos Ende kurz bevorstand.
Vor ihren Augen tauchten die schrecklichen Bilder der blutverklebten Indios auf. Und genauso endete Bento jetzt.
Sie war nicht imstande es zu verhindern, und sie wusste es. Trotzdem schockierte sie der Anblick, als der liebenswürdige Familienvater, mit seinem letzten Atemzug das Leben aushauchte.
Sie schüttelte ihn, als ob sie ihn so wieder aufzuwecken, zurückzubringen vermochte. Dabei schrie sie und flehte ihn an. Als sie das Unvermeidliche endlich akzeptierte, fing sie an, bitterlich zu weinen. Erst dann drängte sich ihre eigene Anstrengung und Schwäche zurück ins Bewusstsein, und sie sackte, in Tränen aufgelöst, über Bentos Leiche zusammen.
Als der ebenfalls schockierte Luiz sich wieder gefasst hatte, schritt er hinüber zu Shirley, und hob sie auf. Sie ließ sich hängen wie ein nasser Sack, so leblos fühlte sie sich auf einmal:
„Kommen sie Dr. Shirley, er ist tot, sie können nichts mehr für ihn tun. Kommen sie, wir haben noch zwei weitere Kranke. Die brauchen auch ihre Hilfe. Bitte, Dr. Shirley, helfen sie ihnen."

Shirleys Muskeln spannten sich wieder an. Sie rappelte sich langsam auf und stellte sich auf die Beine:
„Du hast Recht, Luiz. Aber ich weiß nicht, was ich hier bewirken soll. Wir müssen so schnell wie möglich in ein Krankenhaus, sonst sehe ich schwarz für die Beiden."
Luiz zuckte mit den Schultern:
„Versuchen sie ihr Bestes, Dr. Shirley. Mehr können sie nicht machen. Ich sehe zu, ob ich Dr. James beim Steuer helfen kann. Ich sage ihm Bescheid."
Shirley nickte nur wortlos, nahm den beiden Kranken die inzwischen durchgewärmten Umschläge vom Kopf, und ersetzte sie durch frische, kühle Lappen.
Auf diese Weise schipperten sie eine Weile auf dem Rio Eneuixi, umkurvten in hohem Tempo einige Sandbänke, bis Shirley sah, dass bei Kiary ebenfalls anfing, das Blut aus den Augen zu rinnen. ...

Kapitel 11: Feldforschungen III.

Die Piloten hatten nur Augen für Ant. Die restliche Rettungscrew öffnete schon im Landeanflug die große Seitenschiebetür des Hubschraubers. Ungewöhnliche Bewegungen im Wald, bemerkten sie nicht. Zum Einen, weil es ihren Erfahrungen entsprach, dass die wirbelnden Rotorblätter ordentliche Luftbewegungen in der Umgebung verursachten, zum Anderen, weil sie sich auf den mit den Armen fuchtelnden Ant konzentrierten.

Böser Fehler.

Noch bevor der Hubschrauber aufsetzte, traten Wurzeln aus dem Untergrund des vorgesehenen Landeplatzes, und schnappten sich eine Kufe des Hubschraubers.

Die Wurzeln schlangen sich fest um die Kufe, und zerrten den Helikopter an dieser Seite nach unten. Da der Pilot erschrocken nach oben zog, geriet der Hubschrauber in Schieflage. Immer weiter.

Ant ahnte voraus, wie sich das Chaos weiterentwickelte. Er drehte sich um, hielt seine Trophäen fest an sich gedrückt, und sprang zurück in das Raumschiff. Dabei klatschte er bäuchlings in den roten Rotz, der weiterhin aufgeregt seine Wellen fabrizierte.

Der Pilot des Hubschraubers steuerte gegen, die Wurzeln zogen die Kufe aber immer weiter einseitig in Richtung Boden. Die freie Flanke des Hubschraubers kippte nach oben, die fixierte Seite nach unten. Die Rotorblätter gruben sich in den Untergrund, rissen den Erdboden auf und brachen krachend ab. Sogar als der Helikopter seitlich auf den Boden krachte, schlugen die Rotorblätter nach wie vor wild um sich. Ein Rotorblatt löste sich, raste mit hoher Geschwindigkeit auf das Raumschiff zu, schmetterte knallend gegen die Seitenwand, und blieb darin stecken. Beim Aufprall auf dem Boden brach der Kerosintank des Hubschraubers. Der Treibstoff spritzte über das heißgelaufene Triebwerk, und teilweise lief er in die Elektrik. Hitze und Funken entzündeten das Flugbenzin. Mit einem fürchterlichen Donner, und einem riesigen Feuerblitz, explodierte der Hubschrauber. Die Explosion zerfetzte und verbrannte alles, im Umkreis von 30 Metern. Sämtliche lebende Materie, ebenso die Helikoptercrew. Von der Rettungsmannschaft blieb außer Asche, und kokelnder Knochen nichts übrig. Wurzeln und Bäume zerriss und verbrannte es ebenfalls.

Glücklicherweise rettete Ant sich mit dem Sprung ins Raumschiff, sonst hätte es ihn ebenfalls erwischt. Selbst wenn er dadurch nicht starb, oder nur für extrem kurze Zeit Schlafes Bruder anheimfiel, gäbe es sicher Komplikationen mit der Erlangung weiterer Lebensenergie. Besser, dass er es vermied, in den Feuerball zu geraten.

Die Explosion blieb nicht unbemerkt. Die Besatzungen der anrückenden Streifen- und Krankenwägen, registrierten die Rauchsäule, die ihnen den weiteren Weg wies.

Der Pilz hatte sich vorerst wieder beruhigt, und entfernte sich komplett von Ant, zog sich zurück, ohne Spuren zu hinterlassen. Ants Rucksack, der innerhalb des Außenhautdurchbruches lag, blieb während der Aktion heil. Es hatte ihn nur etwas angekohlt, nichts weiter. Er packte die Kugel mit der blauen Flüssigkeit, die Probenbehälter mit der Haarlocke und dem roten Rotz, in den Rucksack.

Dann verließ er das Raumschiff wieder. Draußen hatte die Explosion, im Umkreis des Helikopterwracks, alles verbrannt. Fortwährend wehten dichte Rauchschwaden über die Unglücksstelle.

Ein qualmendes Gerippe, dessen Schädel weit geöffnete Kiefer aufwies, lag direkt vor ihm. Ein ehemaliger Polizist. Der Wald hatte sich inzwischen wieder beruhigt.

Ant konnte sich denken, dass die Crew vor ihrem Absturz ihren Standort durchgab, und sich ausmalen, wie die weitere Rettungsaktion per Bodenpersonal abliefe. Sie drängen ebenso unvorbereitet wie er in den Wald vor, wie Keith Short und die Hubschrauberbesatzung und er wusste, dass der Wald diese Leute nicht verschone. Weshalb die Bäume ihn in Ruhe ließen, blieb ihm vorerst ein Rätsel. Aber die unbedarften Rettungsteams, sie hatten sicher keine Chance.

Er hörte schon leise die Sirenen der Fahrzeuge heulen. Sie tönten mit den Signalhörnern, um ein Zeichen der Hoffnung für etwaige Verletzte zu senden. „Haltet durch, wir sind gleich da", war die Nachricht, die sie verbreiteten.

Wenn sich Ant beeilte, befände er sich womöglich rechtzeitig in der Lage, diese Leute zu warnen.

Aber wie vermochte er das alles zu erklären? Er wollte seine Trophäen nicht verlieren. Wenn er etwas von einem Raumschiff, und von gefährlichen Bäumen erzählte, wie ginge es dann wohl weiter?

Egal. Es kam nicht in Frage, die Teams ihrem sicheren Tod zu überlassen. Das konnte er nicht verantworten.
Deshalb schnallte er sich seinen Rucksack um, und fing an zu laufen. Da er die Sirenen immer deutlicher vernahm, strengte er sich an, sich zu beeilen. Seine Lungenflügel fingen an, ein brennendes Gefühl zu entwickeln, als er eine Weile sprintete.
Der schnurgerade Weg, zwang ihn nicht zu navigieren, er konzentrierte sich nur aufs Rennen. Als er oben, auf der felsigen Kuppe, erste Blinklichter erkannte, gab er noch mehr Gas.
Plötzlich und unerwartet schwang ein Ast in seinen Laufweg, und streckte ihn nieder. Der Ast hatte in quer über dem Brust- und Magenbereich erwischt. Die Luft blieb ihm weg. Der Baum, der ihn angriff, unterschied sich von den Anderen.
Nicht leuchtend rot wie die Übrigen, doch ebenfalls rot, aber dunkler, fast ins Schwarze changierend. Ant rang darum, wieder zu Atem zu kommen. Rollend wich er einigen Asthieben und Stößen aus. Er erkannte, dass der Baum, oben auf halber höhe seiner Krone, ein Gehirn sitzen hatte. Das Denkorgan, überzogen mit diesem roten Pilz, sah fast verwest, dunkelgrau und zombiemäßig tot aus.
Ant wusste nicht, dass dieses Gehirn von Chris Foss stammte.
Vor circa 15 Jahren hatte es sich der Baum einverleibt. Zwar nicht völlig kompatibel, schaffte es der rote Rotz zumindest teilweise, niedere Gehirnfunktionen mit dem Baum zu verbinden, und es seither am Leben zu halten.
Das Gehirn von Chris Foss war seitdem gezwungen, unter ständigen Schmerzen, blind, allein und ohne weitere Kommunikationsmöglichkeiten, ein grausames Dasein zu fristen. Der Pilz sorgte für Nahrung, indem er wie ein menschliches Rückenmark agierte, Tiere zur Strecke brachte, ebenso manchmal einen Menschen, was für den Pilz keinen Unterschied darstelle.
Dann wandelte er das Fleisch in Zucker um, und versorgte damit das Zerebrum.
Natürlich war dieses Denkorgan dafür nicht geschaffen worden. Chris' Gehirn, blieb im Laufe der langen Zeit nichts anderes übrig, als verrückt zu werden. Daraus resultierte ein geisteskranker Baum.
Der spezielle Baum, ließ sich nicht mehr von den Instinkten des roten Pilzes leiten. Er hatte seinen eigenen, wenn auch verrückten Kopf.

Aus diesem Grund sah er Ant als Opfer an. Ant hatte zutun, um den aggressiven Angriffen des Mischwesens auszuweichen.

Die übrigen Bäume bemerkten, vermutlich durch die verursachten Schwingungen, die sich über die Luft, aber ebenso über die Wurzeln und das Myzel, im Boden verbreiteten, dass Ant angegriffen wurde. Selbst wenn er es zunächst gar nicht glaubte, sie kamen ihm zu Hilfe. Sie umklammerten den verrückten Chris-Baum, hielten mit vereinten Kräften seine Äste zurück, und zerrten den Baum weg, wie einen Raufbold, der weiter auf sein Gegenüber einschlagen wollte. Ant musste trotzdem nach wie vor aufpassen. Während sie den irren Baum sozusagen abführten, schlug er weiterhin mit seinen aus dem Erdreich austretenden Wurzeln nach Ant. Ant wich diesen Peitschenhieben geschickt aus. Schnaubend sah er dem ungewöhnlichen Schauspiel zu. Die Blutkiefer wehrte sich vehement, mit solch unbändiger Aggressivität, dass es am Ende den anderen, pilzgesteuerten Bäumen, zu bunt wurde. Mit einem Asthieb erlösten sie Chris.

Das gequälte Gehirn fand endlich seine Ruhe, es floß als dunkelgrauer Matsch von dem Gefängnis, das es seit Jahren gefangen gehalten hatte, und klatschte schmatzend auf den Waldboden. Die Hölle, durch die sich Chris seit 15 Jahren geplagt hatte, fand letztlich ihr Ende.

Augenblicklich beruhigte sich der Baum, und die Anderen ließen ihn wieder los. Sie empfingen weitere Schwingungen und bewegten sich, angetrieben durch ihre Wurzeln, langsam in Richtung Pfad.

Das riss Ant wieder aus seiner lethargischen Starre. Die Aktion hatte weitere Zeit gekostet.

Er hörte schon Stimmen, die nach Keith Short riefen. Dieser Trupp hatte sich wirklich verdammt beeilt, erschien viel zu schnell auf der Bildfläche.

Ant spurtete ihnen schreiend entgegen:

„Lauft! Lauft um euer Leben! Der Wald! Paßt auf die Bäume auf!"

Zwei Sanitäter und zwei State-Trooper sahen ihm verständnislos entgegen.

Sie rührten sich nicht von der Stelle. Die zwei Polizisten griffen an ihre Pistolen. Wie die Hubschrauber-Crew fixierten sie sich nur auf den sprintenden und rufenden Kerl. Sie verstanden seine Worte, erkannten aber keinen Sinn darin. Ant war gezwungen mit anzusehen, wie ein Sanitäter gepackt, und schreiend weggeschleift wurde.

Erst jetzt kapierten die Übrigen, den Ernst der Lage. Die Polizisten hatten nichts besseres Zutun, als ihre Pistolen zu ziehen, und auf das zappelnde Astwerk in ihrer Nähe zu schießen. Zwar trafen sie das Eine oder Andere mal, zerfetzten einen Ast oder eine Wurzel, bei der vorhandenen Übermacht, wäre eine Flucht aber die bessere Option gewesen. Der zweite Sanitäter kapierte es. Er rannte weg. Auf halbem Weg nach oben, zum Felssturz, durchbohrte ihn rücklings ein Ast. Die beiden Polizisten hatten ebenfalls keine Chance. Die Baumfortsätze pfählten den Einen und rissen ihm den Kopf ab, vermutlich um die Kompatibilität seines Gehirnes zu prüfen. Den Anderen schlugen sie nieder, packten ihn an Armen und Beinen, zerrissen ihn in zwei Hälften, bevor sie ihm ebenso den Kopf abtrennten, und seine Körperhälften unter einem schmatzenden, saugenden Baum verschwanden.
Der Anblick dieses Szenarios erschien sogar für Ant zuviel. Er blieb fassungslos stehen, und übergab sich.
Die Leichen wurden weggezerrt und verschwanden, um verwertet zu werden.
Das Funkgerät des Sanitäters, der es bis auf den Pfad schaffte, blieb liegen. Es rauschte und knackste. Eine Stimme fragte nach:
„Hier Bravo 1 an Alpha 2, bitte kommen. Hallo Alpha 2, was ist los, meldet euch!"
Ant sprintete zum Walky-Talky, schnappte es sich und drückte auf den Knopf, um zu antworten:
„Hallo, hier sprich Josef G. Antonin! Bleiben sie, wo sie sind, ich komme so schnell wie möglich zu ihnen hoch!"
Es knackste wieder:
„Wer spricht hier? Hallo? Wie kommen sie zu unserem Funkgerät? Hallo?"
Ant drückte im Laufen nochmal den Knopf:
„Ihr Team ist tot. Ich bin der einzige Überlebende aus diesem Talkessel. Ich komme jetzt hoch. Ende!"
Er rannte weiter. Mit dem Rucksack bergauf zu laufen, fiel ihm immer schwerer. Aber es galt unbedingt zu verhindern, dass zusätzliche Menschen starben. Er riss sich zusammen, selbst wenn die Muskeln und Lungenflügel brannten, setzte er seinen Sprint fort.

Das Bravo 1 Team kam soeben oben, hinter den Fahrzeugen des Alpha 2 Teams, zum Stehen.
Ant hatte noch eine Strecke zu laufen. Das Funkgerät meldete sich wieder:
„Bravo 1 an Josef Irgendwer. Was ist passiert? Was ist mit dem Hubschrauber des Alpha 1 Teams, und mit dem Alpha 2 Team passiert? Bitte kommen!"
Ant reagierte nicht. Er rannte ohne Aufhebens weiter, bis er den Felssturz vor sich hatte. Dort erwarteten ihn schon die State-Trooper des Bravo Teams, mit gezogenen Pistolen:
„Halt! Stehenbleiben! Bleiben sie stehen, oder wir eröffnen das Feuer!"
Ant, völlig außer Atem, hielt nur zu gern an, beugte sich nach vorn, und stütze schnaubend die Hände auf seine Oberschenkel. Er rang nach Luft, und stammelte nur:
„Ich stehe ..., ich stehe. Da unten ..., alle tot ..., keine ... Überlebenden."
Der Polizist, der ihm am nächsten stand, redete weiter auf Ant ein:
„Ganz ruhig mein Junge. Lass deine Hände dort, wo ich sie sehen kann. Und jetzt nochmal langsam, wer bist du, und was ist passiert?"
Ant kam wieder zu Atem, hielt die Hände vor sich und richtete sich auf:
„Mein Name ist Josef G. Antonin. Ich bin Student an der Universität in Coulder.
Dort unten wollte ich Feldforschungen, für meine Biologiearbeit durchführen. Der Wald dort unten ist jedoch anders, die Bäume sind fähig sich selbständig zu bewegen.
Sie haben ihren Hubschrauber zum Absturz gebracht, ihre Alphateams und vermutlich Keith Short getötet. Ich konnte noch flüchten."
Die Polizisten sahen sich gegenseitig skeptisch an:
„Ok mein Junge, hältst du es für eine gute Idee, uns in dieser Lage zu verarschen?"
Ant schüttelte entsetzt den Kopf:
„Ich habe ihnen die Wahrheit gesagt. Genau so geschah es. Sie haben doch selbst mitgekriegt, was passiert ist."
Die State-Trooper sahen nicht überzeugt aus:
„Wir haben gar nichts mitgekriegt. Und deine Geschichte klingt sehr unglaubwürdig, oder?"
Ant blieb nichts übrig, als mit den Schultern zu zucken:

„Na gut, dann kommen sie doch mit mir ein Stückchen den Pfad hinunter. Dann können sie mit eigenen Augen sehen, was hier los ist."
Der Polizist zielte nach wie vor auf Ant, und schritt jetzt auf ihn zu: „Nimm erst einmal deine Hände hoch, über den Kopf."
Er tastete Ant ab, fand den Leatherman in der Hosentasche, und warf ihn seinem Kollegen zu. Weiter fand er nichts, was einer Waffe ähnelte.
„Was ist in deinem Rucksack?"
Ant drehte sich mit dem Rücken zum Cop:
„Da sind nur Proben drin. Ich bin Biologe. Sehen sie selbst nach."
Im Rucksack fand der Cop nur die gefüllten und einige leere Probenbehälter, die Kugel mit der blauen Flüssigkeit, den Geigerzähler und weitere ungefährliche Utensilien vor.
Der Polizist wandte sich seinem Kollegen zu:
„Ok, der Kerl ist sauber. Keine Waffen oder Ähnliches."
Dann wandte er sich wieder an Ant:
„Dein Vorschlag klingt akzeptabel. Du marschierst vor. Aber denk dran, wir sind mit unseren gezogenen Pistolen direkt hinter dir. Also, veranstalte keinen Blödsinn!"
Ant hielt weiterhin seine Hände weggestreckt vom Körper, und marschierte los. Wieder zurück in diese grüne Hölle.
Die State-Trooper folgten ihm in zwei Metern Abstand.
Ein weiteres Ambulanz-Team blieb bei den Fahrzeugen zurück.
Ant und seine Begleiter liefen den, an die Felswand angelehnten Weg bergab, bis sie die bewachsene Zone erreichten.
Dort blieb Ant stehen, um abzuwarten. Die Cops hatten aber vor, weiterzulaufen:
„Was ist los? Beweg dich wieder!"
Ant blieb aber weiterhin stehen:
„Ab hier wird es spannend, Officers. Gedulden sie sich etwas, sie werden sehen."
Einer der Cops latschte die paar Schritte bis zu Ant weiter, und stupste ihn mit seiner Pistole an der Schulter an.
„Das ist keine Bitte! Du sollst weitergehen!"
In diesem Moment schlängelte sich eine Wurzel auf den Weg, um nach dem Cop zu greifen. Der Polizist sprang instinktiv zur Seite und schoß sofort zweimal auf den Wurzelfortsatz.

Die Kugeln zerfetzten das Holz und rote Flüssigkeit spritze aus dem zappelnden Ende. Die Polizisten verfielen in Schockstarre.
Die Bäume, die weiter unterhalb der Position des Trios standen, bewegten sich, streckten sich nach den Cops. Die Äste schlugen vor den Füssen der verdutzten Officers auf den Pfad, Zweige griffen nach ihnen. Die Cops schossen ihre Magazine leer. Holz zerbarst, und das Baumblut spritzte umher. Aber die Bäume bewegten sich weiter, kamen immer näher an den Weg heran. Ant schrie die Polizisten an:
„Laufen sie! Holen sie Verstärkung! Nach oben, dorthin können sie nicht folgen! Rennen sie doch endlich!!"
Als die Polizisten die Magazine leer geschossen hatten, bemerkten sie, dass die Schusswaffen kaum etwas ausrichteten. Die Cops drehten sich, immer noch ungläubig und entsetzt in Richtung der Bäume blickend um, und fingen an bergauf zu rennen.
Dabei achteten sie nicht mehr auf Ant. Sie rannten um ihr nacktes Leben. Da sie nicht weit genug hinunter vorgedrungen waren, schafften sie es hinaus, aus der Todeszone. Ant nutzte die Konfusion, um weiter in das Tal hinab zu sprinten.
Er dachte sich, dass selbst wenn die Cops jetzt gesehen hatten, dass mit dem Wald etwas nicht stimmte, sie ihn eindeutig zunächst Mal einkassierten.
Er hätte vermutlich eine Dekontamination zu durchlaufen und die Proben, seine Trophäen, nähmen sie ihm sicher weg, auf nimmer Wiedersehen. Er rannte, unbehelligt von der tobenden Natur, zurück zum Raumschiff.
Die Polizisten schilderten zweifelsfrei bereits per Funk die Lage, und forderten Verstärkung an. Als Ant endlich an seinem Zielort ankam, hörte er schon erste Lautsprecherdurchsagen:
„Josef Wer-auch-immer! Sind sie noch da unten? Josef, leben sie noch? Bitte melden sie sich! Wenn sie sich noch in diesem Talkessel befinden, kommen sie herauf zu uns. Ein Special-Team der Air Force ist bereits auf dem Weg hierher. Sollten sie sich dann noch in dem Talkessel aufhalten, besteht Lebensgefahr für sie!"
So oder so ähnlich, wiederholten sie die Durchsage mehrmals.
Ant wollte seine Trophäen nicht verlieren. Deshalb fing er an zu klettern.

Die steile Felswand ragte einige hundert Meter über die Absturzstelle, fast senkrecht nach oben. Er hatte nicht mehr unbegrenzt Zeit zur Verfügung, und beeilte sich beim Klettern.
Zug um Zug, Meter um Meter, hangelte und stemmte er sich und seinen Rucksack, nach oben. Der Wald beruhigte sich noch immer nicht. Die Lautsprecherdurchsagen, und die damit verbundenen Schallwellen reizten den roten Rotz und folglich ebenso die Bäume. Sie bewegten sich vermehrt in die Richtung der Schallquelle.
Ant bekam nur am Rande mit, wie oberhalb des Weges einige Hubschrauber landeten. Nur wenige Minuten später hörte er Waffenfeuer aus Maschinengewehren.
Als er kurz anhielt, um sich auszuruhen, wagte er einen Ausblick über den Talkessel. Er sah Flammen und Rauch, vermutlich setzte der Trupp Flammenwerfer und Granaten ein. Unter das Donnern und Getöse, mischten sich vermehrt menschliche Schreie. Todesschreie. Wie viele Waffen die Soldaten der Air Force auch einsetzten, die Bäume waren selbst angebrannt oder völlig zerfetzt weiterhin in der Lage, das Morden fortzusetzen.
Ant setzte seine Klettertour fort. Hilfreich, dass es nicht regnete oder gar schneite. An den trockenen und griffigen Felsen fand er ausreichend Halt.
Das Donnern der Gewehre und Granaten, sowie das Geschrei der Männer, erzeugten ein mehrfaches Echo, an den umliegenden Felswänden, bis der Lärm endgültig verstummte.
Die Spezial-Einsatz-Truppe der United Special Operations Command North, aus Colorado Springs, war aufgerieben worden. Die zerfetzten Leichenteile verschwanden sicher wieder im Wurzelbereich der Blutkiefern, während der rote Rotz versuchte, die ausgelösten Gehirne, soweit sie bei diesen Soldaten überhaupt eines vorfanden, für einen Baum nutzbar zu gestalten.
Ant hatte schon ein manierliches Stück Klettertour hinter sich gebracht, als weitere Lautsprecherdurchsagen durch den Kessel hallten:
„Das gesamte Hochtal wurde zum Sperrgebiet erklärt! Jegliche noch lebenden Personen, müssen sich aus dieser Sperrzone innerhalb von 30 Minuten entfernt haben. Bei Zuwiderhandlung besteht akute Lebensgefahr. Bitte verlassen sie das Sperrgebiet. In 30 Minuten wird das Tal bombardiert."

Ant bekam einen leichten Panikschub. Wenn er in 30 Minuten oben sein wollte, musste er sich gewaltig sputen. Von weiteren Geschehnissen im Talkessel nahm er keine Notiz mehr.
Er konzentriert sich vornehmlich auf seinen nächsten Halt, einen Vorsprung, oder eine Felsspalte. Die geschickt geplanten und wendigen Bewegungen, brachten ihn schnell voran. Trotzdem wurde es eng, für den Freeclimber.
Er war imstande sich auszumalen, dass die Bomber der Peterson Air Force Base, von Colorado Springs bis hierher, sicher nicht länger als die angedrohten 30 Minuten brauchten. Betankung und Aufmunitionierung eingeschlossen.
Nach oben hin fiel ihm die Kletterei etwas leichter. Dort nahm die Steilheit der Felswand deutlich ab, und er kam schneller voran.
Von der ständigen Reibung, an den rauen Felsen, wiesen seine Fingerkuppen schon schmerzhafte Blasen auf.
Stoisch fuhr er fort, selbst wenn die Hautblasen platzten, und der Schmerz fast unerträglich erschien.
Die Zeit rann ihm durch die wunden Finger. Im selben Moment, als er mit einem letzten Armzug, völlig platt am oberen Rand des Talkessels ankam, hörte er schon die dröhnenden Triebwerke der anfliegenden Tarnkappenbomber. Ant benötigte keine großartige Fantasie, um sich vorzustellen, was jetzt geschehen würde, und legte sich in Deckung, ohne seine Augen vom Talkessel abzuwenden. Die Bomber donnerten innerhalb von Sekunden über das Hochtal hinweg und ließen ihre tödliche Fracht fallen. Es dauerte eine kleine Weile, bis die an Fallschirmen langsam herabschwebenden Aerosolbomben zündeten. Unter tosendem Lärm sah Ant, wie sich riesige Feuerbälle aufblähten. Die Druckwellen rauschten aus dem Talkessel hoch, rasten über sein Gesicht, und ließen ihn zurückschrecken.
Die gewaltigen, extrem heißen Explosionen, verdrängten sämtliche Luft, sodass danach ein Sog entstand, der den gesamten Sauerstoff aus der Umgebung anzusaugen schien. Als Ant einen weiteren Blick riskierte, erkannte er die Verwüstungen. Es gab keine Bäume mehr. Eigentlich gab es gar nichts mehr, in diesem Horrortal. Sogar der kleine See verdampfte, bis auf einen winzigen Rest, der nur noch kläglich vor sich hin schwappte. Trotzdem sah Ant weitere Bomber im Anflug.

Er hielt sich die Ohren zu, da diese Kampfflugzeuge nur knapp über ihn hinwegfegten.

Die Air Force schien gewillt zu sein, ihr gesamtes Arsenal, an weltweit geächteten Tötungswerkzeugen, loszuwerden. Diese Bomber ließen Streubomben auf den Talkessel regnen. Hunderte von Explosionen übersäten den Kessel mit ihrem Vernichtungsfeuer. Keine einzige Stelle blieb heil. Selbst das letzte Krümelchen Erde riss auf. Nur ein paar Sekunden später, folgte die dritte Welle. Wieder diese Aerosol-Bomben, mit ihrem extrem heißen Höllenfeuer. Sie verrichteten die restliche Arbeit, vernichteten alles, was jemals dort gewesen war. Ebenso das Raumschiff.

Später einrückenden Soldaten trafen, in der verbrannten Wüstenei, keinerlei Widerstand mehr an. Die Metallteile des zerborstenen Raumschiffes, vermischten sich mit den Teilen des abgestürzten Hubschraubers. Die Rekonstruktionen ergaben später nur, dass hier ein weiteres Fluggerät herumlag.

Die Bomben hatten alles zerfetzt und verdampft, was vorher an biologischer Masse, an Bäumen oder Pilzen vorhanden war.

Das stellte die Soldaten zufrieden, da sie wieder einmal erfolgreich ihre Spielzeuge eingesetzt hatten.

Außerdem herrschte bei der Air Force das gleiche dämliche, bürokratische System, wie vermutlich in allen anderen Armeen der Welt. Jede Waffe, jedes Munitionsteil und jede Bombe, hatte ein Haltbarkeits- bzw. Verfallsdatum.

Bei einer Überschreitung dieses Ablaufdatums sehen die Vorschriften vor, dass die Teile zu ihrer Entsorgung an das Munitionsdepot zurückzuschicken sind. Folglich fällt die nächste Materiallieferung dann aber weit geringer aus, als die vorherige. Deshalb sind die Soldaten gehalten, ihre Munition vor dem Ablauf des Verfallsdatums zu verbrauchen.

Nur um den Lieferumfang an neuen Tötungsmaschinen aufrecht zu erhalten, werden Unsummen sinnlos verpulvert. Das war vermutlich der Grund für die grenzenlose Übertötung des allzu lebendigen Waldes. Die Forscher dagegen gingen leer aus. Für weitere Nachforschungen blieb, außer verkohltem Dreck, nichts übrig.

Als Ant einen heftigen Windzug hinter sich verspürte, drehte er sich interessiert um.

Ein schwarzer, fast völlig lautloser Helikopter, ohne Hoheits- oder sonstigem Kennzeichen, setzte hinter ihm zur Landung an. Er hielt sich die Hände vors Gesicht, und blieb nur sitzen. Als der Hubschrauber aufgesetzt hatte, öffnete sich die Schiebetür. Zwei Typen in dunklen Anzügen und Dr. Hunt, sprangen heraus. Dr. Hunt streckte Ant die Hand zur Begrüßung entgegen:
„Hallo, Mr. Antonin. Schön das es sie noch gibt. Wir haben alle ihre wahnsinnigen Stunts live mitverfolgt. Chapeau, tolle Leistung."
Ants Überraschung war ihm anzusehen. Einen Händedruck verweigerte er indes:
„Dr. Hunt? Wie kommen sie denn hierher? Wie konnten sie mich finden?"
Megan Hunt grinste übers ganze Gesicht:
„Wir sind die NSA, und an ihnen interessiert. Sie erinnern sich an unseren gemeinsamen Vertrag?
Wir wollten nur sicherstellen, dass sie unsere Vereinbarung nicht brechen, einfach verschwinden. Außerdem sind wir sehr an dem Inhalt ihres Rucksackes interessiert."
Ant sah man die Verblüffung nach wie vor an:
„Woher wissen sie von meinen Proben? Und nochmal, wie konnten sie mich finden, Dr. Hunt?"
„Na ja, in ihrem Rucksack sind nicht nur Proben versteckt, Mr. Ant. Wir konnten sie immer orten und alles hören, was sie gesprochen haben. Als es interessant wurde, haben wir keine Kosten und Mühen gescheut, und sogar einen eigenen Überwachungssatelliten für sie abgestellt. So wichtig sind sie uns.
Sie sehen also, Mr. Ant, wir sind immer bestens informiert. Übrigens, ihre Telefongespräche haben wir auch verfolgt."
Dabei grinste sie übertrieben anzüglich, und wedelte mit ihren Augenbrauen.
Ant schüttelte langsam und ungläubig den Kopf, ein wenig Schamesröte drang in sein Gesicht:
„Gut, dass ich jetzt zu ihrem Verein gehöre, Dr. Hunt. Ansonsten wüsste ich nicht, wie ich jetzt reagieren sollte.
Aber Eines ist klar, die Forschungen an den sichergestellten Proben möchte ich selbst vornehmen."

Dr. Hunt verzog nachdenklich die Mundwinkel nach unten, und stimmte leicht nickend zu:
„Na gut, wenn sie die Forschungen in unserem Haus betreiben ..., und unter Aufsicht ..., dann ok. Kommen sie, Mr. Ant, steigen sie ein, wir fliegen alles gleich ins Labor."
Ant betrat, flankiert von den beiden Agents, den Hubschrauber. Dr. Hunt kam ebenfalls nach. Ebenso lautlos wie er erschien, stieg der Helikopter auf, und rauschte in Richtung NIT ab. ...

Kapitel 12: Amazonas III.

Shirleys Augen drohten überzulaufen. Ihr Kiary, der ihr ans Herz gewachsene, kleine Indio. Weshalb hatte es ausgerechnet ihn erwischt? Sie wischte ihm das blutige Rinnsal von der Wange. Mehr vermochte sie nicht zu unternehmen. Die Antibiotikaspritzen hatte sie längst allen Kranken verabreicht, es bewirkte aber nichts. Kiary war bei Bewusstsein. Er war sogar in der Lage, sich wieder leidlich zu bewegen. Das Lähmungsgift der Spinnen verlor nach und nach die Wirkung. Er legte seine Hand ganz sachte auf Shirleys Handrücken, schaute ihr mit den fiebergeröteten Augen in ihr Gesicht und bedankte sich leise. Nur ein gehauchtes: „Danke".
Das war das letzte Wort, dass Shirley von Kiary hörte. Es folgten die Endstadien, mit diesen Blutströmen aus Mund, Nase, Ohren, den Krampfanfällen, blutigem Schweiß und letzten Endes dem Tod.
Die Probleme nahmen schlicht kein Ende. An die gescheiterte Mission, und an die ekelhaften Monsterspinnen, dachte niemand mehr. Es drehte sich alles nur noch um die mysteriöse Krankheit. Und nach wie vor um Leben und Tod.
Paul kam durch seine verwegene Fahrweise schnell voran. Er bat Luiz, per Funk, die Notfälle durchzugeben. Womöglich, schickte man ihnen ein Rettungsschnellboot entgegen. Luiz erreichte aber nur einen alten Fischer, der zuhause an seinem in die Jahre gekommenen Funkgerät herumspielte.
Die Verbindung riss immer wieder kurz ab. Es dauerte, bis es Luiz gelang, dem alten Mann die Notlage zu erklären. Zumindest hatte der soviel verstanden, dass einige Leute todkrank waren, und Hilfe benötigten. Er versprach Luiz, den Notfall telefonisch weiterzumelden, dann brach der Funkkontakt völlig ab. Luiz versuchte es auf verschiedenen Frequenzen, erreichte jedoch keine Menschenseele mehr. Sie tuckerten eben mitten im Dschungel herum, und ihr Boot wartete nur mit altersschwachem Equipment auf. Paul hätte doch nicht derart knauserig mit dem Firmengeld umgehen sollen.
Shirley deckte die beiden toten Freunde mit ihren Bettlaken ab. Jetzt fing Aurelio ebenfalls an, im Fieber zu fantasieren. Er halluzinierte, und fuchtelte mit den Händen herum. Vermutlich kämpfte er im Traum mit diesen Spinnen.

Ihre Ohnmacht frustrierte und deprimierte Shirley gleichzeitig. Sie setzte sich neben Aurelio, und weinte erschöpft. Er verbrachte weitere zwei Stunden im Siechtum auf dieser Welt, bis er blutüberströmt, und unter Krämpfen, elendig verreckte.
Die Angst fuhr Shirley in alle Glieder. Aurelio hatte keinen Biss abbekommen. Er berührte nur den Zahn eines dieser toten Mistviecher. Was wenn sich die Krankheit durch bloßen Hautkontakt übertrug?
Alle hier an Bord, hatten die verstorbenen Teammitglieder während des Gewaltmarsches angefasst. Sie nahm sich eine neue Kanüle, und spritzte sich ebenfalls vorsorglich das Antibiotikum. Die Wirkung ließ zwar bei den Erkrankten zu Wünschen übrig, aber etwas Anderes hatte sie nicht zur Verfügung.
Dann kletterte sie nach oben zum Steuerhaus, wo sich Paul und Luiz aufhielten.
Die Beiden sahen sie nur fragend an. Als sie in ihr trauriges, verheultes Gesicht schauten, und Shirley nur wortlos und vage ihren Kopf schüttelte, wussten sie Bescheid, dass Bento, Aurelio und Kiary, die Krankheit nicht überlebt hatten.
Paul, Luiz und Shirley fühlten sich ebenfalls elend, schrieben diesen Zustand aber den großen Anstrengungen zu, die sie in den letzten Tagen unternahmen.
Auf jeden Fall hatte keiner von ihnen irgendeinen körperlichen Kontakt mit den Achtbeinern. Shirley sorgte sich trotzdem gewaltig:
„Wie fühlt ihr Beide euch?"
Paul starrte konzentriert nach vorn in den Flusslauf, um die immer wieder auftauchenden Hindernisse zügig zu umschiffen.
„Fühlen? Na, völlig platt. Ich weiß nicht, ob ich das noch lange durchhalten kann. Die Jungs sind tot, nehme ich an?"
Shirley nickte nur. Luiz, der nach wie vor das Mikrophon des Funkgerätes in der Hand hielt, fragt nach:
„Wie starben meine Freunde, Dr. Shirley? Alle so wie Bento?"
Sie verkniff sich einen Heulanfall:
„Ja ..., Luiz. Alle wie ... Bento. Und wie die Indios, die wir gesehen haben. Aber wie geht es dir, Luiz? Ist mit dir alles in Ordnung?"
Luiz schüttelte den Kopf, und zuckte mit den Schultern:
„Ich bin müde, Dr. Shirley, so müde.

Mein Kopf schmerzt, und ich fühle mich völlig kaputt. Und mit diesem scheiß Funkgerät kann ich Niemanden erreichen."
Shirley fühlte Luiz Stirn. Sie glühte, er litt ebenfalls am Fieber.
„Verdammt Luiz, du hast auch erhöhte Temperatur. Paul und mir, geht es sicher auch nicht anders. Ich habe auch Kopfschmerzen. Luiz, versuche bitte weiter, jemand an das Funkgerät zu bekommen. Wenn wir alle diese Krankheit haben, müssen wir die Menschen warnen. Ich nehme an, dass es sich um ein Virus handelt. Dieses Virus, darf sich nicht verbreiten."
Paul sah Shirley, aus seinen geröteten Augen, ernst an:
„Sie haben Recht Shirley. Wir müssen verhindern, dass sich diese Krankheit ausbreitet. Es dürfte nicht mehr weit sein, bis zur Mündung in den Rio Negro. Dort werden wir sicher Hilfe bekommen."
Paul gab nur diesen kurzen Moment keine Acht. Im Augenblick, als er seine völlige Aufmerksamkeit auf Shirley lenkte, und mit ihr sprach, glitt das Boot bei Vollgas, mit der Strömung des Rio Eneuixi, einige hundert Meter weiter, und rammte in voller Fahrt eine Untiefe.
Alle Drei schleuderte es durch den Aufprall nach vorn. Paul schaffte es, sich am Steuerrad festzuhalten, während Shirley zu Boden fiel und gegen Pauls Beine kullerte. Luiz hatte in einer Hand das Mikro gehalten, und hatte keine Chance, sich abzustützen. Er fiel nach vorn, und durchstieß mit dem Kopf, die einfach verglaste Windschutzscheibe des Führerhäuschens. Das Glas zersplitterte scharfkantig. Beim Rest handelte es sich eben um Pech. In der Bewegung, mit der er die Scheibe zerbrach, kippte er weiter nach vorn und abwärts. Dabei riss das gebrochene Glas seine Halsschlagader auf.
Bis sich Shirley und Paul von dem Schreck des Aufprales erholten, sackte Luiz blutüberströmt zusammen. Paul, der weiterhin stand, ließ Shirley links liegen, und sprang hinüber zu dem röchelnden Luiz. Aber was sollte er unternehmen? Es ist unmöglich, eine durchtrennte Halsschlagader abzubinden.
Deshalb blieb nur übrig, Luiz in die Arme zu nehmen und zu versuchen, den Blutstrom aufzuhalten, indem er die flache Hand auf die Wunde presste. Den Erwartungen entsprechend, handelte es sich dabei um ein vergebliches Unterfangen.

Mit jedem der immer schwächer werdenden Herzschläge pumpte Luiz weiteren Lebenssaft aus seinem Körper, bis das Herz nichts mehr zum Pumpen übrig hatte, und folglich aufhörte zu schlagen. Luiz entschlief, in Pauls Armen, sanft dem Leben. Anders als seine drei Freunde zuvor, verschonte ihn das Verbluten davor, sich bis zum Ende durch zu quälen, wie die Anderen. Ein schwacher Trost für Paul und Shirley, die jetzt allein auf sich gestellt und verzweifelt, neben dem verstorbenen Luiz saßen. Das Boot war auf eine mit Felsen durchsetzte Sandbank aufgelaufen. Es bewegte sich weder vor-, noch rückwärts. Shirley und Paul strandeten inmitten des Flusses. Es gab keine Möglichkeit weiterzukommen oder ein Krankenhaus zu erreichen. Sie hatten ebenfalls Fieber und blieben, in ihrer Hoffnungslosigkeit, lethargisch neben der blutüberströmten Leiche von Luiz sitzen.
Paul kritzelte noch einige Notizen ins Logbuch. „Für die Nachwelt", sagte er. Vielleicht fände es jemand, zusammen mit ihnen, und stellte das Boot unter Quarantäne. Vielleicht aber auch nicht. Egal. Er fühlte die Schwäche, spürte, dass sie Beide ebenfalls erkrankten, und er ahnte, dass sie das nicht überleben würden.
Aufgebrochen, um den Urwald zu besiegen, um ihm lebensspendende Naturprodukte abzuringen, hatten sie auf voller Linie versagt.
Im Auftrag des Pharma-Konzerns suchten sie nach dem ewigen Leben, fanden aber nur Tod und Verderben.
Die beiden Indiofischer, die einige Zeit später mit ihrem Kanu an das gestrandete Boot heran paddelten, fanden nur die blutüberströmten Leichen vor. Sie nahmen das blutverschmierte Logbuch an sich, fledderten die Toten nach Wertsachen und Gebrauchsgegenständen. In dem Moment, als sie das blutige Buch und die Leichen berührten, waren sie ebenfalls dem Tod geweiht. Sie brachten ihre gefangenen Fische in die nächste Stadt. Dort verkauften sie ihren Fang, an den Küchenchef eines Touristendampfers.
Durch die Hautkontakte der Angler mit dem Fisch übertrug sich die Krankheit zunächst auf den verkauften Fang, und von dort auf den Küchenchef. Der Chefkoch bereitete allerhand Speisen zu, bevor er ebenso erkrankte.
In der Zwischenzeit verschlangen die Touristen die kontaminierten Speisen. Einige reisten am selben Tag mit dem Flugzeug ab, berührten wiederum Gegenstände und Personen.

Die benutzten Objekte wie Bestecke und Becher, wurden abermals vom Flugpersonal angefasst. Alle gingen ihrer Wege, hatten Kontakt zu weiteren Menschen, zu Lebenspartnern, ihren Kindern, manche zu Partygästen in Kneipen oder Discos, oder Zufallsbekanntschaften. Andere stiegen um, nutzten einen Fernflug, und verbreiteten so das Fieber immer weiter; vermutlich sogar durch Tröpfcheninfektionen über die Klimaanlage des Flugzeuges, dann über Personenkontakte, auf die ganze Welt.
Selbst die kurze Inkubationszeit, und die hundertprozentige Todesrate, verhinderten nicht die Verbreitung dieses aggressiven Virus. Eine Pandemie ungeahnten Ausmaßes stand bevor.
Das Virus benannte man später, nachdem man bei Nachforschungen das Logbuch der Cabrito II fand, wie üblich nach seinem Ursprungsort. Japiá. Trotz aller Quarantäne-Maßnahmen, Katastrophenpläne und Gesundheitsorganisationen, breitete sich das Japiá-Virus in Windeseile aus. Kaum hatte die WHO die Infizierten eines Stranges ausfindig gemacht, und unter strenge Quarantäne gestellt, brach die Krankheit an anderen Orten aus. Wie bei der Hydra aus der griechischen Mythologie. Schlug man einen Kopf ab, wuchsen sofort zwei neue Köpfe nach.
Das Japiá-Virus tötete bis Anfang 2023 enorme zwei Milliarden Menschen und das sollte längst nicht das Ende der Pandemie sein.
Ein Gegenmittel war mangels fehlender Immunkörper nicht in Sicht. Den Ärzten gelang es nicht, einen Überlebenden mit Antikörpern zu finden.
Alle, die sich infizierten, starben innerhalb kürzester Zeit. Aus keinem der Erkrankten konnten Antikörper gewonnen werden. Scheinbar gab es nichts, was das Japiá-Virus aufhielt. ...

Kapitel 13: Absturz.

1. Antit und andere Neuheiten

Dr. Megan Hunt, saß Ant direkt gegenüber. Ant hätte gern tausend Fragen gestellt, aber als er sich anschnallte, und ein bisschen zur Ruhe kam, bemerkte er, wie ausgelaugt und müde er war. Er registrierte einen Tick zu spät, dass etwas in der Gesäßtasche vibrierte. Als er sein Handy endlich aus der Hosentasche fingerte, hatte die Anruferin wieder aufgelegt. Der entgangene Anruf stammte von Ramona, Schnellwahlnummer 6.
Dr. Hunt hielt ihre ausgestreckte Hand auf Ants Handy, und hinderte ihn damit am Rückruf:
„Einen Moment noch, Mr. Ant. Wenn sie telefonieren wollen, müssen wir noch einige Prinzipien abklären.
Ihre Erlebnisse, ihre Funde und Proben, überhaupt diese ganze Aktion hier, unterliegt der strengsten Geheimhaltung. Das heißt, sie dürfen nicht einmal mit ihrem Hund darüber sprechen, soweit sie einen besitzen. Wir fliegen jetzt auf direktem Weg in das NIT. Sagen sie ihrer Freundin einfach, dass sie sich noch einige Tage zu Forschungszwecken im Wald aufhalten. Alles klar?"
Ant sah Hunt mit ernster, etwas verächtlicher Miene in die Augen. Er konnte sie nicht leiden. Aber er war gezwungen mitzuspielen. Deshalb nickte er nur, wand sein Handy unter Hunts Hand heraus, und wählte die 6. Ramona hatte schon länger versucht, ihn zu erreichen. Immer bekam sie die automatische Bandansage zu hören, die ihr mitteilte, dass Ant nicht erreichbar sei. Aber beim Letzten mal vernahm sie keine Ansage. Es klingelte durch, er nahm das Gespräch nur nicht entgegen. Sie erwartete deshalb seinen Rückruf, und ging sofort an ihr Handy, als er sie anrief.
Sie meldete sich wie immer etwas ungewöhnlich:
„Ich bin gerade am Telefon. Sie haben aber die Möglichkeit, nach dem Piep-Ton, ihren Namen und ihr Anliegen zu hinterlassen ... Piep!"
Ant stutzte etwas:
„Ramona...? Ramona, bist du dran?"
Sie kicherte:

„Natürlich bin ich am Telefon. Hab ich doch gerade gesagt."
„Du freche kleine ..., ach, lassen wir das. Wie geht es dir denn, warst du schon beim Doktor?"
Ramona antwortete mit Verzögerung:
„Mmh, ja..., war ich. Wann kommst du denn wieder nachhause?"
Wich sie ihm soeben aus? Ant hakte nach:
„Das wird noch eine Weile dauern. Aber wechsle doch bitte nicht das Thema. Was ist denn beim Arzt herausgekommen?"
Wieder dieses kurze Zögern:
„Bis jetzt ist noch nichts herausgekommen ... Aber es kommt schon noch heraus ..., da bin ich sicher."
Um nicht Dr. Hunt anzusehen, hielt Ant sein Handy vors Gesicht, und sah verblüfft aufs Display. Dann führte er es wieder zurück ans Ohr:
„Du verheimlichst mir doch etwas, oder? Du willst, dass ich dir alles aus der Nase ziehe."
Wieder diese Pause. Als ob Ramona sich jedes Wort lange und genau überlegte, bevor sie antwortete:
„Nein, mein Schatz. Aus der Nase kannst du es mir nicht ziehen. Das schaffst du nicht."
Ant reagierte leicht ungeduldig:
„Was kann ich dir nicht aus der Nase ...? Ich merke schon, das führt nicht weiter. Du willst mir einfach nicht sagen, wie es dir geht."
„Doch, möchte ich. Keine Angst, es ist nichts Schlimmes. Aber ich würde es dir lieber persönlich sagen, von Angesicht zu Angesicht, nicht am Telefon."
„Ja aber ..., was ist es denn? Muß ich mir Sorgen machen?"
„Nein, nein. Wie gesagt, es wird schon noch herauskommen. Mach dir keinen Kopf. Erledige nur schnell deine Arbeit, und komm dann nachhause. Dann kann ich dir sicher schon mehr sagen. Aber wie geht es denn dir? Hast du etwas Aufregendes erlebt?"
Ant schaute hinüber zu Dr. Hunt, die ihn ernst ansah:
„Ach du weißt doch, Pflanzen hier, Käfer dort, Bäume wieder woanders, Insekten und all dieser Biologieschwachsinn eben. Im Grunde langweilige Routinearbeit eben."
„Und keine Holzfällerweiber oder Ähnliches?"
Ant lachte:

„Nein, keine Weiber. Ich denke nur an dich und verspreche dir, mich zu beeilen."

Ramona wusste nicht, dass Ant in einem NSA-Hubschrauber saß, und sich auf dem Weg ins NIT befand. Sie packte wieder ihre laszive Stimme aus:

„Na gut, also keine Weiber. Weißt du, was ich gerade anhabe?"

Ant wurde leicht nervös:

„Ach, Engelchen, dafür ist jetzt nicht der passende Moment. Damit müssen wir uns Zeit lassen, bis ich zuhause auftauche, ok?"

Ramona stellte ihre Stimme wieder auf normal um. Nicht, dass sie keine sexy Sprechweise hätte, aber auf alltäglich tönte sie eben nicht ganz so aufregend:

„Na gut, mein kleiner Forscher. Sollte ja nur ein Versuch sein. Komm bald heim, ok?"

„Ich werde es probieren. Hab dich lieb. Bussi."

„Hab dich auch ganz toll lieb. Bis bald."

Beide legten auf.

Dr. Hunt grinste zu Ant hinüber:

„Ist doch immer wieder schön, den Liebenden beim Turteln zuzuhören."

Ant blieb gelassen:

„Nur kein Neid, Dr. Hunt. Wer kann, der kann. Aber so lange sie mit Zuhören zufrieden sind, ist ja alles in Ordnung."

Jetzt grinsten sogar die beiden Agents, was Dr. Hunt spürbar missfiel. Sie zog eine beleidigte Miene, wie ein Kleinkind, und wandte sich ab, um aus dem Fenster zu sehen.

Ant schaute ebenfalls nach draußen. Sie näherten sich bereits der Stadt, aber der Helikopter flog weiterhin in ungewöhnlich grosser Höhe. Aus der Vogelperspektive sah alles anders aus. Relaxter, weniger hektisch, auf irgendeine Weise beruhigend. Von hier oben war es unmöglich, einzelne Menschen auszumachen. Höchstens winzige Autos, die ewig zu brauchen schienen, um kleine Streckenabschnitte zu überwinden. Traktoren, die sich jetzt im Frühjahr damit beschäftigten, die Felder zu bestellen.

Es sah aus, als kämen sie gar nicht von der Stelle, als bräuchten sie ewig, um ihre Aufgabe, ähnlich einer Sisyphusarbeit, zu erledigen. Das täuschte logischerweise.

Von hier oben relativierte sich eben alles ein wenig. Als sie einige Minuten später zur Landung ansetzten, war es mit der Ruhe wieder vorbei.
Der Hubschrauber schlich sich förmlich auf die betonierte Landeplattform, mit dem großen H. Sanft wie ein Moskito setzte er auf, als ob er jegliche Kontaktreaktion des Bodens zu vermeiden suchte. Alle warteten eine Weile ab, bis das fast lautlose Triebwerk etwas langsamer lief. Dann öffnete einer der Agents die Schiebetür, und alle stiegen aus.
Seinen Rucksack, mit der mysteriösen Fracht, trug Ant selbst. Sie strebten gebückt vom Helikopter weg, zu einer Seiteneingangstür. Dr. Hunt legte ihren Daumen auf den Fingerabdruckleser, und schaute gleichzeitig mit dem rechten Auge, in einen extra dafür vorgesehenen Scanner, der ihre Iris abcheckte. Das rote Licht der Verriegelung sprang auf Grün um. Eine weibliche Computerstimme begrüßte sie:
„Herzlich willkommen, Dr. Hunt."
Die Tür öffnete sich, und sie traten ein.
Was ist nur aus dem guten, alten Sesam öffne dich geworden, fragte Ant sich leise selbst.
Gleich hinter dem Eingang lag linker Hand eine Fahrstuhltür. Sie führte nochmals dieselbe Prozedur durch, um Zugang zum Lift zu erhalten. Es handelte sich um einen geräumigen Fahrstuhl, der ebenfalls für den Lastentransport konzipiert war. Dr. Hunt gab die Nummer des gewünschten Stockwerkes ein. Da das Gebäude in diesem Bereich nur ein Erdgeschoß aufwies, fuhr der Lift logischerweise abwärts. Üblicherweise findet man für jedes Stockwerk, einen nummerierten Wählknopf auf der Schalttafel eines Liftes. Hier funktionierte das nicht. Das Steuerpult hatte ein Nummerndisplay, was darauf schließen ließ, dass es zu viele Stockwerke gab, um sie auf einem üblichen Bedienfeld anzubringen.
Deshalb verwunderte es Ant auch nicht mehr, als Dr. Hunt die Nummer 37 eingab.
Der Fahrstuhl rauschte mit einem Affenzahn abwärts.
„Ein ganz schön tiefes Loch haben sie hier", bemerkte Ant.
„Wenn sie wüßten, was hier alles untergebracht ist", antwortete Dr. Hunt. Das weckte naturgemäß Ants Neugier:
„Was denn?"

„Das werden sie alles noch früh genug herausfinden, Mr. Ant. Fangen sie erst einmal an, etwas Sinnvolles für uns zu arbeiten. Dann sehen wir weiter."

Der Fahrstuhl schien die Distanz im freien Fall zu überwinden. Ant schluckte mehrmals, um den Druckausgleich in seinen Ohren herzustellen.

Als der Lift abbremste, spürte Ant kurz, wie es das Blut aus seinem Körper in die Beine drückte. Zum Ende hin, kam das Transportmittel sanft zum Stehen. Ant rechnete nach, 37 Stockwerke a circa 3 Meter, ergo 111 Meter, die der Fahrstuhl zurücklegte. Ein beachtliches Bauwerk. Und wer weiß, wie weit sie es noch darunter ausgebaut haben?

Die Tür öffnete sich. Relative Ruhe herrschte auf den Fluren hier unten. Einige wenige Personen, in weißen Kitteln, liefen geschäftig von einem Raum zum nächsten. Das Licht bestand nicht aus diesem unangenehmen, weißen Neonlicht, das Ant aus der Uni kannte. Nein, es strahlte hell, gelblich und warm, als ob hier unten eine eigene Sonne scheinte, genauso wie echtes Tageslicht.

Dr. Hunt bog in einen der Räume ab, Nummer 3730, und winkte Ant zu sich her:

„Kommen sie, Ant, wir müssen sie erst einmal in unser Sicherheitssystem aufnehmen. Unser Institutsgebäude verfügt über einige Sicherheitseinrichtungen. Wir wollen doch nicht, dass unser Haus sie einsperrt, oder gar Schlimmeres."

Selbst wenn ihn die immer persönlicher werdende Anrede etwas nervte, folgte er. Dr. Hunt benutzte bei diesem Computer ebenfalls ihren Daumenabdruck, um ihn freizuschalten, und tippte kurz auf der Tastatur herum.

„Also Ant, drücken sie nun bitte ihren rechten Daumen auf das Lesegerät?"

Ant tat wie geheißen, und der Monitor des Computers leuchtete grün auf.

„So weit, so gut. Und nun gucken sie bitte, mit ihrem rechten Auge, in den Retina-Scanner."

Gleicher Vorgang. Ant sah in das Lesegerät, das sein Auge scannte, abspeicherte, und der Monitor sprang um auf Grün:

„Gut, sie sind jetzt offiziell registriert, Ant. Jetzt habe ich nur noch ein Attentat auf sie vor."

Sie zog eine monströs große Edelstahlspritze aus einer Schublade hervor. Dann riss sie ein Päckchen auf, und eine bei Weitem zu dicke Nadel kam zum Vorschein. Sie montierte beides zusammen, und streckte ihren freien Arm nach Ant aus.
„Kommen sie Ant, ich habe hier noch eine kleine Impfung für sie."
Er reichte seinen rechten Arm nur zögerlich in ihre Hand:
„Was haben sie denn damit vor? Dieses Teil ist doch viel zu groß, was wollen sie mir damit einimpfen?"
Jetzt grinste Dr. Hunt wieder einmal. Sie schien Freude daran zu haben, anderen Leuten Schmerzen zu bereiten. Ants Unterarm besprühte sie mit Desinfektionsmittel, und wischte es sorgfältig wieder ab:
„Das wird jetzt ein wenig schmerzen", warnte sie und rammte ihm die Nadel, oder besser gesagt das kleine Rohr, unter die Haut.
Ant verzog schmerzverzerrt das Gesicht, gab aber keinen Mucks von sich. Dr. Hunt drückte auf das Gerät, und ein kleiner, harter Gegenstand schoß in seinen Unterarm.
Dann zog Megan das Rohr wieder heraus. Die Nachblutung wischte sie kurz ab, und drückte Ant ein steriles Mullpad auf den Einstich:
„Halten sie das eine Weile auf die Wunde."
Dann legte sie das Gerät zurück in die Schublade, und tippte wieder auf der Tastatur herum. Als sie die Entertaste drückte, leuchtete ein kleines, rotes Lichtlein in Ants Unterarm auf, und schimmerte eine Sekunde lang durch die Haut:
„Um ihre Frage zu beantworten, Ant. Sie haben jetzt einen subkutanen Sender im Arm. Wir wollen nicht immer ihre Gebrauchsgegenstände oder Kleidungsstücke verwanzen. Deshalb haben wir gleich sie selbst verwanzt. So wissen wir immer, wo sich unsere Mitarbeiter gerade aufhalten. Ich habe auch Einen. Alle hier haben Einen."
Mürrisch drückte Ant das Pad weiterhin auf den schmerzenden Einstich.
„Ist ja beruhigend", murmelte er.
Dr. Hunt setzte sich wieder in Bewegung, um das Zimmer zu verlassen.
„Kommen sie! Mir nach, Ant! Es tut mir leid, dass dieser Sicherheitsblödsinn derart altmodisch ist. Er stammt noch aus grauer Vorzeit. Wir suchen jetzt ihr Labor auf. Sie werden sehen, das ist etwas moderner ausgestattet."

Ants Interesse schien geweckt. Er schnappte sich seinen Rucksack, und folgte Megan. Die beiden Agents, die vor der Tür gewartet hatten, kamen mit.

Sie marschierten zurück zum Fahrstuhl. Megan wollte ihren Finger auf das Lesegerät legen, überlegte es sich aber dann anders, und trat zur Seite:

„Ihre Party. Versuchen sie es mal."

Ant versuchte es. Er drückte den rechten Daumen auf die Sicherheitseinrichtung, schaute mit seinem registrierten Auge in das Lesegerät, und die Fahrstuhltür öffnete sich. Dr. Hunt strahlte zufrieden:

„Na also, sehen sie, es funktioniert."

Ant nickte nur wortlos, und schritt in den Aufzug. Die Anderen folgten. Dr. Hunt gab das Stockwerk 25 in das Display ein, und der Lift gab spürbar Gas.

Das 25. Untergeschoß wies keine Flure mit Mitarbeitern auf. Die Fahrstuhltür öffnete sich gleich in einem Umkleideraum. Von dort führte eine Sicherheitsschleuse in einen großen Saal.

Alle Wände bestanden aus dickem Sicherheitsglas, so erkannte Ant sofort, dass es sich um ein Hochsicherheitslabor handelte.

Der große Saal, eingerichtet als Labor, ausgestattet mit einem Unterdrucksystem, erstreckte sich zweifelsfrei über drei Stockwerke. Durch den niedrigen Luftdruck gelangte beim Öffnen der Absperrvorrichtung nur die Schleusenluft in das Labor, nicht aber die Laborluft in die Schleuse. Außerdem fungierte die Anlage gleichfalls als Dekontaminationsraum, ausgestattet mit entsprechenden Scannern und Druckduschen.

Dr. Hunt zeigte Ant alles:

„Hier im Umkleidebereich lagert ihre Arbeitskleidung. Vom normalen Laborkittel bis hin, wenn nötig, zum druckdichten Isolationsanzug.

Das Labor kann nur durch diese Sicherheitsschleuse betreten werden. Wenn sie das Labor wieder verlassen wollen, stellen sie sich dort in den Scanner-Bereich.

Dort werden sie recht effektiv auf Strahlung, und ungewöhnliche Biowerte untersucht.

Entsprechend dem Ergebnis legen die Scanner die Dekontaminationszeit fest und die Druckduschen reinigen sie mit speziell abgestimmten Dekontaminationsmitteln. Sie kommen also sicher sauberer heraus, als sie hineingingen. Alles klar?"
Ant nickte wieder nur wortlos. Dr. Hunt schritt vor und öffnete einen Spind. Sie zog ihre Straßenkleidung aus und bekleidete sich mit den Laborklamotten. Während des Umziehens wandte sie sich wieder an Ant.
„Was ist? Nicht so schüchtern. Runter mit den Klamotten, und rein in die Arbeitskleidung."
Sie schlüpfte in einen der vorrätigen Isolationsanzüge und Ant machte es ihr nach. Die beiden Agents begaben sich zurück in den Aufzug, und verschwanden damit.
Hunt öffnete die hermetisch abgeriegelte Schleusentür. Sie und Ant begaben sich hinein, und schlossen die Tür hinter sich. Als sie die Labortür öffneten, aktivierte sich automatisch das Lüftungssystem, und drückte unablässig die Schleusenluft in das Labor. Im Arbeitsbereich angekommen sah sich Ant verwundert um. Keine alten Computer mit Tastaturen mehr. Riesige Bildschirme aus Kunststoff, auf welchen sich bunt, und in HD-Qualität, die Computerprogramme abbildeten. Alles reagierte auf Handbewegungen oder Berührungen. Gläserne Laborplätze mit Absauganlagen, isolierte Arbeitsbereiche, die nur von außen, mit Greifarmen genutzt werden konnten.
Kühlanlagen, Laser, alles vorhanden. So eine Ausstattung hatte Ant nie zuvor zu Gesicht bekommen.
Er ließ den Rucksack auf den Boden sinken, und sah sich erstaunt um, wie ein Kind in Willi Wonkas Schokoladenfabrik. Dr. Hunt ließ ihn gewähren. Selbst als er durch das Antippen eines der Großbildschirme ein Computerprogramm öffnete. Da im Augenblick kein Versuch lief, war es nicht möglich, dass er etwas beschädigte oder beeinflusste.
Ant tapste herum wie ein kleines Kind, das soeben mit großen Augen einen Abenteuerspielplatz betreten hatte.
Sogar der Anzug fühlte sich erstaunlich leicht an, flexibel, und er behinderte ihn in keiner Weise. Einzig der große Kunststoffhelm störte in ein wenig. Aber irgendwie benötigte er ja eine Sauerstoffversorgung. Die Sauerstoffbehälter hatte man im Rückenbereich des Anzuges eingearbeitet, demnach schienen sie winzig zu sein:

„Dr. Hunt. Wie lange kann ich mit dieser autarken Sauerstoffversorgung des Anzuges arbeiten, ohne den Erstickungstod befürchten zu müssen?"
Megans Antwort kam über die integrierten Lautsprecher im Helm:
„Da müssen sie sich keine Gedanken machen. Der Anzug versorgt sie für mindestens 24 Stunden mit Luft."
Ant glaubte es nicht:
„Wie ist das möglich? Die Behälter müssen doch winzig sein."
„Die Forschung, Ant. Die Entwicklung ist weit fortgeschritten. Wir treiben uns, in Zusammenarbeit mit dem Militär und der NASA, auch im Weltraum herum. Natürlich haben wir das nicht veröffentlicht. Was glauben sie, weshalb es immer mehr UFO-Sichtungen gibt. Dass, was die Menschen für UFOs halten, sind faktisch unsere Fluggeräte.
In dem Zusammenhang entwickelten wir auch diese miniaturisierte Sauerstoffversorgung in ihrem Anzug. Aber Vorsicht! Diese kleinen Behälter stehen unter irrsinnigem Druck. Wenn einer beschädigt werden sollte, bleibt von der Umgebung nicht mehr viel übrig."
„Wie nennt sich diese Einheit ..., diese Weltraum-Heinis?"
„Sie wollen es aber genau wissen. Wieso interessiert sie das? Ok, wieso nicht? Es handelt sich um die American Space Force."
Ant stutzte etwas:
„Die ASF? Mit einem Abzeichen, wie einer stilisierten Erdkugel mit einem Adler drauf?"
„Woher wissen sie das? Das dürfte ihnen nicht bekannt sein."
Ant schritt zu seinem Rucksack zurück und öffnete ihn:
„Ich glaube ich habe da etwas für sie, Dr. Hunt. Als ich dort in diesem Hochtal forschte, habe ich ein Flugobjekt gefunden. Es muß schon vor weit über hundert Jahren dort abgestürzt sein."
„Das ist unmöglich, Ant. Die ASF gibt es erst seit 1985. Das kann also nicht sein."
Ant zeigte ihr die gesammelten Proben und die Kugel:
„Das alles habe ich aus diesem Flugobjekt. Es saß ein seit langem toter Pilot im Cockpit. Er hatte einen Anzug mit der Aufschrift ASF an, einen mit einer Erde und dem Adler darauf.
Diese Haarprobe nahm ich dem Piloten ab. Und diese Kugel mit der blauen Flüssigkeit, habe ich aus dem Maschinenraum geholt."
Dr. Hunt schüttelte den Kopf:

„Das kann nicht sein. Solche Polymerkugeln und eine derartige blaue Flüssigkeit, gibt es in der gesamten ASF nicht. Was soll das überhaupt sein? Und die Haarprobe, geben sie her, die lassen wir im Genlabor untersuchen."
Megan nahm Ant den Behälter mit der Haarprobe ab, beschriftete einen Aufkleber, klebte ihn auf den Probenbehälter, und steckte ihn in eine Transportkapsel. Diese Kapsel brachte sie zu einer Art Rohrpostanlage. Als sie die Zuführung öffnete, drang sogleich Luft ins Labor ein. Sie steckte den Behälter in den Schacht, und verschloss ihn dann wieder. Das Gefäß mit der Haarprobe zischte ab, das Rohr entlang, durch die Decke. Dr. Hunt wandte sich Ant wieder zu:
„Ok, so weit so gut. Das Ergebnis wird nicht lange auf sich warten lassen. Sollte es sich um einen unserer Piloten gehandelt haben, werden wir bald wissen, wer es war. Jetzt sehen wir mal, um welche Flüssigkeit es sich in dieser Kugel handelt."
Ant war, wen wundert's, genauso voller Wissbegierde:
„Das wollte ich auch gerade vorschlagen. Ich habe diese Kugel aus so etwas wie einem Kühlbehälter entfernt.
Die Kühlung funktionierte aber nicht mehr. Wir sollten die blaue Flüssigkeit zunächst einmal herunterkühlen, und sehen was passiert."
„Hört sich gut an. Am besten führen wir den Versuch in der isolierten Versuchskammer durch. Dazu müssen wir erst einen Kühlbehälter mit flüssigem Stickstoff füllen, und dort abstellen. Dann können wir von außen, geschützt vom Panzerglas prüfen, wie die Flüssigkeit reagiert."
Sie machten sich an die Arbeit. Kugel und Kühlung verfrachteten sie in den Isolierbereich.
Als sie alles hermetisch abgeriegelt hatten, erlaubte Dr. Hunt, Ant die Greifarme zu bedienen. Dazu genügte es, die mit den Computer verbundenen Handschuhe anzuziehen.
Damit vermochte er die Greifer im Inneren des Isolierbereiches zu steuern. Es klappte erstaunlich mühelos. Handschuhe und Greifarme reagierten sensibel auf jede Handbewegung Ants.
Dabei fühlte es sich an, als ob er gar keine Gerätschaft bediente, sondern mit den bloßen Händen arbeitete. Er nahm die Kugel und legte sie in den Behälter mit dem flüssigen Stickstoff. Stickstoffnebel waberte über die Ränder des Behältnisses.
Dann sah er ein blau aufflackerndes Licht im Gefäß.

Ant griff wieder hinein, und holte die Kugel heraus.
Das Fluid in der Sphäre hatte sich verwandelt. Durch die Kälte des flüssigen Stickstoffs bildete sich ein Kristall. Tief dunkelblau, vergleichbar mit einem Azurit, schimmerte es durch die gefrorene Wandung des Kunststoffballes. Plötzlich umgab eine schwarze Aura, in leuchtend blaue Ränder gerahmt, die Kugel. Die Röhren, die von allen Seiten in die Sphäre führten, glühten zunehmend auf. An ihren Enden züngelten Blitze von ungeheurer Intensität hervor, und griffen auf den von Ant benutzten Greifarm über. Ant ließ die Kugel instinktiv los. Sie fiel neben dem Stickstoffbehälter auf den Boden. Ein rhythmisch brummendes Geräusch ertönte und verstärkte sich immer mehr, als ob ein Reaktor hochführe. Die blauen Blitze, die vereinzelt aus den Enden der Röhren schossen, starteten nun ein Dauerfeuer. Ant erkannte keine einzelnen Entladungen mehr, vielmehr einen ständigen Energieaustritt, der anfing sich mit den Greifarmen und den Panzerglaswänden der Isolationskammer zu verbinden. Das brummende Geräusch verstärkte sich weiter, klang schneller und bedrohlicher. Es gab keinen Ausschalter. Ant und Dr. Hunt waren nicht in der Lage irgendetwas zu unternehmen und zum Zuschauen verurteilt. Die Laborgeräte maßen ungeheure Energiewerte. Als die Greifarme langsam schmolzen, heizte die freigewordene Energie die Sicherheitsverglasung der Kammer, innerhalb von Sekunden, extrem auf. Der restliche Stickstoff verdampfte.
Ant griff sich, die vor Erstaunen erstarrte Megan und warf sich mit ihr auf den Fußboden, unter einen Stahltisch. Die Kameras zeichneten weiter auf, was geschah.
Ab diesem Zeitpunkt hatte sich die Kammer so immens aufgeheizt, dass das gefrorene Kristall in der Kugel anfing, wieder zu schmelzen. Der Energiefluss stoppte genauso abrupt, wie er begonnen hatte.
Die Wärmebildkamera verzeichnete eine Temperatur von minus 74,8 Grad Celsius, als sich das Kristall wieder verflüssigte. Der verdampfende Stickstoff kühlte die extrem aufgeheizten Panzerglasscheiben exorbitant ab.
Die Scheiben hielten dem plötzlichen Temperaturunterschied nicht stand und explodierten förmlich, mit einem lauten Knall, in tausende von Splittern, die im gesamten Labor herabregneten.

Ant und Hunt, die nach wie vor unter dem Stahltisch in Deckung lagen, fanden dort Schutz vor den scharfen Splittern. Die empfindlichere Einrichtung wie Bildschirme, Computer und so weiter, hatte es aber heftig in Mitleidenschaft gezogen.
Das gesamte Labor fiel der Verwüstung anheim. Ant und Hunt starrten sich geschockt an. Mit einer derartig krassen Reaktion hatten beide nicht gerechnet. Megan erholte sich schnell, und stand wieder auf.
„Was ist denn das für ein Zeug? Wo sagten sie, haben sie das gefunden?"
Ant, weiterhin etwas perplex, rappelte sich ebenfalls wieder auf:
„Wie gesagt, in einem Flugkörper der ASF, im Maschinenraum. Aber sie sagten, dass sie etwas Derartiges noch nie zuvor gesehen haben. Das so etwas bei der ASF nicht existiert."
„Das stimmt, Ant. Die Flüssigkeit scheint bei rund minus 78 Grad Celsius auszukristallisieren. Dieses Kristall ist in der Lage, Energie zu generieren. Haben sie gesehen, wie hoch die Messtechnik ausschlug. Außerhalb jeglicher Skala. Wahnsinn! Denken sie, dieser Typ, von dem sie sprachen, sie wissen schon, der ihre Eltern getötet, und einen meiner Kollegen zerfetzt hat ..., kann es sein, dass er etwas mit dieser Energiequelle zutun hat?"
Ant fiel es wie Schuppen von den Augen. Wieso dachte er selbst nicht daran? Hatte er Mr. Poison eben mal so aus seinem Geist verdrängt? Poison könnte tatsächlich etwas damit zutun haben:
„Möglich. Sogar sehr wahrscheinlich, wenn ich darüber nachdenke. Sagten sie nicht, dass ihr Kollege zwei dieser Metallbehälter zusammenfügte, es in der nächsten Sekunde das gesamte Labor verwüstete und ihren Kollegen in tausend Stücke zerfetzte?"
Megan nickte:
„Ja, wieso? Sie meinen ..., diese Energiequelle ...?"
„Nein ..., äh, ja ..., vermutlich nutzt er selbige Energie, aber das meine ich gar nicht. Mit Sicherheit hat er sich, also Poison, mit ihrem Kollegen unterhalten ..., während für alle Anderen die Zeit stehenblieb. Er ist fähig die Zeit zu manipulieren, sich zwischen ihr zu bewegen. Was ist, wenn dieser Flugkörper, den ich fand, aus der Zukunft stammt?"
Dr. Hunt sah Ant zunächst verblüfft an. Dann schüttelte sie ihren Kopf:
„Ich weiß nicht. Das scheint mir etwas weit hergeholt. Wir werden sehen, aber soweit ich informiert bin, ist von diesem Flugkörper, außer ein paar Bröseln, nichts übrig geblieben.

Ich weiß nur, dass es schon früher Berichte über ihren Typen, diesen Poison, wie sie ihn nennen, gegeben hat. Geheime Exposés, aus der Zeit nach dem letzten Weltkrieg. Damals hatte eine außerirdische Rasse, wir nennen sie die Greys, versucht, das Sagen an sich zu reißen. Wir hätten vermutlich keine Chance gehabt. Aber irgendeine Macht, vernichtete die Greys für uns; beschützte die Menschheit. Funde aus Zeiten, von vor über 10.000 Jahren vor unserer Zeit, lassen darauf schließen, dass schon früher Außerirdische die Erde besuchten, oder überfielen, oder sie ausbeuteten. Sie gaben sich als Götter aus, bauten fantastische Tempel und unterwarfen die Menschheit. Aber alle diese Wesen verschwanden spurlos. Was ist, wenn ihr Poison unser großer Beschützer ist?"
Das wollte Ant nicht wahrhaben. Der Hass stieg wieder in ihm auf:
„Poison? Der ist kein Beschützer. Er ist ein sadistischer, psychopathischer Mörder, der ohne mit der Wimper zu zucken Unschuldige umbringt, nur zu seinem Vergnügen. Für mich ist Poison ein Terrorist!"
Dr. Hunt drehte ihre Handflächen nach oben, und zuckte mit den Schultern:
„Wo gehobelt wird, fallen Späne. Ich denke nicht, dass er ein Terrorist ist. Hat er etwas mit Krieg oder mit Glaube zutun?"
Ant ärgerte sich über Hunts Gestik:
„Vielen Dank auch. Ich hoffe für sie, dass er nicht einmal in ihrer Nähe hobelt. Das wünscht man keinem. Und was soll das, Krieg, Glaube?"
Dr. Hunt hatte sogleich eine Erklärung, ihre persönliche Meinung parat:
„Für mich ist Terrorismus Irrsinn, Ant. Eine kriegerische Auseinandersetzung ist nie gerecht. Und Glaube ist nicht gleich Liebe. Krieg ist gewalttätiger Irrsinn. Religion ist sanftmütiger Irrsinn. Wenn beides zusammenfindet, entsteht Terrorismus. Krieg und Glaube sind immer ein Teil davon. Aber genug davon. Sehen sie sich die Fakten an. Sehen sie sich das Labor an.
Diese Energiequelle könnte wichtig sein, für uns alle, für die gesamte Erde."
Ant nickte zustimmen:
„Ja, da hatten wir etwas Glück.
Hätte dieses Kristall zum Beispiel Antimaterie generiert, ständen wir jetzt nicht mehr hier.

Wir müssen das, natürlich besser abgesichert, noch genauer untersuchen. Ich denke, es könnte sich um dunkle Energie handeln. Das Kristall dient vermutlich als Kollektor dafür."
Dr. Hunt verfiel in erstauntes Grübeln:
„Dunkle Energie? Na ja ..., physikalisch gesehen mußte sie ja vorhanden sein. Aber wie ...? Sie haben Recht, wir müssen das weiter erforschen. Stellen sie sich vor, eine neue Energiequelle, die auf saubere Weise die gesamte Erde versorgen kann. Was glauben sie, wie blöd die OPEC aus der Wäsche schaut? Und wir haben sie womöglich entdeckt. Da sie dieses Kristall zuerst gefunden haben, gebührt ihnen die Ehre, es zu benennen. Sicher ist dieses Element noch nicht im Periodensystem enthalten. Also, wie soll es heißen?"
Ants Begeisterung hielt sich in Grenzen. Er hatte dieses Element, seiner Meinung nach, gar nicht als Erster gefunden. Es stand doch fest, dass es zuvor von jemand Anderem entdeckt wurde, wenn es aus einem Flugkörper stammte, der vermutlich irdischen Ursprungs war. Aber Dr. Hunt schien ausgezeichnet informiert zu sein. Wenn sie sagt, sie habe bisher keinerlei Kenntnis über dieses Element, glaubte er ihr. Andererseits arbeitete sie für die NSA, weshalb sollte er ihr irgendetwas abnehmen?
„Ich weiß nicht, ob mir diese Ehre gebührt. Ich möchte lieber keinen Vorschlag machen."
Megan insistierte:
„Seien sie kein Dummkopf. Dieses Element ist bisher völlig unbekannt. Natürlich bleibt zu klären, wie es in das, nur von ihnen gesichtete, Fluggerät gekommen sein kann. Aber sie haben es eben nun mal jetzt entdeckt. Also, wie soll es heißen. Es ist ein potentielles Kristall. Also, wie sieht es mit Antit aus? Na, was sagen sie? Antit. Nummer 129 im Periodensystem, Abkürzung An, für Antit. Ist doch gut, oder?"
Ant verzog sein Gesicht nicht unbedingt begeistert, und schüttelte leicht den Kopf. Dann stimmte er aber doch zu:
„Na gut, dann eben Antit. Aber sollte sich im Nachhinein herausstellen, dass ich doch nicht der Erste war, und es bereits einen anderen Namen hat, werde ich sagen, dass dieser Vorschlag von ihnen stammt."
Megan Hunt nickte, und schritt in die Mitte des verwüsteten Labors. Die Kugel, nun wieder mit dieser harmlos herumschwappenden, zähen, blauen Flüssigkeit gefüllt, wies keinerlei Beschädigungen auf.

„Na gut, Nummer 129. Wir taufen dich Antit", sprach sie die Flüssigkeit an.
Dann drehte sie sich lächelnd zu Ant um:
„Aber Antit paßt doch nur für die kristalline Form, oder?"
Ant zuckte mit der rechten Schulter:
„Na ja, aber es ist immer noch das gleiche Element, ob es nun flüssig, fest, oder gasförmig ist, der Aggregatzustand ändert nichts am Namen."
„Sie haben natürlich Recht. Ich dachte nur, ich könnte den flüssigen Zustand als Hunt-Fluid bezeichnen. Es ist seltsam zähflüssig, und scheint sich von selbst zu bewegen, als ob es lebendig sei."
Ant sah das völlig leidenschaftslos, im Gegenteil, es war ihm sogar Recht. Sicher kein Nachteil, bei Dr. Hunt einen Stein im Brett zu haben:
„Dann nennen sie es eben Hunt-Fluid. Hunt-Fluid ist dann eben Antit im flüssigen Zustand.
Immerhin verändert es völlig seine Eigenschaften, wenn aus dem Fluid ein Kristall wird. Wenn sie wollen, warum nicht?"
Dr. Megan Hunt freute sich. Als Forscherin hatte sie bisher nie recht getaugt.
Aber damit ergab sich die Gelegenheit, etwas mit ihrem Namen für die Nachwelt zu hinterlassen. Sie fühlte sich gleich um einiges größer, wichtiger; ein erhebendes Gefühl.
Wegen der effizienten Abschirmung des Labors bekam niemand etwas von dem Chaos mit. Megan drückte lächelnd den Alarmknopf, der unterhalb der beschädigten Greifarmkonsole steckte. Eine Minute später stürmte ein Alarmtrupp aus der Aufzugstür.
Dr. Hunt winkte gleich ab, und streckte den Daumen nach oben, um die Hektik aus den Aktionen des Trupps zu nehmen.
Über die Funkverbindung im Helm gab sie dem Team Anweisungen. Während das Notfallkommando sich entsprechend einkleidete, begaben sich Megan und Ant in die Dekontamination. Sie entledigten sich ihrer Schutzanzüge, über eine in der Wand eingebaute Abfallklappe. Danach begaben sie sich unter die Dekontaminationsdusche. Dort scannte und analysierte die Automatik sie in ihrer Unterwäsche. Es wurden keinerlei Strahlungen, Gifte oder biologische Gefährdungen festgestellt. Die Dusche veranschlagte trotzdem eine Duschzeit von fünf Minuten.

Erst danach öffnete sich der Durchgang in den Umkleideraum und sie waren in der Lage, die Sicherheitsschleuse zu verlassen, sich abzutrocknen und anzukleiden.

Das Team hatte schon mit den Aufräumarbeiten angefangen, als Ant und Dr. Hunt den Aufzug betraten. Megan gab als Zielort das 5. Untergeschoß ein. Der Lift brauste nach oben.

„Also, Ant. Wir verfassen jetzt noch einen Bericht über alle Umstände, wie es zu diesem Fund kam, und über unseren Laborversuch. Natürlich müssen wir das Hunt-Fluid und das Antit im Computer verewigen, bevor uns einer von oben den Ruhm wegschnappt. Wir veröffentlichen den Bericht im gesamten NSA-Netz, das wird uns unwiderruflich verewigen. Danach können sie erst einmal nachhause, ok?"

Ach ja, Ramona, da gab es doch noch etwas. Ant, erschlagen, aber gleichzeitig aufgekratzt, freute sich auf Zuhause.

Die Aussicht, Ramona wiederzusehen, euphorisierte den sonst so verschlossenen Ant leicht.

Innerhalb einer Stunde erledigte er den Bericht.

Natürlich verfasste er ihn dergestalt, dass er und Hunt nicht als inkompetente und verantwortungslose Idioten dastanden.

Immerhin hatten sie ein ziemlich lädiertes Labor hinterlassen. Zeitmanipulationen oder Ähnliches, ließen sie besser ebenfalls weg.

Als Ant sich darauf vorbereitete abzudüsen, erreichte eine interne E-Mail Dr. Hunts Computer. Da sie vom Gen-Labor stammte, öffnete sie die Mail gleich. Die Nachricht lautete:

Die untersuchte Haarprobe konnte keinem unserer Piloten oder Mitarbeiter der ASF zugeordnet werden.
Die weiteren Nachforschungen in der Bestandsdatei haben ergeben, dass die Haarprobe von einem unserer NSA-Kollegen stammt.
Das Genom stimmt zu 99,9% mit dem Mitarbeiter, Josef Gaius Antonin, überein.
Mit freundlichen Grüßen,
Dr. Walter Hill, Genlabor.

Ant hatte soeben vor, sich zu verabschieden, als Megan ihn mit ihrem raubtierhaften Gesichtsausdruck anstarrte:

„Hören sie, Ant, wollen sie mich verarschen?"

Er sah sie nur verständnislos und fragend an, um dann patzig zu antworten:
„Aber natürlich Dr. Hunt. Mein gesamtes Lebensglück hängt nur davon ab, sie zu verarschen. Was habe ich denn verbrochen?"
Megan drehte es fast den Draht aus der Birne, aber sie bekam sich selbst schnell in den Griff:
„Lesen sie diese E-Mail, und dann sagen sie mir, was das soll!"
Ant beugte sich stehend etwas zum Bildschirm hinunter, und las die für ihn brisante Nachricht. Es zog ihm fast die Beine weg, als er fertig gelesen hatte, und er anfing, darüber nachzudenken. Für Dr. Hunt handelte es sich nach wie vor um eine Verarsche. Aber er wusste genau, wo er diese Haarprobe herhatte.
Bei dem toten Piloten handelte es sich demnach um ihn selbst. Soweit kapierte er es. Aber wie kam er dort hin? Wann kam er dort hin? Wie und weshalb starb er dort?
Er fühlte sich schwindelig, bei all den Fragen, die durch seinen Kopf kreisten. War es opportun Dr. Hunt aufzuklären? Weshalb? Ihre große Neugier, seine Privatangelegenheiten betreffend, missfiel ihm. Er entschloss sich dafür, Dr. Hunt im Dunklen zu belassen:
„Tut mir leid, ich wollte nur herausfinden, ob sie mir bereits heimlich eine Gen-Probe entnahmen. Jetzt liegt die Bestätigung dafür vor. Das Gen-Labor konnte die Probe eindeutig mir zuordnen. Jetzt weiß ich Bescheid."
Dr. Hunts Wutlevel stieg weiter an. Immer wenn sie sich wirklich ärgerte, schwang sich ihr Blutdruck signifikant, in unermessliche Höhen, und ihr Gesicht färbte sich rot:
„Soll das heißen, sie haben sich eine eigene Haarsträhne abgeschnitten, sie mir als Haare einer Leiche verkauft, unser Gen-Labor missbraucht, nur um herauszufinden, ob wir eine Gen-Probe von ihnen in der Datei haben?"
Ant nickte schuldbewusst:
„Sie haben es erfaßt, Dr. Hunt."
„Ich glaube, es ist besser, wenn sie jetzt noch eine Zeit lang bei uns bleiben. Das mit dem Nachhausefahren, können sie erst mal vergessen. Vielleicht kommen sie nächste Woche nachhause. Mal sehen."
Ant verdrehte die Augen. Wie sollte er sich wehren. Er entschied sich, ohne weiteren Aufstand zu bleiben.

Dr. Hunt und er, arbeiteten noch die ganze Woche in einem kleineren Labor, auf der anderen Seite des Aufzugschachtes, im 24. Stockwerk, mit dem Antit und dem Pilz. Erst danach hatte Ant sich einen Heimaturlaub verdient.
Er verabschiedete sich von Megan:
„Ok, Dr. Hunt. Ich verschwinde dann mal. Übrigens ist mir aufgefallen, dass sie mich, seit mich der Hubschrauber vom Talkessel abholte, ständig mit Ant angesprochen haben. Ich zöge es aber weiterhin vor, wenn sie mich mit Mr. Antonin anreden. Das ist doch nicht zuviel verlangt, oder?"
Megans Miene drückt völlige Gleichgültigkeit aus:
„Wenn sie meinen. Und jetzt verschwinden sie schon, bevor ich es mir anders überlege."
Er dackelte zum Aufzug, führte alle Sicherheitsrituale aus, und erhielt die Erlaubnis, das Gebäude zu verlassen.
Nun stand er da, wie bestellt und nicht abgeholt. Sein Mustang parkte zuhause bei Ramona.
Sein geliehener Jeep schwebte vermutlich im Auto-Himmel. Er war gezwungen sich wohl oder übel ein Taxi zu ordern.
Der Handy-Akku wies nur ein paar Prozent Restladung auf, sodass es geradeso reichte, das Taxi zu bestellen. Dann gab der Akku den Geist auf.
Als er Zuhause ankam, rechnete Ramona nicht mit ihm. Sein Arm schmerzte wieder. Genau in dem Bereich, wo ihm Dr. Hunt den subkutanen Sender einimpfte. Gepäck führte er nicht mehr mit. Die Air-Force hatte fast die gesamte Ausrüstung weggebombt.
Seinen Rucksack, mit den kostbaren Proben, musste er im NIT zurücklassen. Er nahm an, dass er davon nichts mehr zu Gesicht bekäme. Außer dem Handy, und seiner Brieftasche, beides trug er immer am Mann, blieb ihm nichts. Zumindest vermochte er das Taxi zu bezahlen.
Vermutlich gab er zuwenig Trinkgeld. Während der frustrierte Taxifahrer mit quietschenden Reifen abrauschte, schlurfte Ant langsam zur Haustür.
Im schwirrte nach wie vor der Kopf. Die Haarprobe machte ihm zu schaffen. Wie war es möglich, dass das Genom des toten Piloten mit seinem übereinstimmte?

Es ist denkbar, dass die Probe von einem seiner Haare kontaminiert wurde, und das Gen-Labor untersuchte dann zufällig genau dieses eine, von ihm stammende Haar. Ein bisschen reichlich Zufall. Aber es ist immer wieder jemandem beschieden, einen Hauptgewinn beim Lotto zu erzielen. Wieso also nicht?
Als er sich endlich von diesen Gedankengängen löste, stellte er fest, dass er bereits mitten im Wohnzimmer stand. Er hatte im Grübeln, völlig unterbewusst, die Haustür aufgesperrt, die Tür wieder geschlossen, und stand wortlos, gedankenversunken neben der Couch. Stille. Nichts zu hören, außer das Klappern eines Topfdeckels, der auf dem Herd sein Tänzchen über kochendem Wasser vollführte. Als er zum Flur in Richtung Küche schlich, sprang plötzlich Ramona, mit einem großen Küchenmesser bewaffnet, hinter der Ecke hervor. Sie schrie ihn hysterisch, in unverständlichem Kauderwelsch, mit erhobenem Messer an.
Ant bekam fast einen Herzinfarkt vor Schreck. Als Ramona erkannte, wen sie da bedrohte, ließ sie sofort das Messer fallen:
„Du bist es?! Mann, hast du mich erschreckt! Ich dachte, es schleicht ein Einbrecher im Haus herum!"
Ant hielt beide Hände vor den Körper und zeigte seine Handflächen, als Zeichen, dass er sich ergebe:
„Ich ..., dich erschreckt? **Ich** habe fast einen Herzanfall erlitten, als du um die Ecke gesprungen kamst."
Sie kicherte:
„Ich habe gar nicht mehr mit dir gerechnet. Konntest du nicht anrufen? Ist etwas schief gelaufen?"
Ant nickte und griff sich, von Schmerzen geplagt, an den Unterarm. Er dachte sofort an die Abhöreinrichtungen, die hier überall im Haus versteckt waren. Er wusste, dass die NSA jedes falsche Wort aufzeichnete und prüfte. Deshalb wiegelte er erst einmal ab:
„Ja, Einiges. Aber das hat noch Zeit, das erzähle ich dir später. Der Akku meines Handys ist auch leer. Aber mich interessiert viel mehr, wie es dir geht."
Ramona entging nicht, dass sich Ant schmerzverzerrt an den Arm gegriffen hatte:
„Das hat auch noch Zeit. Was ist denn mit deinem Arm? Zeig mal her!"

Sie schnappte sich geradewegs den Arm und zog ihn zu sich her. Ant verspürte wieder einen stechenden Schmerz. Beide, aber insbesondere Ramona, sahen sich ungläubig, mit großen Augen an, was dann geschah.
Unter Ants Haut regte sich etwas, wölbte sich eine kleine Beule. Sie bewegte sich, als ob sich ein Käfer unterhalb der Haut einen Weg frei fräße. Ant biss seine Kiefer aufeinander, und saugte Luft zwischen den Zähnen ein, wie man es eben macht, wenn die Pein zu groß wird, man trotzdem nicht vorhat zu schreien, aber doch Anzeichen zeigt, dass man Schmerzen hat. Ramona regte sich fürchterlich auf:
„Was ist das, Schatz!? Kannst du mir sagen, was das ist!? Wie soll ich dir helfen!? Sag was!"
In diesem Moment öffnete sich die Haut genau da, wo der Einstich stattgefunden hatte. Der Sender ploppte heraus, und fiel auf den Boden. Beide verfolgten den blutigen Emitter mit ihren Augen.
Dann sah Ramona Ant erstaunt ins Gesicht.
Er zuckte nur mit den Schultern, hielt aber weiterhin seinen rechten Unterarm mit der linken Hand fest. Als Ramona wieder auf den Vorderarm schaute, vermochte sie fassungslos mitzuverfolgen, wie sich die Wunde von selbst verschloss, und nur eine winzige Narbe übrigblieb.
Sie versuchte zu kreischen, ihn anzuschreien, ihn zu fragen, was soeben passiert sei, aber Ant deutete ihr mit dem über seinen Mund gehaltenen Zeigefinger an, still zu sein. Sie sah ihn fragend an: „Aber …?"
Ant winkte stumm ab. Bedeutete ihr nochmals, leise zu sein, zeigte in der Küche umher, und legte wieder den Zeigefinger über den Mund.
Ramona schien zu kapieren. Sie schaute verunsichert in jede Richtung, in die Ant zeigte, sagte aber nichts.
Ant holte sich ein Kleenex aus der Küche, hob den Sender auf, verpackte ihn sorgfältig im Papiertuch und steckte ihn in die Hosentasche. Dann deutete er Ramona an, ihm zu folgen.
Sie verließen den Flur, zunächst über die Küche, über den Garagenzugang, dann entfernten sie sich aus der Garage und schlichen zur Straße hinaus. Dort hatte Ant vor, ihr eine Erklärung zu liefern. Was genau er ihr zu erzählen vermochte, wusste er aber gar nicht. Eine gewisse Unsicherheit überkam ihn.

Er hoffte, dass sich zumindest in dem Flur, zwischen Wohnzimmer und Küche, keine Kamera versteckte.
Sicher hatte die NSA an jeder Zugangstür, und in den wichtigsten Räumen Aufnahmegeräte angebracht, im Nebenflur wahrscheinlich nicht. Vermutlich bekamen die Agents deshalb nicht mit, wie sich ihr Sender aus ihm verabschiedete. Es lag gewiss an der schwach radioaktiven Strahlung des Emitters. Sein Körper erkannte die Radioaktivität, im Laufe der letzten Tage, als schädlich und entledigte sich auf schnellstem Weg dieser Gesundheitsgefahr.
Ramona sah ihn nach wie vor unablässig, während des bisherigen Spaziergangs, völlig entgeistert an.
Sie platzte fast vor aufgestauten Wörtern, die aus ihr herausdrängen wollten, hielt sich aber weiterhin an die Schweigevereinbarung, die ihr Ant auferlegt hatte. Deshalb war es auch Ant, der zu sprechen anfing, als sie sich circa 100 Meter vom Haus entfernt hatten:
„Ich denke wir können jetzt wieder sprechen. Aber lass mich erst ausreden, dann kannst du mich alles fragen, ok? Ich werde dir alles erklären. Auch das mit dem subkutanen Sender. Auch weshalb unser Haus völlig verwanzt ist, und wir abgehört werden. Aber bitte, bitte ..., sag mir jetzt endlich, wie es dir geht. Bitte ..., ich mache mir größte Sorgen, was ist beim Arzt herausgekommen?"
Eigentlich fühlte sie sich momentan nicht zum Scherzen aufgelegt, aber es handelte sich eben um Ramona. Sie konnte es nicht lassen, nicht mal jetzt. Als sie antwortete, lächelte sie etwas gequält:
„Wie gesagt, beim Arzt ist nichts herausgekommen."
Ant schnappte sich ihre Hände, und sah ihr tief in die Augen:
„Was soll das heißen? Ich habe seit unserem Telefonat herumgerätselt, was du damit meinst. Du hast gesagt, es käme später heraus. Wann ist es soweit?"
Sie lächelte etwas schuldbewusst, als ob er sie mit ihren Fingern in der Keksdose erwischt hätte:
„Na ja, es ist noch nicht herausgekommen, weil es noch drin ist."
Für Ant schienen diese Worte weiterhin zu kryptisch. Seine Naivität überstieg bei Weitem die fraglos vorhandene Intelligenz:
„Was ist denn, Engelchen? Sprich doch mal Klartext. Hast du am Ende noch einen Tumor, oder was?"

Erst jetzt fiel Ramona auf, dass sie mit ihrer Geheimniskrämerei nur ihren Schatz verängstigte:
„Oh Gott, nein! Nein ..., es ist noch nicht herausgekommen, weil es erst in acht Monaten herauskommen soll! Ich bin schwanger! Wir bekommen ein Baby!"
Ant stand da, wie vom Blitz getroffen. Sein Gesicht schlief ihm regelrecht ein. Seine Gedanken rasten in die Vergangenheit.
Vor dem geistigen Auge sah er wieder diese blasse Visage, mit den schwarzen Augen und den gelben, spitzen Zähnen, wie sie ihm sagte, dass ihm es obliege, keinesfalls seine Gene zu verbreiten, er nicht befugt sei, Nachwuchs zu zeugen. Angst überkam ihn, kalter Schweiß brach aus seinen Poren hervor.
Ramona blieb das nicht verborgen. Sie hatte sich ein Jubilieren, die reine Freude vorgestellt. Stattdessen dieser Kerl, völlig schockiert und verängstigt:
„Hallo! Erde an Ant! Wir bekommen ein Baby, freust du dich denn gar nicht?"
Ant sammelte sich erst etwas, bevor er antwortete. In dieser kurzen Phase entschied er sich, sie über alles aufzuklären. Die Logik drängte ihn soweit, und er vermochte seine Geheimnisse gegenüber Ramona nicht mehr zu verbergen:
„Auch wenn es nicht so aussieht, ich kann mir nichts schöneres vorstellen, als mit dir und dem Kind eine Familie zu gründen, in Ruhe und Frieden zusammen unser Leben zu verbringen. Wirklich, mein Engelchen. Aber vorher bin ich dir noch einige Erklärungen schuldig."
Ramona lauschte gespannt, als er ihr zunächst vom NIT erzählte. Dass die NSA dieses NIT betrieb. Dass die Geheimorganisation, ohne sein Wissen, das Haus verwanzte. Dass sie ihn zwangen, für sie zu arbeiten, und weil sie wussten, dass sie keine Möglichkeit besaßen, Ant etwas anzutun, sie deshalb seine kleine Würgeschlange bedrohten.
Ramona, geschockt und völlig perplex, fragte folgerichtig nach, weshalb die NSA ihrem Schatz nichts antun konnte.
Ant wies sie daraufhin, was sie mit eigenen Augen gesehen hatte, wie sein Körper den NSA-Sender abstieß, und die Wunde sofort verheilte. Dann erzählte er ihr von dem Treffen mit Mr. Poison, von der Lebensenergie.

Ramona fühlte sich, unter dem Eindruck des Erzählten, plötzlich völlig kraftlos. Sie musste sich hinsetzen; ließ sich, mangels Sitzgelegenheit, direkt auf dem Gehweg nieder.
Ant hockte sich neben sie auf den Boden, und nahm sie in den Arm. Er erzählte ihr ebenfalls, dass Poison ihm verboten hatte, Nachwuchs zu zeugen.
Er kam gar nicht mehr dazu, von dem mordenden Wald und seinen Funden zu berichten. Ramona hatte genug gehört.
Ihr leuchtendes Strahlen, das sie immer verbreitete, erlosch augenblicklich. Fürchterliche Angst stieg in ihr auf, und drohte ihr freundliches Wesen zu zerfressen. Ihre gesamte Zukunftsplanung schien ihr zu entgleiten.
Die Angst um ihr ungeborenes Kind, und die Liebe ihres Lebens, trieb ihr die Tränen in die Augen. Als vermochte sie damit alle Probleme wegzuwaschen, fing sie hemmungslos an zu weinen.
Ant tröstete sie ohne Worte. Hielt sie nur im Arm, und ließ ihr diesen Moment der Trauer.
Dabei fasste er einen Entschluss. Es erschien ihm unmöglich, so fortzufahren wie bisher, er hatte vor zu kämpfen, zu ringen um seine große Liebe, um sein Kind, und um ihr gemeinsames Leben. Er schiss auf Poison, auf die NSA und seine Karriere. Flucht schien die einzige Lösung zu sein. Aber wie flieht man vor einem omnipotenten Lebewesen, oder einer fast allmächtigen Geheimorganisation? Egal, sie mussten es versuchen, er musste es versuchen, unter Einsatz von allem, was er aufzubieten hatte.
Als sich Ramona wieder leidlich beruhigte, die Tränen abwischte, und die Nase schnäuzte, weihte er sie in seinen Plan ein. ...

2. Flucht

In dem Moment, als Ant vorhatte, den Mund aufzumachen um Ramona seinen Fluchtplan zu unterbreiten, ließ sie ihn erst gar nicht zu Wort kommen, forderte weitere Antworten. Sie fühlte sich gekränkt, hintergangen, ausgeschlossen und betrogen:
„Wieso erzählst du mir das Alles jetzt erst? Du hast mich restlos belogen und betrogen!"
Sie erwachte jetzt aus der Lethargie, ihrer Traurigkeit, wand sich aus Ants tröstender Umarmung, und stieß ihn von sich weg.
„Laß mich ja in Ruhe, du Betrüger", schimpfte sie.
Ant kannte ihre emotionalen Ausbrüche zur Genüge. Sie hatte eben ihr Temperament. Er blieb wie immer gelassen und sachlich:
„Ich begreife, dass dir das sauer aufstößt. Bisher war ich mir nicht sicher, ob du das alles glauben, verstehen könntest, oder ob du mich für verrückt erklären würdest. Ich hatte mich zurückgezogen, von den Menschen ferngehalten, aber als ich dich wiedertraf, habe ich mich Hals über Kopf in dich verliebt. Ich wollte dich nicht gleich wieder verlieren, und ich wollte dich behüten, schützen vor der grausamen Wahrheit. Ich nahm an, es sei ein zu großes Risiko für dich, wenn ich dich über alles aufklärte. Wirklich, du mußt mir glauben, ich habe das alles nur verheimlicht, weil ich Angst um dich hatte."
Ramona, nach wie vor geladen, hakte nach:
„Und weil du mich für zu blöd gehalten hast, das alles richtig einzuordnen! Langsam denke ich, du hast auch etwas mit Andreas Tod zutun!"
Ant war klar, dass er es nicht schaffte, sich hier soeben mal herauszureden:
„Gut, wenn du darüber sprechen möchtest, werde ich dir erzählen, wie das damals ablief. Meine Begegnungen mit Mr. Poison und der NSA, haben zwar überhaupt nichts damit zutun, aber bitte. Andrea ließ sich selbst, aus freien Stücken, ohne mein Zutun, mit diesen Teufelsanbetern ein.
Ich rettete ihr das Leben, als die Satanisten sie auf dem Friedhof als Opfer darbieten wollten. Seitdem war sie meine Freundin.

Der Chef dieser Satanisten, ein chinesischer Psychopath und Drogendealer, wollte sich rächen, konnte mich jedoch wegen meiner Fähigkeiten nicht töten, sondern starb selbst bei dem Versuch. Auf diesem Weg erfuhr die Chinesen-Mafia von den Kräften, die mir innewohnen. Sie wollten das Potential für ihre Zwecke nutzen. Da sie mir nichts antun konnten, entführten sie Andrea und drohten sie zu töten, sie nur zu verschonen, wenn ich gehorchte. Bei der Befreiungsaktion durch das FBI wurde sie versehentlich von einem Querschläger getötet. So ..., jetzt weißt du alles, und jetzt stecken wir wieder im selben Salat fest. Die NSA weiß, dass sie mir nichts anhaben kann. Deshalb drohten sie, sich an dich zu halten, sollte ich nicht spuren. Damals haben die Mafia-Gangster Andrea bedroht, und sie ist gestorben. Du wirst nun von diesen NSA-Verbrechern bedroht. Ich habe Angst um dich, und jetzt auch noch um unser Kind."
Wieder fluteten Tränen Ramonas Augen:
„Oh Gott, in was hast du uns da hineingezogen? Was sollen wir denn jetzt bloß machen?"
Ant hatte gemischte Gefühle. Einerseits drückten ihn Schuldgefühle, andererseits dachte er, dass es nicht seine Schuld sei:
„Es tut mir leid. Glaube mir. Dieser Poison hat mich in ein bodenloses Loch geworfen, seitdem strample ich, und fuchtle mit den Armen, um den Absturz, den dunklen Weg nach unten, zu bremsen. Aber ich falle und falle immer tiefer. Alles was ich anfasse, verwandelt sich in Scheiße. Entschuldigung, du natürlich nicht. Aber sonst alles. Die haben mich in der Hand. Poison und die NSA, die haben uns Beide, oder jetzt uns Drei, in der Hand. Verstehst du jetzt, weshalb ich nicht gleich in Jubelstürme ausbrach, als ich von unserem Baby erfuhr. Ich liebe dich so sehr, meine kleine Anakonda, ich will euch beide nicht verlieren. Wir sind gezwungen abzuhauen, spurlos zu verschwinden, etwas anderes fällt mir nicht mehr ein."
Ramona verstand. Obwohl es ihr nicht sonderlich gefiel, was sie gehört hatte:
„Ein Leben auf der Flucht? Stellst du dir so eine geeignete Zukunft für uns, und unser Baby vor?"
„Es ist zumindest eine Existenz. Was ist die Alternative? Wenn wir hierbleiben, werdet ihr es vielleicht nicht überleben. Wie Andrea. Das lasse ich nicht noch einmal zu.

Ich werde euch beschützen, mit allem, was in meiner Macht steht. Aber das kann ich hier nicht. Hier, unter der Kontrolle des Bösen. Bitte ..., wir müssen fliehen. Komm bitte mit mir!"
Er wischte ihr mit dem Daumen die Tränen von den Wangen, und umarmte sie. Sie ließ ihn gewähren. Sie hatte zwar noch Einiges zu verarbeiten, aber sie verstand seine Intentionen. Vermutlich hatte er Recht. Sie waren gezwungen zu verschwinden, und zwar schnell:
„Es muß wohl sein. Aber wie sollen wir das bewerkstelligen? Wo können wir hin? Und wenn dieser Kerl dich verändert hat, wie wird sich das auf unser Kind auswirken?"
„Wie, oder ob sich das auf das Baby auswirkt, weiß ich nicht. Ich weiß es einfach nicht. Was ich weiß ist, dass wir es lieben werden. Aber im Moment haben wir keinen Einfluss darauf. Wir müssen irgendwo hin, wo uns niemand kennt. Wo wir nicht weiter auffallen.
Wohin es keinerlei Verbindungen zu uns gibt. Wenn wir das geschafft haben, können wir unser Kind in Ruhe aufziehen. Das Geld auf der Bank ist verloren. Sobald wir einen größeren Betrag abheben, wird die NSA aufmerksam. Wenn wir unsere Kreditkarten benutzen ebenfalls. Aber ich habe vorgesorgt. In der Garagendecke deponiert, liegt eine größere Summe Bargeld. Auch wenn es paranoid klingt, dieses Geld hob ich nach meinem Erbe, nach und nach, in kleinen Portionen ab und hinterlegte es, für den Fall der Fälle, immer wieder dort. Damit werden wir eine Weile über die Runden kommen."
„Ok, und was machen wir jetzt?"
„Wir müssen klug sein, spazieren jetzt zurück ins Haus und lassen uns nichts anmerken. Am besten sprechen wir laut darüber, dass wir zum Shoppen wollen. Dann fahren wir mit dem Mustang in ein Parkhaus in der Stadt, und lassen dort unsere Kreditkarten, Handys und Papiere zurück. Den Sender stecke ich jemandem X-beliebigen in die Einkaufstasche. Dann kaufen wir uns ein Busticket, da müssen wir keine Namen angeben, und verlassen die Stadt Richtung Denver. Von dort aus weiter mit dem Bus nach Albuquerque, New Mexico. Ohne Gepäck, nur mit dem Bargeld.
In Albuquerque steigen wir aus, kaufen uns unter falschem Namen einen Gebrauchtwagen, und verschwinden Richtung Mexiko. Ohne Papiere können wir natürlich nicht über den offiziellen Grenzübergang.

Wir müssen zu Fuß, an einem unbewachten Abschnitt in der Wüste, über die Grenze. Papiere können wir uns dann sicher in Mexiko besorgen."

Ramona stimmte zu. Ihre Hoffnungslosigkeit wurde von aufgeregter Abenteuerlust abgelöst.

Sie sah jetzt wieder das berühmte Licht am Ende des Tunnels, und hatte den Willen, sich bis dorthin durchzuschlagen. Ant hatte Recht. Das satte Wohlfühlleben dürfte vermutlich erstmal vorbei sein, ersetzt durch eine aufregende Lebensführung auf der Flucht.

Da, wo die Wohlfühlzone endet, fängt das Leben erst an. Aber es handelte sich wenigsten um ein Leben. Alles besser, als hierzubleiben und abzuwarten, was dieser NSA einfiele.

Sie machten sich auf den Weg zurück zum Haus. Ant holte die mit Bargeld straff gefüllte Sporttasche aus der Garage, und warf sie in den Kofferraum des Autos. Sie unterhielten sich lautstark darüber, jetzt zum Einkaufen in die Stadt zu fahren, und brausten dann davon. Wie geplant stellen sie den Mustang in einem Parkhaus ab, und spazierten in die Innenstadt. Im Außenbereich eines Cafés saßen zwei ältere Damen, die sich angeregt unterhielten. Ihre Einkaufstaschen hatten sie auf Stühlen neben sich abgestellt.

Als Ramona und Ant an den beiden Seniorinnen vorbeischlenderten, berührte Ant eine der Damen an der Schulter, um auf der anderen Seite, unbemerkt den Sender in eine der Einkaufstaschen gleiten zu lassen. Dann liefen sie getrennt weiter in Richtung Busbahnhof. Dabei vermieden sie es, direkt in eine der vielen öffentlichen Überwachungskameras zu sehen. Dazu setzten sie sich Schirmmützen auf, und zogen sich die Schirme tief in das Gesicht. Ant besorgte die Busfahrkarten alleine, während Ramona in einem unüberwachten Bereich wartete. Dort übergab Ant ihr dann eine Fahrkarte, und sie stiegen, mit zeitlichem Abstand, getrennt in den Bus ein. Wie Schwerverbrecher auf der Flucht vermieden sie alles, was in irgendeiner Art und Weise dazu beitrug, Aufmerksamkeit zu erregen.

Als der Fahrer den Busmotor mit einem lauten Brummen anließ, und der Bus Fahrt aufnahm, kam in ihnen zum ersten Mal wieder so etwas wie Erleichterung auf. Sie saßen nebeneinander, und hielten Händchen, wie zwei verliebte Teenager. Immer aufmerksam den Verkehr beobachtend, ständig auf der Hut vor möglichen NSA-Angriffen.

Die NSA wusste aber bisher gar nichts von der Flucht. Auf eine Beschattung ihres vermeintlichen Mitarbeiters verzichteten sie. Trug er doch den eingeimpften Sender mit sich herum. Damit waren sie jederzeit in der Lage, seine Position zu orten, und offenbar hielt er sich nach wie vor in der Innenstadt Coulders, beim Einkaufsbummel auf. Genauso wie er es mit seiner Freundin zuhause besprochen hatte. Bis jetzt kam auf jeden Fall kein Verdacht bei der Überwachungsabteilung auf.

Der Bus benötigte eine Stunde, bis er am Busbahnhof in Denver ankam. Dort stiegen die Beiden, wieder mit tief ins Gesicht gezogenen Schirmkappen, getrennt aus. Diesmal suchte sich Ant ein stilles, unüberwachtes Eck, während Ramona die nächsten Tickets nach Albuquerque kaufte. Es lief alles wie geplant ab. Sie bewegten sich immer getrennt voneinander; selbst wenn sie sich nur eine Dose Cola oder ein Sandwich kauften. Dabei achteten sie penibel darauf, sich kleine, nicht videoüberwachte Kioske auszusuchen. Im Bus, kurz vor der Weiterfahrt, trafen sie sich dann wieder. Sie hatten Glück. Die Wartezeit bis zur Abfahrt betrug nur 30 Minuten. Je nachdem, wie sich die ältere Dame mit ihren Einkaufstaschen verhielt, bestand nach Ants Berechnung die Möglichkeit, dass es jetzt schon knapp wurde.

Seit er den Sender in der Einkaufstasche versteckte, vergingen inzwischen zwei Stunden.

Adrianne Biddle zeigte aber bisher keinerlei Anstalten, sich auf den Nachhauseweg zu begeben.

Sie hatte ausgiebig, zusammen mit ihrer alten Freundin Marge eingekauft, bevor sie sich im Straßencafé niederließen.

Dort verquatschten sie sich über alte Zeiten. Sie hatten schon lange keinen gemeinsamen Stadtbummel mehr unternommen. Und Monty, der zuhause blieb, weil er dieses ständige Weibergewäsch nicht ertrug, konnte ja problemlos für sich selbst sorgen.

Fast hätte sie sich den Kaffee über ihre Bluse geschüttet, als sie einer dieser jungen Rüpel im Vorbeigehen anstupste, und sie dadurch fürchterlich erschrak. Die Jugend heutzutage, und er entschuldigte sich noch nicht mal. Sie kontrollierte sofort ihre Taschen, aber es fehlte nichts. Adrianne und Marge, saßen eine weitere gute Stunde zusammen.

Ihren Kaffee hatten sie schon vor längerer Zeit ausgetrunken, aber es dauerte mal wieder Ewigkeiten, bis der Ober zum Abkassieren herauskam. Fast verpassten sie den Anfang ihres Kinofilms. Die alten Flinten-Ladys wünschten sich mal wieder, einen richtigen Western anzusehen. Da paßte es blendend, dass zur Zeit „True Grit" im Kino lief. Das Kino stellte genau den richtigen Abschluss dar, für einen gemütlichen Frauentag in der Stadt, dachten sie sich. Sie verbrachten einige kurzweilige Stunden bei Popcorn, und einem heimlich eingeschmuggelten Flachmann, gefüllt mit Bourbon, im Kino. Als sich Marge und Adrianne nach dem Film und mit einem leichten Schwips, voneinander verabschiedeten, passierten Ramona und Ant, in ihrem Bus, schon die Staatsgrenze zwischen Colorado und New Mexico.
Adrianne fuhr, obwohl leicht angesäuselt, mit ihrem Auto nachhause.
Sie sah gar nicht ein, alle diese Einkaufstüten durch die öffentlichen Verkehrsmittel zu schleppen, und ein Taxi war ihr zu teuer, das wollte sie sich nicht leisten.
Tatsächlich traf sie, trotz Schwips, unbeschadet und von der Polizei unkontrolliert zuhause ein. Sie stellte ihr Auto in der Einfahrt ab und trug die prallgefüllten Einkaufstaschen ins Haus. Monty half ihr nicht dabei. Sollte sie doch ihren überflüssigen Kram selbst ins Haus schleppen.
Zu diesem Zeitpunkt fiel es dem zuständigen Agent auf, dass sich Ant scheinbar außerhalb seiner normalen Bahnen bewegte.
Er maß dem Umstand keine große Bedeutung zu, behielt aber das Peilsignal des Senders ab diesem Zeitpunkt im Auge.
Adrianne Biddle brachte alle ihre neuen Errungenschaften in ihr Schlafzimmer.
Sie hatte, seit längerer Zeit, Reißaus von dem gemeinsamen Schlafzimmer genommen, weil Monty eklatant schnarchte. Ihr eigenes Schnarchen störte sie natürlicherweise nicht.
Dieses Arrangement beglückte beide, sorgte es doch für ihre nächtliche Ruhe.
Das Auspacken der neuen Kleidungsstücke, des erworbenen Modeschmuckes und der modischen Schuhe, bereitete Adrianne sichtlichen Spaß. Als sie am Boden einer Tüte ein kleines Metallteil fand, holte sie es heraus und beäugte es misstrauisch:

„Was bist du denn für ein putziges Teilchen? Dich habe ich doch nicht gekauft, oder? Das ist bestimmt eines dieser Diebstahl-Warn-Geräte.
Eine dieser Apparaturen, die an der Kasse deaktiviert werden, damit man mit seinem Einkauf, unbehelligt das Kaufhaus verlassen kann. Ja, das wird´s sein."
Manchmal neigte Adrianne dazu, sämtliche Gedanken auszusprechen, die ihr durch den Kopf huschten. Vermutlich deshalb, weil Monty sich kaum mehr mit ihr unterhielt. Sie hatten sich, nach über 40 Ehejahren, eben nichts mehr zu sagen.
Sie zuckte mit den Schultern, und warf den Sender in ihren Papierkorb. Dort blieb er eine Weile.
Dem Agent der NSA fiel später auf, dass sich Ant offenbar seit Stunden nicht mehr von der Stelle bewegte.
Er überprüfte die Position des Signales, und bekam sofort Koordinaten, Adresse und Bewohner des Hauses, auf seinem Bildschirm angezeigt. Der genannte Aufenthaltsort lag, bezogen auf Ants Anschrift, am anderen Ende der Stadt. Es gab keinerlei Bezugspunkte wie Verwandtschaft, Freundeskreis, Bekanntschaften, Arbeits- oder Universitätsbeziehungen. Nur Monty und Adrianne Biddle. Zwischen Ants verstorbenen Großeltern und dem alten Ehepaar, vermochte er ebenfalls keinen Zusammenhang herzustellen.
Agent Cooper tippte auf seinem Eingabegerät herum, suchte Verbindungen, fand aber absolut nichts. Das Geklapper der Tastatur rief Direktor Roy Wiffen auf den Plan. Er trat an den Arbeitsplatz Coopers heran, und starrte in den Bildschirm:
„Was gibt`s, Agent Cooper?"
Cooper drehte sich zu Wiffen um:
„Ich sollte doch den Neuzugang, diesen Antonin überwachen. Er verabredete bereits vor Stunden, mit seiner Freundin eine Shoppingtour in der Innenstadt zu unternehmen."
Nach dem Einkaufsbummel fuhren sie dann offensichtlich zu diesen Koordinaten. Zu Monty und Adrianne Biddle.
„Ja, und?"
„Ich kann keinerlei Verbindung zwischen den Biddles und Antonin, oder seiner Freundin Heinz, herstellen.
Das Signal kann ich jedoch, seit Stunden bewegungslos, bei diesem alten Ehepaar lokalisieren."

Direktor Roy Wiffen griff sich ans Kinn. Wie immer, wenn er nachdachte:
„Hmm, seltsam. Wir müssen das unter die Lupe nehmen. Schicken sie ein Team zu den Biddles. Die sollen sich das ansehen."
Cooper setzte sich sofort mit der Einsatzzentrale in Verbindung. Wenige Minuten später verließ ein als Firmenfahrzeug einer Elektriker-Firma getarnter Überwachungswagen, mit einem Team, das NIT.
Sie erreichten das Haus der Biddles und parkten das Fahrzeug auf der gegenüberliegenden Straßenseite. Mit einer Spezialkamera stellten sie fest, dass sich nur zwei Subjekte im Haus aufhielten. Eine Person im Erdgeschoß vor der Glotze, eine weitere im Dachgeschoß. Ihr Lauschgerät zeichnete nur den Ton des Fernsehers auf. Die beiden Personen sprachen nicht. Aber wo waren Ant und seine Freundin? Sie stiegen aus und liefen zur Haustür, um zu klingeln.
Monty blieb vor dem Fernseher sitzen. Er konnte es nicht leiden, wenn jemand unerwartet an der Tür klingelte. Meistens hatte diese Existenz dann vor, etwas zu verkaufen oder gar zu betteln. Er rief nach oben:
„Adrianne! Es hat geklingelt! Machst du mal die Tür auf!?"
Sie kam die Treppe herunter. Es klingelte ein zweites Mal. Deshalb beeilte sie sich:
„Wieso machst du denn nicht selbst auf?"
„Ich kann diese Bettler nicht leiden. Ich bleib lieber sitzen."
Sie öffnete die Tür. Zwei freundliche Herren in Arbeitsanzügen und mit Werkzeugkoffern, standen vor der Tür:
„Mrs. Biddle? Ist das die Baker Street 2209?"
Adrianne schaute die beiden erstaunt an:
„Ja, wieso? Was gibt`s denn?"
„In dieser Gegend gibt es Spannungsschwankungen in den Elektroleitungen. Und ihr Haus scheint der Grund dafür zu sein. Die Stadtverwaltung hat uns beauftragt, dieser Sache nachzugehen. Wir müßten einige Messungen in ihrem Haus vornehmen."
Adrianne dachte kurz nach. Aber diese freundlichen Herren führten sicher nichts Schlimmes im Schilde. Und wenn doch, hatte sie ja immer noch ihren Monty zuhause. Sie schritt zur Seite, und machte den Weg frei:

„Hören sie. Ich habe da etwas in einer Einkaufstüte gefunden. Kann das etwas damit zutun haben?"
Die beiden „Elektriker" kamen herein:
„Was haben sie denn gefunden?"
„Na, ein kleines Metallteilchen. Ich glaube, es blinkt sogar manchmal."
Die beiden Agents sahen sich vielsagend an:
„Wo ist dieses Teil jetzt? Können wir es einmal sehen, bitte?"
Adrianne nickte:
„Natürlich, das habe ich oben im Schlafzimmer. Ich warf es in den Papierkorb, als ich es fand. Bleiben sie hier, ich hole es gleich."
Ein Agent stellte sich ihr in den Weg, während der Andere die Treppe hochlief:
„Das ist nicht nötig. Es ist besser, wenn mein Kollege es herunterholt. Es könnte schädliche Strahlungen abgeben."
„Was? Oh Gott!"
Monty erhob sich endlich aus seinem Fernsehsessel im Wohnzimmer, und kam jetzt hinzu:
„Was ist denn schon wieder, Adrianne? Was machen diese Handwerker hier, bei uns im Haus?"
„Nichts, Monty. Es gibt Stromschwankungen, und ich brachte scheinbar etwas aus der Stadt mit, dass gefährlich sein könnte."
„Na das ist ja wieder einmal typisch für dich. Kannst du nur noch nerven?"
„Ja, ja, Monty. Ist ja schon gut. Setz dich wieder vor die Glotze!"
Der andere Agent kam herunter, und hielt den Sender zwischen Daumen und Zeigefinger fest.
Er zeigte das Teil den anwesenden Personen. Der Agent, der unten geblieben war, nickte ihm zu:
„Alles klar, Mrs. Biddle. Ich denke wir haben das Problem gefunden. Sie sagten, es lag in ihrer Einkaufstasche?"
Adrianne nickte aufgeregt:
„Ja, genau! Aber was ist denn jetzt mit dieser Strahlung? Muß ich zum Arzt?"
Die Agents hatten es eilig:
„Nein, nein, Mrs. Biddle. Keine Angst. Ein kurzer Kontakt mit diesem Gerät ist nicht schädlich. Vielen Dank für ihre Mitarbeit. Auf Wiedersehen."

Sie verschwanden hastig durch die Haustür. Adrianne sah ihnen mit sorgenvoller Miene hinterher. Dann schüttelte sie den Kopf, und schloss die Haustür.

Die Agents meldeten sofort an ihren Kollegen Cooper weiter, dass sie Ants Sender gefunden hatten. Jetzt war klar, dass er vorhatte sich abzusetzen. Cooper gab Direktor Wiffen Bescheid. Der übernahm sofort die Leitung der Fahndung.

Er aktivierte die gesamte Überwachungsabteilung für die Suche, sandte Jägerteams in alle Himmelsrichtungen.

Zu Ants Haus, an die Uni, in die Innenstadt, an den Busbahnhof, die Bahnstation und den Flughafen. Den letzten Standort des Mustangs, ermittelten sie zügig anhand der vorliegenden Altdaten des Peilsenders. Das Fahrzeug fanden sie in dem einzigen Parkhaus vor, dass auf dem nachverfolgten Weg des Peilsenders lag. Die Bank-, Kredit- und ID-Karten der zwei Flüchtigen, fanden sie im Auto. Von den Beiden gab es jedoch keine Spur. Der gesamte Suchapparat lief augenblicklich an. Sie checkten sämtliche öffentliche Überwachungskameras. Die Daten überspielten sie ins NIT zur Analyse. Außerdem besorgten sich die Außenteams sämtliche relevanten Videoaufzeichnungen, von den privaten Kameras der Geschäfte. Die Teams gaben sich dabei als FBI Detektivs aus. Ein Wust von Daten wurde auf den Rechner der NSA überspielt.

Das stellte aber kein Problem dar, denn die NSA besaß einen funktionierenden Quantencomputer.

Der wertete alle Bilder in Sekundenschnelle aus und vollzog bildlich nach, welchen Weg die Beiden, nach dem Verlassen des Parkhauses nahmen.

Sie hatten sich zwar im Zickzack durch die Stadt bewegt, der Kurs ließ aber eindeutige Rückschlüsse auf den Busbahnhof zu. Dort verlor sich ihre Spur für kurze Zeit. Beim Abchecken der Kameraaufzeichnungen von der, gegenüber des Busbahnhofs liegenden First Coulder Bank, erkannten sie die Beiden, wie sie zusammen mit dem Bus abfuhren. Aufgenommen durch das Seitenfenster des Busses, als sie bei der Abfahrt die Bank passierten. Anhand der von der Kamera ebenfalls festgehaltenen Uhrzeit ermittelten die Agenten, dass es ich um den Bus nach Denver handelte. Daraufhin zogen sie das gleiche Spiel in Denver durch.

Diesmal gab es nur die Aufzeichnung der Kamera eines Juweliergeschäftes. Die zeigte offenbar, wie eine verdächtige Person sich an einem Kiosk mit Verpflegung eindeckte.
Danach löste sich die Spur in Luft auf. Von Denver aus bestand die Möglichkeit, in alle Richtungen zu verschwinden.
Anhand der vorliegenden Busfahrpläne, und der bisher vergangenen Zeit, legten sie einen Radius fest, in dem sich die Beiden aufhielten. Jetzt setzten sie sogar Überwachungssatelliten ein. Die NSA tappte aber weiterhin im Dunklen. Der Geheimdienst wusste, dass die Beiden, ihre Papiere im Mustang zurückgelassen hatten. Sie nahmen deshalb an, dass sie es bisher nicht schafften, das Land zu verlassen. Andererseits gab es die Möglichkeit, dass sie sich bereits im Vorfeld der Flucht falsche Papiere besorgten. Falls nicht, wo gelänge es ihnen, sich am schnellsten solche gefälschten Dokumente zu besorgen?
Direktor Wiffen ließ sich von seiner Intuition leiten. Wohin verschwände er, von Denver ausgehend?
Er entschied sich für den Süden. Mexiko. Dort bestand die Chance, mit etwas Geschick, ohne Dokumente, in der Wüste, über die Grenze zu gelangen, sich dort Papiere zu besorgen, in ein Flugzeug zu steigen, und für immer zu verschwinden. Nach Norden, Kanada, nach Osten oder Westen, schien ihm zu weit, das nähme einen zu langen Zeitraum in Anspruch, und es war dort nicht ohne Weiteres möglich, gefälschte Papiere aufzutreiben. Nein, er legte das Hauptfahndungsgebiet auf New Mexico fest. Direktor Roy Wiffen alarmierte sämtliche Einheiten, die ihm im Süden zur Verfügung standen.
Ramona und Ant hatten den Bus schon wieder verlassen, als Wiffen diese Entscheidung traf. Als sie in Albuquerque ankamen, besorgten sie sich bei Siggis Car-Point, einen unauffälligen Kleinwagen.
Es handelte sich um einen deutschen Kompaktwagen, einen alten und deutlich angerosteten VW-Golf. Im vorhandenen Baujahr hatte diese Art von Fahrzeugen keinerlei Sonderausstattungen aufzuweisen. Als sie das Auto herstellten, versuchte die deutsche Firma vermutlich sogar das Lenkrad, als Sonderzubehör zu verkaufen. Bis ihnen die Konkurrenz aus Japan den Markt streitig machte. Zumindest gelang es Ant, dieses Fahrzeug, für das sich offensichtlich schon seit Jahren keiner mehr interessierte, günstig zu erwerben.

Als Siggi eine ID-Card für den Kaufvertrag verlangte, legte Ant ihm einen Riesen mehr auf den Bargeldhaufen. Genug Legitimation für Siggi. Er scherzte daraufhin, dass das Bild auf dieser ID-Card, nur schwer mit Ant in Verbindung zu bringen war, aber dass er die Art von Ausweis gern akzeptierte.
Er wünschte ihnen viel Glück, was sie mit dem frisch erworbenen fahrbaren Untersatz auch brauchten, dann zuckelten die Beiden davon. Sie tuckerten eine Weile dahin und ließen einen großen Teil der anstehenden Strecke hinter sich, auf der Straße zur Santa Teresa Grenzstation, die danach nach Juarez, und weiter nach Chihuahua führte. Ihnen war klar, dass sie ohne Papiere nicht über den offiziellen Grenzübergang auszureisen vermochten. Deshalb planten sie, noch eine Weile in Richtung Santa Teresa zu fahren, um dann in weitem Bogen abzubiegen und eine geeignete Stelle für eine illegale Grenzüberquerung zu finden. Mit Trinkwasser hatten sie sich versorgt. So war es möglich, das Auto, in Grenznähe, seinem absehbaren Ende zu überlassen und zu Fuß die Grenze zu überqueren. Zumindest hatten sie vor, es allen Grenzpatrouillen, Nachtsichtgeräten, Bewegungsmeldern und Hubschraubereinsätzen zum Trotz zu versuchen.
Ant zählte dabei auf die notorische Unterbesetzung der Grenzschützer und darauf, dass diese Truppen sich eher auf ankommende, illegal Einreisende konzentrierten, nicht auf Ausreisende.
Das Morgengrau wandelte sich zum Tageslicht und die Kraft der aufgehenden Sonne heizte den Kleinwagen spürbar auf.
Obwohl erst Frühjahr, stieg sie unaufhaltsam und heiß brennend, über der Wüste New Mexicos auf. Die schnurgerade Straße, und die immer gleiche, braune, von Kakteen durchsetzte Wüstenlandschaft, ermüdete Ant. Er setzte den Blinker, und fuhr auf einen leeren, staubigen Parkplatz:
„Wir haben es bald geschafft, mein Engelchen. Noch ein paar Meilen, dann biegen wir ab und sehen zu, dass wir soweit wie möglich mit dieser Karre vorankommen, bevor sie auseinanderfällt. Ich fühle mich jetzt aber total erschlagen und müde, kannst du das Steuer für das letzte Stückchen übernehmen?"
Ramona stieg aus und streckte sich erstmal ordentlich durch. Dazu gähnte sie und steckte Ant damit an:

„Komm her, Schatzilein, ich geb dir ein Stärkungsbussi. Laß uns erstmal ein paar Minuten Pause machen, dann fahre ich weiter, ok?"
Sie tapste ums Auto herum zu Ant, umarmte ihn und küsste ihn auf den Mund. Ant war zwar abgespannt, aber Ramona schaffte es, den Funken eines Glücksgefühls in ihm zu wecken.
Ein Greyhound-Bus rauschte silbern glänzend auf dem Highway vorbei. Er schien allen Wüstenstaub von sich abzuweisen, aufzuwirbeln, und in die Umgebung zu blasen. Ramona und Ant hielten sich schützend die Unterarme vors Gesicht, um nicht eine Ladung Staub in die Augen zu bekommen. Nur einen Augenblick später, flog ein schwarzer Helikopter über ihre Köpfe hinweg, fast geräuschlos dem Straßenverlauf und dem Greyhound folgend. Der lautlose Hubschrauber erinnerte Ant sofort an die NSA und daran, dass es an der Zeit war wieder aufzubrechen.
Ramona setzte sich ans Steuer und Ant nahm auf dem Beifahrersitz Platz:
„Ich habe ein mulmiges Gefühl, Ramona. Könntest du etwas schneller fahren."
Ramona, schon immer eine gemütliche Fahrerin, hatte aber nicht vor, sich drängen zu lassen:
„Und was passiert, wenn ich zu schnell fahre und die Polizei uns aufhält? Was wirst du den Cops dann erzählen, weshalb wir keine Papiere vorweisen können? Willst du ihnen sagen, dass wir auf der Flucht vor der NSA, und diesem Mr. Poison sind?"
„Ja, du hast ja Recht, Engelchen. Aber der Hubschrauber, der schwarze von eben, der macht mich etwas nervös."
„Jetzt fahre aber ich! Und du, Schatzilein, du ruhst dich jetzt etwas aus. Relaxe ein bisschen, du hast es nötig."
Ant versuchte, sich zu entspannen. Ramona sah in den Rückspiegel, und rutschte instinktiv in ihrem Sitz etwas herunter:
„Oh, oh! Da hinten kommen einige schwarze Lieferwägen. Ich glaube, es ist besser, wenn du dich duckst!"
Ant sah Ramona entgeistert an, drehte seinen Kopf nach hinten und duckte sich dann, soeben noch rechtzeitig nach vorn in den Fußraum. Drei große, schwarze Lieferwagen, mit abgedunkelten Scheiben, rasten an ihnen vorbei und fuhren in einem Affenzahn weiter in Richtung Mexiko. Als sie sich immer mehr entfernten, und letztlich hinter der nächsten Kuppe verschwanden, atmeten beide kräftig durch.

Sie hatten befürchtet, dass ihre Flucht zu Ende sei, bevor sie richtig anfing. Ramona bekam Angst:
„Ich habe schon gedacht, die wollen sich vor uns quer stellen und uns verhaften. Die dürfen uns nicht in die Finger bekommen. Wer weiß, was sie mit dem Baby machen. Versprich mir, dass die uns nicht kriegen."
Ant hätte es ihr gern versprochen. Er wusste aber, dass das außerhalb seiner Macht stand:
„Ich verspreche dir, dass ich alles unternehmen werde, alles, alles was in mir steckt, geben werde, um das zu verhindern. Ok?"
„Ok."
„Und jetzt fahr schön ruhig weiter, schön unauffällig, wie du es gesagt hast."
„Ok."
Als sie die nächste Kuppe überquerten, sahen sie, dass sich in weiter Ferne, auf der Straße, irgendetwas abspielte.
Je näher sie kamen, desto deutlicher erkannten sie die Szenerie, die sich durch die vor Hitze flimmernde Luft, zunächst schemenhaft verschleiert darstellte.
Der Hubschrauber setzte sich vor den Greyhound-Bus und zwang ihn zum Anhalten.
Die schwarzen Lieferwagen, postierten sich rings um den angehaltenen Greyhound. Es hatte sich schon ein kleiner Fahrzeugstau gebildet. Dunkel gekleidete Typen kontrollierten alle passierenden Fahrzeuge. In diesem Moment wusste Ant, dass die NSA ihnen hart im Nacken saß:
„Stop, Ramona! Dort kommen wir nicht durch. Da vorn, fahr dort rechts rein. Mal sehen, wo uns der Feldweg hinführt."
Ramona bremste ab, und bog in den staubigen Holperweg ab. Er führte nach Westen, direkt in die Wüste. Sie waren gezwungen langsam zu fahren, da sich der Weg als recht holprig erwies. Leider hatten sie sich nicht für einen Geländewagen entschieden. Die Piste verlangte Ramonas Fahrkünsten alles ab.
„Hoffentlich führt der Weg auch noch weiter in den Süden. Sonst müssen wir noch 50 Meilen laufen, bis wir die Grenze erreichen", sagte Ramona.
Die Agents der NSA folgten dem Hubschrauber.
Ihr Auftrag lautete, den Bus von Albuquerque nach Jerez, vor der Grenzüberquerung aufzuhalten.

Da der Hubschrauber meldete, den Bus eingeholt zu haben, gaben sie ordentlich Gas. Dabei ließen sie aber keinesfalls die überholten Autos außer Acht. Sie meldeten einen VW-Kleinwagen, in dem eine junge Frau saß, die der Beschreibung der gesuchten Frau entsprach. Aber sie saß offenbar alleine in dem Auto. Direktor Wiffen entschied deshalb, zunächst den Bus zu sichern, danach eine Straßensperre zu errichten, um dann alle ankommenden Fahrzeuge zu kontrollieren.

Das Such-Team raste weiter, und holte den Bus einige Meilen später ein. Der Hubschrauber setzte sich inzwischen vor den Bus und zwang ihn zum Anhalten. Mit quietschenden Reifen hielten die drei Vans vor, hinter und neben dem Bus an. Die Agents sprangen heraus, und kontrollierten jeden Fahrgast des Busses.

Außer einigen mexikanischen Staatsbürgern saß ein junges Pärchen aus Albuquerque im Bus, dass offensichtlich einen preiswerten Ausflug nach Mexiko unternahm. Sie konnten sich ausweisen, und entsprachen nicht dem Fahndungsmuster.

Sämtliche ankommenden Fahrzeuge untersuchten sie ebenfalls. Sie öffneten Kofferräume, kontrollierten Papiere, was aber zu keinem Ergebnis führte.

Die drei Agents, die den Bus überprüften, stiegen wieder aus und gaben die Weiterfahrt frei.

Einer der Agents, Gary Bacon, erinnerte sich an den überholten Golf, mit der jungen Frau am Steuer. Er vermochte das Fahrzeug aber nicht in der Autoschlange auszumachen.

Noch auf der Zugangstreppe des Busses stehend, checkte er den Stau nach dem Fahrzeug ab und stierte dann weiter nach hinten. Er kniff seine Augen zusammen, als er in der Ferne eine Staubwolke sah.

Die Staubfahne entfernte sich Richtung Westen, weg von der Straße. Er meldete die Sichtung über Funk an Roy Wiffen. Der beorderte sofort eines der Teams und den Helikopter, in diese Richtung. Die Anderen hatten die Order vorort zu bleiben und weiter Stau zu spielen, ergo weiterhin alle ankommenden Fahrzeuge zu durchsuchen.

Bacon sprang zum schwarzen Lieferwagen, der vor dem Bus stand und stieg ein. Er wollte unbedingt dabei sein, wenn sie diese Ratten fingen und die Lorbeeren dafür ernten.

Der Hubschrauber erhöhte langsam die Rotorleistung, und Bacon gab im Lieferwagen Gas.

Er durchquerte den breiten Mittelstreifen, der die Südroute von der Nordroute trennte. Ohne weiter auf den Verkehr zu achten, raste er auf die andere Straßenseite. Ein PKW, der ihn glücklicherweise kommen sah, verhinderte einen Unfall nur durch eine Vollbremsung.
Bacon war das egal. Er hatte Blut geleckt, wie ein Spürhund die Fährte aufgenommen. Nichts vermochte ihn davon abzuhalten, die Beute zu hetzen und zu stellen.
Der Hubschrauber hob ab. Er nahm den direkten Weg auf diese kleine Staubwolke, war nicht gezwungen, sich an Verkehrsregeln zu halten. In dem Moment, als der Helikopter losflog, sichtete Bacon den Feldweg, der von der Südroute nach Westen abging.
Wieder rauschte er ohne Aufhebens über den Mittelstreifen hinweg und raste in den Feldweg. Die Bodenwellen schüttelten den Van bei der hohen Geschwindigkeit ordentlich durch.
Der Lieferwagen stampfte in eine größere Bodenwelle, die ihn nach oben katapultierte.
Die anderen Agents hielten sich fest und beschwerten sich lautstark bei Bacon, nachdem der Wagen hart aufschlug. Es hätte ihnen fast die Vorderachse abgerissen, als sie nach ihrem Sprung auf eine weitere Bodenwelle trafen. Jetzt sah sogar Bacon ein, dass es keinen Sinn hatte, wenn sie hier in der Wüste liegenblieben. Er nahm den Fuß vom Gas, trotzdem ächzte der schwere Van unter der Belastung.

Der Hubschrauber entdeckte soeben, dass ein Kleinwagen die Staubwolke verursachte, und der schwarze Van, in immer geringer werdender Distanz, dahinter anrauschte.

Ramona fuhr langsam. Sie war gehalten, immer wieder Felsbrocken und zu tief ausgefahrenen Kuhlen auszuweichen. Dass der Feldweg stetig Richtung Süd-Westen abbog, stimmte sie zuversichtlich.
Plötzlich huschte ein Schatten über ihren Golf hinweg. Der Helikopter. Er drehte sich in der Luft, und flog jetzt rückwärts vor ihnen her. Eine Durchsage dröhnte aus dem Lautsprecher, vorne am Hubschrauber:

„Hier spricht die Polizei! Halten sie sofort ihr Fahrzeug an! Sollten sie nicht anhalten, machen sie sich strafbar!"

Beide wussten, dass die Polizei keine schwarzen Hubschrauber ohne Kennung benutzte. Ant drückte auf Ramonas Oberschenkel:
„Das ist nicht die Polizei! Gib Gas, Ramona, tritt drauf!"
Die Panik überkam Beide. Der Adrenalinschub, der sie durchströmte, schärfte zwar ihre Sinne, verdrängte aber jegliches logische Denken. Sie waren nicht mehr in der Lage, einen klaren Gedanken zu fassen, zu realisieren, dass die Flucht faktisch gescheitert war.
Ramona trat das Gaspedal nicht völlig durch. Sie fuhr zwar um einiges schneller, schaffte es aber trotzdem, die gegebenen Hindernisse zu umfahren.
Wieder schallte ihnen diese Durchsage entgegen:

„Hier spricht die Polizei! Stoppen sie sofort ihr Fahrzeug! Sie machen sich strafbar! Verstärkung ist bereits unterwegs! Seien sie vernünftig! Halten sie sofort an!"

Ramona sah in den Rückspiegel. Dort erkannte sie eine weitere Staubwolke, die sich schnell näherte. Die Panik steigerte sich.
Sie hatte nicht vor aufzugeben, dachte an ihr Baby, daran was diese Typen mit ihnen vorhatten. Deshalb trat sie das Gaspedal durch. Der kleine Wagen flog förmlich über den Wüstenboden. Ramona reagierte, driftete, übersprang Kuppen, wie eine Rallye-Fahrerin. Der Helikopter vor ihnen zog nach oben weg, und drehte sich wieder in Fahrtrichtung. Ramona schaute ihm kurz nach, als er hochzog. Plötzlich stand ein Mann vor ihnen. Direkt im Weg. Ein Mann, mit langem schwarzem Mantel, und einem großen dunklen Schlapphut. Ramona hatte eine derartige Menge Adrenalin im Blut, dass sie gar nicht mehr erschrak. Ihre Augen weiteten sich, sie riss das Steuer herum. Der Golf geriet ins Schleudern, blieb seitlich an einem kleinen Felsen hängen, und fing an zu fliegen. Durch die hohe Geschwindigkeit schraubte sich das Auto seitlich an dem Mann vorbei. Der rührte sich nicht, bewegte sich keinen Millimeter, zuckte nicht mal. Der VW hatte Drall mitbekommen, schraubte sich durch die Luft. Ant hatte sich nicht angeschnallt, weshalb auch?
Was konnte ihm schon passieren? Aber in diesem Augenblick dachte er daran, was wohl geschähe, wenn er jetzt sterben würde. Wessen Lebensenergie verleibte es ihm dann ein? Das durfte nicht passieren.

Er versuchte, sich festzuhalten, sich im Fahrzeug zu verkeilen, versteifte seinen Körper. Es nützte aber nichts.

Gegen die gewaltige Kraft der Physik, die Fliehkraft, war kein Kraut gewachsen. In der Drehung des Fahrzeuges riss die Beifahrertür auf. Ant wurde aus dem Auto geschleudert, und flog in hohem Bogen davon. Wie in Zeitlupe. Sein Geist registrierte alles sekundengenau, wobei jede Sekunde eine Ewigkeit bedeutete. Im Fallen schaute er zurück auf den Mann, der nach wie vor dastand, wie angewurzelt, und er erkannte ihn. Sein blasses Gesicht, sein teuflisches Grinsen, seine bodenlos tiefschwarzen Augen. Er war es. Poison. Das Auto unter Ant wirbelte weiter, während er in die andere Richtung flog. Der VW krachte aufs Dach, überschlug sich immer wieder, mit der angegurteten Ramona darin.

Ant krachte rücklings in einen großen Kaktus. Die Kaktee stellte sich als erstaunlich stabil heraus.

Als er wie ein Projektil einschlug, bog sie sich etwas nach hinten, gab nach, und absorbierte damit seinen wuchtigen Aufprall.

Danach schnellte die Kaktee wieder zurück in ihre alte Position und warf Ant ab, wie ein Wildpferd einen Rodeoreiter. Nicht ohne eine Ladung langer, harter Stacheln in seinem Fleisch zu hinterlassen. Ant schleuderte ein Stückchen zurück, und fiel bäuchlings in den Wüstenstaub. Alle Knochen schmerzten, die Stacheln im Rücken brannten wie Feuer, und er verlor das Bewusstsein.

Gleichzeitig prallte das weiterhin wirbelnde Auto, mit dem Unterboden auf einen massiven Felsen. Jeder Autohersteller wird nicht müde zu versichern, dass seine Produkte, selbst im Falle eines Unfalles, niemals in Brand geraten. Aber alle Autohersteller, insbesondere dieser, nehmen es ebenfalls nicht so genau mit der Wahrheit.

Durch den Aufprall riss der zugegebener Maßen schon durch Rost vorgeschädigte Tank auf. Das Benzin ergoss sich über den glühend heißen Auspuff, und zündete sofort explosionsartig. Im Nu stand das gesamte Fahrzeug in Flammen. Ramona, im Wagen eingeklemmt, war nicht in der Lage sich zu befreien. Poison sah tatenlos zu, wie sie und ihr ungeborenes Kind, bei lebendigem Leib, zu einem Haufen Asche verbrannten.

Die Hubschrauberbesatzung sah die Tragödie, vermochte aber nicht mehr einzugreifen.

Der schwarze Van kam angerauscht und bremste, schlitterte Richtung Poison. Der drückte ein Symbol auf seinem blauen Armreif, die herumwirbelnden Sand- und Staubteilchen blieben in der Luft stehen, der Hubschrauber schwebte über der Szenerie, ohne dass sich seine Rotorblätter weiter bewegten, die Zeit stand still.
Poison schlenderte hinüber zu Ant, der nach wie vor mit dem Gesicht im Staub lag. Ants Brustkorb bewegte sich auf und ab, er atmete, war ergo wiedermal von dieser Timeout-Zone ausgenommen. Poison trat ihm in die Seite. Ant krümmte sich zusammen vor Schmerz. Er öffnete seine Augen, und sah in dieses verhasste Gesicht.
Poison wütete, vermochte nicht an sich zu halten, was sein Gesichtsausdruck deutlich widerspiegelte:
„Jetzt liegst du hier im Dreck, hast dir fast alle Knochen gebrochen! Was sollte das?! Hast du gedacht, du könntest mich verarschen?! Mich!?"
Ant hatte wahnsinnige Schmerzen. Er spürte die gebrochenen Knochen, die Kaktusstacheln, und seinen brummenden Schädel:
„Was willst du von mir? Lass mich endlich in Ruhe! Wieso quälst du mich weiter?!"
„Ich quäle dich nicht. Das ist keine Show. Ich halte mich diesmal nicht nur in deinem Kopf auf. Du hast mich gezwungen, persönlich zu erscheinen. Du wirst auch nicht einfach aufwachen, und alles wird wieder wie vorher sein. Nein, sieh dich um, das alles ist die Wirklichkeit. Und ich bin ebenfalls real."
Poison trat ihm ins Gesicht. Ant fiel fast zurück in die Ohnmacht, rappelte sich aber wieder auf:
„Was habe ich dir getan?"
„Frag nicht so saublöd. Du weißt genau, dass ich dir verboten habe, deine Gene weiterzugeben. Was jetzt passiert ist, hast du zu verantworten. Sieh sie dir an, sieh hinüber!"
Er deutete in Richtung des nach wie vor in Flammen stehenden Schrotthaufens. Erst jetzt kam Ant dazu, an seine Ramona zu denken. Geschockt starrte er dem Zeigefinger Poisons nach. In dem in der Zeit stillstehenden Flammenball, saßen nur noch klägliche Überreste seiner Geliebten. Ant brachte kein vernünftiges Wort über die Lippen.

Aus den weit aufgerissenen Augen strömten die Tränen. Aus dem Mund trat nur Gestammel aus. Eine ganze Welt brach in diesem Moment für Ant zusammen.
Er stürzte völlig ab, tief hinunter in das schwarze Loch, dass der Anblick der toten, kleinen Anakonda in seinen Verstand riss. Er konnte nicht mehr, wollte einfach nur sterben, aber er wusste, dass Poison ihn nicht ließe. Ein unmenschlicher Hass übermannte ihn. Er ballte seine schmerzenden Hände zu Fäusten, und giftete Poison an:
„Dafür werde ich dich umbringen, Poison! Töte mich lieber gleich, hier und jetzt, beende unsere Vereinbarung, ansonsten werde ich dich finden, dich aufspüren und stellen, und ich werde dir die Eingeweide herausreißen!"
Poison grinste teuflisch:
„Oh, jetzt habe ich aber Angst. Ein Wurm hat mich bedroht. Kannst du nicht einmal ehrlich zu dir selbst sein? Ich habe dir verboten, ein Kind zu zeugen und du hast nichts Besseres zutun, als herumzubumsen und ein Kind zu machen. Du hast, mich dazu gezwungen, die Geburt zu verhindern. Du, Du, Du, immer nur Du. Du bist selbst Schuld. Sei froh, dass du sie jetzt loshast, deine kleine Familie. Die einzige Konstante im Leben ist die Veränderung. Jetzt kannst du dich wenigstens wieder auf deine Arbeit konzentrieren. Und jetzt gute Nacht!"
Poison holte nochmals kräftig mit dem Fuß aus und trat Ant voll ins Gesicht. Der Unterkiefer brach, und Ant verlor das Bewusstsein. Der Freak schüttelte nur den Kopf, und murmelte belustigt:
„Dieser kleine Mistkerl. Will mir drohen. Mir!"
Dann berührte er sein Armband, und verschwand. Der Staub und der Sand gerieten wieder in Bewegung.

Die Rotorblätter wirbelten, der Van kam bremsend zum Stillstand und die Flammen, die Ramona verzehrten, fingen wieder an zu züngeln. Agent Bacon und seine Kollegen, sprangen aus dem Lieferwagen, rannten Richtung brennendes Auto und zum ohnmächtigen Ant. Poison hatten sie in dem aufgewirbelten Staub gar nicht registriert. Sie erkannten sofort, dass sie beim Brand nichts mehr auszurichten vermochten. Ant schleiften sie weg, zur Schiebetür ihres Wagens, und legten ihn dort ab. Danach gab Gary Bacon einen Einsatzbericht an Direktor Roy Wiffen weiter.

Er meldete, dass Ramona Heinz verbrannt sei, und sie Ant in Gewahrsam hielten. Wiffen interessierte sich von vornherein nicht für Ramona Heinz. Das perfekte Ergebnis dieser Jagd.
So ersparte er sich die Drecksarbeit, sie zu beseitigen.
Bacon bekam ein Lob für seinen erfolgreichen Einsatz, und den Auftrag, Ant unversehrt zurück nach Coulder ins NIT zu bringen. Leichter gesagt als getan, bei dem Zustand, in dem Ant steckte. Bacon untersuchte ihn etwas genauer. Er schien zwar ohnmächtig, atmete aber. Unterkiefer, rechtes Schlüsselbein, rechter Arm und einige Rippen sahen gebrochen aus. Ob weitere Brüche oder innere Verletzungen vorlagen, vermochte er an Ort und Stelle nicht zu prüfen.
Bacon ging davon aus, dass Ant den Transport über den holprigen Feldweg nicht überstände. Er forderte deshalb den Helikopter zur Landung auf. Das schien ihm die beste Lösung zu sein.
Die Schiebetür an der Seite des Hubschraubers öffnete sich und er legte Ant in stabiler Seitenlage auf der Ladefläche ab.
Bacon bewachte Ant weiter, während seine Kollegen mit dem Van zurückfuhren.
Der Hubschrauber hob mit Bacon, und dem weiterhin bewusstlosen Ant ab. Was der Agent dort zu sehen bekam, verstand er nicht, sich zu erklären. Während Ant am Boden lag, erlitt er wahnsinnige Schmerzen. Seine gebrochenen Knochen fügten sich selbständig wieder zusammen. Für Ant fühlte es sich an, als reibe ein Schmerz auf einem anderen herum. Ausgerenkte Gelenke, renkten sich von selbst wieder ein. Gerissene Bänder und Muskeln, fügten sich zusammen und heilten sofort aus.
Sogar die dicken Kaktusstacheln, die den Rücken Ants auf blutigste Weise perforierten, ploppten aus seinem Kreuz heraus, wie befreite Sektkorken. Unter den entsetzten Augen Bacons schlossen sich sämtliche Wunden und vernarbten auf der Stelle.
Bacon geriet in Panik. Was sollte er unternehmen, wenn Ant plötzlich übelgelaunt aufwachte? Wie sollte er ihn stoppen? Er war gehalten schnell zu handeln. Noch während Ant wehrlos auf dem Boden lag, fesselte er Arme und Beine mit Kabelbindern.
Als Ant aufwachte und bemerkte, dass er Fesseln an Händen und Füßen hatte, sah er sich verwundert um.

Er kannte den Typen im dunklen Anzug nicht, kapierte aber sofort, dass er in einem Hubschrauber der NSA lag.

Bar jeglicher Schmerzen, robbte er zur Außenwand, lehnte sich dagegen, und setzte sich auf. Die Unfallfolgen erkannte man nur an den kleinen Vernarbungen:

„Wo bin ich? Was ist passiert?"

Gary Bacon antwortete gelassen:

„Sie flüchteten, Sir. Ich bringe sie jetzt zurück ins NIT."

Ant fühlte sich etwas groggy. Aber dann fiel ihm alles siedendheiß brennend wieder ein. Die Erinnerung fraß sich durch sein Gehirn, langsam und unaufhaltsam, wie die Maden durch einen verwesenden Torso.

Er stemmte sich mit aller Kraft, aber sinnloserweise, gegen die Umklammerung der Kabelbinder, und bekam wieder feuchte Augen.

„Ramona, oh Gott, Ramona", stammelte er.

„Sie meinen Miss Heinz, Sir? Die ist bei ihrem Unfall im Fahrzeug verbrannt. Tut mir leid, Sir."

Ants Verbitterung schnürte ihm den Magen und die Kehle zu. Er wollte nichts mehr sagen. Nie mehr. ...

Kapitel 14: Die einzige Konstante ist die Veränderung.

1. Gefangenschaft

Als der Hubschrauber endlich im NIT landete, brach schon der Nachmittag an. Ant saß, weiterhin an Händen und Füßen gefesselt, auf dem Boden der Ladefläche. Bacon zog einen Dolch mit Sägezahnklinge aus seinem Futteral, das er unter dem Hosenbein um die Wade geschnallt trug, und wankte damit auf ihn zu. Ant hatte keine Angst. Sollte er doch zustechen, er würde schon sehen, was dann passierte. Bacon blieb vor Ant stehen:
„Wenn ich ihre Fesseln jetzt löse, werden sie vernünftig sein?"
Ant sah ihn nur verächtlich an. Wie er es sich vorgenommen hatte, sagte er gar nichts.
Bacon hakte nach:
„Hören sie Sir. Ich soll sie nur hier abliefern. Dann ist mein Auftrag erledigt. Ob mit oder ohne Fesseln, spielt da keine große Rolle. Es wird gleich die Schiebetür geöffnet werden. Und da sie eine wichtige Person zu sein scheinen, wird sie ein großes Empfangskomitee dahinter erwarten. Ich dachte nur, dass es besser für sie ist, wenn sie diesen Leuten aufrecht, wie ein Mann, gegenübertreten könnten. Aber es ist mir auch egal, wenn ich sie verschnürt, wie einen Postsack, vor deren Füße werfen muss. Also, werden sie vernünftig sein?"
Ants mürrischer Gesichtsausdruck änderte sich nicht. Er schwieg nach wie vor, hielt seinem Bewacher aber nun die gefesselten Hände entgegen. Bacon deutete das als ein „Ja".
Das extrem scharf geschliffene Messer, glitt durch den Kunststoff wie durch Butter. Ant griff sich sofort an die befreiten Handgelenke, die deutliche Druckspuren von den Fesseln aufwiesen. Dann hielt er dem Agent seine Beine entgegen. Bacon schnitt diesen Kabelbinder ebenfalls ab.
Danach schritt der Agent zur Schiebetür, und klopfte drei mal dagegen. Die Tür öffnete sich. Die Rotoren des Helikopters schwangen soeben aus. Die langsamer werdenden Rotationen erzeugten kaum noch Wind. Draußen standen Dr. Hunt, Dir. Wiffen, Agt. Cooper, und fünf weitere bewaffnete Männer, in dunklen Anzügen. Agent Bacon begab sich zu Ant, half ihm auf, bis in den Stand, und führte ihn zur Tür.

Dort übergab er ihn dem wartenden Empfangskomitee. Ant sprang lässig, wie ein Star, der eben in einem Militärcamp ankam, aus dem Hubschrauber. Die Agents reagierten nervös, traten sofort einen halben Schritt zurück. Sie hatte Respekt vor den angeblichen Fähigkeiten, von denen sie im Vorfeld hörten.
Agent Bacon hatte schon die Gelegenheit, eine Kostprobe davon zu genießen. Er sprang jetzt ebenfalls aus dem Helikopter.
Ant legte seinen Kopf nach hinten ins Genick, was ihn etwas arrogant, oder hochnäsig wirken ließ. Er hatte nicht vor sich anmerken zu lassen, dass er am Boden zerstört war; des Lebens überdrüssig. Mit ausdrucksloser Miene ließ er sein Augenpaar in die Runde schweifen. Er sah keinerlei Veranlassung ein Wort zu verlieren, und tappte ohne weiteres Aufhebens Richtung Eingangstür. Alle anwesenden Personen drehten sich verwundert nach ihm um und folgten, ebenfalls wortlos, seinem Weg. Als Ant den Daumen auf das Lesegerät legte, und in den Iris-Scanner schaute, ertönte nur ein quäkender, ablehnender Ton, und der Bildschirm leuchtete rot auf. Direktor Wiffen trat an ihn heran, griff ihm auf die Schulter, und zog ihn von den Sicherheitssystemen weg:
„Sie glauben doch nicht, dass sie sich in diesem Haus noch frei bewegen können, Mr. Antonin? Wir haben natürlich ihre Zugangsberechtigung gelöscht, nach dem Zirkus, den sie veranstaltet haben."
Ant sah ihn nur gleichgültig mit müden, leeren Augen an. Wiffen öffnete die Tür und führte Ant nach innen, zum Aufzug.
Die Anderen folgten. Nur Agent Gary Bacon, der beim Hubschrauber zurückblieb, klinkte sich aus.
Der Fahrstuhl bot, trotz des großen Aufgebotes, genug Platz. Sie fuhren in das 10. Untergeschoß. Dort brachten sie Ant in einen Verhörraum. Das hätten sie sich sparen können, denn Ant verweigerte den Mund aufzumachen. Er gab keinerlei Erklärungen ab. Selbst dann nicht, als ihm Direktor Wiffen seine Zukunft erklärte:
„Ok, Mr. Antonin. Sie wollen also nicht sprechen. Alles klar.
Ich weiß jedoch, dass sie sich mit ihrer Gehirnleistung alles merken werden, was ich ihnen jetzt sage. Wir können sie nicht frei herumlaufen lassen. Deshalb werden wir sie hierbehalten. Mit ihrem Verstand könnten sie nützlich für uns sein. Ihre Bewegungsfreiheit ist natürlich eingeschränkt. Das Haus werden sie jedenfalls nicht mehr verlassen können.

Ich hoffe, auch für sie, dass sie uns weiterhin als Wissenschaftler zur Verfügung stehen. Falls nicht, sind sie für uns nicht mehr von Nutzen. Haben wir uns verstanden, Mr. Antonin?"
Ant sah ihn nur verächtlich an. Sollten sie ihn doch einsperren. Egal, dann schadete er wenigstens niemandem mehr. Agents führten ihn auf derselben Ebene in seinen künftigen Wohnraum. Die Tür schloss sich hinter ihm, und da saß er nun.
Ein künstliches Tageslicht beleuchtete seinen Raum durch eine Panzerglasscheibe an der Decke. Er vermochte weder die Tür zu öffnen, noch hatte er einen Lichtschalter zur Verfügung. Im Raum stand ein frisch bezogenes Bett, ein Tisch, ein Stuhl, aber es gab keinen Fernseher, kein Fenster, Radio oder Telefon, ergo keinerlei Kontakt zur Außenwelt. Die Luftzufuhr fand über einen vergitterten Lüftungsschacht statt. Ein offener Durchgang führte in eine kleine Nasszelle. Dort gab es ein WC, ein Waschbecken mit einem Metallspiegel und einigen Waschutensilien sowie eine Duschkabine. Das war alles.
Als Erstes schritt er den Raum ab. Der Raum maß vier auf vier Meter. Zuzüglich der Nasszelle 20 Quadratmeter. Er hatte vor, hier den Rest seines Lebens abzusitzen, und es störte ihn nicht einmal. Er säße immer noch hier, wenn es dieses Arschloch von Wiffen schon lange nicht mehr gab. Hier sollte er jetzt allein dahinvegetieren. Allein mit seinen düsteren Gedanken. Er gab sich vollends der Depression hin. Aß kaum etwas, sprach niemals mit jemandem. Jegliches Gefühl war abgestorben, ließ er einfach fahren. So vergingen Monate.
Ant wusste nicht, wie viele Tage er schon in seiner Zelle absaß. Selbst wenn er jedes Mal, wenn das Licht wieder anging, eine Kerbe in den Wandanstrich geritzt hätte, vermochte er nicht sicher zu sein, ob ein neuer Tag anbrach, oder ob nur jemand willkürlich mit dem Licht herumspielte. Deshalb ließ er es gleich sein. Jegliches Zeitgefühl kam ihm abhanden.
Einmal, als Direktor Wiffen ihn wieder in den Verhörraum bringen ließ, um ihn zur Mitarbeit zu nötigen, sagte ihm Ant kurz seine Meinung:
„Sie sind eines der größten Arschlöcher, die ich jemals getroffen habe, Wiffen. Aber trösten sie sich, sie waren sicher das beste Arschloch von allen, das aus dieser einen Ladung Spermien ihres Vaters entstehen konnte.

Sie schlugen also alle anderen Arschlöcher, die da umherschwammen, um Längen, und das versuchen sie heute noch. Weiter habe ich ihnen nichts zu sagen."

Seit dieser Ansprache ersparte sich Direktor Wiffen jeglichen persönlichen Umgang mit Ant. ...

2. Die Veränderung

Direktor Wiffen schickte, seit Ant ihn als Arschloch beschimpfte, vornehmlich Dr. Megan Hunt vor. Die versuchte es mit Vernunft, Verständnis und Güte, probierte ihm die Forschungsarbeit schmackhaft zu gestalten.
Sie erzählte ihm von leichten Fortschritten, die sie mit dem Antit erreichten, dass es ihnen außerdem gelang, den roten Schleimpilz zu kultivieren. Sie sprach von den Möglichkeiten, die sie in beiden Projekten sah, aber dass sie festhingen, und unbedingt seine Hilfe brauchten. Ant verweigerte ihr aber ebenso jegliche Kommunikation.
Nach circa einem Jahr, ergo im Frühjahr 2011, reichte es Direktor Wiffen. Er verlangte entweder Fortschritte, oder gegebenenfalls eine Endlösung zu besprechen, und traf sich hierzu mit Dr. Hunt:
„Hallo, Dr. Hunt. Kommen sie herein."
Dr. Hunt nickte Wiffen entgegen:
„Direktor."
„Setzen sie sich, Dr. Hunt."
Sie nahm auf einem der drei gepolsterten Sessel, vor dem großen Eichenholzschreibtisch platz. Wiffen saß freilich etwas erhöht, sodass er auf Dr. Hunt herunterblicken konnte. Kindische Machtspiele. Damit beeindruckte er Dr. Hunt schon lange nicht mehr:
„Also, Dr. Hunt, es dreht sich um diesen Antonin. Wie kommen sie mit ihm voran?"
„Gar nicht. Er will weder mitarbeiten, noch sprechen. Ich habe alles versucht, konnte ihn jedoch nicht überzeugen."
Wiffen zeigte ein nachdenkliches Gesicht:
„Langsam müssen wir an den Kosten-Nutzen-Faktor denken, Dr. Hunt. Wenn er absolut nicht bereit ist, mit uns zusammenzuarbeiten, sollten wir uns überlegen, wie wir ihn loswerden können. Endgültig, sie verstehen?"
„Wie stellen sie sich das vor, Direktor Wiffen? Sie wissen doch, dass wir ihn nicht töten können."
„Das nehmen wir an. Wissen ist etwas Anderes. Ich kann hier nicht mehr länger zuschauen. Wir müssen ihn, auf welche Weise auch immer, entsorgen."
Hunt schüttelte ungläubig den Kopf:

„Was? Wollen sie etwa einen Agent in seine Zelle schicken, um ihn zu erschießen? Das Einzige was sie damit erreichen würden, ist ein toter Agent."
„Na dann eben Polonium. Vielleicht können wir ihn vergiften?"
„Ich kann ihnen nur davon abraten. Denken sie an den Mumienfall. Wenn wir ihm das Leben nehmen, nimmt er es sich einfach zurück, und zwar von Einem von uns. Wir haben doch auch den Bericht von Agent Bacon. Er hat mit eigenen Augen gesehen, wie sich Antonin innerhalb von Minuten, von schwersten Verletzungen erholte. Wenn sie ihm Polonium ins Getränk schütten, pisst er es womöglich einfach wieder aus, und verstrahlt damit das Abwasser. Ich denke nicht, dass wir dergestalt vorgehen können."
„Na gut, was schlagen sie vor?"
„Ich habe mich schon längere Zeit gefragt was passiert, wenn wir ihm unsere Droge, zur Erweiterung der Hirnkapazität, geben."
„Halten sie das nicht für gefährlich? Und was soll das überhaupt bringen? Vergrößern sich dadurch nicht auch seine Fähigkeiten?"
„Was soll schon passieren. Er würde noch klüger werden. Viel intelligenter als wir, ist er auch wieder nicht. Ich halte das nicht für gefährlich. Was glauben sie, was er macht, wenn wir ihm die Droge unterjubeln? Meinen sie, er würde uns zu Tode klugscheißen? Sicher erweitert es einfach nur seinen Geist, befreit ihn womöglich auch von der Depression. Möglich, dass er dann eher bereit ist, mit uns zusammenzuarbeiten."
Wiffen dachte kurz nach:
„Na gut, Dr. Hunt, machen sie es so. Jubeln sie ihm die Droge unter. Aber wenn sich nicht bald etwas ändert, müssen wir andere Wege finden. Klar?"
„Alles klar, Direktor Wiffen. Ich werde sofort alles in die Wege leiten. Ich halte sie auf dem Laufenden. Bis bald."
Wiffen hob nur kurz die rechte Hand zum Abschied, dann vertiefte er sich wieder in seine Akten.
Die Droge verabreichten sie Ant heimlich, über die Getränke. Kurz nach dem Abendessen setzte bei ihm zunächst ausgeprägter Schwindel ein. Das Unwohlsein verstärkte sich, und er legte sich zu Bett.
Danach stellten sich die Kopfschmerzen ein. Es fühlte sich an, als versuchte das Gehirn, eine Barriere hinweg zu hämmern.

Ein pulsierender, immer stärker werdender Kopfschmerz, bahnte sich seinen Weg.
Ant hielt sich schmerzverzerrt die verkrampften Hände vors Gesicht. Er krümmte sich wie ein Wurm und schrie, aber niemand reagierte. Dann wurde alles schwarz um ihn herum.
Nach dem Nachtzyklus ging das Licht wieder an. Ant wachte langsam auf. Er hatte keine Schmerzen mehr, aber irgendetwas fühlte sich anders an. Zuerst tapste er in die Nasszelle. Im Spiegel sah er, dass Blut aus seiner Nase gelaufen, und schon wieder geronnen war. Als er den Wasserhahn aufdrehte, vernahm er einige Stimmen. Er wusch sich das Gesicht ab, und drehte die Mischbatterie wieder ab. Das Gequassel hörte er aber nach wie vor. Er sah sich um, tapste suchend zurück in sein Zimmer, fand jedoch niemanden vor. Als er analysierte, was die Stimmen dahin brabbelten, kam er zu dem Schluss, dass es sich nicht um Gespräche handelte. Zu banal, zu unwichtig, zu persönlich. Niemand spräche so über seine intimsten Gedanken.
Vermutlich nicht einmal mit einem Therapeuten. Es handelte sich seiner Meinung nach um reine Geistestätigkeiten. Vermochte er das Bewusstsein der Menschen aus der näheren Umgebung wahrzunehmen? Hatten ihm die NSA-Idioten diese spezielle Droge untergejubelt? Seine Gehirnleistung von vorher 60 auf jetzt 90 Prozent erhöht? Ja, das war es, ohne Zweifel. Entweder das, oder er verlor endgültig den Verstand.
Diese Trottel hatten keine Ahnung, welchen Umfang seine Hirnkapazität vor ihrem Drogenanschlag aufwies. Wie immer. Sie hatten etwas, was sie auszuprobieren suchten. Freilich testeten sie es schon vorher an einigen ihrer Agents, Dr. Hunt, Direktor Wiffen, usw. Aber an einen Probanden, von seiner Intelligenz, hatte sie es nie zuvor verabreicht.
Dabei gaben sie keinen Pfifferling darauf, welche Risiken bestanden. Hauptsache sie hatten ihren Versuch. Wie damals, als sie die erste Atombombe zündeten. Da gab es Kalkulationen, die eine Kaskadenwirkung auf die gesamte Erdatmosphäre voraussagten. Laut dem berechneten Szenario bestand die Möglichkeit der vollständigen Verbrennung der Atmosphäre.
Glücklicherweise stimmten diese Berechnungen nicht, und unsere Lufthülle wurde nur leicht mit Strahlung verseucht.

Sie zogen es damals ohne Skrupel durch, ungeachtet der möglichen Konsequenzen. Jetzt hatten sie womöglich eine neue Atombombe gezündet. Eine Ant-ombombe.
Er musste sich erstmal setzen. Es fiel ihm nicht leicht, sich an alle, auf ihn einströmenden Eindrücke, zu gewöhnen. Die wirr durcheinander plappernden Gedanken, vermochte er nach einer Weile zu sortieren, völlig oder teilweise auszublenden.
Stimmen waren aber nicht das Einzige, was er wahrnahm. Wenn er sich auf den elektronischen Türschließmechanismus konzentrierte, sah er, wie das Gerät ständig Datensätze austauschte. Sie flossen vor seinem geistigen Auge, in regelmäßigen Stößen, in den Mechanismus hinein, und verändert wieder heraus.
Ant konnte diese Datenströme, ohne sich groß zum nachdenken zu zwingen, in ihren Bedeutungen erkennen, sie ohne Schwierigkeiten lesen wie ein Buch. Es handelte sich um die Verbindung zum Hauptcomputer, die unablässig abgefragt, und wieder bestätigt wurde.
Er erkannte jetzt, dass er die Fähigkeit besaß, den Raum ohne Umschweife zu verlassen, wann immer er Lust dazu verspürte. Der Wachmann am Ende des Flures, der gerade an Sex, mit einem der Modells aus dem Titten-Magazin dachte, dass er soeben studierte, versuchte sicher, ihn aufzuhalten. Er schösse vermutlich sogar auf ihn.
Dann flösse die Lebensenergie vom Wachmann, Rod Kazinsky, auf ihn über. Eine Mumie mehr in Ants Leben. Nein, das vermied er besser.
Obwohl er weiterhin wütend auf die NSA, auf Poison und die Welt war, fiel ihm sicher Besseres ein, als Unschuldige auszusaugen. Sein Kopf explodierte förmlich vor Ideen. Der Enthusiasmus gewann langsam die Oberhand über die Weltverdrossenheit. Ein verwirrender Zustand. Pure, völlig gefühllose Intelligenz, bahnte sich ihren Weg durch seine Gehirnwindungen.
Er saß auf dem Bett, und hatte Durst. Gläser standen ihm nicht zur Verfügung. Aber er wusste, dass noch etwas Mineralwasser im Stahlbecher, auf dem Tisch, darauf wartete, getrunken zu werden.
Völlig in sein Gedankenfeuerwerk versunken, nahm er den Becher in die Hand, und trank einen Schluck daraus.
Als er ihn wieder hinstellen wollte, bemerkte er erst, dass er nach wie vor auf dem Bett saß. Der Tisch stand mindestens drei Meter entfernt von ihm, an der anderen Wand.

Er hatte sich nicht vom Fleck bewegt, stand nichteinmal auf. Erstaunt betrachtete er den Becher. Er konzentrierte sich auf den kleinen Stahlbehälter, umschmeichelte ihn mit seinem Verstand, und ließ ihn los.
Der Becher schwebte vor ihm, nur gehalten von der Kraft des Geistes. Ant fing an zu grinsen.
Das erste Mal seit einem Jahr. Dann gestattete er dem Becher zurückschweben, hinüber zum Tisch. Als er dort ankam, ließ Ant ihn zu schnell los, und der Becher plumpste aus 30 Zentimetern Höhe auf den Tisch. Er kippte um, und das restliche Wasser verteilte sich über das Möbelstück.
„Hier ist wohl noch ein bisschen Feinarbeit nötig", trällerte er, in einem fröhlich klingenden Singsang, vor sich hin.
Dann konzentrierte er sich auf den Schließmechanismus. Genauer gesagt auf die Daten, die dort bei der letzten Türöffnung aktiviert, vom Computer akzeptiert und gespeichert wurden. Es handelte sich um die Zugangscodes von Dr. Hunt, die zuletzt seine Tür öffnete. Sicher flößte dieses Luder ihm die Droge ein. Selbst Schuld.
Mit ihrem Code öffnete er die Tür, und schlenderte lässig auf den Gang hinaus.
Rod Kazinsky reagierte wie vorausgesehen:
„Hey! Wo kommen sie denn plötzlich her? Bleiben sie stehen! Die Hände hoch und stehenbleiben, oder ich schieße!"
Kazinsky zog seine Pistole.
Ant hob die Hände über den Kopf, und konzentrierte sich auf die Schusswaffe. Aus zehn Metern Entfernung entriss er Rod seine Knarre. Die Pistole schwebte vom geschockten Wachmann weg, entlud sich scheinbar von Geisterhand, und zerfiel vor seinen Augen in ihre Einzelteile. Alle Pistolenteile und Patronen, prasselten klimpernd auf den Fußboden. Ant grinste den Wachmann freundlich an:
„Schon mal was von Telekinese gehört? Nein, das ist kein Chinese, der beim Fernsehen arbeitet. Ich weiß, sie haben jetzt Angst, Agent Rod Kazinsky. Woher ich ihren Namen weiß?
Ich kann ihre Gedanken lesen. Aber scheißen sie sich nicht in die Hose. Ich werde sie in Ruhe lassen. Geben sie einfach Dr. Hunt Bescheid.
Ich setze mich in der Zwischenzeit zurück in mein Zimmer, und bleibe dort, bis sie vorbeikommt.

Also, keine Angst, veranlassen sie einfach, was ich ihnen erklärt habe, ok?"
Rod brachte kein Wort über die Lippen. Entgegenkommend, dass Ant ihn darauf hinwies, sich nicht in die Hose zu scheißen, sonst hätte er es womöglich getan. Er nickte nur ungläubig und sah zu, wie Ant wieder in der Zelle verschwand.
Dann ließ er sich auf seinen Bürostuhl plumpsen, und atmete einige Male tief durch, bevor er zum Telefon griff, um Dr. Hunt zu verständigen.
Dr. Hunt kam allein. Anhand der Schilderungen von Agent Kazinsky dachte sie sich, dass es nichts brächte, wenn sie mit der Kavallerie anrückte. An der offenstehenden Tür von Ants Zelle, blieb sie stehen, schnaufte nochmal tief durch, und klopfte gegen die Zarge:
„Darf ich eintreten, Mr. Antonin?"
„Ja, nur zu, kommen sie herein. Ich habe sie nicht rufen lassen, um sie vor der Tür stehen zu sehen."
Megan trat ein. Ant saß entspannt auf seinem Bett:
„Was haben sie mit Agent Kazinsky gemacht? Der ist immer noch blass um die Nase."
Ant lächelte sanft:
„Ich habe ihn nicht einmal berührt, ihm nur kurz seine Grenzen aufgezeigt. Aber nun zu ihnen, Dr. Hunt. Ich denke, dass sie mir diese Droge, die sie mir schon einmal erfolglos anpriesen, untergejubelt haben. Ich sollte ihnen jetzt eigentlich böse sein. Aber irgendwie habe ich keine Lust dazu; es brächte mir nichts, sie zu bestrafen. Außerdem fühle ich mich gut. So gut, wie schon lange nicht mehr. Voller Ideen und Tatendrang. Ich darf doch annehmen, dass ich immer noch ihre Einrichtungen benutzen kann?"
Megan dachte an die Risiken. Wie es ihr gelänge, Ant davon abzuhalten, Unsinn zu treiben.
Wie sie es sicherzustellen vermochte, dass die Ergebnisse seiner Forschung der NSA zugutekämen. Bisher hatte sie nichts gegen ihn in der Hand:
„Selbstverständlich, aber nur unter meiner Aufsicht. Sie würden mir doch nichts antun, irgendwelchen Unsinn anstellen, oder?"
„Sie haben Recht, Dr. Hunt. Bisher haben sie nichts gegen mich in der Hand. Aber ich verspreche brav zu sein.

Mir geht es nur um die Forschung. Hier bei ihnen ist das einzige Institut, das mir die erforderlichen Voraussetzungen bieten kann. Und keine Angst, die NSA kann die Ergebnisse nutzen. Ich sage ihnen aber gleich, dass ich auch ein Interesse an den Forschungsergebnissen habe. Ich will diesen Kerl, der ihren Kollegen X aufgemischt hat, erledigen. Ah, ja, danke, Dr. Ivor Powell."
Megan fiel ihm überrascht ins Wort:
„Wer? Wie kommen sie auf den Namen?"
„Na ihr Kollege X, den dieser Typ umbrachte. Dr. Ivor Powell. Sie haben gerade an ihn gedacht, als ich Mitarbeiter X erwähnte."
Megan sah ihn schockiert an. Wenn er imstande war, diesen Impuls zu dechiffrieren, nahm er sicher fernerhin ihre gesamte übrige Psyche wahr:
„Sie können also meine Gedanken lesen? Ok, gut zu wissen. Sprechen sie weiter, Mr. Antonin."
Ant lächelte wieder, und fuhr fort:
„Dieser Typ, ich nenne ihn Mr. Poison, hat mir und anderen Menschen, unbeschreibliches Leid zugefügt. Ich will nicht, dass er noch mehr Schaden anrichtet. Deshalb habe ich vor, ihn umzubringen. Nur darauf werde ich meine Forschungen konzentrieren. Für die NSA bleibt übrig, was dabei abfällt."
Das reichte Dr. Hunt, um zuzustimmen. Welche andere Entscheidung hätte sie auch treffen können?
„Ok, Deal, Mr. Antonin. Ich halte es für besser, wenn wir ihre neu hinzugewonnenen Fähigkeiten vor der Obrigkeit verheimlichen. Ich weiß nicht, wie Direktor Wiffen auf diese potentielle Bedrohung reagieren würde.
Wir sagen ihm einfach, die Droge habe bei ihnen nicht die gewünschte Wirkung erzielt, dass sie sich nun aus freien Stücken dazu entschlossen hätten, die Forschungsarbeiten aufzunehmen."
Ant nickte:
„Da ist nur noch Agent Kazinsky. Er weiß Bescheid über mich. Holen sie ihn her, Dr. Hunt."
Megan rief den Wachposten herein.
Er betrat den Raum in etwas gebückter, angespannter Körperhaltung, was seiner Verängstigung Ausdruck verlieh. Dr. Hunt raunzte ihn an:

„Kommen sie endlich näher! Ein ausgewachsener Agent, und sie haben ihre Hosen gestrichen voll! Egal was jetzt passiert, sie bleiben ruhig hier stehen!"
Kazinsky nickte nach wie vor verängstigt. Ant trat an ihn heran, skeptisch beäugt vom Agent. Dann streckte Ant seine Hand nach Kazinskys Kopf aus.
Der wich ein Stück zurück, Ant folgte ihm aber diesen halben Schritt, und berührte Kazinskys Stirn. Er konzentrierte sich auf die Gedanken und die Erinnerungen des Agents. Genauso leicht, wie es ihm beim Computer fiel, löschte er die Erlebnisse der letzten Minuten umstandslos aus dessen Gehirn.
Kazinsky schwankte nur ein bisschen, schüttelte seinen Kopf, und sah sich in der Zelle um:
„Wie komme ich hierher?"
Dr. Hunt sah ihn erstaunt an:
„Na ich habe sie doch gerade erst hereingerufen. Was ist los mit ihnen, haben sie Tagträume?"
Agent Kazinsky nahm Haltung an:
„Entschuldigung, Madam. Was kann ich für sie tun?"
Hunt behielt ihren Kasernenton bei:
„Sagen sie mir, was sie in der letzten halben Stunde getrieben haben!"
„Ich saß auf meinem Wachposten, Mam."
„Wie konnte ich dann an ihnen vorbei, hier in diese Zelle gelangen!?"
„Ich kann mich nicht erinnern …, ich weiß nicht, Mam. Ich muss weggenickt sein. Bitte, machen sie keine Meldung, Mam."
Dr. Hunt sah Kazinsky zufrieden an. In sanfterer Tonlage fuhr sie fort:
„Ich bin kein Unmensch. Verschwinden sie zurück auf ihren Posten, und schlafen sie sich nach Dienstschluss einmal richtig aus. Ich werde keine Meldung machen. Aber wenn das nochmal vorkommt, sind sie fällig. Klar?"
Kazinsky buckelte regelrecht, als er antwortete:
„Alles klar, Mam. Danke, Mam."
Er verließ hurtig den Raum. Ant grinste Megan an:
„Na, sie sind mir ja ein durchtriebenes Stück. Alle Achtung. Wie schnell sie reagiert haben."
Megan lächelte zurück:

„Ich nehme das als Kompliment, Mr. Antonin. Also, womit fangen wir an?"
„Erstens, nennen sie mich einfach wieder Ant. Wie damals, als sie mich mit dem Hubschrauber vom Talkessel geholt haben.
Und als Zweites, nehmen wir uns das Hunt-Fluid vor, und versuchen Antit-Miniaturkristalle herzustellen."
Dr. Hunt verzog nachdenklich das Gesicht:
„Davon haben wir leider nicht mehr viel übrig. Wir haben versucht, es zu synthetisieren. Dazu haben wir einen Teil davon erhitzt, um es in seine einzelnen Atome zu zerlegen. Es verdampfte jedoch bereits unter 100 Grad Celsius, zu einem höchst explosiven Gemisch. Ein komplettes Labor wurde verwüstet. Jetzt haben wir nur noch geringe Restmengen."
Ant zuckte nur mit den Schultern:
„Schon wieder? Sie haben ja einen anständigen Laborverschleiß. Dann arbeiten wir eben mit diesen Resten. Und irgendwo muss es ja hergekommen sein. Da ich es in einem Flugkörper der ASF gefunden habe, könnten wir uns auf die Suche begeben.
Möglich, dass es eine natürliche Quelle gibt, wo wir das Fluid finden. Wir müssen auf jeden Fall mit der ASF darüber reden."
„Ok, Ant. Fangen wir an. Ich werde mein Bestes versuchen, um mit der ASF in Kontakt zu kommen."
Und sie fingen an. Ant bekam wieder seine Zugangsberechtigungen. Völlig sinnlos, er hätte sie sich ebenso leicht selbst, über den Hauptcomputer, zuteilen können. Obwohl mit seinen neuen Fähigkeiten jederzeit die Möglichkeit bestand, verließ er das NIT nicht. Er arbeitete Tag und Nacht.
Tagsüber zusammen mit Dr. Hunt, an der praktischen Nutzung des Energieumwandlers Antit. Nur sie erklärte sich bereit, mit Ant zusammen zu arbeiten.
Alle Anderen mieden schon nach kurzer Zeit seine Nähe. Sie fühlten sich in der Umgebung Ants unwohl, wenn er mit ihnen über Dinge sprach, die sie bisher gar nicht ausgesprochen hatten, genauso als ob er ihre Gedanken lese.
Dr. Hunt hingegen, lernte schnell ihre Eingebungen zu beherrschen, sich nur auf die Arbeit zu konzentrieren und nicht an andere Dinge zu denken.

Wenn Ant gewollt hätte, besaß er jederzeit die Möglichkeit, ihrem Geist sämtliche Geheimnisse mit Gewalt zu entreißen. Das entsprach jedoch nicht seiner Intention.

Nachts arbeitete Ant an der Miniaturisierung eines Quantencomputers, den der mit Hilfe von Antit abschirmte und mit Energie versorgte. Er dachte ebenfalls daran, einen Begleiter für sich zu konstruieren.

Einen anorganischen Weggefährten, eloquent und hilfreich, dem niemand imstande war, das Leben auszusaugen. Die Robotik faszinierte ihn schon als Schüler. Mit seinem neuen Verstand fielen ihm sämtliche Problemlösungen leichter, alles erschien ihm völlig durchschaubar, glasklar.

Er ließ sich von den Delphinen inspirieren. Diese Tiere schlafen nur mit einer Gehirnhälfte, während die andere Hälfte weiterarbeitet, um beispielsweise aufzutauchen und zu atmen. Sie ertränken sonst während der Nachtruhe. Ant nutzte ebenfalls dieses Prinzip. Bei primitiven Routinearbeiten schaltete er problemlos eine Gehirnhälfte ab, und ließ sie ausruhen. Nur wenn er den Verstand in seiner allumfassenden Vielfalt zu nutzen gedachte, schaltete er das komplette Gehirn auf Betrieb. Den Körper ließ er nur wenige Stunden am Tag zur Ruhe kommen. Das genügte.

Die Forschungen ergaben, dass die extrem hohen Energieleistungen des Antit, nicht durch das Kristall selbst erzeugt werden. Es fungierte nur als Transformator, wandelte die im Übermaß vorhandene dunkle Energie, in nutzbare Kraft um.

Ants Berechnungen ergaben, dass mit einem Antit-Kristall, ab einer gewissen Größe, soviel Energie zur Verfügung stünde, dass sogar ein Raum-Krümmungs-Wurmloch-Antrieb, RKWA, möglich sei.

Leider hatten sie nur geringe Restbestände des Hunt-Fluides übrig. Das zwang Ant dazu, in kleineren Maßstäben weiterzuforschen.

Wegen der geringen Restbestände gestaltete es sich schwierig für Ant, ein kleines Bisschen für eigene Zwecke, also seinen Androiden abzuzweigen. Megan unterstützte ihn aber dabei. Sie klärte die Obrigkeit entsprechend auf, dass diese Forschungen ebenfalls Potential aufwiesen.

Es dauerte Jahre, bis Ant und Dr. Hunt, praktikable Ergebnisse vorzuweisen hatten. Über den gesamten Zeitraum gelang es ihnen nicht, das Hunt-Fluid zu synthetisieren.

Es ließ sich schlicht und einfach nicht in seine Bestandteile zerlegen. Sie fanden nur heraus, dass das Hunt-Fluid, bei minus 77 Grad Celsius, zu Antit kristallisierte, und dass es bei plus 88 Grad Celsius zu einem instabilen, hoch explosiven Molekül verdampfte.
Das Hunt-Fluid entzog sich weiteren Analysen.
Es verschluckte sämtliches Licht und jegliche Energie, mit denen sie es bestrahlten, genauso wie es, aus einer Subraumebene heraus, die dunkle Energie aufnahm und umwandelte. Bei seiner tief blauen Farbe, schien es sich um die ursprünglichste aller Spektralfarben zu handeln. Vermutlich die einzige Farbe, die auf sämtlichen Ebenen des Multiversums existierte.
Die Kunststoffkugel vermochten sie aber zu analysieren und nachzubauen. Sie schafften es, kleine Antit-Kristalle zu erzeugen, sie mit diesem nachgemachten, nichtleitenden Kunststoff zu isolieren und die erzeugte Energie zu nutzen. Zur Begeisterung der NSA-Führungsriege versorgten sie das gesamte NIT, mittels eines einzigen Minikristalles, unbegrenzt mit Strom.
Mit einem weiteren winzigen Kristall gelang es Ant, einen klitzekleinen Laser mit genügend Energie zu versorgen, und damit eine lasergesteuerte Ionenverschränkung im Mikroformat zu kreieren. Der Grundstein für einen kleinen, kompakten Quantencomputer, den Ant als Androidengehirn einplante, war gelegt.
Die Entwicklung des extrem leistungsstarken und winzigen Lasers, weckte Gelüste der NSA nach Laserstrahl- oder Plasmawaffen.
Ein vorhersehbares Begehren, das hauptsächlich in den Aufgabenbereich von Dr. Hunt fiel.
Sie stieg durch die erfolgreichen Entwicklungen, über die Jahre, in der Hierarchie der NSA auf.
Als logische Folge ernannte man sie, nach einer Weile, zum Direktor.
Die Plasmawaffen lieferte sie vornehmlich an die ASF. Aber langsam gingen die Reste des Hunt-Fluides zur Neige. Die künstliche Erzeugung der blauen, hochreaktiven Flüssigkeit, gestaltete sich nach wie vor als unmöglich.
Ant und Hunt vermochten trotz vorliegender Hochintelligenz nicht herauszufinden, wie dieses Fluid ursprünglich entstand. Jegliche Versuche, die zähe Flüssigkeit in seine atomaren Einzelteile aufzuspalten, endete im Chaos. Sie steckten in einer Sackgasse fest.

Zusätzliches Hunt-Fluid musste her, und zwar schnell. Ant bastelte weiter an seinem Androiden, während Hunt diverse Kontakte bei der ASF etablierte.
Die Jahre vergingen wie im Flug. Ant entwickelte immer neue Materialien. Der leichte Kunststoff, der das Antit abschirmte, stellte sich als extrem temperaturbeständig, bruch- und kugelsicher heraus.
Ant verwarf deshalb, bei der Erschaffung seines Geschöpfes, eine erheblich zu schwere Metallkonstruktion, und verwendete vorzugsweise diese leichte Kunststoffverbindung. Als einzige Metallteile an seinem künstlichen Kumpel setzte er nur die zahlreichen winzigen Servomotoren ein, die den Androiden bewegten, und ihn menschlicher wirken ließen. Immer kleinere Nanomotoren und Fasern, steuerten zum Beispiel ein Lächeln im Gesicht des Androiden, oder zogen eine Augenbraue hoch, oder runzelten die Stirn. Kleine wichtige Gesten, die eine genaue Programmierung und eine Echtzeitsteuerung voraussetzten.
Ant entwickelte einen Heidenspaß an der Arbeit. Trotz einiger Fehlschläge kam er seinem Ziel, einen Begleiter zu erschaffen, immer näher. Er fühlte sich vermutlich wie Dr. Frankenstein, als er die Kreatur erschuf, oder Dr. Noonien Soong, als er Commander Data und seinen Bruder Lore entwickelte. Ja, Ant war nach wie vor Star-Treck-Fan.
Er hatte zwar die Möglichkeit, das Computergehirn mit Wissen zu füttern, ans Internet anzuschließen, und an den Hauptcomputer der NSA, aber es lernte dort nicht, was Integrität, Anstand oder ein Gewissen bedeuten.
Für Gefühle und soziale Kompetenz, musste Ant aufwendige Algorithmen entwerfen, immer wieder neu programmieren und verwerfen, bis er endlich das von ihm gewünschte Ziel erreichte. Eines Tages schaffte er es. Seine Schöpfung war soweit.
Zwar unansehnlich, und ein bisschen gruselig, so ohne Haut, aber der Android funktionierte perfekt.
Kleine Nachbesserungsarbeiten gestalteten seine Bewegungsabläufe flüssiger und menschlicher. Ant hatte nie vor, ein Abbild von sich selbst zu schaffen. Er wies freilich, im Gegensatz zu Mr. Poison, keinen Gotteskomplex auf.

Die Gestaltung des Androiden fiel, von seiner eigenen Körpergröße ausgehend, etwas kleiner aus, er verpasste ihm nach und nach dunkle Haare und versah ihn mit einer täuschend echt wirkende Silikonhaut. In die von Ant speziell entwickelte Epidermis integrierte er tausende kleiner Gefühlssensoren. Insbesondere in den Händen. Da Ant ebenfalls Emotionen wie Spaß und Freude programmierte, stattete er den Androiden ebenso mit einem Geschlechtsteil aus. Er dachte kurz daran, sich eine Gefährtin zu bauen, verwarf diesen Gedanken aber wieder.
Er benötigte keine Lebenspartnerin mehr. Der Tod aller seiner Freundinnen, kurierte ihn von sämtlichen romantischen Gefühlen. Sex vermochte er, wenn ihm der Sinn danach stand, genauso auf andere Weise zu bekommen, dazu war es nicht nötig, eine Androidenbraut zu konstruieren.
Er bevorzugte einen Kumpel. Einen Kameraden, dessen geistiges Niveau annähernd bei seinem lag.
Weshalb hätte er diesem Kumpel jeglichen Spaß versagen sollen? Er entwickelte einen voll funktionsfähigen Penis für ihn, mit allen dazugehörigen Programmierungen und einigen ausgefallenen Gimmicks.
Ant überkam eine tiefe Zufriedenheit, als er das Quantencomputergehirn mit dem Rumpf vereinte. Ein großer Augenblick für ihn und seinen künftigen Kumpel.
In der Autoindustrie bezeichnet man sowas als eine „Hochzeit". Ant blieb aber vorzugsweise bei dem Begriff „Geburtstag". ...

3. Geburtstag

Es dauerte Jahre, bis er alles so perfekt wie möglich abgestimmt hatte. Ant fand immer wieder Verbesserungen, die er noch vorzunehmen hatte. Wie ein Autor, der nie mit dem endgültigen Ergebnis seiner Werke zufrieden zu sein scheint. Mit immer neuen Entwicklungen verbesserte er sein Geschöpf, im Laufe der Zeit, stetig weiter. Stattete es mit Nachtsichtaugen, polymimetischen Zugangsports, für alle nur möglichen Formen von Computerzugängen, immer kleineren und stärkeren Servomotoren, und mit anderem schlauen Zubehör aus.

Er drängte sich selbst dazu, zu einem Abschluss zu kommen, nicht ewig an seinem Projekt weiter zu tüfteln, irgendwann konnte er nicht mehr umhin, es gut sein zu lassen.

Es war an der Zeit, den künstlichen Geist mit dem verbesserten Leichtbaukörper zu verbinden, und die Kreatur zum Leben zu erwecken.

Ant war es egal, ob die NSA den Androiden als Sache oder als Lebewesen einstufte. Diese Entscheidung oblag, seiner Meinung nach, den akademisch-philosophischen Koryphäen, an den Universitäten.

Am Donnerstag, dem 11. Juni 2020, war es dann soweit. Er lud nur seine beste und zur Zeit einzige Bekannte, Dr. Megan Hunt, zur „Geburt" des Geschöpfes ein. Sie kam dieser Einladung gerne nach. Eine selbständig denkende, lernfähige, bewegliche, künstliche Lebensform, interessierte sicher ebenso die ASF oder die US Army. Selbst wenn die Entwicklungs- und Herstellungskosten bisher in einem eklatant hohen Bereich lagen.

Bildschirme gab es im Labor schon lange nicht mehr. Computersteuerungen funktionierten ausschließlich über Handbewegungen oder Stimmenerkennung. Sogenannte Atomar-Stabilisatoren, die als Abfallprodukt aus Ants Entwicklungen anfielen, verfestigten die normale Raumluft, partiell zu einem stabilen Gitter. So entstandene Nanowände, die als Tastaturen oder Bildschirme dienten. Die dafür benötigten Mengen an Energie, lieferten die vorhandenen Mini-Antit-Kristalle.

Es gab aber weiterhin Konsolen mit Zugangsports, die zu Up- und Downloads, für verschiedenste externe Datenträger dienten.

Computerarbeit entsprach seither eher der Arbeit eines Dirigenten.

Der jeweilige User, von schwebenden Bildschirmen und Tastaturen umgeben, besaß die Möglichkeit, durch Antippen und Handbewegungen die Dateien zu bearbeiten, zu verschieben oder zu übertragen.
Alle diese Neuentwicklungen, verheimlichte die NSA der breiten Öffentlichkeit.
Die Normalos, hatten das zweifelhafte Recht, sich weiterhin mit ihren Laptops und benutzerunfreundlichen Programmen abzukämpfen.
Obwohl die neue Energiequelle genau das Richtige für ein Volk darstellte, dass nie gelernt hatte, bewusst und sparsam mit den vorhandenen Ressourcen umzugehen. Nach der Logik dieser verwöhnten Bürger spielte es keine Rolle, für welchen Schwachsinn sie die vorhandene Energie verschwendeten. Ginge es nach ihnen, beleuchteten sie vermutlich sogar die Sonne.
Die NSA informierte nicht einmal die Regierung über alle Neuentwicklungen.
Nach Dr. Hunts Meinung konnte man das Schicksal der Welt nicht einer Regierung überlassen, die aus unterbelichteten, korrupten und impotenten Schwänzen bestand.
Ihr gefiel es besser, alles einer grausamen, skrupellosen Geheimorganisation zu überlassen. Aber das stand auf einem anderen Blatt.
Als Megan das Privatlabor Ants betrat, lag der Android noch auf seinem Konstruktionstisch. Ant beschäftigte sich soeben, wie einer der besagten Dirigenten damit, letzte Einstellungen vorzunehmen:
„Ah, Dr. Hunt. Schön, dass sie Zeit haben. Ich hab`s gleich. Oder sollte ich sagen, **wir** sind gleich soweit?"
Inquisitiv, aber ebenso übellaunig, antwortete sie:
„Ja, ja, sie mich auch, Ant. Was soll das Gesülze. Wir beide wissen doch, wie wir zueinanderstehen."
„Und trotzdem sind sie die Einzige, die hier ist, Dr. Hunt. Aber nicht mehr lange, denn ich drücke jetzt ..., tatarataaa ..., die Entertaste."
Ant drückte die Taste, und ließ mit einer wischenden Handbewegung alle Bildschirme verschwinden.
Der Android öffnete die Augen. Er kniff sie etwas zusammen, und passte seine Sensorik an die gegebenen Lichtverhältnisse an.

Dann bewegte er Finger und Zehen, als sei er ein Gelähmter, und auf wundersame Weise geheilt worden.
Er schüttelte den Kopf und setzte sich mit einer geschmeidigen, schnellen Bewegung auf. Mit seiner Bassstimme fragte er:
„Wo bin ich? Wer bin ich, wie komme ich hierher, und wer sind sie?"
Ant lächelte ihn an, während Megan respektvoll einen Schritt nach hinten trat. Er übernahm das Antworten:
„Du bist aber ein neugieriger Kerl. So ist es richtig. Ich habe dich programmiert, deshalb weiß ich, dass dir dein Status bekannt ist. Also, du bist immer noch hier in meinem Labor im NIT. Ich habe dich entwickelt, gebaut und programmiert. Mich kannst du Ant nennen. Und die Dame dort drüben ist Dr. Megan Hunt."
Der Android lächelte jetzt ebenfalls:
„Dr. Hunt. Direktor der Forschungsabteilung der NSA. Ausschussmitglied im Einsatzrat der ASF. Ihr in der Datei gespeichertes Bild, sollten sie demnächst einmal erneuern. Und sie Sir, sie sind Josef Gaius Antonin. Mein Erbauer. Mein Schöpfer. Wie aber ist mein Name?"
Ant drehte sich fragend zu Megan um, die nur missmutig mit den Schultern zuckte. Er überlegte kurz:
„Ich machte mir derart viele Gedanken über deine Programmierung, Software und Hardware, aber über einen Namen habe ich bisher nicht nachgedacht. Laß mich kurz überlegen."
Ihm fiel Zach Bloom ein. Aber er vermied es besser, immer an diese Dumpfbacke zu denken. Dann fiel ihm ein Hund ein. Ein Deutscher Schäferhund, der als treuer Hilfshund und Freund, einem behinderten Mann, aus seiner Straße, gedient hatte. Der Name des Hundes lautete Charles. Ant hatte immer positive Gefühle mit diesem treuen Tier verbunden. Ergo, wieso nicht Charles? Er brauchte ihm ja nicht mitzuteilen, dass er den Namen von einem Hund adaptierte:
„Ich taufe dich hiermit auf Charles. Herzlichen Glückwunsch zu deinem ersten Geburtstag, Charles."
Der Android lächelte wieder:
„Ok, Sir. Ich bin also Charles."
„Sag nicht immer Sir zu mir. Nenn mich einfach Ant. Ich bevorzuge, in deinem Fall, ein etwas persönlicheres Verhältnis."
„Ich weiß, dass ich das kann, Sir. Aber sie sind mein Schöpfer. Ohne sie säße ich jetzt nicht hier.

Mein Anstand und der Respekt, den ich ihnen entgegenbringe, Sir, verbieten mir diesen privaten Umgangston. Wenn ich sie nicht Sir nennen darf, dann wenigstens Boss."

Ant war etwas baff. Er hätte nicht gedacht, dass Charles derart eigenwillig reagierte. Aber gut. Er hatte es geschafft, ihm die Freiheit einzuprogrammieren, seine eigene Persönlichkeit zu entwickeln. Die langjährige, aufwendige Arbeit lohnte sich somit im Endeffekt:

„Na gut, in Ordnung. Du kannst mich nennen, wie du es für richtig hältst. Kein Problem."

Ant streckte ihm die rechte Hand entgegen. Charles ließ sich vom Tisch gleiten, und kam in den Stand.

Dabei fiel das Tuch, das Charles vorher teilweise bedeckte, herunter auf den Fußboden.

Dr. Hunt sah den völlig nackten Charles schockiert an:

„Was hat der denn zwischen den Beinen. Sind sie pervers, Ant?"

Ant schaute sie verständnislos an. Richtete seine Aufmerksamkeit dann wieder in Richtung Charles und erkannte, dass er einen mords Ständer hatte.

Charles bückte sich schnell und hob das Tuch auf, um sich wieder zu bedecken:

„Entschuldigen sie, ich dachte nicht daran, dass ich noch keine Kleidung habe. Keine Angst Dr. Hunt, das hat gar nichts mit ihrer Anwesenheit zutun, das ist nur eine Morgenlatte. Ich werde sie nicht mit den Worten, umbringen, vernichten, töten, durch den Raum verfolgen." Dabei vollführte er roboterhaft steife Armbewegungen.

Ant lachte, und vollendete jetzt den Handschlag:

„Was sagen sie, Dr. Hunt, Charles hat nicht nur Anstand, sondern auch noch Humor."

Megan starrte nach wie vor dorthin, wo sich jetzt das Tuch ausbeulte. Vermutlich hatte sie so etwas lange nicht mehr gesehen.

„Ja, ist ja schon gut, Ant. Das haben sie toll gemacht. Sicher können sie mir die Baupläne zur Verfügung stellen."

Immer auf den Punkt. Ständig auf ihren Vorteil bedacht.

Ant zog seine Mundwinkel nach unten, und schüttelte geringschätzig den Kopf:

„Das war ja wieder mal klar. Die NSA.

Aber gut, sie haben mich über die Jahre hinweg werkeln lassen, mich gedeckt, wenn die Obrigkeit vor Ungeduld platzte. Deshalb können sie die Baupläne natürlich haben. Aber die Programmierung, die ist kompliziert, extrem komplex, und nur hier oben gespeichert."
Er tippte sich mit dem Zeigefinger auf den Kopf. Hunt war trotzdem zufrieden:
„Die Programmierung ist mir nicht wichtig. Die können wir notfalls auch selbst vornehmen. Und zwar, wie wir sie benötigen. Aber jetzt besorge ich erstmal ein Outfit für ihren neuen Freund. Wir wollen doch nicht, dass er noch andere Mitarbeiterinnen erschreckt. Also, bis dann."
Sie drehte sich um, hob nochmal die Hand, um während des Abgangs zu winken, und verschwand wieder aus dem Labor.
Charles registrierte die letzten Sätze mit Unbehagen:
„Hat die NSA vor, eine neue Rasse von Sklaven zu züchten?"
Ant hatte nicht lang zu überlegen, um zu antworten:
„Ja, so sieht es wohl aus."
„Wollen sie das zulassen, Boss?"
„Sie bekommen nur die Konstruktionspläne. Meine Programmierungen erhalten sie nicht. Sie werden also nur in der Lage sein, gefühllose Arbeitsmaschinen zu bauen. Die können auf keinen Fall mit dir vergleichbar sein. Es kann sich nur um Roboter, nicht viel besser als die Industrieroboter handeln, die es schon seit Jahrzehnten gibt. Du dagegen, Charles, bist eine selbständig denkende, fühlende und lernende, künstliche Lebensform.
Du kannst dich selbst entscheiden, ob du meine Vorgehensweise für richtig hältst oder nicht.
Aber ich bin abhängig von der NSA, mit ihrem Equipment, mit dem es mir auch gelungen ist, dich zu erschaffen."
Charles reflektierte kurz über Ants Worte:
„Sie haben Recht, Boss. Sklaverei ist nur, wenn man selbständig denkende und fühlende Lebewesen in ihrer Freiheit einschränkt und sie abhängig macht. So wie die NSA es mit ihnen trieb, Boss. Sind sie ein Sklave?"
„Nein, Charles. Vielleicht in gewisser Weise. Aber der entscheidende Punkt ist, dass ich das alles freiwillig mache. Ich habe die Möglichkeit jederzeit abzuhauen, und keiner könnte mich aufhalten. Ein Leibeigener hingegen wird dazu gezwungen, ein Sklave zu sein."

Charles nickte nachdenklich:
„Also sind alle Arbeitnehmer auf dieser Welt Sklaven?"
„Wie kommst du denn darauf? Die können sich doch frei bewegen, frei entscheiden, auch ob und wo sie arbeiten wollen. Viele von ihnen leben im Wohlstand."
„Wirklich? Was ist, wenn sie krank werden oder wenn sie einfach nicht mehr arbeiten wollen? Wenn sie so lange ausgebeutet wurden, bis sie völlig ausgebrannt zusammenbrechen, und nicht mehr imstande sind, die geforderten Leistungen zu erbringen? Wenn sie ihren Job, ihren Zweit- und Drittjob nicht mehr ausüben. Dann verdienen sie kein Geld. Dann können sie sich, und ihre Familien, nicht mehr ernähren. Dann wird ihnen alles weggenommen. Sie verlieren Haus und Hof. Dann werden sie von der Gesellschaft dämonisiert und ausgestoßen. Dann ist es vorbei mit dem Wohlstand. Ist das nicht auch eine Form von Zwang? Eine Variante von Sklaverei?"
Ant sah Charles mit großen Augen an. Es war deutlich erkennbar, wie er grübelte:
„Ok, Charles. Vermutlich hast du Recht. Leider werden wir Beide, dieses ausbeuterische und zynische System, nicht ändern können. Und frage mich jetzt nicht, wer diesen Mechanismus ersann und installierte. Das ist mir nicht bekannt. Ich weiß nur, dass die wenigen Reichen dieser Welt, das Kapital, alle anderen für ihre Zwecke ausnutzen. Die Regierungen, die gewählten Politiker, dienen nur als Haustiere dieser Leute. Ein perverses System. Oft nennen sie es Demokratie. Das ist jedoch auch nur eine weitere Art von Betrug am Volk. Demokratie ist nur eine Illusion, die man den Bürgern gibt. Das Wunschdenken, ein Mitspracherecht zu haben.
Es dient aber nur dazu, das Volk im Zaum zu halten. Echten Einfluss gesteht man ihnen nicht zu. Meiner Meinung nach ist es jedoch sinnlos, über diesen Zustand zu diskutieren. Wie gesagt, wir können es nicht ändern. Das System ist schon viel zu tief in der Gesellschaft etabliert."
„Sie haben Recht, Boss. Das funktionierte nur, wenn wir das vorherrschende System, zum kompletten Zusammenbruch brächten. Die Folgen für die nun neun Milliarden Menschen auf diesem Planeten, kann ich jedoch nur als unabsehbar und grausam bezeichnen. Unvereinbar mit meinem Gewissen.

Deshalb werde ich mich, unter den gegebenen Umständen, mit in diese Richtung zielenden Aktionen zurückhalten. Was machen wir als Nächstes, Boss?"

Ant freute sich über seinen neuen Kumpel. Als naheliegendes Thema widmeten sie sich dem roten Schleimpilz, den Ant im Talkessel vorfand, um ihn gründlich zu untersuchen.

Dr. Hunt und ihren Kollegen gelang es, den Pilz zu züchten. Das stellte weiter keine Schwierigkeit dar. Die Hauptsache war, ihn ordentlich zu füttern. Der Pilz verfügte über diverse bisher unbekannte Enzyme, womit er jegliche Biomaterie in Energie umwandelte. Am liebsten Fleisch. Der rote Rotz wuchs über die Jahre, zu einer beachtlichen Größe heran. Er entwickelte primitive Nervenzellen und entkam der unachtsamen Megan einige Male um ein Haar.

Bei dieser Beweglichkeit stellte sich die Frage, weshalb der Pilz niemals den Talkessel verließ, als er noch dort lebte. Weitere Tests ergaben, dass dieser rote Schleim sehr empfindlich auf Kälte reagierte. Bei niedrigen Temperaturen zog er sich sofort zurück, und bei tiefen Minustemperaturen starb er sogar ab. Sie stellten weiterhin fest, dass der „Rote Rotz" sein Myzel in den Untergrund ausfuhr, um sich zu ernähren. Auf blankem Fels gab es aber nichts, wovon er zehren konnte. Die Felswände und der Felssturz hielten den Pilz, zusammen mit den meist niedrigen Temperaturen, vom Verlassen des Talkessels ab. Das ließ den Rückschluss zu, dass der Rote Rotz sich nicht dort, unter den für ihn widrigen Umständen entwickelte, sondern sicher mit dem abgestürzten Flugkörper dort ankam.

Ant und Charles, konzentrierten ihre Untersuchungen speziell auf die unbekannten Enzyme.

Außerdem arbeiteten sie an der Verfeinerung von Charles Haut. Das Endprodukt war von der menschlichen Haut, optisch und sensorisch nicht mehr zu unterscheiden. Wer Charles nicht kannte, besaß keine Möglichkeit mehr, ihn rein optisch, von einem Menschen zu differenzieren. ...

4. Seuche

Mit ihren Forschungen am roten Rotz kamen sie nicht weit. Dr. Hunt stürmte mit Neuigkeiten in das Labor:
„Stellen sie sich vor, Ant, was wir entdeckt haben!"
Ant und Charles, wandten ihre Aufmerksamkeit von ihren Mikroskopen ab.
„Ihnen auch einen schönen Tag", sagte Charles.
„Was ist denn so aufregend und neu", fragte Ant.
Dr. Hunt hatte immer ein ungutes Gefühl, wenn sie sich in der Nähe von Charles aufhielt. Meistens überging sie ihn einfach, beachtete ihn nicht weiter, als ob er gar nicht da sei:
„Ich erhielt einen Bericht der ASF. Eine Bohrsonde fand auf dem Jupitermond Europa, unter dem Eis, eine große Menge des Hunt-Fluides. Wir sind gerade dabei, eine Bergungsmission zu organisieren. Und sie sollen mit dabei sein."
Ant schluckte. Nach kurzem Überlegen gab er ihr die überraschende Antwort:
„Das halte ich nicht für eine gute Idee."
Dr. Hunt zuckte, und sah ihn ungläubig an:
„Was, wieso? Es muss der Traum eines jeden Jungen sein, durchs All reisen zu können. Das ist doch eine einmalige Chance?"
„Ja schon, aber stellen sie sich vor, etwas läuft schief. Im All kann schnell etwas unvorhergesehenes geschehen. Wenn ich auf dieser Reise tödlich verletzt werden sollte, dann muss einer ihrer kostbaren Astronauten dran glauben. Wollen sie mit einem Raumschiff voller Mumien dort ankommen?"
„Schon klar, Ant. Aber es ist sicher …, so gut wie risikolos. Mit unserem neuen Ionenantrieb, wird die Aktion nur zwei Jahre dauern. Wir haben erprobte Teams und wir nennen effiziente, stabile Raumschiffe unser Eigen. Sie kennen sich am besten aus mit dem Hunt-Fluid, und dem Antit. Wir brauchen sie."
„Sie wissen doch auch hervorragend Bescheid, Dr. Hunt? Wieso übernehmen sie nicht die wissenschaftliche Leitung, und reisen selbst mit?"
„Ich? Dafür bin ich mittlerweile zu alt. Aber sie, sie sind noch jung und fit. Der ideale Mann für diesen Auftrag."

Ant zeigte auf Charles:
„Hier sitzt ihr idealer Mann. Er weiß alles über unsere Forschungen. Er arbeitet, ohne zu murren, Tag und Nacht durch. 24/7. Er kann auf einen Raumanzug, auf Luft- oder Nahrungsvorräte verzichten. Er ist leichter als ich, und er macht keinen Dreck. Was wollen sie mehr?"
Megan starrte Ant verblüfft an. Auf diese Idee war sie bisher gar nicht gekommen.
Vermutlich, weil Charles ihr nach wie vor unheimlich erschien. Aber Ant lag goldrichtig mit seiner Einschätzung.
Sie wusste, dass Charles die Möglichkeit besaß, intuitiv zu reagieren, wie ein Mensch. Nur mit wesentlich schnelleren Reflexen. Seine Servomotoren boten die Voraussetzungen, deutlich größere Kräfte aufzubringen, als jeder Andere. Die Ressourcen, die sie durch ihn einsparten, ersetzten sie dann durch mehr Laderaum für das Frachtgut. Ergo mehr Hunt-Fluid. Sie fing an zu lächeln:
„Und sie können garantieren, dass er keine Fehlfunktionen aufweisen wird?"
Ant deutete wieder auf den Androiden:
„In seiner Anwesenheit müssen sie nicht mit mir über Charles reden. Fragen sie ihn doch selbst."
Unangenehm berührt sah sie in Charles Richtung. Er saß lächelnd und still, auf seinem Drehstuhl:
„Entschuldigung sie, Charles. Was sagen sie dazu? Können sie sich vorstellen, diese Reise anzutreten?"
Er schaute fragend zu Ant. Als ob er ein kleiner Schulbub sei, der vorhatte seinen Vater um Erlaubnis zu bitten, ins Sommercamp mitzufahren:
„Ich hätte schon Interesse, wenn sie einverstanden sind, Boss, und wenn ich ihnen nicht allzu sehr bei den weiteren Forschungsarbeiten fehle."
Ant nickte:
„Natürlich wirst du mir fehlen, Charles, aber ich werde es schon allein schaffen. Schließlich handelt es sich um meinen Vorschlag. Ich denke, es gibt keinen besseren Mann für diese Aufgabe."
Megan grinste. Sie vermochte sich gut vorzustellen, dass Charles ein Gewinn für diese Mission sei. Außerdem hatte sie ihn dann nicht mehr in ihrer Umgebung:

„Ausgezeichnet. Ich werde das noch mit dem Ausschuss besprechen müssen. Aber ich sehe keine Probleme. Es kann höchstens sein, dass sich der Ausschuss von ihren Fähigkeiten überzeugen will. Ich gebe ihnen dann Bescheid, Charles."
Sie drehte sich um, und verschwand genauso schnell wieder, wie sie vorher ins Labor geplatzt war.
Ein entsprechend großes Raumschiff, hatte die ASF schon zur Verfügung. Zu dieser Zeit handelte es sich hierbei, für die ASF, um einen Deep-Space-Einsatz. Organisation, Logistik und Finanzierung, nahmen einige Zeit in Anspruch. Charles wurde, nach einem kurzen Test, vom leitenden Komitee als Frachtingenieur akzeptiert, und als Astronaut eingestuft. Den Start planten sie für Ende 2021 ein.
Ant nahm eine weitere Modifikation an Charles vor. Kälte konnte seinem Gefährten nichts anhaben. Im Gegenteil. Dadurch sparte er Kühlmittel, dass er für die Kühlung des Antit-Kristalles benötigte. Aber die Servomotoren, und die Optik, gerieten bei extremen Minusgraden womöglich ins Stocken.
Für mögliche Außeneinsätze baute er deshalb an allen relevanten Stellen, kleine elektrische Heizanlagen ein. Das Antit in der Energieversorgung des Lasers in Charles Kopf, besaß genügend Kapazität, um sie mit Energie zu versorgen. Das kleine Kristall reichte bei weitem aus, um sie zusätzlich zu betreiben. Logischerweise schalteten sich die Heizungen nur bei Bedarf zu. Derart ausgestattet, war Charles bestens auf das Weltall vorbereitet.
Ant fiel es schwer, sich von ihm zu verabschieden. Er hatte sich im Laufe der Zeit, an seinen Kumpel gewöhnt, und verdrückte sich einige Tränen, als die ASF-Typen Charles abholten. Er fühlte sich wie ein Vater, der seinen Sohn in die große, weite Welt hinausschickte.
Am Sonntag, den 14.11.2021, startete er dann. Lift off. Ant erinnerte sich an seinen ersten Flug, von der Ostküste nach Denver. Bei Charles handelte es sich jedoch um eine andere Hausnummer.
Er hob aber nicht mit großem Getöse ab, wie bei der NASA üblich. Nein. Sie setzten Charles direkt in einen Raumgleiter der ASF. Als einzigen Fluggast des Piloten.
Die anderen Astronauten, arbeiteten schon im All, an Bord des Raumschiffes, am störungsfreien Ablauf der Mission.

Der Pilot flog diesen Gleiter, getrieben von einem handelsüblichen Raketenantrieb, bis an den Rand der Ionosphäre, in 80 Kilometern Höhe, und zündete dann den neu entwickelten Fusionsantrieb. Der katapultierte sie regelrecht ins All, und sie rasten auf einen winzig anmutenden, immer größer werdenden, silbern leuchtenden Punkt zu.
Ohne den speziell entwickelten Druckanzug, der vornehmlich dafür konstruiert wurde, die kolossalen G-Kräfte auszugleichen, hätte es den Piloten glatt im Sitz erdrückt. Charles stabiler Konstruktion, konnten diese G-Kräfte aber nichts anhaben. Er benötigte keinen Anzug.
Der anzufliegende Punkt lag, von der Erde aus gesehen, hinter dem Mond. Nur wegen ihres Anflugwinkels vermochten sie ihn zu erkennen. Alle anderen Erdenbewohner waren nicht in der Lage, das hinter dem Mond versteckte Raumschiff auszumachen, selbst mit ihren Fernrohren. Mit den Okularen seines optischen Systems bot sich Charles die Möglichkeit, schon von Weitem zu registrieren, dass es sich hier um ein gewaltiges Sternenschiff handelte. Keines dieser Raumschiffe aus Science-Fiction-Filmen, mit allen möglichen unförmigen Aufbauten, Gräben, Türmen, oder rotierenden Ringen, auf der Außenhaut. Die ASF wies anscheinend einen Sinn für Ästhetik auf, oder verfügte eben nur über genug Geld dafür. Das Raumschiff besaß eine glatte, silber-metallische Außenhaut.
Das Design präsentierte sich gefällig, mit abgerundeten Formen, spitz nach vorn zulaufend. Die Triebwerke saßen integriert im dickeren, hinteren Teil des Raumschiffes.
Fast wie eine im Windkanal entwickelte, futuristische Sport-Limousine. Was im All naturgemäß völlig sinnlos schien, aber gefällig aussah.
Die ASF plante vermutlich, eine gute Figur abzugeben, falls sie einmal auf eine bisher unbekannte, außerirdische Rasse trafen. Wer weiß?
Auf jeden Fall war davon auszugehen, dass sie bereits früher auf diese Art von Besuchern gestoßen sein mussten.
Die Entwicklungssprünge in der Antriebstechnik, der Fortschritt in der Computertechnik, die Droge für die Erweiterung der Gehirnkapazität, all das wurde sicher nicht von diesen Affengehirnen ersonnen, welche nur zum Abruf von 15% ihrer Leistungsfähigkeit imstande waren.
Der Pilot schaltete den Fusionsantrieb ab. Beide Insassen genossen schweigend die herrliche Aussicht auf den Mond.

Wenn nötig, hätten sie sich nur per Funk unterhalten können, da der Pilot in dem Druckanzug mit Helm steckte. Vermutlich fühlte es sich etwas zu unheimlich für ihn an, sich mit einer künstlichen Person zu unterhalten. Er fremdelte, wie ein Baby es bei Unbekannten vorführt. Charles erfuhr im Internet alles Mögliche über die menschliche Psychologie. Er brachte deshalb Verständnis dafür auf, wie die Menschen auf ihn reagierten, wenn sie wussten, was er darstellte.
Die leichten Vibrationen des Gleiters hörten auf, es herrschte absolute Stille.
Um ein Vielfaches schneller, als ein aus einer Kanone abgefeuertes Geschoß, rasten sie auf das Sternenschiff zu. Es kam rasch näher und war nun in seiner ganzen Pracht und Ästhetik zu bewundern. Mit den optischen Sensoren errechnete Charles sofort die Abmessungen des Schiffes. Keinerlei Hoheitszeichen oder Gekritzel, verschandelten die Oberfläche. Nur der kleine Namenszug, `Silver Star´.
Ein Name, der uneingeschränkt passte, aber nicht von allzu großer Fantasie zeugte.
Die `Silver Star´, nach Charles Berechnungen, 373 Meter lang, schwebte 10 Kilometer über der Mondoberfläche. Um sich vor faustischen Ferngläsern und Teleskopen zu verstecken, parkte sie über der Rückseite des Mondes. Der Pilot zündete die Bremsraketen. Der Gleiter bremste dermaßen extrem ab, dass es Charles gewaltig in die Gurte drückte. Per Funk wurde der Anflug koordiniert. Erst jetzt erkannte er die weitläufige Bodenstation der ASF, die auf der erdabgewandten Seite des Mondes lag, wobei Charles die Existenz dieser Station nicht überraschte.
Zusammen mit Ant hatte er sämtliche Geheiminformationen aus dem NSA-Hauptcomputer extrahiert. Nur die schiere Größe der Anlagen überwältigte ihn.
In den letzten 50 Jahren errichtete die ASF hier Wohnkomplexe für das Personal, eine riesige Schiffswerft, und einen Weltraumhafen. Die Rohstoffe dafür bauten sie direkt auf dem Mond ab. Auf der Rückseite des Erdtrabanten herrschte reges Treiben. Er erkannte dort Fahrzeuge, die geschäftig über die staubige Oberfläche sausten. Unter einem riesigen Kuppeldach arbeitete man zur Zeit an einem gigantischen Raumschiff. Langsam schwebte der Gleiter auf die Silver Star zu.

Mit Hilfe seiner Manövrierdüsen dockte der Pilot routiniert an einem der Zugänge an.

Ant verfolgte alles live auf dem Laptop mit, den er ausschließlich in seinem Schlafraum nutzte. Sämtliche Live-Bilder übertrug die NSA nur mit einer scheinbar unüberwindbaren Verschlüsselung. Überhaupt kein Problem für Ant. Mit Leichtigkeit knackte er den Code. Mit Stolz, aber ebenso Wehmut, sah er zu, wie Charles die Silver Star betrat. Wie beschränkt und reserviert die Crew auf ihren künstlichen Begleiter reagierte, enttäuschte Ant ein wenig. Aber das hatte er vorausgesehen. Er entschied sich dafür, auf der guten, alten Erde zu bleiben. Weit weg von jeglichem Kontakt zur Außenwelt, oder zu anderen Personen. Obwohl er schon seit seinen Jugendjahren davon träumte, einmal das All zu durchqueren, ließ er diese Chance aus. Er wollte keine weiteren Menschenleben riskieren.

Die Silver Star fuhr ihren neuen Ionenantrieb hoch, und entfernte sich langsam in Richtung Jupiter. Die Forschung war bisher nicht in der Lage, einen kraftvolleren Fusionsantrieb, in der für die Silver Star benötigten Größe zu konstruieren.

Einem solchen Fusionsantrieb, fiele die strukturelle Integrität des Raumschiffes zum Opfer. Alle theoretischen Versuche ergaben, dass das Schiff auseinanderbräche. Ein kleinerer Fusionsantrieb, reichte für die Masse des Raumschiffes nicht aus. Deshalb entwickelte man eben den langsameren, aber für das Schiff besser verträglichen, Ionenantrieb.

Er schob die Silver Star zunächst gemächlich, dann aber immer schneller werdend, auf eine ausreichend hohe Geschwindigkeit.

Erst als der Punkt von seinem Bildschirm verschwand, klappte Ant etwas traurig den Laptop zu.

Hin und wieder verfolgte er die Routinemeldungen, die sie sendeten. Aber die meiste Zeit widmete er dem Roten Rotz, wie er den Pilz nach wie vor nannte. Red Praesagiunt, erschien ihm zu weit hergeholt.

Im Sommer 2022 passierte es dann. Ant schwebte wiedermal meditierend über dem Bett, um seinem Körper die nötige Erholungsphase zu gönnen, als Dr. Hunt in das Zimmer stürmte.

Bevor sie ihren Mund öffnete, las er bereits aus ihren Gedanken, was sie ihm mitzuteilen gedachte und um was sie ihn bitten wollte.

Die gerissene Megan, blies ihren Verstand, mit Hilfe der Droge, zumindest auf knapp 30% auf.

Mit fleißigem Training gelang es ihr, bei voller Konzentration, eine gewisse Abschirmung aufzubauen. Wenn Ant sich brav verhielt, vermochte sie damit ihre Gedanken vor ihm zu verheimlichen. Und er ließ sie in dem Glauben.
Wenn nötig, war es ihm ein Leichtes, diese Abschirmung zu durchbrechen. Diesmal hatte er, gar nicht brav, ihre Gedanken um die ausgebrochene Pandemie empfangen. Sie klang nervös:
„Ant, Ant, sie müssen mir helfen!"
„Was gibt es denn Dringendes, Dr. Hunt?"
„Ein neues Virus ist ausgebrochen. Das Japiá-Virus. Von Brasilien ausgehend, starben bereits viele Menschen in Südamerika. Das Virus verbreitete sich rasend schnell über den Kontinent. Auch auf dem Rest der Welt hat es schon Fuß gefasst. Wir versuchen gerade, die Ausbruchsnester zu isolieren. Aber immer wenn wir die betroffenen Orte isolierten, bricht es wieder woanders aus. Unsere medizinische Abteilung ist bisher nicht in der Lage, ein Serum zu entwickeln. Es gibt einfach keine überlebenden Immunkörper. Jeder, absolut jeder, der sich infizierte, ist gestorben, bevor er Antikörper erzeugen konnte."
„Und was wollen sie jetzt von mir? Ich bin kein Mediziner, Immunologe, oder Ähnliches."
„Ant, sie gelten als unser klügster Kopf. Können sie sich nicht etwas einfallen lassen. Uns fehlen langsam die Optionen. Es geht um die gesamte Menschheit, Ant. Bitte, helfen sie uns."
„Ist ja gut, Dr. Hunt. Ich helfe ihnen ja. Ich brauche Proben von dem Japiá-Virus. Bringen sie einfach alles in mein Labor."
Dr. Hunt sah ihn mit einer Mischung aus Verschmitztheit und Schuldbewusstsein an:
„Ist schon geschehen, Ant. Sie können sofort loslegen."
Ant zuckte nur mit der Schulter:
„Worauf warten wir dann noch? Legen wir los. Oder besser, sie bleiben draußen, und ich lege allein los. Wir wollen doch nicht, dass sie sich auch anstecken."
Ant erklärte sich bereit, sein primäres Ziel, Mr. Poison zu töten, hintanzustellen.
Er schlenderte in aller Ruhe zu seinem Labor. Einen Schutzanzug benötigte er nicht. Einige Tiefkühlbehälter mit den Virusproben standen bereit.

Während seiner Arbeit attackierte das Virus ihn mehrere Male. Es war aber nicht in der Lage, ihm etwas anzuhaben. Er versuchte sogar bewusst, sich selbst zu infizieren. Danach nahm er sich Blutproben ab. Aber er erzeugte ebenfalls keinerlei Antikörper.
Genauso wie er schädliche Gifte, Drogen und Alkohol unschädlich machte, schied sein Körper die Viren direkt wieder aus. Eine Sackgasse. Weitere Selbstversuche waren deshalb unnötig.
Er studierte das Virus. Zerlegte es in seine molekularen Einzelteile. Vergleichbare Viren hatte man aber zuvor niemals katalogisiert.
Vermutlich kamen sie im Körper irgendeines Wirts, mit ordinären Grippeviren in Kontakt, und übernahmen deren nützliche Eigenschaften. Der Japiá-Virus übertrug sich jetzt nicht nur durch Hautkontakt, sondern ebenso über die Luft. Die Anpassungsfähigkeit dieses neuen Virus beeindruckte Ant.
Er bestellte sich immer wieder neue Antikörper, die anderweitig in der Virologie entwickelt worden waren. Keiner half. Dann veränderte er diese Antikörper, ihr Erbgut. Er hatte die Möglichkeit jedes beliebige Genom, nur durch die Kraft seines Geistes zu verändern, Moleküle aufzuspalten und neu zusammenzusetzen. Nichts half.
Natürlich war er ebenfalls in der Lage, das Virus mühelos mit den ihm gegebenen Fähigkeiten zu vernichten. Das galt aber nur für die Viren, aus der unmittelbaren Umgebung. Ergo nur, wenn er direkten Kontakt zu einer infizierten Person herstellte. Seine Kraft reichte nicht aus, um weitreichendere Maßnahmen auszuführen.
Er fing an, das Virus selbst zu verändern. Es quasi, unter Erhaltung seiner sonstigen, bösartigen Eigenschaften, zu sterilisieren.
Doch jedes Versuchstier, dass er mit den impotenten Erregern impfte, verstarb unverzüglich darauf, oder die veränderten Viren verendeten selbst sofort, und verpufften wirkungslos; bildeten wieder keine Antikörper.
Weitere Nachforschungen ergaben, dass die Viren schon bei ihrer Geburt, einige Nachkommen in ihrem Körper tragen.
Immer wenn Ant einen Virenstamm äußerlich impotent machte, starben die Viren nach einer Weile ab, entließen daraufhin ihre weiterhin potente Brut aus ihrem Inneren, die sich danach wiederum ungehindert vermehrte.

Ant stellte ebenfalls fest, dass die Viren ausgesprochen raffiniert konstruiert waren. Immer wenn ein Immunsystem, im Anfangsstadium der Krankheit, auf die Eindringlinge reagierte, tarnten sich die Viren als körpereigene Zellen, dockten an echte Körperzellen an, und gaben ihre Gene weiter. Erst wenn der Körper hoffnungslos mit Erregern überschwemmt, und die Organe fast zersetzt waren, zeigten die Viren ihr wahres Gesicht. Alles in allem ein bei Weitem zu innovatives Konzept, um sich, auf natürliche Weise, entwickelt zu haben. Ant hatte da einen Verdacht, wie diese Viren entstanden sein konnten.
Es blieb unmöglich, ein Serum zu entwickeln. Er arbeitete Tag und Nacht, immer weiter, aber es half nichts. Es gelang schlicht und einfach nicht. Über Internetberichte verfolgte Ant, wie schnell sich das Virus über die Welt verbreitete. Im am meisten betroffenen Südamerika, starben die Menschen wie die Fliegen im Spätherbst. Die anderen Herde breiteten sich ebenso aus. Über offizielle Kanäle und Nachrichten erfuhr er nach einer Weile nichts mehr. Die Regierungen vereinbarten vermutlich einen Nachrichtenstopp, um Panikreaktionen zu vermeiden. Oder das Senderpersonal hatte unfreiwillig den Löffel abgegeben.
Durch die Abschottung sämtlicher Grenzen brach der gesamte Welthandel zusammen. Die Wirtschaft stürzte gleich mit in den Abgrund. Draußen herrschten sicher furchtbare Zustände.
Weiterhin schlug jeder Versuch fehl, den Ant mit akribischer Hingabe in seinem Labor durchführte.
Während Ant, Dr. Hunt und die anderen NSAler, in ihrem hermetisch abgeriegelten Bunker, unter der Erde saßen, tobte draußen eine apokalyptische Pandemie.
Bis der Zufall Ant auf die Sprünge half. Da ihm das Virus nicht schadete, ließ Ant mal wieder fahrlässig die Sicherheitsvorschriften außer Acht. Ein paar dieser Mistviecher, verdünnisierten sich daraufhin und gerieten zufällig in den Behälter mit dem Roten Rotz.
Dort fingen die Viren sofort an, die zellularen Strukturen des Pilzes anzugreifen. Der Rote Rotz wies dann, an den angegriffenen Stellen, schwarze Flecken auf. Ant sah das nur zufällig, im Vorbeigehen. Er fing damit an, die dunklen Verfärbungen zu vermessen und weiteren wissenschaftlichen Untersuchungen auszusetzen.
Aus dem größten Fleck entnahm er eine Probe, um sie zu analysieren.

Er stellte fest, dass diese schwarze Verfärbung hauptsächlich aus toten Viren bestand.
Sie vermehrten sich zwar zunächst ordentlich, starben dann aber ab.
Das stellte womöglich endlich den Durchbruch dar.
Die Entdeckung, auf die alle gewartet hatten. Zielstrebig forschte er weiter.
Charles hatte vermutlich inzwischen die Umlaufbahn des Mondes Europa erreicht. Aber Ant blieb keine Zeit, sich weiter um dessen Ausflug zu kümmern. Besessen davon, dieses Japiá-Virus zu vernichten, arbeitete er im Akkord, bevor er vorhatte, sich um sein Primärziel, Poison, zu kümmern.
Die schwarzen Flecken verschwanden nach und nach wieder. Der Rote Rotz hatte die Viren gekillt, sie dann simpel in Nahrung umgewandelt, und verdaut.
Genial. Ant war jetzt gehalten herauszufinden, wie der Pilz das bewerkstelligte und wie er daraus ein Gegenmittel erzeugen konnte.
Er fand schnell heraus, dass der Pilz bisher unbekannte Enzyme einsetzte, um den Angreifer mühelos aufzulösen und zu verdauen.
Es gelang ihm schnell, die Enzyme zu extrahieren, aber sie griffen jegliches lebende Gewebe an, mit dem sie in Kontakt kamen.
In diesem Zustand verdauten sie nicht nur die Viren, sondern ebenfalls den Menschen gleich mit.
Es dauerte, zog sich hin, bis Ant einen Teil des Roten Rotzes, durch wiederholte vorsätzliche Infizierungen soweit brachte, seine Enzyme nur auf die Viren zu spezialisieren.
Es vergingen Monate, bis er einen erfolgreichen Versuch an einer Laborratte vermeldete. Exakt am Heiligen Abend, Samstag, den 24.12.2022, um 3:25 Uhr, leitete er die frohe Botschaft an Dr. Hunt weiter.
Draußen herrschte vermutlich in diesen Tagen das grausamste Weihnachtsfest aller Zeiten. Sicher hatten schon Milliarden von Seelen ins Gras gebissen. Die Regierungen versuchten, unter Einsatz ihrer Militärs, die öffentliche Ordnung aufrecht zu erhalten. Trotz aller Isolations-, Abschirmungs- und Schutzmaßnahmen, zog das Japiá-Virus immer weiter seine Kreise. Ohne ein Gegenmittel war es zu diesem fortgeschrittenen Zeitpunkt unmöglich, es einzudämmen.

Ant hatte die molekulare Struktur des spezialisierten Enzyms verstanden. Er sah sich jetzt in der Lage, diese Verbindung synthetisch herzustellen. Alle zur Verfügung stehenden Mitarbeiter wurden dafür abgestellt, dieses Enzym in Massen zu produzieren. Der Grundstein, für eine groß angelegte Gegenoffensive, war gelegt.
Dabei ließ es sich nicht vermeiden, dass Ant Kontakt zu anderen Mitarbeitern pflegte. Bei dieser Gelegenheit erlangte er eine für ihn wichtige Entdeckung. Er wusste, dass er seit der letzten Kapazitätserhöhung seiner Gehirnleistung neue Fähigkeiten besaß. Bisher befasste er sich damit aber nicht in aller Ausführlichkeit, hielt sich regelrecht zurück.
Seine Begabungen reichten nun weiter. Er stellte fest, dass er jetzt die Fertigkeit besaß, die Lebensenergie zu kontrollieren. Ein Teil dieser Energie hatte sich über die Jahre langsam verbraucht. Heute befand er sich aber in der Lage, winzige Mengen der Lebensenergie, unbemerkt von anderen Personen abzuschöpfen. Das schädigte diese Leute kaum. Bei genügend Auswahl füllte Ant seine Vorräte immer wieder auf, ohne dass Jemand großartig dafür litt.
Andererseits besaß er ebenfalls die Möglichkeit, seine Lebensenergie zu spenden, oder die Energie einer Person auf eine andere zu übermitteln.
Er versuchte solche Übertragungen nur bei Bewusstlosen.
Die Lebensenergie kroch dabei, wie eine leuchtend weiße Schlange, langsam aus seinem Körper, und verließ ihn dann über die Hand Richtung Empfängerkörper. Er wusste jetzt, weshalb Aesculab in sämtlichen Tempelmalereien, immer zusammen mit einer Schlange abgebildet wurde. Selbst mit Versuchstieren probierte er in dieser Richtung herum. Sogar ihre Energie wandelte er in kompatible Lebenskraft um und verleibte sie sich ein. Logischerweise war er gezwungen, diese Fähigkeiten geheimzuhalten, wenn er nicht auf weiteren Ärger mit der NSA aus war.
Dr. Hunt, die sich unter anderem außerhalb der Anlage herumtrieb, um ASF-Besprechungen, Mitarbeiterrekrutierungen und Ähnliches durchzuführen, fing sich ebenfalls das Virus ein. Sie hatte Glück, dass das Enzym schon zur Verfügung stand.
Ant konnte sie immer noch nicht sonderlich leiden, und freute sich darüber, dass er in der Lage war, sein Geheimnis zu bewahren und ihr keine Lebensenergie übertragen zu müssen.

Vermutlich hätte er sie durch Handauflegen geheilt, das Virus vernichtet, aber er hatte nicht vor, ihr das unbedingt auf die Nase zu binden. Es erschien ihm als bessere Lösung, ihr einfach das Enzym zu verabreichen.
Nach anfänglich hohem Fieber, und mörderischen Kopfschmerzen, klangen die Symptome schnell ab. Angegriffene Organe erholten sich. Es dauerte insgesamt 8 Tage, wie bei einer gewöhnlichen Grippe, bis Megan wieder auf dem Damm war.
Trotz aller Bemühungen reichte der Vorrat an Enzymen bei Weitem nicht aus, um die gesamte Weltbevölkerung zu retten. Anfang 2023, hatte das Virus Südamerika entvölkert. Es fehlte so gut wie an Allem.
Einen Handel gab es nicht mehr. Die Grundstoffe, die Ant für die Synthetisierung des Enzyms benötigte, gingen aus. Auf die Schnelle Nachschub zu besorgen, erwies sich als unlösbare Aufgabe.
Ant untersuchte das Blut, das er der erkrankten Megan entnommen hatte.
Obwohl infiziert, brachte es ihr Körper nicht auf die Reihe, passende Immunkörper zu erzeugen.
Auf jeden Fall, trieben sich keinerlei spezifische Antikörper in ihrem Blut herum.
Entweder schaffte es unsere Biologie platterdings nicht, dieses Virus zu bekämpfen, oder das Enzym hatte die Antikörper gleich mitverputzt. Ohne ein wirksames Serum, blieb nur dieser Biokatalysator.
Jeder Mensch war gehalten, täglich eine Tablette des Ferments einzunehmen, um sich vor weiteren Infektionen zu schützen. Und zwar so lange, bis das Virus endgültig von der Bildfläche verschwand. Ant versuchte alles, bis am Ende die Rohstoffe zur Neige gingen. Es gab nun genug Tabletten, um die restliche Weltbevölkerung, für einige Wochen, über Wasser zu halten. Ant kalkulierte durch, dass die Menge, und die Anwendungsdauer nicht ausreichte, um das Virus endgültig auszurotten. Zeit, eine Entscheidung zu treffen.
Als Ant, im März 2023, an Dr. Hunt meldete, dass er mangels Rohstoffen gezwungen war, die Produktion einzustellen, vereinbarte Megan ein Treffen, um sich für Ants Einsatz, und für die Rettung ihres Lebens, zu bedanken. Sie konzentrierte sich wieder darauf, sämtliche andere Gedanken und Pläne aus ihrem Kopf zu verdrängen, sie vor Ant zu verbergen.

Beim betreten ihres Büros, wusste er aber schon darüber Bescheid, welches Thema anstand:
„Hallo, Dr. Hunt. Sie brauchen sich nicht zu bedanken. Sie hatten Glück, dass ich das Enzym bereits fertigstellte. Das hätte ich für jeden Anderen auch getan."
Megan lächelte freundlich. Diesmal leuchtete nichts Hinterhältiges aus ihren Augen:
„Nennen sie mich Megan. Dr. Hunt ist mir in ihrem Fall zu förmlich. Immerhin haben sie mir das Leben gerettet. Außerdem glaube ich ihnen nicht, dass sie das für jeden getan hätten. Mir fallen da einige Typen aus ihrer Vergangenheit ein."
Ant wartete weiterhin reserviert ab. Vorname hin, Vorname her, er konnte diese Frau, mit ihrem hinterlistigen Charakter, nicht leiden:
„Na gut, dann eben Megan. Gibt es sonst noch etwas, Megan?"
Sie lächelte ihn nach wie vor an. Ant wusste jedoch genau, dass sie etwas verheimlichte:
„Nein, Ant. Nichts mehr. Ich wollte mich nur herzlich für ihren Einsatz bedanken. Und besonders natürlich, dass sie es rechtzeitig geschafft, und mich gerettet haben. Danke."
Ant blieb gelassen. Mit Leichtigkeit drang er unbemerkt in Megans Verstand ein, und knackte ihre kleine Gehirnfestung:
„Nicht der Rede wert. Wie gesagt, ich hätte das für jeden getan. Niemand hat es verdient, an diesem Virus zugrunde zu gehen. Aber was haben sie mit dem Medikament vor? Wie wollen sie es verteilen?"
Megan reagierte etwas verunsichert und leicht nervös:
„Das ist eine gute Frage, Ant. Wir verteilen das Medikament natürlich, so gut wir können. Da draußen starben bereits mehrere Milliarden Menschen. Der gesamte Verkehr ist zum Erliegen gekommen. Es ist schwierig. Aber wir versuchen unser Bestes."
„Wirklich, Megan? Bisher haben sie nur einen Bruchteil weggeschafft. Das dürfte nur für die wichtigsten Menschen in den Staaten reichen. Auf einem Großteil sitzen wir doch noch herum. Soll das alles für die NSA zurückgehalten werden?"
Megans Nervosität stieg deutlich an. Sie versuchte, einen schärferen Ton anzuschlagen, um Ant von dieser Diskussion abzubringen:
„Was kümmern sie sich darum!? Das ist nicht ihre Aufgabe!"

Wir haben auch noch andere Produktionsstätten, wo wir dieses Enzym synthetisieren! Und jetzt Schluss damit!"

Ant blieb friedlich und abgeklärt. Er wusste, weshalb sie so nervös reagierte. Ihre Gedanken stellten ein offenes Buch für ihn dar:

„So einfach werden sie mich nicht los, Megan. Geben sie zu daran gedacht zu haben, das Medikament nach dem gut Dünken der NSA zu verteilen. Diejenigen Menschen, die für ihre Verbrecherorganisation Unwichtigen, wollen sie einfach dem Virus überlassen."

Das Lächeln verging ihr jetzt endgültig. Ihre Miene nahm wieder diese bekannten, raubtierhaften Züge an:

„Wie kommen sie darauf, Ant? Wir sind zwar nicht die WHO, aber wir versuchen unser Bestes. Wirklich."

„Ihre Lügerei hat ihnen bei mir noch nie viel geholfen, Megan. Südamerika ist schon ausgerottet. Die Drogendealer sind sie also bereits losgeworden. Und dabei ist ihnen die übrige, unschuldige Bevölkerung, völlig egal."

„Stop, Ant! So nicht! Sie wissen genau, dass uns das Medikament noch nicht zur Verfügung stand, als das Virus Südamerika entvölkerte. Wessen Schuld ist das? Meine sicher nicht."

„Meine auf jeden Fall auch nicht, Megan. Gut, lassen wir mal Südamerika außen vor. Wie viele Pillen wollen sie in die arabischen oder anderen muslimischen Staaten liefern? Wie viele Pillen wollen sie nach China, Nordkorea oder Russland schicken? Oder an die europäischen Länder verteilen, die uns bereits seit langem wirtschaftliche Konkurrenz machen? Ihre Gedanken sind so offensichtlich, Megan.

Sie wollen das Medikament meistbietend verhökern. Und wer ihnen ein Dorn im Auge ist, den lassen sie einfach abkratzen."

„Ok, Ant. Ich kann ihnen das nicht verheimlichen. Das alles ist jedoch nicht allein meine Entscheidung. Aber ehrlich gesagt, stimmte ich auch dafür. Wir lassen alle diejenigen am Leben, die uns Rohstoffe, Technik, Know-how liefern, die uns nützen. Geld ist wertlos. Milliardäre und Börsen nutzlos. Die können alle weg, genauso wie Banken, Versicherungen und anderes Gesocks. Wichtig ist nur noch, was den Übriggebliebenen zum Überleben dient."

„Das ist Genozid, Megan. Wollen sie als größte Massenmörderin aller Zeiten in die Geschichte eingehen?"

Megan grinste teuflisch:
„Ach, armer, kleiner Ant. Bei ihrer Intelligenz müssten sie wissen, dass die Geschichte immer von den Siegern geschrieben wird. In diesem speziellen Fall wird sie von den Übriggebliebenen dokumentiert. Und wenn **ich** die Geschichte schreibe, dann werde ich mich als diejenige darstellen, welche die Völker der Welt rettete und vereinte. Es werden nur ausgesuchte Menschen übrigbleiben. Wir brauchen keine Erdenbürger, die täglich nur deshalb aufstehen, weil sie zu faul sind liegen zu bleiben. Stellen sie sich vor, Ant. Keine unterschiedlichen Religionen mehr. Kein Streit um Ressourcen mehr. Kein Hunger oder Durst mehr. Kein fiktives Geld, und kein Betrug mehr.
Keine Börsen, keine Milliardäre, keine CIA oder andere Geheimorganisationen, keine unfähigen Politiker, nicht einmal einen Vollpfosten als Präsidenten. Diese zweiarmigen Banditen, Korruptomaten, bei denen man oben Geld einwirft und unten einen fetten Gewinn absahnen kann, brauchen wir nicht mehr. Jeder der Übrigen kann im Wohlstand leben.
Die Erde, die bereits zu lange unter der Last dieser vielen Milliarden Menschen litt, unter der Ausbeutung durch die Superreichen kränkelte, kann sich wieder erholen.
Es wird keine Gründe mehr geben, eine kriegerische Auseinandersetzung zu führen. Hört sich das nicht paradiesisch an?"
„Das hört sich für mich an, wie die Rede einer durchgeknallten Massenmörderin. Stellen sie sich vor, Megan, keine Diversität oder Individualität mehr. Kein Lernen von anderen Kulturen, keine Freiheit mehr. Keine Menschlichkeit und kein Fortschritt mehr. Keine Sklaven mehr, die für sie arbeiten wollen ...
Aber natürlich ..., sie haben vor, genügend Sklaven am Leben zu lassen, sie mit der Verabreichung des Enzyms zu erpressen. ... Verabscheuungswürdig. Aber zum Schluss wird keine Erde mehr verfügbar sein, auf der Leben und Sklaverei überhaupt möglich sein werden.
Haben sie sich eigentlich Gedanken darüber gemacht, was mit den vielen Atomreaktoren passiert, die auf der gesamten Erde verteilt sind? Wenn diese Reaktoren niemand mehr überwacht, wenn sie nicht mehr gewartet oder im Notfall abgeschaltet werden? Zur Zeit gibt es 607 aktive Atomkraftwerke.

Wenn die Stromversorgung der Reaktorkühlanlagen unterbrochen ist, die Notfallaggregate aus Spritmangel versagen, werden die Kühlungen ausfallen. Es wird unlöschbare atomare Brände geben. Plutonium wird freigesetzt werden. Dann gibt es noch unzählige atombetriebene Fahrzeuge, wie U-Boote oder Schiffe. Es gibt Versuchsreaktoren, Wiederaufbereitungsanlagen, möglicherweise Vergeltungswaffen mit einem Totmannschalter. Es gibt geheime Laboratorien, wo chemische oder biologische Kampfmittel hergestellt werden. Haben sie alles bedacht, Megan? Über welche Art von Planet will die NSA regieren?"
Ant erkannte die aufkommende Panik in ihren Gedanken. Die NSA hatte sicher vieles bedacht, aber selbst sie befanden sich nicht in der Lage, jede winzige Einzelheit zu verhindern:
„Ja, Ant. Wir haben an das alles gedacht. Wir haben zahlreiche ausgebildete Spezialeinheiten, die sich dieser Dinge annehmen. Und was wollen sie jetzt dagegen unternehmen, Ant?"
Ant musste nicht lange überlegen. Im Bruchteil einer Sekunde rechnete er alle Möglichkeiten durch:
„Ich werde hierbleiben und mich wieder meinem Primärziel widmen. Hier habe ich alles, was ich dazu benötige. Ich hätte natürlich auch die Möglichkeit die NSA zu verlassen. Niemand könnte mich aufhalten. Es fiele mir leicht sie alle zu töten, mit nur einem Fingerschnippen. Aber was hätte ich davon? Dann müsste ich die Medikamente selbst verteilen. Das schaffe ich nicht allein. Ich habe keine Chance, die Menschheit vor diesem Virus zu retten. Nicht ohne ihre Hilfe.
Meine Berechnungen ergaben, dass ich bestenfalls 2% der Weltbevölkerung retten könnte. Je nachdem, wo ich anfinge. Selbst wenn ich das Synthetisierungs-Verfahren, ab sofort an alle Regierungen weitergebe, ist es bereits zu spät dafür.
Sie schaffen es nicht mehr rechtzeitig, das Medikament herzustellen und zu verteilen. Wenn ich dagegen ihnen, der NSA, die Distribution überlasse, werden mindestens 10% der Weltbevölkerung gerettet.
Also lasse ich sie am Leben. Verteilen sie die Medikamente, mit dem ihnen zur Verfügung stehenden Apparat, an wen sie wollen. Mir ist jeder gerettete Mensch recht.
Denn die geretteten Leute kann ich auf meine Kappe nehmen. Schließlich habe ich das Medikament entwickelt.

Für alle Anderen, welchen das Enzym vorenthalten wird, für die Toten, sind sie zuständig. Dafür dürfen sie die Verantwortung übernehmen.
Überlegen sie sich nochmal, ob sie nicht in der Lage sind, das Medikament uneingeschränkt zu verteilen, oder ob sie eine Massenmörderin sein wollen.
Ich spreche sie lieber wieder mit Dr. Hunt an. Wie Dr. Hannibal Lecter. Aber auch das wird ihnen egal sein.
In diesem Sinne wünsche ich ihnen einen guten Tag und Heil Hunt."
Ant vermochte aus Dr. Hunts Gedanken abzulesen, dass die NSA vorhatte mit dem Enzym zu knausern. Es lagen schon ausgearbeitete Pläne vor, wer für sie wichtig, und wer unwichtig war.
Der Quantencomputer leistete bei der Analyse der Vorlieben, der Gesundheit und der Tätigkeitsprofile der einzelnen Menschen, nützliche Arbeit. Ein Leichtes für den Rechner, sämtliche Daten, welche die Menschheit in den sozialen Netzwerken freiwillig preisgab, zu verknüpfen und Brauchbarkeitsprofile zu erstellen. Ant vermochte es fast nicht zu glauben, aber sie planten sogar ebenfalls, das Virus künstlich länger zu erhalten, um damit weiterhin das Monopol auf das Leben zu besitzen. Alle Übrigen müssten sich dann unterwerfen und für die NSA arbeiten, wenn sie weiterleben wollten.
Egal. Ant verfügte über keinerlei Gefühle mehr, für niemanden, seit seine Ramona verstarb. Alle positiven Emotionen, selbst Mitgefühl, verreckten mit ihr. Am liebsten hätte er ebenfalls Schlafes Bruder umarmt. Der einzige Antrieb, der ihm verblieb, war sein unbändiger Hass. Der Groll auf Poison, auf die NSA, auf überhaupt die ganze Welt.
Ohne weitere Worte verließ Ant das Büro, und ließ Megan etwas bedröppelt und nachdenklich zurück.
Sie vermochte es bis jetzt immer zu verdrängen, dass das grausame Sterben auf dem gesamten Planeten weiterging. Bisher befasste sie sich immer nur mit den Glückspilzen, den Auserwählten. Auserkoren am Leben zu bleiben und seither der NSA zu dienen.
Ant führte ihr die Verantwortung, für die vielen Opfer wieder deutlich vor Augen. Aber ihr eiskaltes Herz ließ sie ohne Unterlass weitermachen. Letztendlich entschied sie sich nicht allein für diese Vorgehensweise, sondern zusammen mit den anderen NSA-Führungskräften. Und wenn sie sich dagegen gestemmt hätte, läge sie vermutlich jetzt ebenfalls in einem der Leichensäcke.

Darüber war sich Megan im Klaren. Wesentlich mehr Sorgen bereitete ihr die Aussage Ants, über die Vergeltungswaffen.
Die hatten die Strategen bisher vernachlässigt. Das musste sie unbedingt augenblicklich mit den anderen Führungskräften abklären.
Sie hoffte, es noch rechtzeitig zu schaffen, eine Telefonkonferenz auf höchster Ebene einzurichten, bevor es zu spät sei. ...

*** Ende Teil II ***

Liebe Leser,

der dritte Teil, 999 - Eine andere Welt, ist ebenfalls schon erhältlich.
Wichtige, offene Fragen sind zu klären.
Kommt es zur nuklearen Katastrophe?
Ist es Ant auf irgendeine Weise möglich, die Menschheit zu retten?
Erhält er die Chance, sich womöglich mit Hilfe von Charles an Poison zu rächen?
Gibt es nach den dramatischen Ereignissen überhaupt eine Aussicht auf ein Happy-End für Ant?
Die Antworten auf diese Fragen, sowie neue, fesselnde Geschichten, erhaltet Ihr im Teil III.
Der Mystery-Thriller ist nicht minder aufregend als die ersten beiden Teile und entwickelt sich weiter, bis in den Science-Fiction-Bereich.
Viel Spaß beim Lesen und herzliche Grüße,

Euer Leroy Berg